开拓者家族

蒋子龙◎著

中国言实出版社

图书在版编目（CIP）数据

开拓者家族 / 蒋子龙著. -- 北京：中国言实出版
社，2021.3
ISBN 978-7-5171-0755-2

Ⅰ.①开… Ⅱ.①蒋… Ⅲ.①中篇小说—小说集—中
国—当代②短篇小说—小说集—中国—当代 Ⅳ.
①I247.7

中国版本图书馆CIP数据核字（2021）第039648号

出 版 人 王昕朋

责任编辑 肖 彭

责任校对 佟贵兆

出版发行 中国言实出版社

　　地　　址：北京市朝阳区北苑路 180 号加利大厦 5 号楼 105 室

　　邮　　编：100101

　　编辑部：北京市海淀区花园路 6 号院 B 座 6 层

　　邮　　编：100088

　　电　　话：64924853（总编室）　 64924716（发行部）

　　网　　址：www.zgyscbs.cn

　　E-mail：zgyscbs@263.net

经　　销 新华书店

印　　刷 北京盛通印刷股份有限公司

版　　次 2021 年 3 月第 1 版　 2021 年 3 月第 1 次印刷

规　　格 710 毫米 ×1000 毫米　 1/16　 21.5 印张

字　　数 343 千字

定　　价 86.00 元　 ISBN 978-7-5171-0755-2

　　蒋子龙，当代著名作家。1941 年出生于河北沧县。曾任中国作家协会副主席、天津作家协会主席。1979 年发表短篇小说《乔厂长上任记》而蜚声文坛。代表作有中短篇小说《拜年》《锅碗瓢盆交响曲》《开拓者》《赤橙黄绿青蓝紫》《燕赵悲歌》等；长篇小说《蛇神》《子午流星》《农民帝国》《人气》等。作品曾多次获得国家级文学大奖，《开拓者》《赤橙黄绿青蓝紫》《燕赵悲歌》分别获1978—1980年、1981—1982年、1983—1984年全国优秀中篇小说奖；《暗夜》获第十八届百花文学奖。作品译成英、法、德、俄等十几种文字出版。2018年12月18日，被党中央、国务院授予改革先锋称号，颁授改革先锋奖章，并获评"改革文学"作家的代表。

自 序

　　"开拓者家族"——是批评家刘思谦先生对我在上个世纪七十年代末及八十年代初发表的一系列现实题材小说的概括。

　　除《机电局长的一天》，收在本书中的其他小说，都是当时获得了全国短篇小说奖和中篇小说奖的作品。但，《机电局长的一天》是后面这些小说的"引子"：1976年初，此小说在复刊的《人民文学》第一期上发表，很快被定为"大毒草"，并在"全国批倒批臭"。三年后要给我"落实政策"，于是引出了《乔厂长上任记》。

　　"乔厂长"的被围剿，又激发我写出后面的一系列小说，甚至阴差阳错地走上以写作为职业的这条路。

　　这些小说真实地反映了我当时对社会剧烈变革的感受，从中可看出我为什么而感动。写作无非是对心的型号与品质的考量，不要说"为文造情难"，为情造文还要看"情"的成色。

　　若能做到如王国维所言"阅世越深，则性越深"，那就是作家的大幸了。

目录

1

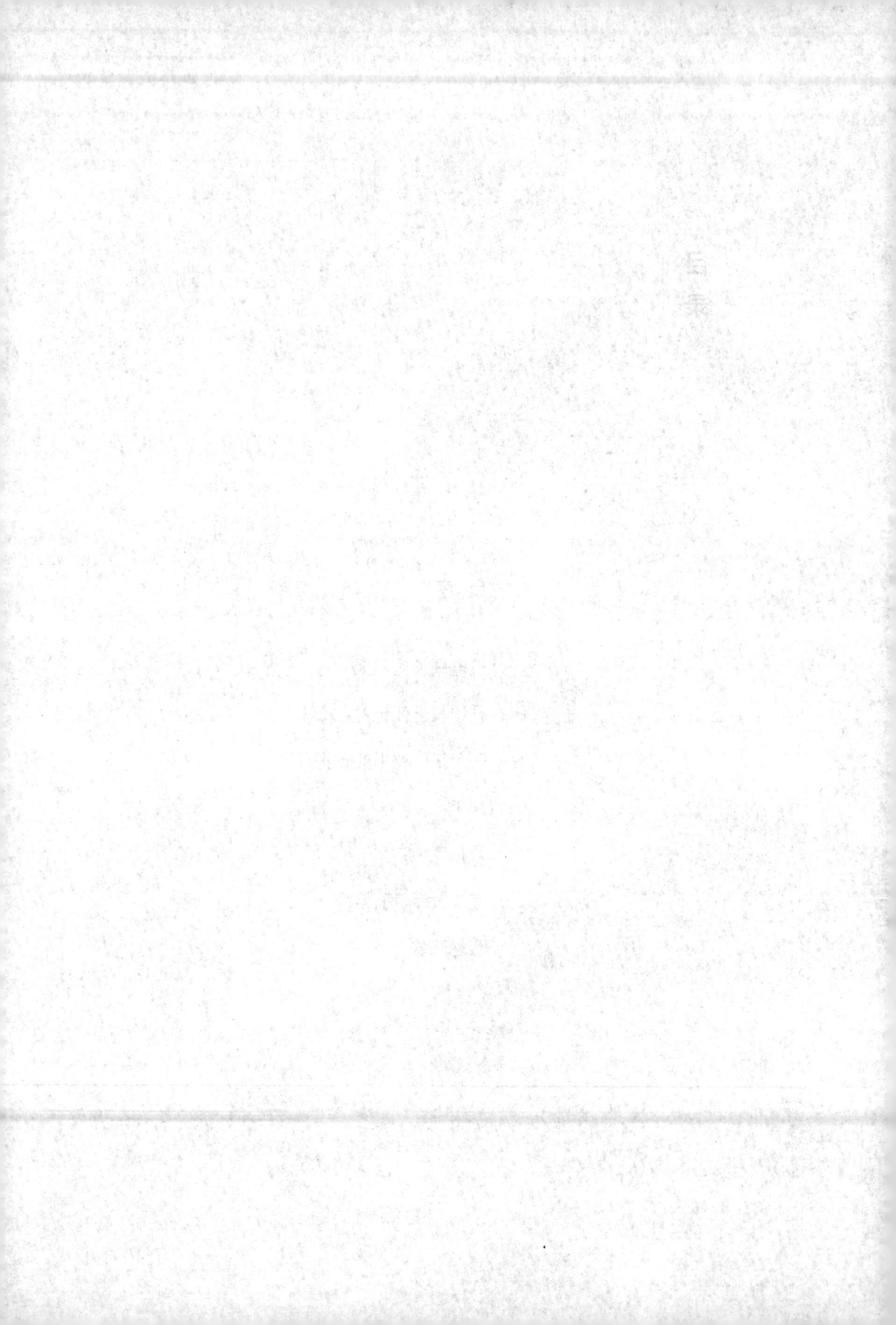

机电局长的一天

这是一场和平年代的战争，是一场新的长征。

——摘自一位机电局长的手记

一

人一生当中会有多少个关键的一天？一个单位一天当中又会碰到多少桩关键的事情？

今天，机电局接到国家计委的通知，要派负责生产的干部到北京参加计划会议。生产处长王凯准备出发。可是，对今年的生产怎么样估计？明年做什么打算？飞、跑、走、蹭四种计划，他带哪一类计划进京？

今天，气象台预报夜晚有场暴雨，而机电局必须在山洪到来之前交付矿山四千台二百五十毫米潜孔钻机。这个铁任务落在矿山机械厂。如果这场雨引起大水，铁任务十有八九要吹灯，怎么向国家汇报？在完成国家计划上，机电局年年都是满五分，这次怎么能交一张二分的卷子？

今天，又是机电局每月例行一次的生产调度会。全局三百多个企业，成千上万的喜讯，成千上万的产品，成千上万的困难，成千上万的矛盾，一大摊子事情都要在调度会上解决、调整。这会儿，参加调度会的重点企业负责人快到齐了，可还没有主持人！

这一切问题，只要有一个人在，就好办了，大主意由他拿，调度会由他主

1

持。谁？机电局局长——霍大道。可他前天在起重机厂劳动，心绞痛复发，住进医院了。党委书记云涛刚调来不久，对生产情况还没吃透。王凯没了主心骨，急得他从楼下蹿到楼上，从楼上又颠到楼下，到处找副局长徐进亭。徐进亭是分工专抓生产的，虽说这一阵在矿机厂蹲点，但今天这样的日子，王凯也只好找他了。

王凯跑到大门口，见一辆苹果绿色的北京牌小轿车正从车库里开出来。他以为这是要送自己进京的，就烦躁地一挥手："今天走不成啦！"

年轻的女司机小万从车里探出头："不是送你进京，是送徐副局长去住医院。"

"嗯！"王凯心里一躁，"又怎么了？"

"还不是血压！他的血压说高就高。"小万人称"二局长"，对机电局几个领导干部的脾气秉性摸得可透了。

"他住院可真会选当口！"王凯心里说，甩手要上楼。

小万着急地说："中央召集的会不去还行！"

"调度会还没有主持哪！"

看见生产处长急成这样，小万难受得不行，心里叨咕：霍局长呀霍局长，你要有个好身体多好啊！

"'二局长'，老霍在吗？"身后一个粗哑的大嗓门喊小万。王凯听出是矿山机械厂党委副书记于德禄，便又转回了身。于德禄长着一副粗墩墩的身架。他看到生产处长，蹿上一步，把一份电报摔给王凯。

这是矿山打来催要钻机的。王凯看完，若有所悟："是不是这封电报把徐副局长逼到医院去啦？"

"眼看要坐蜡，他扒拉扒拉屁股躲进医院图清静！"于德禄忿忿地说，"这回我不当替罪羊了，要跟霍局长彻底揭揭矛盾。"

"云涛同志强迫老霍住医院了。"

于德禄大眼珠子一瞪，冲着要开车的小万喊："把我捎到医院！"王凯一把拉住了他："老霍的脾气你不知道！云涛同志说过，文件、资料、图纸一概不许往医院送。就这样，昨天晚上我去看他，不知他从哪里搞到的纸和笔，正趴在桌上写什么东西哩——咱们先开调度会吧，你有困难我发动别的厂帮你。"说着，拉于德禄上楼，又转身叮嘱小万："到了医院，如果去看霍局长，嘴上可派个站岗的。"小万点点头，把徐副局长一向最喜欢坐的小轿车，开到他家门口。徐副局长已经站在门口等候了，他左手提一个绿色塑料袋，里面放着牙具、毛巾、肥皂之类的东西，右手拎一个大网兜，兜里装的全是药瓶子、花盒子，还有一个大搪瓷盆，盆里的东西最惹眼，满满一盆油炸"老虎豆"。

小万接过网兜，顺口问："您还爱吃老虎豆？"

徐副局长回答说："你看这是'老虎豆'吗？是'四一六'抗癌药。"小万吓了一跳："啊！您得了癌症？"

徐副局长笑了，拉拉她的小辫子："傻姑娘，得上癌症再吃这个就晚了。我这是为了预防，找中心医院的李大夫专门配制的。"

"您活得可真在意呀！"小万使劲咬住舌头，才没有甩出这句带棱子的话。

徐副局长又高又胖，五十多岁的人了，大脸盘子红润润地闪着亮光，一点褶儿也没有。别看这么个威武大汉，倒有一副阿弥陀佛的善性子，是个平时该急不急，遇怒不怒，高兴时还喜欢和下级开个玩笑的老干部。

今年5月，矿山机械厂一把手调走了，局党委书记云涛提出要派个蹲点组下去。局长老霍提出要去，常委们不同意。徐进亭没有吭声，却派到了他的头上。他心里不舒服，憋了口气。一到矿机厂，就指示厂里二把手德禄一定要在6月份放高产，争取参加7月份召开的全局工业经验交流会。于德禄听了他的话，大抓冲击钻机，这个老品种干起来轻车熟路，产值一突就上去了。但是被霍大道发现了问题：他们为了突击产值，把设备拼了个稀里哗啦，把老家底几乎吃光，而国家要求大批投产的新品种——二百五十毫米潜孔钻机却停下来了。结果，矿机厂不仅没有被评为先进单位，反而吃了批评。挨批的是厂党委，挑大头的是于德禄。徐副局长往旁一闪身子，不哼不哈。群众对厂党委有意见，厂党委内部意见不一致。7月份生产不仅没有打上去，反而跌下来了。雨季要提前，任务要吹灯。于德禄近来头上出角，身上长刺，越来越不好拨拉。徐进亭感到，再不快快拔腿撤出来，就会陷进去不好收场。老霍又病倒了，实际是累趴架了。谁不知道，7、8、9三个月高温低产，是让抓生产的人最头疼的日子。他把这些难办的事情在大脑的筛子里筛了又筛，过了又过，反复权衡得失，最后决定住医院。

徐副局长笨重的身体进了小轿车，车子很快就开上了去医院的马路。

小万是在1969年从司机训练队毕业分配到机电局的，第一次出车就是送一

3

个昏迷不醒的老同志去医院。这位老同志是在会战工地，和一个铆工摞肩膀抱了六个小时的铆钉机以后，突然昏倒的。当那个铆工知道他就是患有严重心绞痛病的局革委会主任霍大道时，难过地捶着自己的大脑袋，哗哗流泪。小万还没到局里来，就听人讲过，自己局里有个"霍大刀"，听这名字就够厉害的了。他说话爽利得像大刀，思想敏锐得像大刀，作风又快又狠，也像大刀。

可是那一天，小万怎么也不能把这些传说和眼前的病人对上号，他哪像个"大刀"呀！挺亲切的一个老同志。小万冒冒失失地向护送的生产处长问了一句："他就是有名的'霍大刀'吗？"

生产处长瞪她一眼："去，霍主任的名字叫'霍大道'，胜利大道的'道'。"小万吐吐舌头心里想："这么大的干部，怎么叫这么个名字？一点也不深奥。"

后来，王凯把老霍名字的来历告诉了小万——

老霍十二岁那年秋天，听说红军从草地上过来了。他在野洼里把地主的三头牛拴在树上，用镰刀割断了牛脖底下的气管，跑到大道边上，拦住了红军队伍，把赶牛鞭子咔嚓一撅两半，往地下一扔，对一位红军营长说："我要跟你们走！地主的牛全叫我宰了，反正你们不收下我，我也活不成了。""噢！"红军营长很惊奇这个小家伙的心路，就问："你爸爸、妈妈呢？"他摇摇头。"你叫什么名字？"他又摇摇头。

"平时他们管你叫什么？"

"我姓霍，可是他们连姓也不叫，说这个姓晦气，怕给他们招灾惹祸。平时他们就叫我'拽牛尾巴的'！"

"好，我们收下你！"红军营长把他搂进怀里，"咱们一起，把旧世界打它个落花流水！"营长摸着他的头，"从现在起，你就有家了，有亲人了，也要有个真正的名字！"营长看着红军队伍似铁流滚滚，顺着大道向北挺进，眼里射出光彩，"你就叫'大道'吧。大道上参军，永远跟着共产党，在胜利的大道上前进……"

听了这个故事，小万非常感动。没过三天，接霍大道出院，小万对他更是尊敬极了——

老霍住院第三天，能下地走动了，就坚决要求出院。医生拗不过他，打电话请来了他的爱人、卫生局组织处处长庄林。庄大姐听了医生的陈述，摇摇头说："我知道他的病很重，但更知道他的脾气……让他回家吧。"

可是，老霍没有回家。出了医院，临上车前，他对小万笑着说："你叫万宝真吧？我第一次坐你的车，不应该是到医院，应该是去工地。今天咱们来个远路程，上会战工地！……"

现在，小万一面开车，一面感情深重地惦记着正在医院里的霍局长，由霍局长又想到要去住医院的徐副局长。她不禁脱口说道："徐副局长，霍局长告诉过我一个偏方：大干治大病。"

"这在医学上讲不通。"

"霍局长说，这在哲学上完全讲得通！"

"嘻！"徐进亭叹了一口气，"没有病，谁愿意往医院跑，你不知道，我这血压……"

"中心医院的空余病床不多，您想住院就准能住得进吗？"

"我早晨给李大夫打了个电话，他说今天有个病人要出院，正好空一张床。"

小万心里咯噔一下，犯了嘀咕，她再也不说话了。

车开到医院门口，小万没顾得替徐进亭打开车门，就提着他的大网兜，抢先向三楼住院部跑去。

二

霍大道办完手续，走出住院部，迎头看见跑上来的小万，他心里一喜："好小万，你来的可真是时候！"

小万却使劲咬了咬嘴唇，不让眼里的泪瓣掉出来："我一猜就是这么回事！"

"又怎么啦？"老霍看看她，笑了，"不应该拿眼泪给出院的病人道喜。"小万没等老霍把话说完，就忍不住说："别人有点病就削尖脑袋往医院钻，您身有大病却一次次从医院往外跑！"正在这时，徐进亭走了进来，和老霍面对面怔住了："老霍，你要出院？""老徐，你要住院？"

一向冷静、超然，仿佛与世无争的徐进亭，窘得大脸盘子通红。

老霍说："小万，你说对了，是得跑啊。今天是什么日子？王凯要进京汇报，钻机任务不落实，调度会要开，这是吹冲锋号的时候，不能躺在病床上！"

徐进亭讪讪地说："你病得这么重，哪能出院？再养一养，等几天……"

"不能等，一分一秒不能等，要抢！"老霍打断了他，随后又打量着他，

"你这是……血压又出了问题？"

"就是，就是。"徐进亭皱眉、摇头，全身都在表示他的确病得不轻，"血压很不正常，头晕得厉害。"

老霍明白了，他心里掠过一道阴影，难过地看着徐进亭：他确实有病，可躺到医院的病床上就能治好这种病吗？

"你来住院，云涛同志知道吗？"

"还没有告诉他，你知道了也一样。"

"不一样。你蹲点是常委会上决定的，要离开也得交接一下吧？"徐进亭正不知如何回答是好，一眼瞥见李大夫从楼道口路过，忙借梯子下墙头，叫住了他："李大夫，原来你说的空床，就是老霍住的那张。咳，这怎么算是空床！这两天先不要安排别人，我回去向云涛同志汇报，尽量劝老霍再回来住院。"李大夫停住了步子，问："您哪？""过两天再说吧。"徐进亭留下一句活话。

"咱们走吧！"老霍向小万说。

小万左手提着徐进亭的抗癌"老虎豆"，右手又接过了老霍拿着的一卷稿纸，她看了一眼，惊讶地说："霍局长，您写了这么多稿子……'机电局的问题在哪里？'哎呀，住了医院还不好好休息！"

"这就是休息嘛！"

老霍说着先下楼了。徐进亭也跟下来。

一坐进车子里。老霍就问："潜孔钻机进度怎么样？"

"差不多。"

"差多少？"

"也就几十台吧。"

"嗯？前天才装起 3075 台，这两天能搞出那么多？"

徐进亭猛然想起老霍在统计数字方面有特殊的记忆力，对他可不是顺嘴诌个数能对付过去的，感到屁股底下仿佛坐上了蒺藜，就势摸摸口袋，说："我的小本子没有带着，脑子又不如你的好使，记不准了。"

老霍知道，自己这样着急的事情，老徐却没有往心里去，再问下去是不会有什么结果的了。于是，他转换话题，兴奋地谈起一个新的想法："上周我到部里开会，国家要试制六十吨矿用汽车，部领导看我们压力太大，想安排给别的省市，我得到信儿，就去抢来了。你看，以矿机厂为主，组织一场专业化生产协作怎么样？也好为将来咱们局走向正规化、现代化练练兵，打下基础。"

老徐简直无法理解这位"大刀"了。潜孔钻老账没还，又背新账，这不是找着挨板子吗？他本想劝劝老霍，要量力而行，适可而止。但转念一想，算了吧，不挑那份担子不操那份心，何苦做对立面。于是，绕了个弯子说："和于德禄商量一下看吧。不过，他的情绪很大。本来嘛，6 月份卖了力气，反而吃了批评，心里会怎么想？"

"不能用迁就错误的办法照顾情绪——你是不是也有点情绪？"

"我？"徐进亭显出一副宽宏大量的样子，"叫高血压管得早就不会生气、发火、闹情绪了。不像你呀，身上总有一种刺激人的东西。"

"没办法，就是学不乖，谈意见模棱两可，批文件敷衍一气，说话像兔子一样绕圈子，待人处事一锥子扎不出血——我要命也来不了这一套！"

"你这个刀子嘴，真能挖苦人。你我都不是毛头小伙子了，又都挨过烧……"

"这是什么话！"霍大道两眼盯住徐进亭，半晌才平静下口气，"老徐，你我都是'老工业'，党培养的第一批工业干部。几十年干下来，国家的工业还是这个状况，怎么交账？向党交不了账，也无法向人民、向历史交账！头发白了又怎么样？只能说明我们身上的担子更重了。"

"我可再也经不住大火了，每走一步都要反复掂量掂量。与其走错步，不如不迈步。何苦呢！"

"所以就躲到医院的病床上去？那工作交给谁？"

老霍直盯住徐进亭，只见他那平时就缺少神采的眼睛，依然淡漠无光，看不出他的情绪是服气还是不满，他心里到底想的是什么。好像裹着橡皮毯子！霍大道心想，他真是刀枪不入了。什么事才能使他动起感情来呢？就是发发火也好呀！

这时，小万一按喇叭，车子在机电局门口停住了。

三

霍大道和徐进亭一前一后走进会议室，人们又惊又喜。特别是生产处长王凯，他刚才正被一大串矛盾缠绕，会议让于德禄给卡住了。

在全局的生产棋盘上，矿山机械厂像个落伍的卒子，不仅自己掉队，还扯住了别人的腿。可于德禄不管别人冲他怎么喊，他就是不吭声。现在一看到正副局长进来，他开口了："你们几位指着鼻子骂我，我也认头。7月份，我们生产下降，拖了协作单位的后腿，挨批应该。但是，7月下降是由6月产值上升造成的！霍局长批评我单纯追求产值就是追求名利，我承认。可你们局领导拿名利刺激我们，引诱我们，领错了路，导错了向，就没有责任？"于德禄说到这里，扭头看了一眼徐进亭，接着说道："局蹲点组一去，就跟我谈：'你们是全局九大台柱厂之一，这样大厂的一把手在局里说话是占分量的，我看你要干出点成绩来！6月份拼命也得突上去！'说老实话，我的个人英雄主义膨胀了。可把新产品丢掉，心里也有点敲小鼓。没想到这位领导却给报社打电话，登了小半版，还给我鼓劲儿：'好啊，你于德禄面前的大门全打开了，你创造了奇迹，反过来奇迹又会帮你的忙。'这下可真帮了忙，局长大会批，群众不满意，我受夹板气！"

大家都清楚于德禄指的是谁，但徐进亭悠然地抽着烟，看也不看大家，不拾这个茬儿。他这是外松内紧。

调度会是领导干部的"亮相台"，水平高低一上调度会就露馅。徐进亭向来把调度会看成是要命的会，涨血压的会。每开一次这样的会，神经和毅力都要经受一次考验和冲击。因此，在这样的会上，他很少发言，尽量不表态。现在，于德禄把矛头明晃晃地指向了他，他还是不吭声，既不承担责任，也不反驳。这可叫主持会的王凯作了难，等了一会儿只好说："老于，你谈谈7月份的生产情况吧。"

"把6月份的责任分清，7月份的账就好算了。"

责任分清四个字刺疼了徐进亭，他终于说话了："不要说得那么严重嘛，泄自己的气。"

于德禄炮弹反射一般顶了回来："这是霍局长在四千人大会上讲的：'国家要先进的高效率钻机，你非要干低效率落后的钻机。表面看完成了产量产值计划，实际是糊弄国家，拖社会主义建设的后腿，也坑害了自己的工厂。搞生产怎能虚虚假假，因小失大？！'霍局长，我一个字也没记错吧？"他是要借老霍这把"大刀"砍老徐。

"你的记忆力很好。"老霍一直很有兴味地盯着于德禄的脸。这是他的习惯：

谁发言他就这么聚精会神地看着谁，不把别人的话掏尽，不到节骨眼上，他不张嘴。有些心里底数不清、情况不明的工厂负责人，格外怵他这一手。你越说不出来，他越追你，有些问题你越不想告诉他，他偏有一种特殊的敏感，你只要一露头就会被他抓住，你越吞半句吐半句，他把你吞回去的那半句意思也猜出来了。厂长们管他这种穷根究底的习惯叫"老霍爱吃桃"，问题一叫他碰上，就如同吃桃一样，不把那个问题的"核子"抓出来，不算完。现在，他摸准于德禄的"脉"了，他觉得火候已到，该说几句，把这个调度会"调度"一下了。他说："你们厂6月份的错误，厂党委有责任，蹲点组有责任，但是厂在局领导下，蹲点组是局里派的，所以我负全面责任。这个问题，明天晚上党委常委开会，请你也参加，再交换意见。今天是调度会，谈谈你们的任务完成情况吧，特别是潜孔钻机。"

于德禄心里还不服，但是老霍提出的问题，让人不能不立时回答。于是，他赌气似的说："7月份我们坚决保证完成局下达的计划数字。"

大家全惊奇得瞪大眼睛看着德禄。号称"交换台"的王凯，生产上的事了如指掌，他不信于德禄的话，赶忙追问："你说说具体数字。"

"潜孔钻机三千四百台，钢水……"

"什么？"王凯打断了他，"局里给你们下的指标是四千台！"

"四千有困难，我们做了削减，请示徐副局长，他批准了。"

"什么？"这回轮到徐进亭吃惊了，他尽力控制住自己的愤怒，语调平静，不失身份，"我什么时候说过同意了？"

"月初开完四千人大会回来，党委讨论计划，我们提出有困难——

老霍打断了他："党委会没有扩大一下，请靳师傅也参加？"

"没有。"于德禄顺口回答。他没有理解老霍问话的意思，只顾继续说下去："我们提出有困难，要削减，我请徐副局长表态。徐副局长，当时你怎么说的？你说可以研究研究。"

"对，研究可并不等于同意。"

"可事后你也没有通知我们研究结果不同意呀！我们守着局领导，又认真作了反映，你不反对我们就干呗！"徐进亭还能说什么呢？他躲在自己喷出的烟雾里，不看于德禄，也不反驳，不能这样和一个基层单位的头头对口舌！

王凯十分不满地盯着徐进亭：谁叫你平时小事不动口，大事不动手，有事

9

不操心，平时什么事情推到你那儿，就用研究研究四个字搪塞过去，这回碰上于德禄，够呛了吧！

老霍问："于德禄，每月计划都是局党委讨论后定的，任何个人都无权改动，你不知道吗？"于德禄没有吭声。

老霍又问："下计划的时候，局里考虑到你们的情况，压低了指标，在全局做了平衡。这个情况老徐没跟你讲吗？"

"没有！"于德禄得理不让人。

老霍火了："老徐有他的错误，但你不是去帮助他补台，而是利用他的弱点投机取巧，推卸责任！你的组织原则，你的党性到哪儿去了？"好狠哪！老霍批评干部就是这么狠。而且还不怕你跳，你叫。一向敢跳敢叫的于德禄，这会儿只是挺着脖子，涨红着脸不吭声。

老霍口气缓和了："过去我们打一次败仗，就像一块老茧长在心里，再也去不掉，直到下一个战役找敌人算了总账才舒心。你打了败仗不是考虑全国、全局的损失，而是拨拉自己的小算盘，你是什么样的指挥员？"

"我不同意！"于德禄强硬地说，"我有错误，但不能说我们厂打了败仗，谁也不能否定大好形势，否定群众！"

霍大道眼角的皱纹一伸一缩，他可不怕别人扣大帽子："不错，今年春天中央召开了钢铁座谈会，一反软懒散，一抓整顿，形势突飞猛进，越来越好，广大群众发挥了前所未有的积极性，全局出现了从来没有过的崭新气象。但是，总的形势大好，不等于个别单位就没有问题；群众干劲足，不等于这个单位的领导就是走在前头了。于德禄同志，我说的就是你们这个矿机厂，你们完不成指标，攻不下尖端，拿不出国家急需的产品，这不跟在战争中打了败仗一样吗！过去指挥一个师，或者一个团、一个营，都要绞尽脑汁，琢磨敌人的兵力部署，研究制定自己的打法。一处算计不到，就会吃败仗，影响整个战局，使成千上万的战士牺牲。现在可好了，反正脑袋掉不了啦，不动脑子，吃省心饭。打了败仗不以为败，不痛不痒。要知道，你一个单位在工业建设上打了败仗，就有可能影响我们将来反侵略的那场大仗！"

徐进亭心里一震，虽然谁也没有注意他，谁也没有想到他，他心里还是被刺了一下，多了一层不痛快。

霍大道总爱提战争年代，激励人冲锋不止，总是把调度会开得跟战争年代下达战斗任务一样。大家都陷在严肃的思考里，谁也没有把他的话只当成对某一个人的批评。连于德禄也被老霍的思想感染了。跟老徐比，于德禄有气，他对徐进亭有意见，认为这个副局长是个不前不后、不左不右的老滑头，特别是6月底矿机厂一挨批，他是个听到矛盾发愁、遇到困难就躲的角色。跟着这样的领导干工作，真是活受罪。跟老霍比，于德禄觉得自己肤浅，应该严肃地正视自己的思想。跟上这样的领导干工作，拼上性命也痛快。

"于德禄同志！"老霍点名叫号，口气不容你讨价还价，"这个月的计划一斤一两不能少，特别是那四千台潜孔钻机。你听气象预报了吗？雨季一到，老钻机没法再用了，必须换成新钻机。钢铁要大上，机械工业要发展，开矿不跟上去还行！"

"还有五天哪！我说局长。"

"群众发动起来，五天也能抢上去。"

这时，电机厂的负责人老胡，见于德禄还要蘑菇，坐不住了，插话说："老于，你是员硬将，还没从你嘴里听到过孬话。来，你报个数，设备缺什么？人力缺多少？我给你。"

水泵厂一把手姜永丰，这时也赶忙抢着说："于德禄同志，我们派个技术过硬的突击队，专帮你们抢潜孔钻机怎么样？"

这两个人一带头，会上可热闹了，这个送"枪"，那个送"炮"，闹得于德禄身上像着了火。他是站在人前只高不矮的角儿，哪吃过这个？就站起来急鼻子快脸地说："谢谢大家，我们那个大摊子，靠伸手要饭可不是办法，还是得自力更生，保证这个月的任务一斤一两不少。局长，这下行了吧？"

"光这样还不行！"老霍这句话说得很平静，可是在场的人听着都吃了一惊。只听老霍接着说下去："要不断地给自己出新的难题，做新的文章。我们局从部里抢来了一个新的任务，要试制六十吨矿用汽车。于德禄，这么个重大而光荣的担子摆在眼前，你们搞矿山机械的厂子不伸肩啊？"

接着，生产处长王凯讲了试制的办法和计划。

这回于德禄可真跳起来了："国家并不是非要把这任务交给咱们局，何苦硬揽这个大头哎！"

王凯也有些火了："这又不是请客吃饭，请就吃，不请就不吃。"

"好话！"老霍接过话茬说，"我们有些领导生产的同志，就是缺少战争年代作为指挥员的那种气概和决心。那时候，上级一说有任务，都抢破头，越是难打的仗，不好啃的骨头，越抢得厉害。那才是打硬仗的作风。""局长，这任务算我们一份。"姜永丰抢着说，"这几年我们攻下了一批国家急需的新产品，深有体会：攻尖端能带动一般，专业协作可以促进大上快变。"

于德禄诉苦地说："怎么'难、重、急'的任务都落在我们头上了，得回厂研究一下再说。"

"只能研究怎样干好，不是研究干不干。"老霍斩钉截铁地说，"过去仗越打越大，说明全国快解放了。现在，任务越来越难，说明我们工业建设面貌日新月异；任务越来越重，说明我们国家的建设规模更加宏伟壮丽；任务越来越急，说明我们的经济在快马加鞭，突飞猛进。本世纪内，我们要成为社会主义的现代化强国！今后的二十多年里，'难、重、急'的任务将会一个跟一个，而且必然要求我们提前再提前。因为这几十年许多国家的经济都上去了，谁落后谁就被动挨打。这个挨打不光是指军事上，还有政治上、经济上，这就叫现代化战争。时间，是个很严肃的问题。咱们必须一切往前赶，拼命往前赶，一定要赶在这种现代战争之前准备好。这就得用打仗的劲头搞生产，也可以把这个叫做和平年代的'战争'。在和平年代不树立战争观念，可要吃大亏哩！"

思想统一了，各厂的头头们一窝蜂围住生产处长，抢头一份的竟是刚才叫苦连天的于德禄。

调度会痛快利落地结束了，王凯很满意。他每参加一次老霍主持的生产会，就像参加了一次哲学讨论会一样痛快豁亮。生活多么会捉弄人。怕碰钉子的人，钉子偏偏往他头上碰！不怕碰钉子，敢往钉子上碰的人，在他面前反而没有钉子。你看老霍，数不清的矛盾的缰绳全抓在他手里，他却从容镇定，运转自如。可是老徐，此刻竟是愁眉不展。王凯问他有没有话说，他只摇摇头。

散会后，王凯兴冲冲地对老霍说："局长，连于德禄都拍了胸脯，没问题了，我下午可以进京了。"

"不行，不能满足于纸上谈兵。于德禄拍了胸脯，但没有拿出具体措施，是思想上真通了，还是迫于形势？再说，矿机厂群众情绪怎么样？今天晚上的大雨会带来什么新问题？你带着这些问号向中央汇报吗？你的任务，拿出个汇报提纲，一下午不行就开夜车，我在医院里写了个材料，你拿去做参考。根据咱局实际情况，有些单位一时还飞不起来，留有余地，就搞一个快跑的计划。只能快跑，不能再慢了。我下午拉老徐到厂里去转转，明天早晨咱们碰头之后你再走。”

老霍同王凯谈完话，再回头，徐进亭已经不在了，他追到大门口，老徐正往轿车里钻。老霍叫住他说：“在局里吃午饭吧。矿机厂的这一仗怎么打，咱们还得商量一下。”

“于德禄的事我管不了啰！上压下挤，叫我怎么干？”老徐说完坐进汽车，砰地关上车门。

四

小万没在食堂吃饭，拿了两个馒头，钻进吉普车里看一本从宣传处借来的内部书：《戴高乐》。她看得入了神，连老霍坐进车里都不知道。“看啥哪？”小万听到说话赶紧把书放到座位底下，然后机灵地以攻为守：“您又不睡午觉！”

“任务紧急嘛，只好连累你也看不成《戴高乐》了。”

小万不好意思地笑了，赶紧启动车子。她知道局长的“大刀”脾气，全局三百多个厂，哪一个单位都不敢打保票他不会突然打个电话来，或者突然在你的车间、班组里出现。他随时都有可能到基层的某个工厂去。但是他更知道他应该到哪里去，哪里最需要他。他不是那种“两眼一睁，忙到熄灯”的事务家，他是个熟悉人头、会使用干部的人。他总是摆脱琐细的日常事务，考虑全局工作中不知在哪一天会突然爆发出来的潜在问题。

车一开动，老霍笑了，兴致勃勃地说起来，像是自言自语，又像是说给小万听：“都说姜是老的辣，可我看咱们的小姜也蛮厉害。抓生产轰轰烈烈，又扎扎实实。他们水泵厂搞了两条自动生产线，五个月完成了全年任务。矿机厂要试制六十吨矿用汽车的底盘。我想把于德禄拉到水泵厂去学习学习，搞一条底盘铸造自动线。”

“这才刚试制，您就想到搞自动线，想到将来大批投产了。要不您这么瘦，操心太多了，您看人家……”小万刚想说出徐副局长的名字被老霍打断了。

“这就跟打仗一样，要走一步看两步、三步。”

小万忽然想到什么，咬住下唇再也不吭声了。她把车开得很稳，想让老霍在车上睡一会儿。老霍却还是说个没完：“六十吨矿用汽车是采矿的急需设备呀! 吨位太小的根本不行, 一趟一趟把时间都花在装卸和往返路途上了, 效率太低。今后还得搞一百吨、一百五十吨的, 而且全是自动装卸! "不管局长兴致多高, 小万就是不吭声。老霍看穿了她的鬼点子: "你可真有本事, 把吉普车开成轧道机了。"

小万忍住没笑出声, 正想稍稍加快点车速, 老霍突然命令说: "快, 掉头! "

小万不知出了什么事, 兜个弯子把车头转过来。

老霍又命令说: "追上前面那辆新卡车。"

小万一踩油门追了上去。老霍眼睛贴在玻璃上, 盯住前面奔驰的卡车。看了一阵, 又叫小万超车, 他扭回头看卡车的前部。后来干脆叫小万和卡车并行, 他把头伸出窗外, 对卡车司机喊: "司机同志。靠边停一停车, 有事情和你商量。"

司机不知发生了什么事, 把车开到道边停住了。老霍走过去说: "你忙不忙? 我们正搞六十吨矿用汽车, 想看看你这辆刚进口的'包利'。"

"老师傅, 您好眼力啊! 这辆车我刚接来。"司机一看碰上了识货的同行, 马上热情地向老霍介绍起来。小万在旁边抿嘴笑了。

老霍确实像个行家。他叫小万当记录, 自己打开车头厢盖, 里里外外看了个遍, 一会儿坐到驾驶楼子里试试, 一会儿钻到车身底下瞧瞧, 一边观察, 一边议论:

"哈, 你们看: 它这儿不行, 太笨! 我们的车决不这样搞。"

"嘿, 这个地方改得不错。这些贪心的资本家, 为了赚钱真用尽了心机节省原料。我们也要降低成本, 可以取它这一点。"

"哦呀, 这个部件怎么这么个搞法, 简直是糊弄! 光为了骗钱! 司机同志, 你多注意这儿, 将来这儿准出毛病……"

老霍有时也提出几个不明白的问题, 有些问题使两个司机也很作难; 有的地方老霍讲得出来, 他们反而讲不出来。卡车司机诚恳地说: "不瞒您说, 我刚接来车, 还没拆开看过哪。"

自以为熟悉霍局长的万宝真, 也在他丰富的专业知识面前叹服了。她那双明亮的大眼睛, 由于惊奇, 睁得更大了。她哪里知道, 老霍从部里接来任务后, 仔细研究了各种汽车的图纸, 比较、分析了各类汽车的优缺点, 又让机电局设计处长挂帅, 从汽车厂和矿山机械厂抽出几名技术工人, 组成了"六十吨矿用汽车设计小组"，他也参加了几次小组活动。这位老机电局长，对组织机电工业生产有着丰富的经验和广博的专业知识，有时使工程师们竟也感到自愧不如。当然，他的某些专业知识并不精深。

老霍用棉纱擦着满手油污，对司机笑着说："帮忙帮到底吧。我想借你这辆车，叫我们的设计人员解剖一下。长处有一点就取它一点，主要是避免它的短处。明天早晨还你一辆完整的卡车，行不行？对，你不用作难，我给你们领导同志打电话。"

这时候，卡车司机才知道，这位老师傅原来是机电局长。

借用卡车的事很快就安排好了，老霍又来到矿机厂。他没有让小万去告诉于德禄，而是一头扎进了钻机车间。露天跨[1]里一堆锃亮的钻杆把他吸引住了。横七竖八像柴垛的钻杆堆上，几个工人正七手八脚地往火车上扔。老霍一眼就看见人群中的老靳师傅，一把拉住他说："老靳师傅，这钻杆经过了炼、铸、锻、切四道工序，工人流的汗水也和它的分量差不多了，就这么又送回平炉炼钢去了？"

老靳师傅叹了口气："有什么办法？萝卜快了不洗泥。我顶住了，不合格的坚决不装配，宁可回炉，也不能糊弄在地下作业的矿工兄弟。"

老霍点点头："你顶得对。"

"机工工段跟我仇可大了，说影响了潜孔钻机的任务由我这个装配组长负责，连外号都给我起下了——'死铆子'！"

"对待产品质量，就得凿死铆子。"

"我就说这个理儿。"靳师傅口气一转，"老霍，我估摸着你该来抓一抓了。头头抓，抓头头。我们厂有败家子，这不活活是大道上捡芝麻，小道上洒香油嘛！"

老霍点点头："不抓管理，生产上乱抓一锅粥的干部，就是社会主义的败家子。"

这时，装配工们围了过来。

老霍问："任务这么紧，你们装配工段为什么这么清闲？"

"零件加工不出来，供不上手。"

---

[1] "露天跨"——是没有房盖的车间。专用名。

"要是零件供上手，一天能装多少台？"

"铆铆劲一百八十九台。"

"到月底还有四天多，任务还差八百台，应该没问题啊！"

"有问题，机工工段一天只能生产一百多台单件。"靳师傅指指车间里边，"你看有多少台设备站在那儿烧香呢！"

老霍展眼看了看："是上个月拼坏的吧？为什么不抢修？"

"修，哪有要新的省事，家大业大了。"靳师傅气呼呼地说，"上个月驴不死不下磨，这个月驴死了想吃驴肉。一提起这些事就冲我的肺管子！"

老霍深深为工人的这种高度责任心感动了。他平时那一对纯洁晶亮的眼睛，这时变得严峻而又深邃："老靳，我们必须在月底交给矿山四千台潜孔钻机呀！"

"四千台？"靳师傅吃了一惊，沉了好半天才说："厂部说是三千四百台。我还以为手拿把攥哩。那好，我们抽出一部分钳工，连夜抢修设备，全都修好只怕来不及……"

"调给你一个突击队，三十名精兵强将，行不行？"

"那，任务我包了。"

"先把装配好的三千二百台打包装上火车。"

"行，钻机的事你就别操心了。"靳师傅沉思了一下，"有件大事，你得抓抓，走！"靳师傅领着老霍来到车间外东墙下，指着墙上一张布告："我们写的。往常领导老在这儿贴布告，今天几个工人写了一张给领导看的布告你看看吧。"说着，扯下自己脖子上的毛巾，让老霍擦了擦脸上的汗水，匆匆走了。

布告分析了厂党委三个问题：

一、我是老大。6月28日的报上登了矿机厂的消息，厂部发给每人一份；厂里头头美得不知天高地厚了。

二、老虎屁股碰不得。对6月份的错误不认账，对局党委的批评不服气。

三、只抓生产不抓管理，骗来骗去，害了自己！

老霍在这张大字报前站了很久很久，他眼角的皱纹一伸一缩，他动心了。过了会儿，他对身边的小万说："把徐副局长接来，我有事和他商量。"

五

老霍给局党委书记云涛挂了个电话，汇报了自己的想法，征求了书记的意见。抓空又转了几个车间，特别是到铸造车间对六十吨汽车底盘的任务摸摸底。又给水泵厂党委打了电话，叫他们把突击队调来。他估计老徐该到了，就来到传达室等候。但是等了足够汽车打两个来回的时间，才见老徐姗姗而来。老霍先领他看完了工人写的布告，然后说出了自己的看法："群众是最亮的镜子，领导只有到群众中去，才能认清自己。我看这个厂党委应该好好端正办厂方针。同时，也只有让群众能向领导说真心话，而领导又听得到、听得进，积极性才能调动起来。……"

老徐对布告的反应截然不同，没等老霍说完，他就反问道："这不就是大字报吗？原来这个厂挺平静，怎么你一来，大字报就出来了？"

老霍也反问他："同志，不怕议论纷纷，就怕鸦雀无声。如果听不到群众的声音，那问题才是真正严重了！"

"任务这么紧，群众情绪平静一点，总比这样大轰大嗡好！"

"我不这么看，平静是虚假的，不平静是正常的，不平静才能推动社会前进。再说，这也不是大轰大嗡，这是群众的干劲。我们搞工业生产，就是要依靠群众，就是要依靠群众的积极性。"

徐进亭沉了一会儿，冷漠地说："你是局长，又是党委副书记，你决定了就干呗！"

"这不是在和你商量嘛。"老霍真诚地说，"老徐，你怎么老是把自己困在心灰意懒的情绪里？这怎么行呢？"

徐进亭憋在肚里的种种不快，突然爆发出来了："我心灰意懒，无所用心，没有你那么多的热情。但是我知道不能在不应该使用权力的地方使用权力；共产党员就要用肩膀头子帮助同志，而不能给他脚下使绊子！"

老霍心里像捅了一刀子。但他还是冷静地看着徐进亭问："你是指我在你蹲的点上放了把火，还是指我在调度会上点了你的弱点？"

徐进亭鼻子里哼了一声，没有回答。

老霍紧盯着他道："我们都是老同志，说话不用兜圈子。这个厂不是哪个私人的点，是局党委委派你来蹲点的，就不许别人来说个不字了吗？"

徐进亭点火抽烟，借以在脑子里掂量轻重。他感到，内心的一些想法摆到桌面上是站不住脚的，还是走为上策，于是大声说："这个点我蹲不了啦，这些问题你看着办吧，我去向云涛同志请病假。"

"老徐同志，你带着这副精神状态，住进什么医院也无济于事。局党委的会必须开，你就是请病假也要帮你把思想问题搞清楚。"

对老霍这些热诚的话，徐进亭听不进去，连楼也不上，坐车走了。

望着徐进亭的背影，霍大道心里隐隐作疼。他怕心绞痛复发，掏出随身带的药，吞下两片，转身走上了矿机厂的办公大楼。

楼上正开着厂党委会，委员们争论得很激烈。憋了一个多月的分歧，借着讨论局调度会的精神，爆发出来了。大家给于德禄提了不少意见。于德禄很会说话，也很能"吃"话。不管委员们意见提得多尖锐，话说得多重，他全吃下来了，因为上午老霍已经把他的思想敲开了缝。这种人有个特点，遇到批评不如听到表扬对胃口，心里不服就又跳又叫；待到心里一认可，任你批多狠、剋多重，也能经得住，决不会躺倒。

意见摆得差不多了，思想交锋的火候也够足了，有人出去打水，发现了在门口边坐着的老霍，赶紧把他让进会议室，而且一定要他说几句，表个态。

于德禄更不放他："局长，你批我，拿任务压我们，我都接受。可现在看我们走投无路了，也得指指道，教给点办法。"

老霍笑了："于德禄同志，你干嘛说得这么可怜！你们为什么不找工人商量？他们那里有一肚子锦囊妙计。眼下就有一条，你们想听不想听？"

"谁说不想听呢！"

"那好，带上你们的本子，拿上笔，跟我走，党委会暂时搬搬家。"

老霍领着矿机厂的干部们来到东墙下，指着那张只有八开纸大小的布告说："咱们每个人都把工人布告的内容抄到自己的本子上，然后就在这儿研究一下怎么办，要快嘛！行不行？"

"行！"干部们一口答应。

盛夏的阳光真像蘸了辣椒水，坦荡荡的东墙下，没有一块阴凉地。天气又热又闷，干部们如同站在火里、钻在蒸笼里抄布告。他们一笔一画地抄着，认真而严肃。不一会儿，人人身上大汗淋漓。于德禄悄悄跑到传达室端来一个凳子，放到局长跟前："您年纪比我们大，又有病，您坐下抄。"

"越是有病，晒晒太阳越有好处。"老霍把凳子推到一边，"连大脑时间长了不叫太阳晒都会长毛。哈，都出汗啦！好，连身子带思想一块出出汗，要出透。"

"霍局长领着党委成员在抄工人的布告！"这个消息在这盛夏的午后，却像一股清凉凉的风，吹遍了矿机厂的每个角落。职工群众的心被吹动了，似那楼顶的红旗，飘拂，舒展。

"呀！老霍在车间里转了两个多钟头，水没沾唇，脚没停闲哪！"靳师傅连跑带颠地赶来了，看见这个严肃的场面，他没有呼喊，悄悄又转身回去了。等了一会儿，他捧来一顶大草帽，轻轻扣在老霍的头上。

汗出来了，劲也上来了。抄完布告，党委就在现场做了三条决议：一、把局党委对矿机厂的批评立即打印，发给职工每人一份。二、今天下班后召开全厂职工大会，宣读这张布告，然后党委做检查。主要先检查6月份片面追求产值，不抓企业管理以及7月份私改局计划的错误。三、党委开门整风，发动群众提意见，揭矛盾，加强企业管理，建立健全规章制度。

这三条决议还没等往下发，已经在全厂风快地传开了。

职工们围住老霍，有人鼓掌，有人喊着，要他讲话。老霍把于德禄往前一推："你是主角，你不唱谁唱！"

平时能言会道的于德禄，此时却脸红脖子粗，吭哧了半天才说："我这个人最大的毛病，就是爱翘尾巴，搞个人突出，再加上主观武断，深不下去，就不能经常见到群众的面，更甭提能见到群众的心了。这次党委整风欢迎大家多提意见。"

干部们回到楼上，还没进屋，于德禄拿眼一瞄，老霍没有跟上来，双手一摆，在楼道里就说上了："不用就座了，简单说两句，就散会分头行动。今天调度会上我满口答应，第一个抢到任务，可霍局长他不放心，又追了下来，亲自发动群众揭矛盾，想办法，促咱们。这一手厉害！抓工作没有这种狠劲不行。党委三条决议已经定了，同志们下去就按照局长的作风狠抓，当然也包括抓我头脑里的错误思想。"

党委会还没散，有两队人马敲锣打鼓涌过来。一队是水泵厂帮助大战潜孔钻机的突击队来报到，一队是铸造车间来请求党委批准制造矿用汽车底盘的白动生产线。

矿山机械厂掀起了热浪。

晚上，老霍在徐进亭家等了个把小时，他也没有回来。老霍离开徐进亭家，心里很不踏实，他为徐进亭的思想状态担心。

天空黑森森的，雷一道，闪一道，齐帮凑伙地为一场暴风雨开道。

老霍回到家，推开自己的房门，看见云涛和徐进亭正在他桌边翻阅那部他平时记下的杂感。有时心里烦闷，就信笔写上几行，时间一长，就成了一个消气解闷的好办法。说它是回忆录，其实又像是日记。不管它算什么吧，你只要捧起来看上几行，就不会再轻易放下了。字里行间喷出一股炽热的战斗激情，笔法语调完全如老霍平时说话的口气。

云涛见霍大道回来，站起身，说："你果真在发奋著书啊！"

"这算什么书啊。有时候晚上睡不着觉，就写它几页，目的就是教育自己，不要忘记过去，激励自己。"一向沉稳、感情不轻易外露的云涛，今天被老霍写的内容拨动了心弦，说："应该写，有些像你我这样从过去走过来的人，竟忘掉了过去，这实在够痛心的。""老云，就是这个意思！"老霍两眼熠熠闪光，又继续说："刚进城那阵，我们反复强调过列宁的一句名言——忘记过去就意味着背叛。有多少人真正理解了这句话？夜深人静，我铺开纸，拿起笔，过去的一切又都回到了眼前：首长、战友、老乡、儿童团，好像又都站到了自己的面前。写着他们，自己的精神境界也在这种回忆里变得激昂奋发。当然，写的时候也思索也分析，从历史的反光镜中对现实的东西也看得更清楚了。反过来说，新的思想也会给过去的生活披上新的光亮；痛定思痛，对于痛的来龙去脉就更明确了。"

一直没说话的徐副局长插了一句："你是想当作家呀！"

云涛看了看老徐："进亭同志，有没有勇气也拿起笔来，有空就写它几页纸，先从教育自己开始。你的过去不也是一本书吗？"

老徐没有回答。三个人沉默着。过了会儿，书记神情一转，对老霍说："下午老徐同我谈了很久，敞开了思想。他提出要撤蹲点组，我还是认为不能撤。当初我提议老徐去蹲点，是想让他到基层滚一滚，对身体和精神都有好处。他和你比可以算壮劳力了，不能在这正较劲的时候撤下来。你的意见呢？"

"我同意。"老霍转头对老徐说，"听说有一次你的二小子不留神踢翻了你的花盆，你骂他，他不服，反倒说你变修了。你给了他一巴掌，还说：'老子修了？你见过日本鬼子吗？你见过国民党反动派吗？'有这事没有？"老徐浑身长刺，很不自然，解嘲地说："你对我家里情况也像对全局生产情况吃得一样透啊！"

老霍仍然顺着自己的意思往下说："你是不是认为打过日本鬼子，打过国民党反动派的人，就永远变不了？其实是身在变中不知变啊！老徐同志。"

老霍接着说道："我们不能前三十年立功，后三十年捞本，别人打不倒你，可不要自己倒下去。像我们这样一些经过战火考验的人，身体又多少有点病，更应该不断地同政治上的衰老作斗争。老徐，在政治斗争中你被烧过几次，不能老是耿耿于怀，对党有情绪，对群众有情绪；想自己、想家、想孩子多了，想革命、想党的事业、想将来少了。这个教训多么深刻啊！"

徐进亭心里一阵阵发毛，他知道自己的变化，偶尔也想过这些变化，但是哪想得这么严重，这么深刻地分析过变化的原因。这时候他真成了"病人"，病长在自己身上，却不如医生看得透。两个书记的话真如同一把思想上的解剖刀！

老霍说着又从小本子里抽出一张纸条。一见纸条，徐进亭全身的血腾地涌到脸上，双颊涨得发烫。这是有一次党委成员集中学习的时候，他走神儿了，在纸上乱涂乱写，其中有几句顺口溜："吃饭莫饱，走路莫跑，多多睡觉，少少用脑，玩花玩草，养鱼养鸟。"打扫会议室的老张，从地上捡到了，看着挺有意思，就交给了老霍。老霍说："过去打仗的时候你不怕死，不想保脑袋多活几年，现在是怎么啦？到头了，该养老了？同志，这很危险，我们脚下的长征路还没到头，我们正在进行一场新的长征，是战士就要战斗在岗位上。过去战场上冲锋的战士倒下去的时候手里握着枪，向前扑下去。我们到什么时候也不能丢掉这种倒也要倒向前的精神！"

屋外，电闪雷鸣，风呼呼吼叫；屋内，铁火热风，正进行着激烈的思想交锋。徐进亭的思想如回炉的钢件，哧哧地冒着火星。

一场暴雨眼看就要来到了。老霍陡然站起身来，看了看黑沉沉的天色说："我要到矿机厂去一下。"

云涛拦住他："你哪儿也不能去，今天根本就不应该从医院里跑出来，晚上要好好休息。再说，你还有什么不放心的？对大雨做了准备，钻机任务有了把握，王凯的汇报提纲我也看了，明天就叫他进京去开会。你今天这十几个小时也够紧张了！"

徐进亭也说："老霍，你就把心放到肚里吧，明天我回矿机厂。"

云涛还不放心，又探头向里屋的庄林说道："老庄同志，今天晚上就把这个任务给你吧，好好看住老霍，不许他出门。"

庄林笑了："这个任务，我可不一定完成得了啊。"

云涛和徐进亭刚坐进吉普车，黄豆似的大雨点子就砸下来了。这不是雨，这是大自然搞的一场突然袭击！半夜时分，东去五十里的海上发生了海啸。虽然轻微，却也把一排排小山般的浪头推上海岸，漫了田野，汹涌奔泻过来，使这座城市的排水系统一时失灵。下了半夜的瓢泼大雨，排不出去，马路顷刻间成了小河。

霍大道听着这股哗哗的雨声，躺也躺不下，站也站不住。到了下半夜，他再也捺不住心里的急火了，披上雨衣冲到马路上，站在没膝深的水里。他浑身一阵激灵，心头隐隐发疼。抬头迎着碎石子般的雨点子，他扫了一眼天空，天好像漏了，大水猛劲地往下泼。老霍心里发狠，拉拉雨衣的帽子，蹚水向北湾工业区走去。

庄林急奔出来拉住了他的胳膊，拼力拖回屋里，问："你干什么去？"

"到厂里去看看。"

老庄急了："这大雨泼天的，你不要命了。"

老霍没有发火，吞下两片止痛药，系好雨衣扣子。庄林一看他的脸色，吃惊地说："你病又犯了？"

老霍平静地说："没有。"

"你骗我！"庄林要给他脱雨衣，想把他扶到床上。

老霍挡开她的手，耐心地说："你就好大惊小怪，我吃药是预防着点。你想想，这雨水这么大，北湾有十几个工厂，地势又最低，特别是矿机厂，叫人不放心。"

"你不去，人家就不会干吗？"

"这叫什么话！干部干部，要干在前头，先行一步。领导干部更要在群众困难的时候，出现在群众面前。"

"你有病！"

"病在我身上，我自己有数。"

"你非要走，等我去叫汽车。"

老霍笑了："你不看马路上水那么深，汽车打得着火吗？除非你有本事能搞到一条快艇。"

庄林见他铁了心要走，心里一酸，眼圈红了："你甭瞒我，你心绞痛又犯了，雨水这么大，半路上出了事怎么办？"

老霍看着老伴，语气庄重地说："同志，那年我们在苏北，你得了伤寒，刘司令员叫我留下照看你，你不肯，对刘司令员说，一个团长不去带兵打仗，守着老婆算什么！刘司令员当时怎么说的，你还记得吗？他说，怪不得卫生队的护士们都叫你庄大姐，你还真是个好大姐哩！霍大道的爱人就应该有这股刚性。今天，你是怎么啦？"

庄大姐半天没吭声，然后擦擦眼角站起身，取过墙角的拖把，把拖把头卸下来，把拖把杆递给老霍："拿着这个当拐棍。等我穿上雨衣，跟你一起走。"

"用不着你。有这个就挺好。"老霍满意地扫了老伴一眼，精神抖擞地冲进了大雨之中。

庄大姐来不及找雨衣，顶件旧衣服跟出屋，站在水里看着老霍吃力地蹚水向前走去。她真想扑上去再把老霍劝回来，但她终于没有动，直到雨帘完全把老霍的身影遮住。她自己也被浇湿了，仍然站在雨水里想着主意。

雨水没过了膝头，老霍走起来十分费劲，走到一半路程，就筋疲力尽了。加上心绞痛发作，他感到每一次抬脚动步，都像牵住了心叶。头上哗哗浇着雨水，身上却一阵阵冒虚汗，他每走一步都要下很大的决心，需要很大的毅力。四周都是水，想要找个地方坐下歇一歇都不行。他给自己下了一道命令：走下去，一定要走下去，这口气不断就得走到底，决不能倒下！

老霍知道，只要一倒下去，就会站不起来了。

他终于看见北湾桥了，翻过桥再有二里路，就是矿山机械厂了。

水还没有漫上桥面，老霍走上桥来，坐在湿桥板上，从兜里摸出湿漉漉的药片吞下去。稍歇了一会儿，觉得心痛得越来越紧，左手在脸上抹了一把，分不清是冷汗还是雨水。他意识到这样坐久了就会站不起来啦。他心一横，抖擞精神，拄着拖把杆站了起来。

老霍大步向桥下走去，一下桥，地势更低了，水流也更急了，洪水已经淹到了他的腰部，他几次险些被洪水冲倒。衣服全湿透了，头晕目眩，他感到情况不好，伸手到衣袋里去摸药，药片全被水溶化了。

怎么办？往前看，白浪滔滔，越走越危险；向后转，有座桥，退回桥上就安全了。可是，老霍脚步没停，连头也没有扭回去瞧一眼。虽然一步挪动不了多远，却仍是不停地在挪动，向前挪动。他几乎像处于一种半昏迷状态，头昏沉沉的，全身麻木，甚至连心绞痛也不那么钻心了。但他却清醒地意识到自己还在走，他还在命令自己走下去，他甚至还算出离矿机厂的大门已经不远了。

无情的雨鞭，发颤了，变软了！

肆虐的洪水，惊呆了，逃跑了！

铁铮铮的老霍，在水里挺着，在雨里走着！

也许有些医学专家们，不相信一个患有心绞痛的病人，能在大雨泡天的洪水里战斗一个多小时，他们不理解这种"病人"。但是机电局三十八万职工理解他们的老霍，就像理解焦裕禄和王进喜一样。老霍走着走着，突然感到身上一阵轻松，耳边传来了亲人的呼唤：

"老霍！"

"霍局长！"

他睁大眼，左边站着老伴庄林，右边是司机小万。庄林没有去擦那满脸的泪水，使劲架住丈夫的胳膊，她觉得自己胸腔里鼓荡着一股从来没有过的豪情。小万用力扶住局长，她眼里也含着两泡热泪。此刻她和老霍、庄大姐迈在一个节拍上的双脚，难道不是在抢渡"大渡河"，不是在过"雪山草地"，不是在走一条新的长征路！

老霍欣慰地笑了："小万，你怎么来了？"

"大雨把我闹醒了，我一琢磨，这种节骨眼您准是在家待不住。车开不了，就跑到您家去，见庄林同志正要来追您，我们就跟着您的脚步赶来了。"

老霍说："来，咱们唱个《战斗进行曲》不好吗？"

于是，低沉而有力的歌声，穿过风雨，压住涛声，似海燕在水面上飞翔，像雄鹰在风雨里搏击。

这时，靳师傅站在露出水面的半截水泥桩上，向北湾桥方向瞭望，他的心是和老霍相通的。他坚信在这样的时刻老霍会到厂里来。当他一看到老霍他们隐约的身影，就急步奔过去，顾不得水花把上衣打湿。一靠近老霍，这位老工人发红的眼睛里满是泪水，嘴唇抖动着。他叫小万扶住庄大姐，自己稳稳把住了老霍："我在等你，我知道你会来的。"

"车间停产了？"老霍仿佛不在意地问。

靳师傅难过地点点头："我是向你打了包票的，可这大雨给搅了！"

老霍嘴角蔑视地一撇："这算不了什么，无非就是水多了一些，即便再加上大火，加上原子弹，咱们也能对付。"说完，他推开靳师傅，自己大步向前走去。

矿山机械厂排水护厂的工人，看见靳师傅果然把霍局长迎来了，他们发疯似的踢飞洪水，飞跑过去，扶住庄大姐，拉住小万。这群和风雨搏斗了一夜不曾皱眉、不曾叹一口气的汉子，这工夫眼眶子全湿了。

护厂队的首领是于德禄。他抢过老霍，背在背上，向保健站跑去。老霍在于德禄背上哭笑不得，只得擂着他的背喊："于德禄，你发疯了，我冒雨赶来可不是为了住你的医院。"

"谁叫您来的？您根本就不用来。"

"这还用人叫？我自己要来的！我知道，有你们，我不来也行。可是，你知道，你们不叫我来，那可不行！"

于德禄不管局长怎么抗议，还是一直把他背到保健站，看着医生给老霍打了针，服了药，换上干衣服。

于德禄这才安静下来，走到老霍跟前说："老天这一突然袭击，我的罪就更大了！夜里我一边领着工人防雨排水，一边暗骂自己，觉着你对我的批评不是过重，而是还轻。"

老霍看看他，这个粗壮的汉子一夜间仿佛消瘦了许多，络腮胡子也挓挲起来了。对他在这样的夜晚没有离开工厂，领着工人们大战洪水，老霍心里是满意的，嘴上却说："老于，我们的对手都是搞突然袭击的专家，就像这暴风雨，毫不讲信用，说来就来，我们不防备就要吃亏。"

于德禄愧疚地点着头："干部职工情绪正热，这一大瓢冷水泼得太苦了！"

"这不是泼冷水，是火上泼油！"老霍详细询问了水淹的情况，然后斩钉截铁地说："8点钟让那四个车间恢复生产。你派两支硬队伍保住变电所和铁路，叫交换台通知北湾区各厂来一个负责干部，带一辆卡车，越快越好。"

老霍亲自给水泵厂打电话，要求派二十辆卡车，绕郊区的战备公路，送五十台直径三米的大水泵来，以供各厂使用，"让咱们的'铁龙王'和霸道的水龙王较量！"他又给可能会出问题的单位一一打了电话，了解了水情，作了指示。

不一会儿，于德禄领着北湾区各厂的负责人来了。老霍详细做了防洪排水的部署，最后对小万说："你打个电话向云涛同志汇报：全局有十八个工厂的部分车间停产，到今天上午 8 点钟能恢复正常。矿机厂干部、工人干劲很高，铁路线没有被淹，有三千二百台潜孔钻机已经发车。电机厂也来抢去一部分任务，后八百台 31 日上午可以发车。"

水泵厂把"铁龙王"送到了，各厂负责人高高兴兴地拉着"铁龙王"去了。小万打完电话乐颠颠地跑回来。

"报告局长，云涛同志和其他几个领导都下厂了，我把情况告诉了值班员。另外，徐副局长也来了，一到就去钻机车间了。"

老霍用手指点点她，也笑了。

两个小时后，雨停了，水排净了。城市格外干净，空气格外清新。生产处长王凯进京开计划会议，来到北湾区。这里已经看不出丝毫雨淋水泡的痕迹，而像洪水一样波浪齐天猛劲上涨的是工人更大的热情和干劲。矿山机械厂更像开了锅。装配工靳师傅正往车间东墙上贴标语。鲜红的大标语似雨后彩虹：

"把以前丢掉的时间抢回来！"

"把上个月落下的任务补回来！"

王凯好不容易才在炉台上找到了满头大汗的老霍。他扫一眼身穿炼钢服的于德禄，凑过去揶揄地说："你这头狮子又欢起来了。"

于德禄朝旁边的老霍努努嘴："局长把我的尾巴给按下去了。"王凯那宽阔的面孔，就像阳光呆呆的晴空，洋溢着信心和力量，爽快地对老霍说："局长，我要走了，你还有什么叮嘱的？"说完还拍了拍自己的黑色皮包，那神情仿佛提包里装的不是一份计划、表报，而是一颗颗革命的火石、跃进的种子。他确是带着机电局叫人吃一惊的跃进计划上大会的，他还要在大会上拍胸脯的。老霍想了想，说："没问题，你去拍胸脯吧。在会上，你掌握这么个原则：除去理所当然地全面完成国家生产计划之外，凡是攻尖端、补空白、制造高大精尖产品的任务，给咱，咱要；不给咱，要抢。三十八万机械工人的志气和双手做你的后盾，你在会上的所做所言，对下，要能代表这三十八万人，对上，要让国家满意放心！”

王凯深沉地点点头。他激动得眼眶里噙满了泪水。他想："老霍身上有一种强烈的进取心，胸中有烧不完的烈火，脚下有攀不完的高峰。这样的'大刀'干部，是革命的宝啊！"

进京的车子，在坦荡的大道上轻快地向前飞去。

新的一天开始了。机电局胜利地度过了不平常的一天。但这一天对机电局长霍大道说来，却很平常。在他一生的战斗里程上，经历过多少个这样的一天，还要迎来多少个这样严峻而壮丽的一天！

1976 年发表于《人民文学》第 1 期

乔厂长上任记

"时间和数字是冷酷无情的，像两条鞭子，悬在我们的背上。

"先讲时间。如果说国家实现现代化的时间是二十三年，那么咱们这个给国家提供机电设备的厂子，自身的现代化必须在八到十年内完成。否则，炊事员和职工一同进食堂，是不能按时开饭的。

"再看数字。日本日立公司电机厂，五千五百人，年产一千二百万千瓦；咱们厂，八千九百人，年产一百二十万千瓦。这说明什么？要求我们干什么？

"前天有个叫高岛的日本人，听我讲咱们厂的年产量，他晃脑袋，说我保密！当时我的脸臊成了猴腚，两只拳头攥出了水。不是要揍人家，而是想揍自己。你们还有脸笑！当时要看见你们笑，我就揍你们。

"其实，时间和数字是有生命、有感情的，只要你掏出心来追求它，它就属于你。"

——摘自厂长乔光朴的发言记录

出 山

党委扩大会一上来就卡了壳，这在机电工业局的会议室里不多见，特别是在局长霍大道主持的会上更不多见。但今天的沉闷似乎不是那种干燥的、令人沮丧的寂静，而是一种大雨前的闷热、雷电前的沉寂。算算吧，"四人帮"倒台两年了，一九七八年又过去了六个月，电机厂已经两年零六个月没完成任务了。再一再二不能再三，全局都快要被它拖垮了。必须彻底解决，派硬手去。派谁？机电局闲着的干部不少，但顶戗的不多。愿意上来的人不少，愿意下去，特别是愿意到大难杂乱的大户头厂去的人不多。

会议要讨论的内容两天前已经通知到各委员了，霍大道知道委员们都有准备好的话，只等头一炮打响，后边就会万炮齐鸣。他却丝毫不动声色，他从来不亲自动手去点第一炮，而是让炮手准备好了自己燃响，更不在冷场时赔着笑脸絮絮叨叨地启发诱导。他透彻人肺腑的目光，时而收拢，合目沉思，时而又放纵开来，轻轻扫过每一个人的脸。

有一张脸渐渐吸引住霍大道的目光。这是一张有着矿石般颜色和猎人般粗犷特征的脸：石岸般突出的眉弓，饿虎般深藏的双睛；颧骨略高的双颊，肌厚肉重的阔脸。这一切简直就是力量的化身。他是机电局电器公司经理乔光朴，正从副局长徐进亭的烟盒里抽出一支香烟在手里摆弄着。自从十多年前在"牛棚"里一咬牙戒了烟，从未开过戒，只是留下一个毛病：每逢开会苦苦思索或心情激动的时候，喜欢找别人要一支烟在手里玩弄，间或放到鼻子上去嗅一嗅。仿佛没有这支烟他的思想就不能集中。他一双火力十足的眼睛不看别人，只盯住手里的香烟。饱满的嘴唇铁闸一般紧闭着，里面坚硬的牙齿却在不断地咬着牙帮骨，左颊上的肌肉鼓起一道道棱子。霍大道极不易觉察地笑了，他不仅估计到第一炮很快就要炸响，而且对今天会议的结果似乎也有了七分把握。

果然，乔光朴手里那支珍贵的"郁金香"牌香烟不知什么时候变成一堆碎烟丝。他伸手又去抓徐进亭的烟盒，徐进亭挡住了他的手："得啦，光朴，你又不吸，这不是白白糟踏吗？要不一开会抽烟的人都躲你远远的。"

有几个人嘲弄地笑了。

乔光朴没抬眼皮，用平稳的显然是经过深思熟虑的口吻说："别人不说我先说，请局党委考虑，让我到重型电机厂去。"

这低沉的声调在有些委员的心里不啻是爆炸了一颗手榴弹。徐副局长更是惊诧地掏出一支香烟主动地丢给乔光朴："光朴，你是真的，还是开玩笑？"

是啊，他的请求太出人意外了，因为他现在占的位子太好了。"公司经理"——上有局长，下有厂长，能进能退，可攻可守。形势稳定可进到局一级，出了问题可上推下卸，躲在二道门内转发一下原则号令。愿干者可以多劳，不愿干者也可少干，全无凭据；权力不小，责任不大，待遇不低，费心血不多。这是许多老干部梦寐以求而又得不到手的"美缺"。乔光朴放着轻车熟路不走，明知现在基层的经最不好念，为什么偏要下去呢？

乔光朴抬起眼睛，闪电似的扫过全场，最后和霍大道那穿透一切的目光相遇了，倏地这两对目光碰出了心里的火花，一刹那等于交换了千言万语。乔光朴仍是用缓慢平稳的语气说："我愿立军令状。乔光朴，现年五十六岁，身体基本健康，血压有一点高，但无妨大局。我去后如果电机厂仍不能完成国家计划，我请求撤销我党内外一切职务。到干校和石敢去养鸡喂鸭。"

这家伙，话说得太满、太绝。还无疑是一些眼下最忌讳的语言。当语言中充满了虚妄和垃圾，稍负一点责的干部就喜欢说一些漂亮的多义词，让人从哪个方面都可以解释。什么事情还没有干，就先从四面八方留下退却的路。因此，乔光朴的"军令状"比它本身所包含的内容更叫霍大道高兴。他欣赏地抬起眼睛，心里想：这位大爷就是给他一座山也能背走，正像俗话说的，他像脚后跟一样可靠，你尽管相信他好了。就问："你还有什么要求？"

乔光朴："我要带石敢一块去，他当党委书记，我当厂长。"

会议室里又炸了。徐副局长小声地冲他嘟囔："我的老天，你刚才扔了个手榴弹，现在又撂原子弹，后边是不是还有中子弹？你成心想炸毁我们的神经？"

乔光朴不回答，腮帮子上的肌肉又鼓起一道道肉棱子，他又在咬牙帮骨。

有人说："你这是一厢情愿，石敢同意去吗？"

乔光朴："我已经派车到干校去接他，就是拖也要把他拖来。至于他干不干的问题，我的意见他干也得干，他不干也得干。而且——"他把目光转向霍大道，"只要党委正式做决议，我想他是会服从的。我对别人的安排也有这个意见，可以听取本人的意见和要求，但也不能完全由个人说了算。党对任何一个党员，不管他是哪一个级别的干部，都有指挥调动权。"

他说完看看手表，像事先约好的一样，石敢就在这时候进来了。猛一看，这简直就是一位老农民。但从他走进机电局大楼，走进肃穆的会议室仍然态度安详，就可知这是一位经过阵势、以前常到这个地方来的人。他身材短小，动作迟钝，仿佛他一切锋芒全被这极平常的外貌给遮掩住了。斗争的风浪明显地在他身上留下了涤荡的痕迹。虽然刚交六十岁，但他的脸已被深深的皱纹切破了，像个胡桃核。他看上去要比实际年龄大得多。他对一切热烈的问候和眼光只用点头回答，他脸上的神色既不热情，也不冷淡，倒有些像路人般的木然无情。他像个哑巴，似乎比哑巴更哑。哑巴见了熟人还要咿咿呀呀地叫喊几声，以示亲热；他的双唇闭得铁紧，好像生怕从里边发出声音来。他没有在霍大道指给他的位子上坐下，好像不明白局党委开会为什么把他找来，随时准备离开这儿。

乔光朴站起来："霍局长，我先和老石谈一谈。"

霍大道点点头。乔光朴抓住石敢的胳膊，半拥半推地向外走。石敢瘦小的身材叫乔光朴魁伟的体架一衬，就像大人拉着一个孩子。他俩来到霍大道的办公室，双双坐在沙发上，乔光朴望着自己的老搭档，心里突然翻起一股难言的痛楚。

一九五八年，乔光朴从苏联学习回国，被派到重型电机厂当厂长，石敢是党委书记。两个人把电机厂搞成了一朵花。石敢是个诙谐多智的鼓动家，他的好多话在"文化大革命"中被人揪住了辫子，在"牛棚"里常对乔光朴说："舌头是惹祸的根苗，是思想无法藏住的一条尾巴，我早晚要把这块多余的肉咬掉。"他站在批判台上对造反派叫他回答问题更是恼火，不回答吧态度不好，回答吧更加倍激起批判者的愤怒，他曾想要是没有舌头就不会有这样的麻烦了。而和他常常一起挨斗的乔光朴，却想出了对付批斗的"精神转移法"。刚一上台挨斗时，乔光朴也和石敢一样，非常注意听批判者的发言，越听越气，常常汗流浃背，毛发倒竖，一场批判会下来筋骨酥软，累得像摊泥。挨斗的次数一多，时间一长就油了。乔光朴酷爱京剧，往台上一站，别人的批判发言一开始，他心里的锣鼓也开场了，默唱自己喜爱的京剧唱段，以转移自己的注意力。此法果然有效，不管是几个小时的批斗会，不管是"冰棍式"，还是"喷气式"，他全能应付自如。甚至有时候还能触景生情，一见批判台搭得很高，就来一段"由本督在马上用目观望"，有时皮肉受点苦，就来一段《敬德装疯》："为江山跑坏了能征惯战的马……"他得意扬扬地把自己的经验传授给石敢，劝他的伙伴不要老是那么认真，暗憋暗气地老是诅咒本来无罪的舌头。无奈石敢不喜好京剧，乔光朴行之有效的办法对他却无效。一九六七年秋天一次批判会，台子高高搭在两辆重型翻斗汽车上，散会时石敢一脚踩空，笔直地摔下台，腿脚没伤，舌头果真咬掉了一块。他忍住疼没吭声，血灌满了嘴就咽下去。等到被人发现时已无法再找回那块舌头。从那天起，两个老伙伴就分开了。石敢成了半哑巴，公共场合从来不说话。治好伤就到机电局干校劳动，局里几次要给他安排工作，他借口是残废人不上来。"四人帮"倒台的消息公布以后，他到市里喝了一通酒，晚上又回干校了，说舍不得那大小"三军"。他在干校管着上百只鸡，几十只鸭，还有一群羊，人称"三军司令"。他表示后半辈子不再离开农村。今天一早，乔光朴派亲近的人借口有重要会议把他叫来了。

乔光朴把自己的打算，立"军令状"的前后过程全部告诉了石敢，充满希望地等着老伙伴给他一个全力支持的回答。

石敢却是长时间的不吭声，探究的、陌生的目光冷冷地盯着乔光朴，使乔光朴很不自在。老朋友对他的疏远和不信任叫他的心打寒战。沉了一会儿，石敢到底说话了，语音低沉而又含混不清。乔光朴费劲地听着：

"你何苦要拉一个垫背的？我不去。"

乔光朴急了："老石，难道你躲在干校不出山，真的是像别人传说的那样，是由于怕了，是'怕死的杨五郎上山当了和尚'？"

石敢脸上的肌肉颤抖了一下，但毫不想辩解地点点头，认账了。这使乔光朴急切地从沙发上跳起来替他的朋友否认："不，不，你不是那种人！你唬别人行，唬不了我。"

"我只有半个舌……舌头，而且剩下的这半个如果牙齿够得着也想把它咬下去。"

"不，你是有两个舌头的人，一个能指挥我，在关键的时候常常能给我别的人所不能给的帮助；另一个舌头又能说服群众服从我。你是我碰到过的最好的党委书记，我要回厂你不跟我去不行！"

"咳！"石敢眼里闪过一丝痛苦的暗流，"我是个残废人，不会帮你的忙，只会拖你的手脚。"

"石敢，你少来点感伤情调好不好，你对我来说，重要的不是舌头，你有头脑，有经验，有魄力，还有最重要的——你我多年合作的感情。我只要你坐在办公室里动动手指，或到关键时候给我个眼神，提醒我一下，你只管坐镇就行。"

石敢还是摇头："我思想残废了，我已经消耗完了。"

"胡说！"乔光朴见好说不行，真要恼了，"你明明是个大活人，呼出碳气，吸进氧气，还在进行血液循环，怎说是消耗完了？在活人身上难道能发生精力消耗完的事吗？掉个舌头尖思想就算残废啦？"

"我指热情的细胞消耗完了。"

"嗯？"乔光朴一把将石敢从沙发上拉起来，枪口似的双眼瞄准石敢的瞳孔，"你敢再重复一遍你的话吗？当初你咬下舌头吐掉的时候，难道把党性、生命连同对事业的信心和责任感也一块吐掉了？"

石敢躲开了乔光朴的目光，他碰上了一面无情的能照见灵魂的镜子，他看见自己的灵魂变得这样卑微，感到吃惊，甚至不愿意承认。

乔光朴用嘲讽的口吻，像是自言自语地说："这真是一种讽刺，'四化'的目标中央已经确立，道路也打开了，现在就需要有人带着队伍冲上去。瞧瞧我们这些区局级、县团级干部都是什么精神状态吧，有的装聋作哑，甚至被点将点到头上，还推三阻四。我真纳闷，在我们这些级别不算低的干部身上，究竟还有没有普通党员的责任感？我不过像个战士一样，听到首长说有任务就要抢着去完成，这本来是极平常的事，现在却成了出风头的英雄。谁知道呢，也许人家还把我当成了傻瓜哩！"

石敢又一次被刺疼了，他的肩头抖动了一下。乔光朴看见了，诚恳地说："老石，你非跟我去不行，我就是用绳子拖也得把你拖去。"

"咳，大个子……"石敢叹了口气，用了他对乔光朴最亲热的称呼。这声"大个子"叫得乔光朴发冷的心突地又热起来了。石敢立刻又恢复了那种冷漠的神情："我可以答应你，只要你以后不后悔。不过丑话说在前边，咱们订个君子协定，什么时候你讨厌我了，就放我回干校。"

当他们两个回到会议室的时候，委员们也就这个问题形成了决议。霍大道对石敢说："老乔明天到任，你可以晚去几天，休息一下，身体哪儿不适到医院检查一下。"

石敢点点头走了。

霍大道对乔光朴说："刚才议论到干部安排问题，你还没有走，就有人盯上了你的位子了！"他把目光又转向委员们，"你们的口袋里是不是还装着别人写的条子，或是受了人家的托付？我看今天彻底公开一下，把别人托你们的事都摆到桌面上来，大家一块议一议。"

大家面面相觑，他们都知道霍大道的脾气，他叫你拿到桌面上来，你若不拿，往后在私下是决不能再向他提这些事了。徐进亭先说："电机厂的冀申提出身体不好，希望能到公司里去。"接着别的委员也都说出了曾托付过自己的人。

霍大道目光像锥子一样，气色森严，语气里带着不想掩饰的愤怒："什么时候我们党的人事安排改为由个人私下活动了呢？什么时候党员的工作岗位分成了'肥缺''美缺'和'瘦缺''苦缺'了呢？毛遂自荐自古就有，乔光朴也是毛遂自荐，但和这些人的自荐是完全不同的两种性质。冀申同志在电机厂没搞好，却毫不愧疚地想到公司当经理，我不相信搞不好一个厂的人能搞好一个公司。如果把托你们的人的要求都满足，我们机电局只好安排十五个副局长，下属六个公司，每个公司也只好安排十到十五个正副经理，恐怕还不一定都满意。身体不好在基层干不了，到机关就能干好？机关是疗养院？还是说在机关干好干坏没关系？有病不能工作的可以离职养病，名号要挂在组织处，不能占着茅坑不屙屎。宁可虚位待人，不可滥任命误党误国。我欣赏光朴同志立的'军令状'，这个办法要推行，往后像我们这样的领导干部也不能干不干一个样。有功的要升、要赏，有过的要罚、要降！有人在一个单位玩不转了就托人找关系，一走了之。这就助长干部身在曹营心在汉，骑着马找马的坏风气。难怪工人反映，厂长都不想在一个厂里干一辈子，多则订个三年计划，少则是一年规划，打一枪换一个地方，这怎么能把工厂搞好！"

徐进亭问："冀申原是电机厂一把手，老乔和石敢一去不把他调出来怎么安排？"

霍大道："当副厂长嘛。干好了可以升，干不好还降，直降到他能够胜任的职位止。当然，这是我个人的意见，大家还可以讨论。"

徐进亭悄悄对乔光朴说："这下你去了以后就更难弄了。"

乔光朴耸耸肩膀没吭声，那眼光分明在说："我根本就没想到电机厂去会有轻松的事。"

上 任

一

机电局党委扩大会散后，乔光朴向电器公司副经理做了交接，回到家已是晚上了。屋里有一股呛鼻的潮味，他把门窗全部打开。想沏杯茶，暖瓶是空的，就吞了几口冷开水。坐在书桌前，从一摞书的最底下拿出一本《金属学》，在书页里抽出一张照片。照片是在莫斯科的红场上照的，背景是列宁墓。前面并肩站着两个人，乔光朴穿浅色西装，健美潇洒，显得很年轻，脸上的神色却有些不安。他旁边那个妩媚秀丽的姑娘则神情快乐，正侧脸用迷人的目光望着乔光朴，甜甜地笑着。仿佛她胸中的幸福盛不下，从嘴边漫了出来。乔光朴凝视着照片，突然闭住眼，低下头，两手用力掐住太阳穴。照片从他手指间滑落到桌面上——一九五七年，乔光朴在苏联学习的最后一年，到列宁格勒电力工厂担任助理厂长。女留学生童贞正在这个厂搞毕业设计，她很快被乔光朴吸引住了。乔光朴英风锐气，智深勇沉，精通业务，抓起生产来仿佛每个汗毛孔里都是心眼，浑身是胆。他的性格本身就和恐惧、怀疑、阿谀奉承、互相戒备这些东西时常发生冲突，童贞最讨厌的也正是这些玩艺，她简直迷上这个比自己大十多岁的男人了。在异国他乡同胞相遇分外亲热，乔光朴像对待小妹妹，甚至是像对待小孩一样关心她，保护她。她需要的却是他的另一种关怀，她嫉妒他渴念妻子时的那种神情。

乔光朴先回国，一九五八年底童贞才毕业归来。重型电机厂刚建成正需要工程技术人员，她又来到乔光朴的身边。一直在她家长大的外甥郗望北，是电机厂的学徒工，一次很偶然的机会，他发现了小老姨对厂长的特殊感情。这个小伙子性格倔强，有蔫主意，恨上了厂长，认为厂长骗了他老姨。他虽比老姨还小好几岁，却俨然以老姨的保护人的身份处处留心，尽量阻挡童贞和乔光朴单独会面。当时有不少人追求童贞，她一概拒之门外，矢志不嫁。这使郗望北更憎恨乔光朴，他认定乔光朴搞女人也像搞生产一样有办法，害了自己老姨的一生。

七年过去了，"文化大革命"一开始，郗望北成为一派造反组织的头头，专打乔光朴。他只给乔光朴的"走资派"帽子上面又扣上"老流氓""道德败坏分子"的帽子，但不细究，不深批，免得伤害自己的老姨。可是他的队员们对这种花花绿绿的事很感兴趣，捕风捉影，编出很多情节，反倒深深地伤害了童贞。在童贞眼里，乔光朴是搞现代化大生产难得的人才，过去一直威信很高，现在却名誉扫地。犯路线错误的人群众批而不恨，犯品质错误的人群众最厌恶。可在那种时候又怎能把真相向群众说清呢？童贞觉得这都是由于自己的缘故，使乔光朴比别的"走资派"吃了更多的苦头，她给乔光朴写了一封信，想一死了事。细心的郗望北早就留了这个心眼，没让童贞死成。这使乔光朴觉得一下子同时欠下了两个女人的债。

乔光朴的妻子在大学当宣传部长，虽然听到了关于他和童贞的议论，但丝毫也不怀疑自己的丈夫，直到一九六八年初不清不白地死在"牛棚"里，她从未怀疑过乔光朴的忠诚。乔光朴为此悔恨不已，曾对着妻子的遗像坦白承认，他在童贞大胆的表白面前确实动摇过，心里有时也真的很喜欢她。他表示从此不再搭理童贞。当最小的一个孩子考上大学离开他以后，他一个人守着几间空房子，过着苦行僧式的生活，似乎是有意折磨自己，向死去的妻子表明他对她和儿女感情的纯洁无瑕和忠贞不渝……

可是，下午在公司里交接完工作，乔光朴神差鬼使给童贞打了个电话，约她今晚到家里来。过后他很为自己的行动吃惊，责问自己：这是什么意思呢？如果自己不再回厂，事情也许永远就这样过去了。现在叫他俩该怎样相处？十年前厂子里的人给他俩的头上泼了那么多脏水啊！他这才突然发现，他认为早被他从心里挖走了的童贞，却原来还在心里占着一个位置。他没有在痛苦的思索里理出头绪，他不想再触摸这些复杂而又微妙的感情的琴弦了。得振作一下，明天回厂还有许多问题要考虑。忽然，觉得有什么东西落到头上，他抬起头，心里猛地一缩——童贞正依着他的膀子站着，泪眼模糊地望着那张照片。滴落到他头上的，无疑就是她的眼泪。他站起身抓住她的手："童贞，童贞……"

童贞身子一颤，从乔光朴发烫的大手里抽出自己的手，转过身去，擦干眼角，极力控制住自己。童贞的变化使乔光朴惊呆了。她才四十多岁，头上已有了白发；过去，她的一双亮眼燃烧着大胆而热情的光芒，敢于火辣辣地长久地盯着他，现在她的眼神是温润的、绵软的，里面透出来的愁苦多于快乐。乔光朴的心里隐隐发痛。这个在业务上很有才气的女工程师，她本来可以成为国家很缺少的机电设备专家，现在从她身上再也看不见那个充满理想、朝气蓬勃的小姑娘的影子了。使她衰老这么快的原因，难道只是岁月吗？

两人都有点不大自然，乔光朴很想说一句既得体又亲热的话来打破僵局："童贞，你为什么不结婚？"这根本不是他想要说的意思，连声音也不像他自己的。

童贞不满地反问："你说呢？"

乔光朴懊丧地一挥手，他从来不说这样没味道的话。突然把头一摆，走近童贞："我干吗要装假？童贞，我们结婚吧，明天，或者后天，怎么样？"

童贞等这句话等了快二十年了，可今天听到了这句话，却又感到慌乱和突然。她轻轻地说："你事先一点信也不透，为什么这么急？"

乔光朴一经捅破了这层纸，就又恢复了他那热烈而坚定的性格："我们头发都白了，你还说急？我们又不需要什么准备，请几个朋友一吃一喝一宣布就行了。"

童贞脸上泛起一阵幸福的光亮，显得年轻了，喃喃地说："我的心你是知道的，随你决定吧。"

乔光朴又抓起童贞的手，高兴地说："就这样定，明天我先回厂上任，通知亲友，后天结婚。"

童贞一惊："回厂？"

"对，今天上午局党委会决议，石敢和我一块回去，还是老搭档。"

"不，不！"童贞说不清是反对还是害怕。她早盼着乔光朴答应和她结婚，然后调到一个群众不知道他俩情况的新单位去，和所爱的人安度晚年。乔光朴突然提到要回厂，电机厂的人听到他俩结婚的消息会怎样议论？童贞一想到能强奸人的灵魂、把刀尖捅到人心里将人致死的群众舆论，简直浑身打战。况且郗望北现在是电机厂副厂长，他和乔光朴这一对冤家怎么在一块共事？她忧心忡忡地问："你在公司不是挺好吗，为什么偏要回厂？"

乔光朴兴致勃勃地说："搞好电器公司我并不要怎么费劲，也许正因为我的劲使不出来我才感到不过瘾。我对在公司里领导大集体、小集体企业，组织中小型厂的生产兴趣不大，我不喜欢搞针头线脑。"

"怎么，你还是带着大干一番的计划，回厂收拾烂摊子吗？"

"不错，我对电机厂是有感情的。像电机厂这样的企业，如果老是一副烂摊子，国家的现代化将成为画饼。我们搞的这一行是现代化的发动机，而大型骨干企业又是国家的台柱子。搞好了有功，不比打江山的功小；搞不好有罪，也不比叛党卖国的罪小。过去打仗也好，现在搞工业也好，我都不喜欢站在旁边打边鼓，而喜欢当主角，不管我将演的是喜剧还是悲剧。趁现在精力还达得到，赶紧抓挠几年，我想叫自己的一辈子有始有终，虎头豹尾更好，至少要虎头虎尾。我们这一拨的人，虎头蛇尾的太多了。"

是惊？是喜？是不安？童贞感慨万端。以前她爱上乔光朴，正是爱他对事业的热爱，以及在工作上表现出来的才能和男子汉特有的雄伟顽强的性格。现在的乔光朴还是以前她爱的那个人，但她却希望他离开他眷恋的事业。难道她爱不上战场的英雄，离开骏马的骑手？她像是自言自语地说："没见过五十多岁的人还这么雄心勃勃。"

"雄心是不取决于年岁的，正像青春不一定就属于黑发的人，也不见得会随着白发而消失。"乔光朴从童贞的眼睛里看出她衰老的不光是外表，还有她那颗正在壮年的心苗，她也害上了正在流行的政治衰老症。看来精神上的胆怯给人造成的不幸，比估计到的还要多。这使他突然意识到自己的责任。他几乎用小伙子般的热情抱住童贞的双肩，热烈地说："喂，工程师同志，你以前在我耳边说个没完的那些计划，什么先搞六十万千瓦的，再搞一百万的、一百五十万的，制造国家第一台百万千瓦原子能发电站的设备，我们一定要揽过来，你都忘了？"

童贞心房里那颗工程师的心热起来。

乔光朴继续说："我们必须摸准世界上最先进国家机电工业发展的脉搏。在五十年代、六十年代，我们是面对世界工业的整个棋盘来走我们电机厂这颗棋子的，那时各种资料全能看得到，心里有底，知道怎样才能挤进世界先进行列。现在我心里没有数，你要帮助我。结婚后每天晚上教我一个小时的外语，怎么样？"

她勇敢地、深情地迎着他的目光点点头。在他身边她觉得可靠，安全，连自己似乎也变得坚强而充满了信心。她笑着说："真奇怪，那么多磨难，还没有把你的锐气磨掉。"

他哈哈一笑："本性难移。对于精神萎缩症或者叫政治衰老症也和生其他的病一个道理，体壮人欺病，体弱病欺人。这几年在公司里我可养胖了，精力贮存得太多了。"他狡黠地望望童贞，正利用自己特殊的地位，不放过能够给这个娇小的女人打气的机会。他说："至于说到磨难，这是我们的福气，我们恰好生活在两个时代交替的时候。历史有它的阶段，人活一辈子也有它的阶段，在人生一些重大关头，要敢于充分大胆地正视自己的心愿。俗话说，石头是刀的朋友，障碍是意志的朋友。"

他要她陪他一块到厂里去转转，童贞不大愿意。他用开玩笑的口吻说："你以前骂过我什么话？噢，对，你说我在感情上是粗线条的。现在就让我这个粗线条的人来谈谈爱情。爱情，是一种勇敢而强烈的感情。你以前既是那么大胆地追求过它，当它来的时候就用不着怕它，更用不着隐瞒它以欺骗自己、苦恼自己。我真怕你像在政治上一样也来个爱情衰老病。趁着我还没有上任，我们还有时间谈谈情说说爱。

她脸红了："胡说，爱情的绿苗在一个女人的心里是永远不会衰老的。"做姑娘时的勇气又回到她的身上，她热烈地吻了他一下。

在去厂的路上，她却说服他先不能结婚。她借口说这件事对于她是终身第一次也是最后一次，而且她为这一天比别的女人付出了更多的代价，她要好好准备一下。乔光朴同意了。当然，童贞推延婚期的真正原因根本不是这些。

二

两个人走进电机厂，先拐进了离厂门口最近的八车间。乔光朴只想在上任前冷眼看看工厂的情况。走进了熟悉的车间，他浑身的每一个筋骨眼仿佛都往外涨劲，甚至有一股想亲手摸摸摇把的冲动。他首先想起了"十二把尖刀"。十年前他当厂长时，每一道工序都培养出一两个尖子，全厂共有十二个人，一开表彰先进的大会，这"十二把尖刀"都坐在头一排的金交椅上。童贞告诉他说："你的尖刀们都离开了生产第一线，什么轻省干什么去了。有的看仓库、守大门，有的当检验员，还有一个当了车间头头。有四把刀在批判大会上不是当面控诉你用物质刺激腐蚀他们，你真的一点不记仇？"

乔光朴一挥手："咳，记仇是弱者的表现。当时批判我的时候，全厂人都举过拳头，呼过口号，要记仇我还回厂干什么？如果那十二个人不行了，我必须另磨尖刀。技术上不出尖子不行，产品不搞出名牌货不行！"

乔光朴一边听童贞介绍情况，一边安然自在地在机床的森林里穿行。他在车间里这样溜达，用行家的眼光打量着这些心爱的机器设备，如果再看到生产状况良好，那对他就是最好的享受了。比任何一对情人在河边公园散步所感到的滋味还要甘美。

外行看热闹，内行看门道，乔光朴在一个青年工人的机床前停住了，那小伙子干活不管不顾，把加工好的叶片随便往地上一丢，嘴里还哼着一支流行的外国歌曲。乔光朴拾起他加工好的零件检查着，大部分都有磕碰。他盯住小伙子，压住火气说："别唱了。"

工人不认识他，流气地朝童贞挤挤眼，声音更大了："哎呀妈妈，请你不要对我生气，年轻人就是这样没出息。"

"别唱了！"乔光朴带命令的口吻，还有那威严的目光使小伙子一惊，猛然停住了歌声。

"你是车工还是捡破烂的？你学过操作规程吗？懂得什么叫磕碰吗？"

小伙子显然也不是省油的灯，可是被乔光朴行家的口吻，凛然的气派给镇住了。乔光朴找童贞要了一条白手绢，在机床上一抹，手绢立刻成黑的了。乔光朴枪口似的目光直瞄着小伙子的脑门子："你就是这样保养设备的？把这个手绢挂在你的床子上，直到下一次我来检查用白毛巾从你床子上擦不下尘土来，再把这条手绢换成白毛巾。"这时已经有一大群车工不知出了什么事围过来看热闹，乔光朴对大伙说："明天我叫设备科给每台机床上挂一条白毛巾，以后检查你们的床子保养情况如何就用白毛巾说话。"

人群里有老工人，认出了乔光朴，悄悄吐吐舌头。那个小伙子脸涨得通红，窘得一句话也没有了，慌乱地把那个黑乎乎的手绢挂在一个不常用的闸把上。这又引起了乔光朴的注意，他看到那个闸把上盖满油灰，似乎从来没有被碰过。他问那个小伙子："这个闸把是干什么用的？"

"不知道。"

"这上边不是有说明。"

"这是外文，看不懂。"

"你在这个床子上干了几年啦？"

"六年。"

"这么说，六年你没动过这个闸把？"

小伙子点点头。乔光朴左颊上的肌肉又鼓起一道道棱子，他问别的车工："你们谁能把这个闸把的用处告诉他？"

车工们不知是真的不知道，还是怕说出来使自己的同伴更难堪，因此都没吱声。

乔光朴对童贞说："工程师，请你告诉他吧。"

童贞也想缓和一下气氛，走过来给那个小伙子讲解英文说明，告诉他那个闸把是给机床打油的，每天操作前都要捺几下。

乔光朴又问："你叫什么名字？"

"杜兵。"

"杜兵,干活哼小调,六年不给机床膏油,还是鬼怪式操作法的发明者。嗯,我不会忘记你的大名的。"乔光朴的口气由挖苦突然改为严厉的命令,"告诉你们车间主任,这台床子停止使用,立即进行检修保养。我是新来的厂长。"

他俩一转身,听到背后有人小声议论:"小杜,你今儿个算碰上辣的了,他就是咱厂过去的老厂长。"

"真是行家一伸手,便知有没有!"

乔光朴直到走出八车间,还愤愤地对童贞说:"有这些大爷,就是把世界上最尖端的设备买进来也不行!"

童贞说:"你以为杜兵是厂里最坏的工人吗?"

"嗯?"乔光朴看看她,"可气的是他这样干了六年竟没有人发现。可见咱们的管理到了什么水平,一粗二松三马虎。你这位主任工程师也算脸上有光啦。"

"什么?"童贞不满地说,"你们当厂长的不抓管理,倒埋怨下边。我是不在其位不谋其政。"

"在其位就谋其政吗?不见得。"

他俩一边说着话,走进七车间,一台从德国进口的二百六镗床正试车,指挥试车的是个很年轻的德国人。外国人到中国来还加夜班,这引起了乔光朴的注意。童贞告诉他:"镗床的电器部分在安装中出了问题,西德的西门子电子公司派他来解决。这个小伙子叫台尔,只有二十三岁,第一次到东方来,就先飞到日本玩了几天。结果来到我们厂时晚了七天,怕我们向公司里告发他,就特别卖劲。他临来时向公司讲七到十天解决我们的问题,现在还不到三天就处理完了,只等试车了。他的特点就是专、精。下班会玩,玩起来胆子大得很;上班会干,真能干;工作态度也很好。"

"二十三岁就派到国外独当一面。"乔光朴看了一会儿台尔工作,叫童贞把七车间值班主任找了来,不容对方寒暄,就直截了当布置任务:"把你们车间三十岁以下的青年工人都招呼到这儿来,看看这个台尔是怎么工作的。也叫台尔讲讲他的身世,听听他二十三岁怎么就把技术学得这么精。在他临走之前,我还准备让他给全厂青年工人讲一次。"

值班主任笑笑,没有询问乔光朴以什么身份下这样的指示,就转身去执行。

乔光朴觉得身后有人窃窃私语,他转过身去,原来是八车间的工人听说刚才批评杜兵的就是老厂长,都追出来想瞧瞧他。乔光朴走过去对他们说:"我有什么值得看的，你们去看看那个二十三岁的西德电子专家，看看他是怎么干活的。"他叫一个面孔比较熟的人回八车间把青年都叫来，特别不要忘了那个鬼怪式——杜兵。

乔光朴布置完，见一个老工人拉他的衣袖，把他拉到一个清静的地方，呜噜呜噜地对他说："你想拿外国人做你的尖刀？"

天呐，这是石敢。他不知从哪儿搞来一身工作服，还戴顶旧蓝布工作帽，简直就是个极普通的老工人。乔光朴又惊又喜，石敢还是过去的石敢，别看他一开始不答应，一旦答应下来就会全力以赴。这不也是不等上任就憋不住先跑到厂里来了。

石敢的脸色是阴沉的，他心里正后悔。他的确是在厂子里转了一圈，而且凭他的半条舌头，用最节省的语言，和几个不认识他的人谈了话。人家还以为他正害着严重的牙疼病，他却摸到了乔光朴所不能摸到的情况。电机厂工人思想混乱，很大一部分人失去了过去崇拜的偶像，一下子连信仰也失去了，连民族自尊心、社会主义的自豪感都没有了，还有什么比群众在思想上一片散沙更可怕的呢？这些年，工人受了欺骗、愚弄和排斥，从肉体到灵魂都退化了。而且电机厂的干部几乎是三套班子，十年前的一批，"文化大革命"起来的一批，冀申到厂后又搞了一套自己的班子。老人心里有气，新人肚里也不平静，石敢担心这种冲突会成为党内新的斗争的震心。等着他和乔光朴的岂止是个烂摊子，还是一个政治斗争的旋涡。往后又得在一夕数惊的局面中过日子了。

石敢对自己很恼火，眼花缭乱的政治战教会了他许多东西，他很少在人前显得激动和失去控制，他对哗众取宠和慷慨激昂之类甚为反感。他曾给自己的感情涂上了一层油漆，自信能抗住一切刺激。为什么上午乔光朴一番真挚的表白就打动了自己的感情呢？岂不知陪他回厂既害自己又害他，乔光朴永远不是个政治家。这不，还没上任就先干上了！他本不想和乔光朴再说什么话，可是看见童贞站在乔光朴身边，心里一震，禁不住想提醒他的朋友。他小声说："你们两个至少半年内不许结婚。"

"为什么？"乔光朴不明白石敢为什么先提出这个问题。

石敢简单地告诉他，关于他们回厂的消息已经在电机厂传遍了，而且有人说乔光朴回厂的目的就是为了和童贞结婚。乔光朴暴躁地说："那好，他们越这样说，我越这样干。明天晚上在大礼堂举行婚礼，你当我们的证婚人。"

石敢扭头就走，乔光朴拉住他。他说："你叫我提醒你，我提醒你又不听。"

乔光朴咬着牙帮骨半天才说："好吧，这毕竟是私事，我可以让步。你说，上午局党委刚开完会，为什么下午厂里就知道了？"

"这有什么奇怪，小道快于大道，文件证实谣传。现在厂里正开着紧急党委会，我的这根可恶的政治神经提醒我，这个会不和我们回厂无关。"石敢说完又有点后悔，他不该把猜测告诉乔光朴。感情真是坑害人的东西，石敢发觉他跟着乔大个子越陷越深了。

乔光朴心里一激灵，拉着石敢，又招呼了一声童贞，三个人走出七车间，来到办公楼前。一楼的会议室里灯光通明，门窗大开，一团团烟雾从窗口飘出来。有人大声发言，好像是在讨论明天电机厂就要开展一场大会战。这可叫乔光朴着急了，他叫石敢和童贞等一会儿，自己跑到门口传达室给霍大道打了个电话，回来后拉着石敢和童贞走进了会议室。

三

电机厂的头头们很感意外，冀申尖锐的目光盯住童贞，童贞赶紧扭开头，真想退出去。冀申佯装什么也不知道似的说："什么风把你们二位吹来了？"

乔光朴大声说："到厂子来看看，听说你们正开会研究生产就进来想听听。"

"好，太好了。"冀申瘦骨嶙峋的面孔富于感情，却又像一张复杂的地形图那样变化万端，令人很难捉摸透。他向两个不速之客解释："今天的党委会讨论两项内容，一项是根据群众一再要求，副厂长都望北同志从明天起停职清理。第二项是研究明天的大会战。这一段时间我抓运动多了点，生产有点顾不过来，但是我们党委的同志有信心，会战一打响被动局面就会扭转。大家还可以再谈具体一点。老乔、老石是电机厂的老领导，一定会帮着我们出些好主意。"

冀申风度老练，从容不迫，他就是要叫乔光朴、石敢看看他主持党委会的水平。下午，当他在电话里听到局党委会决议的时候，猛然醒悟当初他主动要到电机厂来是失算了。

这个人确实像他常跟群众表白的那样，受"四人帮"迫害十年之久，但十年间他并没有在市委干校劳动，而是当副校长。早在干校作为新生事物刚筹建的时候，冀申作为市"文革"接待站的联络员就看出了台风的中心是平静的。别看干校里集中了各种不吃香的老干部，反而是最安全的，也是最有发展的，在干校是可以卧薪尝胆的。他利用自己副校长的地位，和许多身份重要的人拉上了关系。这些市委的重要干部以前也许是很难接近的，现在却变成了他的学员。他只要在吃住上、劳动上、请销假上稍微多给点方便，老头子们就很感激他了。加上他很善于处理人事关系，博得了很多人的好感。现在这些人大都已官复原职，因而他也就四面八方都有关系，在全市是个有特殊神通的人物。

两年前，冀申又看准了机电局在国家现代化中所占的重要地位。他一直是搞组织的，缺乏搞工业的经验，就要求先到电机厂干两年。一方面摸点经验，另外"大厂厂长"这块牌子在国家工作重点转移到经济建设上来以后一定是非常用得着的。而后再到公司、到局，到局里就有出国的机会，一出国那天地就宽了。这两年在电机厂，他也不是不卖力气。但他在政治上太精通、太敏感了，反而妨碍了行动。他每天翻着报刊、文件提口号，搞中心，开展运动，领导生产。并且有一种特殊的猜谜的嗜好，能从报刊文件的字里行间念出另外的意思。他对中央文件又信又不全信，再根据谣言、猜测、小道消息和自己的丰富想象，审时度势，决定自己的工作态度。这必然在行动上迟缓，遇到棘手的问题就采取虚伪的态度。诡谲多诈，处理一切事情都把个人的安全、自己的利益放在第一位。工厂是很实际的，矛盾都很具体，他怎么能抓出成效？在别的单位也许还能对付一气，在机电局，在霍大道眼皮底下却混不过去了。

但是，他相信生活不是凭命运，也不是赶机会，而是需要智慧和斗争的无情逻辑！因此他要采取大会战孤注一掷。大会战一搞起来热热闹闹，总会见点效果，生产一回升，他借台阶就可以离开电机厂。同时在他交印之前把郗望北拿下去，在郗望北和乔光朴这一对老冤家、新仇人之间埋下一根引信，将来他不愁没有戏看。如果乔光朴也没有把电机厂搞好，就证明冀申并不是没有本事。然而，他摆的阵势，石敢从政治上嗅出来了，乔光朴用企业家的眼光从管理的角度也看出了问题。

电机厂的头头们心里都在猜测乔光朴和石敢深夜进厂的来意，没有人再关心本来就不太感兴趣的大会战了。冀申见势不妙，想赶紧结束会议，造成既定事实。他清清嗓子，想拍板定案。局长霍大道又一步走了进来。会场上又是一阵惊奇的唏嘘声。

霍大道没有客套话，简单地问了几句党委会所讨论的内容，就单刀直入地宣布了局党委的决议，最后还补充了一项任命："鉴于你们厂林总工程师长期病休不能上班，任命童贞同志为电机厂副总工程师。同时提请局党委批准，童贞同志为电机厂党委常委。"

童贞完全没有想到对她的这项任命，心里很不安。她不明白乔光朴为什么一点信也没透。

冀申不管多么善于应付，这个打击也来得太快了。霍大道简直是霹雳闪电，连对手考虑退却的时间都不给。他极力克制着，并且在脸上堆着笑说："服从局党委的决定，乔、石二位同志是工业战线上的大将，这回真是百闻不如一见。好了，明天我向二位交接工作，对今天大家讨论的两项决定，你二位有什么意见？"

石敢不仅不说话，连眼也眯了起来，因为眼睛也是泄露思想上机密的窗口。

乔光朴却不客气地说："关于郗望北同志停职清理，我不了解情况。"他不禁扫了一眼坐在屋角上的郗望北，意外地碰上了对方挑战的目光。他不容自己分心，赶紧说完他认为必须表态的问题："至于要搞大会战，老冀，听说你有冠心病，你能不能用短跑的速度从办公大楼的一楼跑到七楼，上下跑五个来回？"

冀申不知他是什么意思，漠然一笑没有作答。

乔光朴接着说："我们厂就像一个患高血压冠心病的病人，搞那种跳楼梯式的大会战是会送命的。我不是反对真正必要的大会战。而我们厂现在根本不具备搞大会战的条件，在技术上、管理上、物质上、思想上都没有做好准备，盲目搞会战，只好拼设备，拼材料，拼人力，最后拼出一堆不合格的产品。完不成任务，靠月月搞会战突击，从来就不是搞工业的办法。"

他的话引起了委员们的共鸣，他们也正在猜谜，不明白冀申明知要来新厂长，为什么反而突然热心地要搞大会战。可是冀申嘴边挂着冷笑，正冲着他点火抽烟，似乎有话要说。

本来只想表个态就算的乔光朴，见冀申的神色，把话锋一转，尖锐地说："这几年，我没有看过真正的好戏，不知道我们国家在文艺界是不是出了伟大的导演；但在工业界，我知道是出现了一批政治导演。哪一个单位都有这样的导演，一有运动，工作一碰到难题，就召集群众大会，做报告，来一阵动员，然后游行，呼口号，搞声讨，搞突击，一会儿这，一会儿那，把工厂当舞台，把工人当演员，任意调度。这些同志充其量不过是个吃党饭的平庸的政工干部，而不是真正热心搞社会主义现代化的企业家。用这种导演的办法抓生产最容易，最省力，但遗害无穷。这样的导演，我们一个星期，甚至一个早上就可以培养出几十个，要培养一个真正的厂长、车间主任、工段长却要好几年时间。靠大轰大嗡搞一通政治动员，靠热热闹闹搞几场大会战，是搞不好现代化的。我们搞政治运动有很多专家，口号具体，计划详尽，措施有力。但搞经济建设、管理工厂却只会笼统布置，拿不出具体有效的办法……"

乔光朴正说在兴头上，突然感到旁边似有一道弧光在他脸上一烁一闪，他稍一偏头，猛然醒悟了，这是石敢提醒他住嘴的目光。他赶紧止住话头，改口说："话扯远了，就此打住。最后顺便告诉大伙一声，我和童贞已经结婚了，两个多小时以前刚举行完婚礼，老石是我们的证婚人。因为都是老头子、老婆子了，也没有惊动大伙，喜酒后补。"

今天电机厂这个党委会可真是又"惊"又"喜"，惊和喜又全在意料之外，还没宣布散会，委员们就不住地向乔光朴和童贞开玩笑。

童贞、石敢和郗望北这三个不同身份的人，却都被乔光朴这最后几句话气炸了。童贞气呼呼第一个走出会议室，对乔光朴连看都不看一眼，照直奔厂大门口。

唯有霍大道，似乎早料到了乔光朴会有这一手，并且看出了童贞脸色的变化，趁着刚散会的乱劲，捅捅乔光朴，示意他去追童贞。乔光朴一出门，霍大道笑着向大家摆摆手，拦住了要出门去逗新娘的人，大声说："老乔耍滑头，喜酒没有后补的道理，我们今天晚上就去喝两杯怎么样……"

乔光朴追上来拉住童贞。童贞气得浑身打战，声音都变了："你都胡说些什么？你知道明天厂里的人会说我们什么闲话？"

乔光朴说："我要的正是这个效果。就是要造成既定事实，一下子把脸皮撕破，你可以免除后顾之忧，扑下身子抓工作。不然，你老是嘀嘀咕咕，怕人说这，怕人说那。跟我在一块走，人家看你一眼，你也会多心，你越疑神疑鬼，鬼越缠你，闲话就永远没个完，我们俩老是谣言家们的新闻人物。一个是厂长，一个是副总工程师，弄成这种关系还怎么相互合作？现在光明正大地告诉大伙，我们就是夫妻。如果有谁愿意说闲话，叫他们说上三个月，往后连他们自己也觉得没味了。这是我在会上临时决定的，没法跟你商量。"

灯光映照着童贞晶亮的眼睛，在她眼睛的深处似乎正有一道火光在缓缓燃烧。她已经没有多大气了。不管是作为副总工程师的童贞，还是作为女人的童贞，今天都是她生命沸腾的时刻，是她产生力量的时刻。

刚才还是怒气冲冲的石敢也跟着霍大道追上来了，他抢先一步握住童贞的手，冲着她点点头。似乎是以证婚人的身份祝愿她幸福。

童贞被感动了。

霍大道身后跟着两个电机厂党委的女委员。他对她们说："你们二位坐我的车先陪他俩办个登记手续，然后再陪新娘到她娘家，收拾一下东西，换换衣服，然后送她到自己的新家。我们在新郎家里等你们。"

女委员问："你们还要闹洞房？"

霍大道说："也可能要闹一闹，反正喜糖少不了要吃几块的。"

大家笑了。

乔光朴和童贞感激地望着霍局长，也情不自禁地笑了。

主　角

一

你设想吧，当舞台的大幕一拉开，紧锣密鼓，音乐骤起，主角威风凛凛地走出台来，却一声不吭，既不说，也不唱，剧场里会是一种什么局面呢？

现在重型电机厂就是这种状况。乔光朴上任半个月了，什么令也没下，什么事也没干，既没召开各种应该召开的会议，也没有认真在办公室坐一坐。这是怎么回事？他以前当厂长可不是这种作风，乔光朴也不是这种脾气。

他整天在下边转，你要找他找不到；你不找他，他也许突然在你眼前冒了出来。按照生产流程一道工序一道工序地摸，正着摸完，倒着摸。谁也猜不透他的心气。更奇怪的是他对厂长的领导权完全放弃了，几十个职能科室完全放任自流，对各车间的领导也不管不问。谁爱怎么干就怎么干，电机厂简直成了没头的苍蝇，生产直线跌下来。

机电局调度处的人耐不住劲了，几次三番催促霍大道赶紧到电机厂去坐镇。谁知霍大道无动于衷，催急了，他反而批评说："你们咋呼什么，老虎往后坐屁股，是为了向前猛扑，连这个道理都不懂？"

本来被乔光朴留在上边坐镇的石敢，终于也坐不住了。他把乔光朴找来，问:"怎么样? 有眉目没有?"

"有了!"乔光朴胸有成竹地说,"咱们厂像个得了多种疾病的病人,你下这味药,对这一种病有利,对那一种病就有害。不抓准了病情,真不敢动大手术。"

石敢警惕地看看乔光朴,从他的神色上看出来这家伙的确是下了决心啦。石敢对电机厂的现状很担心,可是对乔光朴下狠心给电机厂做大手术,也不放心。

乔光朴却颇有点得意地说:"我这半个月撂挑子下去,还有一个很重要的收获:咱们厂的干部队伍和工人队伍并不像你估计的那样。忧国忧民之士不少,有人找到我提建议,有人还跟我吵架,说我辜负了他们的希望。乱世出英雄,不这么乱一下,真摸不出头绪,也分不出好坏人。我已经选好了几个人。"说着,眯起了双眼,他仿佛已经看见电机厂明天就要大翻个儿。

石敢突然问起了一个和工厂完全不相干的问题:"今天是你的生日?"

"生日? 什么生日?"乔光朴脑子一时没转过来,他翻翻办公桌上的台历,忽然记起来了,"对,今天是我的生日。你怎么记得?"

"有人向我打听。你是不是要请客收礼?"

"扯淡。你要去当然会管你酒喝。"

石敢摇摇头。

乔光朴回到家,童贞已经把饭做好,酒瓶、酒杯也都在桌子上摆好了。女人毕竟是女人,虽然刚结婚不久,童贞却记住了乔光朴的生日。乔光朴很高兴,坐下就要吃,童贞笑着拦住了他的筷子:"我通知了望北,等他来了咱们就吃。"

"你没通知别人吧?"

"没有。"童贞是想借这个机会使乔光朴和郗望北坐在一块儿,和缓两人之间的关系。

乔光朴理解童贞的苦心,但对这做法大不以为然,他认为在酒席筵上建立不了真正的信任和友谊。他心里也根本没有把对方整过自己的事看得太重,倒是觉得,郗望北对过去那些事的记忆比他反倒更深刻。

郗望北还没有来,却来了几个厂里的老中层干部。乔光朴和童贞一面往屋里让客,一面感到很意外。这几个人都是十几年前在科室、车间当头头的,现在有的还是,有的已经不是了。

他们一进门就嬉笑着说:"老厂长,给你拜寿来了。"

乔光朴说："别搞这一套，你们想喝酒我有，什么拜寿不拜寿。这是谁告诉你们的？"

其中一个秃头顶的人，过去是行政科长，弦外有音地说："老厂长，别看你把我们忘了，我们可没忘了你。"

"谁说我把你们忘了？"

"还说没忘，从你回厂那一天起我们就盼着，盼了半个月啦，什么也没盼到。你看锅炉厂的刘厂长，回厂的当大晚上，就把老中层干部们全请到楼上，又吃又喝，不在喝多少酒、吃多少饭，而是出出心里的这口闷气。第二天全部恢复原职。这厂长才叫真够意思，也算对得起老部下。"

乔光朴心里烦了，但这是在自己家里，他尽力克制着，反问："'四人帮'打倒快两年多了，你们的气还没出来？"

他们说："'四人帮'倒了，还有帮四人呢。说停职，还没停一个月又要复职……"

不早不晚就在这时候郗望北进来了，那几个人的话头立刻打住了。郗望北听到了他们说的话，但满不在乎地和乔光朴点点头，就在那帮人的对面坐下了。这哪是来拜寿，一场辩论的架势算拉开了。童贞急忙找了一个话题，把郗望北拉到另一间屋里去。

那几个人互相使使眼色也站了起来，还是那个秃顶行政科长说："看来这满桌酒菜并不是为我们预备的，要不'火箭干部'解脱那么快，原来已经和老厂长和解了。还是多少沾点亲戚好啊！"

他们说完就要告辞。童贞怕把关系搞僵，一定留他们吃饭。乔光朴一肚子火气，并不挽留，反而冷冷地说："你们跑这一趟的目的还没有达到，就这么两手空空地回去了？"

"表示了我们的心意，目的已经达到了。"那几个人心里感到不安，秃顶人好像是他们的打头人，赶紧替那几个人解释。

"老王，你们不是想官复原职，或者最好再升一两级吗？"乔光朴盯着秃顶人，尖锐地说，"别着急，咱们厂干部不是太多，而是太少，我是指真正精明能干的干部，真正能把一个工段、一个车间搞好，能把咱们厂搞好的干部。从明天起全厂开始考核，你们既然来了，我就把一些题目向你们透一透。你们都是老同志了，也应该懂得这些，比如：什么是均衡生产？什么是有节奏的生产？

为什么要搞标准化、系列化、通用化？现代化的工厂应该怎么布置？你那个车间应该怎么布置？有什么新工艺、新技术……"

那几个人真有点蒙了，有些东西他们甚至连听都没有听见过。更叫他们惊奇的是乔光朴不仅要考核工人，对干部也要进行考核。有人小声嘟囔说："这办法可够新鲜的。"

"这有什么新鲜的，不管工人还是干部，往后光靠混饭吃不行！"乔光朴说，"告诉你们，我也一肚子气，甚至比你们的气还大，厂子弄成这副样子能不气！但气要用在这上面。"

他说完摆摆手，送走那几个人，回到桌前坐下来，陪郗望北喝酒。喝的是闷酒，吃的是哑菜，谁的心里都不痛快。童贞干着急，也只能说几句不咸不淡的家常话。一直到酒喝完，童贞给他们盛饭的时候，乔光朴才问郗望北："让你停职并不是现在这一届党委决定的，为什么老石找你谈，宣布解脱，赶快工作，你还不干？"

郗望北说："我要求党委向全厂职工说清楚，根据什么让我停职清理？现在不是都调查完了吗，我一没搞过打砸抢，二和'四人帮'没有任何个人联系，凭什么整我？就根据我曾经当过造反派的头头？就根据我曾批判过'走资派'？就因为我是个所谓的新干部？就凭一些人编笆造模的议论？"

乔光朴看到郗望北挥动着筷子如此激动，嘴角闪过一丝冷笑，心想："你现在也知道这种滋味了，当初你不也是根据编笆造模的议论来整别人？"

郗望北看出了乔光朴的心思，转口说："乔厂长，我要求下车间劳动。"

"嗯？"乔光朴感到意外，他认为新干部这时候都不愿意下去，怕被别人说成是由于和"四人帮"有牵连而倒台了。郗望北倒有勇气自己要求下去，不管是真是假，先试试他。就说："你有这种气魄就好，我同意。本来，作为领导和这领导的名义、权力，都不是一张任命通知书所能给予的，而是要靠自己的智慧、经验、才能和胆识到工作中去赢得。世界上有许多飞得高的东西，有的是凭自己的翅膀飞上去的，有的是被一阵风带上去的。你往后不要再指望这种风了。"

郗望北冷冷一笑："我不知道带我上来的是什么风，我只知道我若会投机的话，就不会有今天的被停职。我参加工作二十年，从学徒工当到生产组长，管过一个车间的生产，三十九岁当副厂长，一下子就成了'火箭干部'。其实火箭这个东西并不坏，要把卫星和飞船送上宇宙空间就得靠火箭一截顶替一截地燃烧。搞现代化也似乎是少不了火箭的。岂不知连外国的总统有不少也是一步登天的'火箭干部'。我现在宁愿坐火箭再下去,我不像有些人,占了个位子就想一直占到死,别人一旦顶替了他就认为别人爬得太快了,大逆不道了。官瘾大小不取决于年龄。事实是当过官的比没当过官的权力欲和官瘾也许更大些。"

这样谈话太尖锐了,简直就是吃饭前那场谈话的继续。老的埋怨乔光朴袒护新的,新的又把乔光朴当老的来攻。童贞生怕乔光朴的脾气炸了,一个劲地劝菜,想冲淡他们间的紧张气氛。但是乔光朴只是仔细玩味郗望北的话,并没有发火。

郗望北言犹未尽。他知道乔光朴的脾气是吃软不吃硬,但你要真是个松软货,永远也不会得到他的尊敬,他顶多是可怜你。只有硬汉子才能赢得乔光朴的信任,他想以硬碰硬碰到底,接着说:"中国到什么时候才不搞形而上学? '文化大革命'把老干部一律打倒,现在一边大谈这种怀疑一切的教训,一边又想把新干部全部一勺烩了。当然,新干部中有'四人帮'分子,那能占多大比例? 大多数还不是紧跟党的中心工作,这个运动跟得紧,下个运动就成了牺牲品。照这样看来还是滑头好,什么事不干最安全。运动一来,班组长以上干部都受审批,工厂、车间、班组都搞一朝天子一朝臣,把精力都用在整人上,搞起工作来相互掣肘。长此以往,现代化的口号喊得再响,中央再着急,也是白搭。"

"得了,理论家,我们国家倒霉就倒在批判家多、空谈家多,而实干家和无名英雄又太少。随便什么场合也少不了夸夸其谈的评论家。"乔光朴嘴上这么说,但郗望北表现出来的这股情绪却引起了他的注意。他原以为老干部心里有些气是理所当然的,原来新干部肚里也有气。这两股气要是对干起来那就了不得。这引起了乔光朴的警惕。

二

第二天,乔光朴开始动手了。

他首先把九千多名职工一下子推上了大考核、大评议的比赛场。通过考核评议,不管是干部还是工人,在业务上稀松二五眼的,出工不出力、出力不出汗的,占着茅坑不屙屎的,溜奸滑蹭的,全成了编余人员。留下的都一个萝卜顶一个坑,兵是精兵,将是强将。这样,整顿一个车间就上来一个车间,电机厂劳动生产率立刻提高了一大截。群众中那种懒洋洋、好坏不分的松松垮垮劲儿,一下子变成了有对比、有竞争的热烈紧张气氛。

　　工人们觉得乔光朴那双很有神采的眼睛里装满了经验，现在已经习惯于服从他，甚至他一开口就服从。因为大伙相信他，他的确一次也没有辜负大伙的信任。他说一不二，敢拍板也敢负责，许了愿必还。他说扩建幼儿园，一座别致的幼儿园小楼已经竣工。他说全面完成任务就实行物质奖励，八月份电机厂工人第一次接到了奖金。黄玉辉小组提前十天完成任务，他写去一封表扬信，里面附了一百五十元钱。凡是那些技术上有一套，生产上肯卖劲，总之是正儿八经的工人，都说乔光朴是再好没有的厂长了。可是被编余的人呢，却恨死了他。因为谁也没想到，乔光朴竟想起了那么一个"绝主意"——把编余的组成了一个服务大队。

　　谁找道路，谁就会发现道路。乔光朴泼辣大胆，勇于实践和另辟蹊径。他把厂里从农村招募用来搞基建和运输的一千多长期"临时工"全部辞掉，代之以服务大队。他派得力的财务科长李干去当大队长，从辞掉临时工省下的钱里拿出一部分作为给服务大队的奖励。编余的人在经济收入上并没有减少，可是有一些小青年却认为栽了跟头，没脸见人。特别是八车间的鬼怪式车工杜兵，被编余后女朋友跟他散了伙，他对乔光朴真有动刀子的心了。

　　在这条道路上乔光朴为自己树立的"仇敌"何止几个"杜兵"。一批被群众评下来成了"编余"的中层干部恼了。他们找到厂部，要求对厂长也进行考核。由于考核评判小组组长是童贞，怕他们两口子通气，还提出立刻就考。谁知乔光朴高兴得很，当即带着几个副厂长来到了大礼堂。一听说考厂长，下班的工人都来看新鲜，把大礼堂挤满了。任何人都可以提问题，从厂长的职责到现代化工厂的管理，乔光朴滔滔不绝，始终没有被问住。倒是冀申完全被考垮了，甚至对工厂的一些基本常识都搞不清，当场就被工人们称为"编余厂长"。这下可把冀申气炸了，他虽然控制住在考场上没有发作出来，可是心里认为这一切全是乔光朴安排好了来捉弄他的。

　　当生产副厂长，冀申本来就不胜任，而他对这种助手的地位却又很不习惯，简直不能忍受乔光朴对他的发号施令，尤其是在车间里当着工人的面。现在，经过考核，嫉妒和怨恨使他真的站到了反对乔光朴的那些被编余的人一边，由助手变为敌手了。他那青筋暴露的前额，阴气扑人的眼睛，仿佛是厂里一切祸水的根源。生产上一出事准和他有关，但又抓不住他大的把柄。乔光朴得从四面八方防备他，还得在四面八方给他堵漏洞。这怎么受得了？

　　乔光朴决定不叫冀申负责生产了，调他去搞基建。搞基建的服务大队像个火药桶，冀申一去非爆炸不可。乔光朴没有从政治角度考虑，石敢替他想到了。可是，乔光朴不仅没有听从石敢的劝告，反而又出人意料地调上来郗望北顶替冀申。郗望北是憋着一股劲下到二车间的，正是这股劲头赢得了乔光朴的好感。谁干得好就让谁干，乔光朴毫无犹疑地跨过个人恩怨的障碍，使自己过去的冤家成了今天的助手。但是，正像石敢所预料的，冀申抓基建没有几天，服务大队里对乔光朴不满的那些人，开始活跃起来，甚至放出风，要把乔光朴再次打倒。

　　千奇百怪的矛盾，五花八门的问题，把乔光朴团团困在中间。他处理问题时拳打脚踢，这些矛盾回敬他时，也免不了会拳打脚踢。但眼下使他最焦心的并不是服务大队要把他打倒，而是明年的生产准备。明年他想把电机厂的产量数字搞到二百万千瓦，而电力部门并不欢迎他这个计划，倒满心希望能从国外多进口一些。还有燃料、材料、锻件的协作等都不落实，因此乔光朴决定亲自出马去打一场外交战。

　　如果说乔光朴在自己的厂内还从来没有打过大败仗，这回出去搞外交，却是大败而归。他没有料到他的新里程上还有这么多的"雪山草地"，他不知道他的宏伟计划和现实之间还隔着一条组织混乱和作风腐败的鸿沟。厂内的"仇敌"他不在乎，可是厂外的"战友"不跟他合作却使他束手无策。他要求协作厂及早提供大的转子锻件，而且越多越好，但人家不受他指挥，不买他的账。要燃料也好，要材料也好，他不懂得这都是求人的事，协作的背后必须有心照不宣的互通有无，在计划的后面还得有暗地的交易。他这次出去总算长了一条见识：现在当一个厂长重要的不是懂不懂金属学、材料力学，而是看他是不是精通"关系学"。乔光朴恰恰这门学问成绩最差。他一向认为会处关系的人，大都成就不大。他这次出差的成果，恰好为自己的理论得了反证。

　　而他还不知道，当他十天后扫兴回来的时候，在他的工厂里，又有什么窝火的事在等着他呢！

三

　　乔光朴回厂先去找石敢。石敢一见是他进了门，慌忙把桌上的一堆材料塞到抽屉里。乔光朴心思全挂在厂里的生产上，没有在意。但和石敢还没有说上几句话，服务大队队长李干急匆匆推门进来，一见乔光朴，又惊又喜："哎呀，厂长，你可回来了！"

"出了什么事？"乔光朴急问。

"咱们不是要增建宿舍大楼吗，生产队不让动工。郗望北被社员围住了，很可能还要挨两下打。"

"市规划局已经批准，我们已经交完钱啦。"

"生产队提出额外再要五台拖拉机。"

"又是这一套！"乔光朴恼怒地喊起来，"我们是搞电机的，往哪儿去弄拖拉机！"

"冀副厂长以前答应的。"

"扯淡！老冀呢，找他去。"

"他调走了。把服务大队搅了个乱七八糟，拔脚就走了。"李干不满地说。

"嗯？"乔光朴看看石敢。

石敢点点头："三天前，上午和我打了个招呼，下午就到外贸局上任去了。走的上层路线，并没有征求我们党委的意见。他的人事关系、工资关系还留在我们厂里。"

"叫他把关系转走，我们厂不能白养这种不干活的人。"乔光朴朝李干一挥手，"走，咱俩去看看。"

乔光朴和李干坐车去生产队，在半路就碰上了郗望北骑着自行车正往厂里赶。李干喊住了他："望北，怎么样？"

"解决完了。"郗望北答了一声，骑上车又跑，好像有什么急事在等着他。

李干冲郗望北赞赏地点点头："真行，有一套办法。"他叫司机开车追上郗望北，脑袋探出车外喊："你跑这么急，有什么事？乔厂长回来了。"

郗望北停下自行车，向坐在吉普车里的乔光朴打了招呼，说："一车间下线出了问题。"

郗望北把自行车交给李干，跳上吉普车奔一车间。李干在后边大声喊："乔厂长，我找你还有事没说完哩。"

是啊，事儿总是不断的，快到年底了，最紧张也最容易出事。可这会儿乔光朴最担心的是一车间出问题会影响全厂的任务。

他和郗望北走进一车间下线工段，只见车间主任正跟副总工程师童贞一个劲讲好话。童贞以她特有的镇静和执拗摇着头。车间主任渐渐耐不住性子了。

这种女人，真是从来没见过。她不喊不叫，脸上甚至还挂着甜蜜蜜的笑容，说话温柔好听，可就是在技术问题上一点也不让步。不管你跟她发多大火，她总是那副温柔可亲的样子，但最后你还得按她的意见办。

车间主任正在气头上，一眼看见乔光朴，以为能治住这个女人的人来了，忙迎上去，抢了个原告："乔厂长，我们计划提前八天完成全年任务，明年一开始就来个开门红。可是这个十万千瓦发电机的下部线圈击穿率只超过百分之一，童总就非叫我们返工不可。您当然知道，百分之一根本不算什么，上半年我们的线圈超过百分之二十、三十，也都走了。"

乔光朴问："击穿率超过的原因找到了吗？"

车间主任："还没有。"

童贞接过来说："不，找到了，我已经向你说过两次了，是下线时掉进灰尘，再加鞋子踩脏。叫你们搭个塑料棚，把发电机罩起来。工人下线时要换上干净衣服，在线圈上铺橡皮垫儿，脚不能直接踩线圈。可你们嫌麻烦！"

"噢。嫌麻烦。搞废品省事，可是国家就麻烦了。"乔光朴看看车间主任，嘲讽地说，"为什么要文明生产，什么是质量管理制度，你在考试的时候答得不错呀。原来说是说，做是做呀！好吧，彻底返工。扣除你和给这个电机下线的工人的奖金。"

车间主任愣了。

童贞赶紧求情："老乔，他们就是返工也能完成任务，不应该扣他们的奖金。"

"这不是你的职责！"乔光朴看也不看童贞，冷冷地说，"因返工而造成的时间和材料的损失呢？"说完他头也不回地拉着郗望北走出了车间。

车间主任苦笑着对童贞说："服务大队的人反他，我们拼命保他，你看他对我们也是这么狠。"

童贞一句话没说。对技术问题，她一丝不苟；对这种事情，她插不上手。她所能做的，只是设法宽慰车间主任的心。

四

童贞知道乔光朴心情不好，就买了四张《秦香莲》的京剧票，晚上拉着郗望北夫妇一块去看戏。郗望北还没有回家，他们只好把票子留下，先拉上外甥媳妇去了戏院。

三个人要进戏院门口的时候，李干不知从什么地方钻出来。乔光朴一见他那样子，知道有事，便叫童贞她们先进场，自己跟着李干来到戏院后面一个清静的地方。站定以后，乔光朴问："什么事？"

他态度沉着，眼睛里似有一种因挫折而激出来的威光。李干见厂长这副样子，像吞了定心丸，紧张的情绪也缓和下来了，说："服务大队有人要闹事。"

"谁？"

"杜兵挑头，行政科刷下来的王秃子在后边使劲，他们叫嚷冀申也支持他们。杜兵三天没上班，和市里那批静坐示威的人可能挂上钩了。今天下午，他回厂和几个人嘀咕了一阵子，写了几张大字报，说是要贴到市委去，还要到市委门口去绝食。"

乔光朴看看精明能干的李干，问："你有点害怕了？"

李干说："我不怕他们。他们的矛头主要是朝你来的。"

乔光朴笑了："那些你别管，你就严格按制度办事。无故不上班的按旷工论处。不愿干的、想退职的悉听尊便。"

一个领导，要比被他领导的人坚强。乔光朴的态度鼓舞了李干，他也笑了："你散戏回家的道上要留神。我走了。"

乔光朴回到剧场刚坐下，催促观众安静的铃声就响了。像踩着铃声一样，又进来几个很有身份的人，坐在他们前一排的正中间座位上，冀申竟也在其中。他那灵活锐利的目光，显然在刚进场的时候就已经看见这几个人了。他回过头来，先冲童贞点点头，然后亲热地向乔光朴伸出手说："你回来啦？收获怎么样？你这常胜将军亲自出马，必定会马到成功。"

乔光朴讨厌在公共场合故意旁若无人的高声谈笑，只是摇摇头没吭声。

冀申带着一副俯就的样子，望着乔光朴说："以后有事到外贸局，一定去找我，千万不要客气。"

乔光朴觉得嗓子眼里像吞了只苍蝇。在人类感情方面，最叫人受不了的就是得意之色。而乔光朴现在从冀申脸上看到的正是这种神色。他怎么也想不通冀申这种得意之情是从哪儿来的。是无缘无故的高升，还是讥笑他乔光朴的吃力不讨好？

冀申的确感到了自己现在比乔光朴地位优越，正像几个月前他感到乔光朴比自己地位优越一样。他曾对乔光朴那样地嫉妒过，但是如果今天让他和乔光朴掉换一下，让他付出乔光朴那样的代价去换取电机厂生产面貌的改观，他是不干的。他认为一个人把身家性命押在一场运动上，在政治上是犯忌的，一旦中央政策有变，自己就会成为牺牲品。搞现代化也是一场运动，乔光朴把命都放在这上面了，等于把自己推到了危险的悬崖上，随时都有再被摔下去的可能。电机厂反他的火药似乎已经点着了。冀申选这个时候离开电机厂，很为自己在政治上的远见卓识得意。今晚在这个场合看见了乔光朴，使他十分得意的心情上又加了十分。他悠然自得地看着戏，间或向身边的人发上几句议论。

可是坐在他后边的乔光朴，却无论怎样强制自己集中精神，也看不明白台上在演什么。他正琢磨找个什么借口离开这儿，又不至于伤那两个女人的心。郗望北在服务员手电光的引导下坐在了乔光朴的身边。童贞小声问他为什么来晚了，他的妻子问他吃晚饭没有，他哼哼唧唧只点点头。他坐了一会儿，斜眼瞄瞄乔光朴，轻声说："厂长，您还坐得下去吗？咱们别在这儿受罪了！"

乔光朴一摆脑袋，两个人离开了座位。他们来到剧场前厅，童贞追了出来。郗望北赶忙解释："我来找乔厂长谈出差的事。乔厂长到机械部获得了我们厂可能得到的最大的支持，又到电力部揽了不少大机组。下面就是材料、燃料和各关系户的协作问题。这些问题光靠写在纸面上的合同、部里的文件和乔厂长的果断都是不能解决的。解决这些是副厂长的本分。"

乔光朴没有料到郗望北会自愿请行，自己出去都没办来，不好叫副手再出去。而且，他能办来吗？郗望北显然是看出了乔光朴的难处和疑虑。这一点使他心里很不舒服。

童贞问："这么仓促？明天就走吗？"

"刚才征得党委书记同意，已经叫人去买车票了，也许连夜出发呢。"郗望北望着童贞，实际是说给乔光朴听。他知道乔光朴对他出去并不抱信心，又说："乔厂长作为领导大型企业的厂长，眼下有一个致命的弱点，不了解人的关系的变化。现在人与人之间的关系不同于战争年代，不同于一九五八年，也不同于'文化大革命'刚开始的那两年。历史在变，人也在变。连外国资本家都懂得人事关系的复杂难处，工业发展到一定程度，就大量搞自动化，使用机器人。机器人有个最大的优点，就是没有血肉，没有感情，但有铁的纪律，铁的原则。人的优点和缺点全在于有思想感情。有好的思想感情，也有坏的，比如偷懒耍滑、投机取巧、走后门等等。掌握人的思想感情是世界上最复杂的一门科学。"他突然把目光转向乔光朴，"您精通现代化企业的管理，把您的铁腕、精力要用在厂内。有重大问题要到局里、部里去，您可以亲自出马，您的牌子硬，说话比我们顶用。和兄弟厂、区社队、街道这些关系户打交道，应交给副厂长和科长们。这也可以留有余地，即便下边人捅了娄子，您还可以出来收场。什么事都亲自出头，厂长在外边顶了牛叫下边人怎么办？霍局长不是三令五申，提倡重大任务要敢立军令状吗，我这次出去也可以立军令状。但有一条，我反正要达到咱们的目的，不违犯国家法律，至于用什么办法，您最好别干涉。"

乔光朴左颊上的肉棱子跳动起来，用讥讽的目光瞧着郗望北，没有说话。

这下把郗望北激恼了。"如果有一天社会风气改变了，您可以为我现在办的事狠狠处罚我，我非常乐于接受。但是社会风气一天不改，您就没有权利嘲笑我的理论和实践。因为这一套现在能解决问题。"

"你可以去试一试。"乔光朴说，"但不许你再鼓吹那一套，而且每干一件事总要先发表一通理论。我生平最讨厌编造真理的人。"他要童贞继续陪外甥媳妇看戏，自己去找石敢了。

童贞同情地望着丈夫的背影，乔光朴不失常态，脚步坚定有力。她知道他时常把自己的痛苦和弱点掩藏起来，一个人悄悄地治疗，甚至在她面前也不表示沮丧和无能。有人坚强是因为被自尊心所强制，乔光朴却是被肩上的担子所强制的。电机厂好不容易搞成这个样子，如果他一退坡，立刻就会垮下来，他没有权利在这种时候表示软弱和胆怯。

郗望北却望着乔光朴的背影笑了。

童贞忧虑地说："我一听到你们俩谈话就担心，生怕你们会吵起来。"

"不会的。"郗望北亲热地扶住童贞的胳膊说，"老姨，我说点使您高兴的话吧，乔厂长是目前咱们国家里不可多得的好厂长。您不见咱们厂好多干部都在学他的样子，学他的铁腕，甚至学他说话的腔调。在这样的厂长手下是会干出成绩来的。我不能说喜欢他，可是他整顿厂子的魄力使我折服。他这套作风，在五八年以前的厂长们身上并不稀少，现在却非常珍贵了。他对我也有一股强大的吸引力，不过我在拼命抵抗，不想完全向他投降。他瞧不起窝囊废。"

他看看手表："哎呀，我得赶紧走。说实话，给他这样的厂长当副手，也是真辛苦。"说完匆匆走了。

五

石敢在灯下仔细地研究着一封封匿名信，这些信有的是直接写给厂党委的，有的是从市委和中央转来的。他的心情是复杂的，有恼怒，有惊怕，也有愧疚。控告信告的全是乔光朴，不仅没有一句控告他这个党委书记的话，甚至把他当作了乔光朴大搞夫妻店，破坏民主，独断专行的一个牺牲品。说乔光朴把他当成了聋子耳朵——摆设，在政治上把他搞成了活哑巴。这本来是他平时惯于装聋作哑的成绩，他应该庆幸自己在政治上的老谋深算。但现在他却异常憎恨自己，他开脱了自己却加重了老乔的罪过，这是他没有料到的。他算一个什么人呢？况且这几个月他的心叫乔光朴撩得已经活泛了。他的感情和理智一直在进行斗争，而且是感情占上风的时候多，在几个重要问题上他不仅是默许，甚至是暗地支持了乔光朴。他想如果干部都像老乔，而不像他石敢，如果工厂都像现在电机厂这么搞，国家也许能很快搞成个样子；党也许能返老还童，机体很快康复起来。可是这些控告信又像一顿冰雹似的撸头盖脸砸下来，可能将要被砸死的是乔光朴，但是却首先狠狠地砸伤了石敢那颗已经创伤累累的心。他真不知道怎样对付这些控告信，他生怕杜兵这些人和社会上那些正在闹事的人串联起来，酿成乱子。

石敢注意力全集中在控告信上，听见外面有人喊他，开开门见是霍大道，赶紧让进屋。

霍大道看看屋子："老乔没在你这儿？"

"他没来。"

"嗯？"霍大道端起石敢给他沏的茶喝了一口，"我听说他回来了，吃过饭就去看他，碰了锁，我估计他会到你这儿来。"

"他们两口子看戏去了。"石敢说。

"噢，那我就在这儿等吧，今天晚上不管有多好的戏，他也不会看下去。可惜童贞的一片苦心。"霍大道轻轻笑了。

石敢表示怀疑地说："他可是戏迷。"

"你要不信，咱俩打赌。"霍大道今晚上的情绪非常好，好像根本没注意石敢那愁眉苦脸的样子，又自言自语地说："他真正迷的是他的专业，他的工厂。"

霍大道扫了一眼石敢桌上的那一堆控告信，好像不经意似的随便问道："他都知道了吗？"

石敢摇摇头。

"出差的收获怎么样，心情还可以吗？"

石敢又摇摇头。刚想说什么，门忽然开了，乔光朴走进来。

霍大道突然哈哈大笑，使劲拍了一下石敢的肩膀。

这下把乔光朴笑傻了。石敢赶紧收藏匿名信。这一回他的神情引起了乔光朴的注意。乔光朴走过去抓起一张纸看起来。

霍大道向石敢示意："都给他看看吧。"心里并不畅快的乔光朴，看完一封封匿名信，暴怒地把桌子一拍："混蛋，流氓！"

他急促地在屋里走着，左颊上的肌肉不住地颤抖。突然，嘴里咯嘣一声，一个下槽牙碎成了两半。他没有吱声，把掉下来的半块牙齿吐掉。他走到霍大道跟前，霍大道悠闲而专心地看报，没有看他。他问石敢："你打算怎么办？"

石敢扫一眼乔光朴说："现在你可以离开这个厂了，今年的任务肯定能完成，你完全可以回局交令。我一个人留下来，风波不平我不走。"

乔光朴吼起来："你说什么？叫我溜？电机厂还要不要？"

"你这个人还要不要？你要再完蛋了，要伤一大批人的心，往后谁还干！"石敢实际也是说给霍大道听。

霍大道静静看着他们俩，就是不吭声。

乔光朴怒不可遏，在屋里来回溜达，嘴里嚷着："我不怕这一套，我当一天厂长，就得这么干！"

石敢终于忍不住走到霍大道跟前说："霍局长，你说怎么办？"

霍大道淡淡地说："几封匿名信就把你吓成这个样子？不过你还够朋友，挺讲义气，让老乔先撤，你为他两肋插刀顶上一阵子，然后两人一块上山。嗯，真不错。石敢同志大有进步了。"

石敢的脸腾一下红了。

霍大道含笑对乔光朴说："老乔，你回电机厂这半年，有一条很大的功绩，就是把一个哑巴饲养员培养成了国家的十二级干部。石敢现在变化很大了，说话多了，以前需要别人绑上拖着去上任，现在自己又想当书记又想兼厂长。老石同志，你别脸红，我说的是实话。你现在开始有点像个党委书记了。不过有件事我还得批评你，冀申调动，不符合组织手续，没有通过局党委，你为什么放他走？"

石敢脸一红一白，这么大老头子了，他还没吃过这样的批评。

霍大道站起来走到乔光朴身边，透彻肺腑的目光，久久地盯住对方："怎么把牙都咬碎了，不值得。在我们民族的老俗话中，我喜爱这一句：宁叫人打死，不叫人吓死！请问：你的精力怎么分配？"

"百分之四十用在厂内正事上，百分之五十用去应付扯皮，百分之十应付挨骂、挨批。"乔光朴不假思索地说。

"太浪费了。百分之八十要用在厂里的正事上，百分之二十用来研究世界机电工业发展状态。"霍大道突然态度异常严肃起来，"老乔，搞现代化并不单纯是个技术问题，还要得罪人。不干事才最保险，但那是真正的犯罪。什么误解呀，委屈呀，诬告呀，咒骂呀，讥笑呀，悉听尊便。我在台上，就当主角，都得听我这么干。我们要的是实现现代化的'时间和数字'，这才是人民根本的和长远的利益所在。眼下不过是开场，好戏还在后头呢！"

霍大道见两个人的脸色越来越开朗，继续说："昨天我接到部长的电话，他对你在电机厂的搞法很感兴趣，还叫我告诉你，不妨把手脚再放开一点，各种办法都可以试一试，积累点经验，存点问题，明年春天我们到国外去转一圈。中国现代化这个题目还得我们中国人自己做文章，但考察一下先进国家的做法还是有好处的……"

三个人渐渐由站着到坐下，一边喝着茶，一边像知己朋友聊天一样从国内到国外、从机电到钢铁，天南海北地谈起来，越谈兴致越高，一两个小时很快就过去了。霍大道站起来对乔光朴说："听说你学黑头学得不错，来两口叫咱们听听。"

"行。"乔光朴毫不客气，喝了一口水，站起身把脸稍微一侧，用很有点裘派的味道唱起来："包龙图，打坐在开封府！……"

1979 年发表于《人民文学》第 7 期，
获 1979 年全国优秀短篇小说奖

一个工厂秘书的日记

1979 年 3 月 4 日

今天，我提前一个小时来到厂里。王厂长要调走。我猜度像他那样的人，是不会等到职工们都上班来再走的。一定是趁着群众还没有上班，一个人悄悄离开工厂。

王厂长是自己向公司打报告，要求调走的。我心里最明白，他是无法在这个厂里再待下去，是被骆副厂长挤走的。也许全厂的职工心里都明白，只是窗户纸不点破，特别是不当着王厂长的面点破，彼此心照不宣。这就更叫人难受。

我当了四年秘书，送走了两个厂长。王厂长这已经是第三个了。

轰轰烈烈地上任，灰溜溜地交班。权力的追求者们在权力上做了多少游戏；权力也用游戏的办法报复那些权力的追求者。

改选调动，走马换将，是解决问题最简便的办法。大概古今中外都是如此。

但每一次和被撵走的厂长告别，都是一次心灵剖露。我的情绪需要一周的时间才能平静。这次，我决心破例使用一下秘书的权力，把厂里唯一的那辆吉普车派给王厂长，把他送到新单位去。

传达室的人却告诉我：“王厂长走了有半小时了。”

“就他一个人？”

“刘书记替他扛着行李卷儿。”

“咱厂的吉普车呢？”

"昨天晚上，就叫骆副厂长派出去了。"

我心里翻起一阵内疚，我只想提前一个小时上班帮他点忙。可是想捉弄他的人，提前一天就打好了主意。

我突然对刘书记也产生了一股怨恨气：你这个老实而又窝囊的一把手！你们山东自古以来就是出英雄好汉的地方，你为什么就没有一点英雄气？一把手送二把手，竟然自己扛着行李卷去挤公共汽车！

我正站在厂门口愣神儿，有辆吉普车带着一阵轻风开进厂门口，骆副厂长从车里跳下来，满面春风，脸上浅浅的白麻点里盛满笑意。

一见我就打着哈哈说："老魏，今天来得这么早？是不是给王厂长送行？走了没有？"

"走了。"我不愿意多说话，特别是在情绪不好的时候。言多必失，万一超出了小秘书的身份，白惹出许多不必要的麻烦。

骆副厂长从口袋里摸出几个"二踢脚"，递给我两个："给你，放两个。"

我没有接，"我不敢放这玩艺。"

骆副厂长哈哈一笑："亏你还是个男子汉。"

我问："你口袋里还常带着这玩艺？"

骆副厂长："春节剩下的，今天都放了它，驱驱晦气！"

"噔——嘎！"

"哈哈哈哈！"

一股冷气从我的耳朵里钻进去，透过脊椎，冷到脚跟。幸亏王厂长走得早，他若听见这"二踢脚"声该会怎么样？

厂长——这个职位竟有这么大的邪劲！为了取得它而摘掉这个"副"字的帽子，已经挤走了三个人，而公司两次又派来了新厂长。这次公司还会派人来顶替王厂长呢？还是随了骆副厂长的心愿，在厂长前边去掉那个讨厌的"副"字？

若果真如此，我也应该想想自己的退路，离开厂长办公室，还是到生产科去当我的统计员。

1979 年 3 月 11 日

"魏秘书，听说骆副厂长升厂长了？"这几天向我提出这个问题的工人更多了。

我一律回答："不知道。"

跟着就会听到一句："别来这个了，你还能不知道！"

我的这些可怜的同胞们，也真是……什么事情也主不了，还挺好奇，什么消息都打听。谁当厂长你不也得干活，关你什么事？

这几天楼道里经常响起这样的喊声："骆厂长，电话！"

有的车间打报告，抬头也是"骆厂长"。

真的把个"副"字省掉了。这些心眼灵活、见风使舵的干部，比工人更可怜。

"老魏，你看出来没有？骆厂长这些天紧抓挠，什么事都管，一天到晚全厂飞。说话嗓门也高了，脸色也好看了。"

"没看出来。"这不是没有的事吗，你上班是干活来的，看人家脸色干什么！我也许是当秘书当的，神经老是处于麻木或半麻木状态。什么话都得听，什么脸色都得看，但又能做到听而不闻，视而不见，无动于衷。苦啊！我要是有德将来也能当个厂长，一定不叫活人受这份罪。买个机器人当秘书，它没心没肺，没嘴没耳，脸色永远是铁板一块，感情可能随自然气候变化，而不会随着政治气候变化。

我知道现在也有人很注意我的脸色，听我的话音。我在称呼骆明同志职务的时候，决不嫌麻烦，一定用全称："骆副厂长"。

需要厂长批办的文件，没有厂长时我按规定一律请示党支部书记老刘，他说请谁处理我再把文件转给谁。决不妄自尊大地给骆明同志提职。骆副厂长可能有觉察。没有办法，我还没有接到上级的任免通知。

我不反对骆明当厂长，因为我没有这个权力。如果上级领导征求我这个小秘书的意见，我就会说："别看骆明是我们厂的老人，熟悉情况，下边也有一帮人捧他，但他当不好这个厂长。他关心的是厂长的权力，不是厂长的责任。他缺乏一个好厂长应有的政治品质和才能。"

1979 年 3 月 12 日

真是怪事，今天骆副厂长的女儿骆晶玉，坐在办公室里缠了我半天。

两年前她就从农村办回城里来，但一直没有分配工作，因为她的条件太高。集体所有制的单位不去，工作不随心不去，离家太远不去。她很少到厂里来，我真猜不透她坐在我对面东拉西扯不肯走，到底想干什么。

扯来扯去，扯到工作上了。她才说明来意："我想到你们厂来。"

我不相信："你别开玩笑了，我们厂虽然是国营企业，但是个二百来人的小厂，你怎么会看得上。再说我们是化工厂，没有你愿意干的好工种。"

她说了实话："好单位进不去，已经等了两年了。今年都二十六啦，不能老是这么等下去。再说你们化工厂也有个好处，成本低，赚钱多，工人的奖金发得多。"

"这倒也是。那就跟你爸爸说一声呗。"

"他怎么好意思办这件事。老魏，你给办办吧。"

对一个秘书来说，讨好上司向上爬的机会来了。当厂长心里有想办的事，自己又不好出头的时候，秘书就应该把事情揽过来，上蹿下跳，根据需要打出各种不同的旗号，把厂长的事情办成。

可是四年前，我拧不过党支部的调令，硬着头皮上来当秘书的时候，就给自己订了一条规矩：和任何一个领导，都只保持工作联系，不拉拢私人关系。对谁都一律公事公办，不公事私办，更不私事公办。

我回答她："等我请示了党支部再说。"

骆晶玉对我的回答很感意外。她选择这个时候到厂里来，显然是以正厂长的女儿这种新的身份找我。按现在新的社会等级观念，厂长的女儿应该比厂长的秘书身份高；厂长的秘书也应该是厂长女儿的秘书。无奈我不愿意领这个新头衔。骆晶玉大为不满，带着和她父亲发怒时一样的冷笑，摔门走了。

1979 年 3 月 15 日

刘书记高兴地小声通知我："新厂长快来了。"

这个老实人，简直像个孩子，已经这样高高兴兴地迎接过三次，也忧心忡忡地亲自扛着行李卷送走过三次，一听说要来新厂长兴致还是这么高。

我的高兴和失望的神经可都麻木了。

1979年3月18日

"叮铃铃、叮铃铃……"

离办公室还老远，我就听见了电话铃响。人们挖苦掐着钟点上班的人是踩着电铃进厂门。我却是十天有八天是踩着电话铃进办公室。

这个钟点的电话，多数都是找厂长们的。在刚上班前后的这个时间，最容易把厂长们堵住。上班半小时以后再找厂长们就困难了。连我也不知道他们都干什么去了，更不知他们忙的是公事还是私事。

"叮铃铃……"秘书的耳膜是最厚的，不管电话铃叫得多么急，我照旧不慌不忙地开了门，挂好书包，拿出大饼油条先咬了一口，然后才去接电话。

"喂，喂，是魏秘书吗？老魏，求你点事。我父亲昨天过去了，今个要火化。你跟厂长说说，能不能把厂里汽车给我用一下，帮帮忙，帮帮忙……"

我心里一惊："你是谁？"

"我是大庞，庞万成。多麻烦你。"

我埋怨他："你怎么不早打个招呼？"

"我也没想到他会死这么快呀！"

我做难了："你也知道咱们厂就是一辆吉普，一辆'解放'，昨天都到外县搞原料去了，一两天回不来，怎么办？"

大庞是个老实巴交的起重工，不到万不得已他是不会向厂里张口的，就是有点死心眼。我把实情都告诉他了，他还举着电话不放，苦苦求我："老魏，我跟骆厂长说不上话。不管怎么说你也是给厂长当了这么多年秘书，门路比我广。我现在没有别的路了，好不容易托人定好了火化时间，亲戚都来了，要是找不着车，去不了火葬场，叫我怎么办？魏秘书，我只好抱着你这个坟头哭了……"

他死了老子拿我当坟头，我又到哪儿去找坟头呢？在一般老百姓的眼里，我这个当秘书的似乎权力很大，岂不知我只给厂长们跑腿学舌。但在这种时候，这些话是不能成为推脱大庞的理由的。看来他除了认识我这个"头面人物"外，真的是一点没有别的门路了。

我举着电话正犯愁，一个墩墩实实的矮胖子，从我身后绕到我的对面（他什么时候进办公室来的我竟一点不知道），笑嘻嘻地冲着我说："来，我跟他说几句。"

我有点纳闷，问他："你……有什么事？"

矮胖子长着一张发面饼似的圆脸，极其和善可亲，一对鼓眼泡，一双又大又亮的金鱼眼，像碰见老熟人一样满含着笑意。

我似乎明白了他的身份，他很可能是哪个厂的供销员，到我们厂来联系业务。我用手指指左面，对他说："左边第三个门是生产科。"

矮胖子摇摇头："我叫金凤池，是化工局党委派我到东方化工厂来工作的。"

我一惊：他是新来的厂长？

我心里暗骂自己，当秘书最忌势利眼，我为什么今天竟以貌取人呢！

我把话筒递给金凤池，他举起话筒，语气变得严肃而又亲切："大庞同志，别着急，告诉我你几点钟用车？"

他从口袋里掏出一支圆珠笔，我递给他一张纸。他一边重复着大庞的话，一边在纸上记着："10 点钟用车，好。你的家在哪儿？锦州道五条八号，好。你叫什么名字？庞万成，好。喂，我说万成，10 点钟的时候，你在家门口等着，汽车一定准时开到你的门口。别客气，用不着说这种话。你还有什么事需要我办的吗？你就别管我是谁了，反正能解决你的问题。我倒还要劝你一句，老人去世是喜丧，你不要太难过，注意身体，多休息几天……"

金凤池把话筒倒到左手，又拨通了一个号码："化工机械修配厂吗？你是谁？老杜哇！知道我是谁吗？哈哈哈……上任啦，不来没有办法，真舍不得离开你们，舍不得离开咱们厂。喂，我有个事得用一下咱们的大轿车，可以吗？好！10 点钟，叫小孙把车开到锦州道五条八号，找一个叫庞万成的人。麻烦你了，有什么事需要我办的，就打电话来。"

他放下听筒，转头问我："咱们几部电话？"

我答："咱们厂小，只有三部电话，这儿一部，生产科一部，传达室一部。"

他拉个凳子坐下来，掏出烟盒，硬塞给我一支，自己也点着了一支。一双鼓眼睛笑模悠悠地望着我，缓缓地说："甭问，你就是咱们厂上下一把抓的魏秘书了！"

"我叫魏吉祥。是赶鸭子上架，将就材料。"我的语气告诉他，我对当这份秘书差事丝毫不感兴趣。

金厂长客气地说："我刚来，情况不熟，还得请你多帮助。"

我连忙摆手，表示消受不起。

金厂长脸一绷，神情格外认真，说："我说的是大实话。群众是干部的先生，秘书是厂长的老师。不管开什么大会，做什么报告，还不是秘书在下边写好，厂长到台上去念。秘书的水平高，厂长的水平就高；秘书的水平低，厂长的水平也高不了。所有的文件，你都得先看，然后再分给各个主管厂长。厂长杂七杂八的事务事，也得由你统着。你是厂长们的班长。厂长领导工厂，秘书领导厂长。"

我坐不住了，听着他的话，心里一会儿觉得很舒坦，一会儿又觉得很不自在，脸一阵阵发烧。听不出他是恭维我，还是挖苦我。在厂里我也算是个半路出家的知识分子了，今天竟叫新来的厂长给说得蒙头转向，连好坏话都分不出来了。

我还说不准对新来的厂长有什么印象，这个人至少是不窝囊。

中午，庞万成火化了老人，顾不得脱去孝服，从火化场直接来到厂里，一定要叫我带他去见新来的金厂长。

金厂长正由刘书记陪着在车间里熟悉情况。工人们一见我领着满身重孝的庞万成到处找新来的厂长，不知出了什么事，从后边围上了一大帮人。

大庞一见金厂长，扑上去，按天津卫的旧礼，跪在地上咕咚磕了个响头。"孝子头，遍地流"，竟流到工厂里来了。大庞这一手大出我意外。

金厂长也没有提防，慌忙扶他起来："大庞同志，你这是干什么！真是，唉！"

大庞一肚子感激话，再加上见了新厂长有点激动，就结结巴巴地说："金厂长，太谢谢你老啦，要不是你老派车去，我爸爸还不知要在家里停几天呐！停一天就多花几十块钱，弄不好人也得臭了。我爸爸在地下也得感谢你老，太谢谢啦……"

金厂长想拍拍大庞的肩膀，安慰他几句。可是矮墩墩的金厂长，够不着傻大粗黑的庞万成的肩膀头，只好使劲地抓住了他的胳膊，真诚地说："大庞，快别这么说。现在是有门路的走门路、有权力的使权力，剩下既没有门路又没有权力的工人怎么办？我就认为，一不能怪工人们和领导有对立情绪；二不能怪群众不像 1958 年以前那样积极了，埋怨他们尽想自己的事，私心太重。眼看着他们有事没人管嘛。自己要再不管还怎么活？"我感到惊奇，金厂长倒真敢说话！他新来乍到，在这个群众场合，好像是随随便便地同工人们说点大实话，而且是用一种替群众抱不平的口吻。

他这几句话果然说到了工人的心里，从他们敬佩的眼神里，从他们交头接耳的啧啧声里，金厂长收到了比召开一个群众大会、发表一阵"就职演说"还要好的效果。

刘书记看到工人们这样欢迎新到来的厂长，很高兴，实实在在地说："老金，你看咱厂的工人不错吧？都很欢迎你。"

金厂长又对大庞说："万成，人死了是不能再活了，你要想得开，把后事料理完在家多休息几天，千万把身体养好。"

他早晨在电话里已经嘱咐过了，当着大家的面又重复一遍。

庞万成被感动得不知说什么好了，脸红脖子粗地说："不，我不歇了，我就是来上班的。"说完脱掉孝服，换上工作服。金厂长叫他多歇几天，他不仅没有多歇，三天的丧假只歇了一天半。

老刘陪着金厂长到别的车间去了。我转身回办公室，突然看见骆副厂长在人群后边站着。他眼睛望着刘书记和金厂长远去的背影，使劲吸着香烟。脸上的白色麻点一个个非常鲜明。麻子是他情绪变化的指示灯。在他心情愉快、气色好看的时候，浅浅的白麻子似乎也隐去了；当他发脾气、冒肝火的时候，脸红麻子白，非常突出。

他走到大庞跟前，笑着说："庞万成，想不到你愣大的个子，腿倒挺软，借给你辆汽车就给人下跪！"

庞万成一怔，结结巴巴地说："骆厂长，你这是……"

骆明是个狗脾气，说翻脸就翻脸，你无缘无故也许就被他咬上一口。我装作没看见他，扭头回办公室。

他却从后面跟上来，并肩和我走着。

"老魏，咱们这个新来的头儿，挺会收买人心哪！"

我没有搭腔。厂长之间勾心斗角的事，我从来不参与，不向这一个，也不偏那一个。

不过，我们这个小化工厂，又要进入多事之秋了。

1979 年 3 月 23 日

"金厂长上任第一件事，就是从外单位给本厂一个最老实的工人借调汽车。"
这件事在全厂传遍了，而且添枝补花，加上了许多传奇色彩。

我们的群众多么容易满足和被感动呀！

1979 年 4 月 2 日

我和金厂长到公司汇报工作。坐进吉普车，好一会儿谁也没有说话。

他突然向我提出了一个我无论如何也想不到的问题："'强龙不压地头蛇'，这是哪个戏里的一句词儿？"

我看看他："《沙家浜》。"

谁也不再说话了。但是他的意思我完全明白了。

直到下了车，踏进公司的办公大楼，金厂长又对我说："我们要争取头一个讲。开头大家总有点客气，你推我让。有身份的人不想开头一炮，都愿意先听听别人怎么讲。我们这样的小厂，正好可以挤上去。再说会议刚开始，领导们精神集中，听得仔细。到后边老头们都累了，抽烟喝水上厕所，谁还认真听你的发言。"

我佩服他的分析，但也替他担心。他来厂还不到一个月，能讲些什么呢？

公司通知是厂长来开会。任何会都有个灵活机动，憨厚的刘书记害怕金厂长来的时间太短，情况掌握得不多，提出叫骆副厂长来参加。我知道骆副厂长也最愿意干这种出头开会的事。可是金厂长笑笑说："我还是去吧。"

非常微妙。是他不愿意给骆明这个以厂长身份出头露脸的机会呢，还是自己不愿意放弃这个在公司领导面前表示新身份的机会呢？

会议开始以后，他果真头一个发言，讲得很生动，举出了庞万成三天丧假只歇一天半的例子。他表扬的是工人，没有表白自己。给人的感觉却是领导很高明。

公司领导表扬了我们厂。我们这个不起眼的小厂受到表扬，太稀罕了。

我越发感觉到，金厂长这个人不那么简单。

第二个发言刚开始，金厂长就悄悄地对我说："老魏，你好好记一下，特别是外单位好的经验和公司领导的指示。我出去一会儿。"

他这一去就是好几个小时，到快散会的时候才回来。真是怪事。

1979 年 4 月 25 日

怪事一件接着一件，这两天我发现骆副厂长脸上的麻点不那么明显了。这场新的权力角逐的暴风雨，难道这样快就过去了？

骆明这个人不会轻易服输的。难道是他对金厂长服气了？他似乎也不是那种肯服气的人。

中午，我从食堂回到办公室，金厂长正在我的屋里打电话，骆副厂长以少有的媚脸在旁边陪着。

"……叫骆晶玉，骆驼的骆，晶体管的晶，林黛玉的玉。她是我的亲戚，你办也得办，不办也得办。一个星期内我听你的信儿！好，就这样定。"

我心里有点开窍。我不赞成金厂长老来这一套，可是佩服他的心计和手段。骆明是个不好对付、不好配合的副手。但他熟悉这个厂的生产情况，下边也有一帮子人，如果把他治服了，金厂长的脚跟就算站稳了。

我却没有想到金厂长会用这种办法：小人喻以利。难怪有工人背地议论金厂长够滑的。

1979 年 5 月 10 日

我和金厂长到局里开会。坐了一会儿，他又悄悄地对我说："老魏，你好好记一记，我出去一会子。"

一到公司和局里来开会，他就来这一手。他出去干什么？哪来的这么多事？

等了一会儿，我也走出会场。我想看看他到底去干什么。天气已经转暖，许多办公室都开着门。金厂长是在化工局大楼里，挨个屋子"拜年"。从一楼到四楼，一个处一个处地转。每到一个处，就像进了老朋友的家一样。从处长到每一个干部，都亲热地一一打招呼，又说又笑。他兜里装的都是好烟，大大方方地给每一个会抽烟的人撒一根。谁的茶杯里有刚沏好的茶水，端起来就喝。当然，他也不是光掏自己的烟，别人给他烟的时候也很多。他和每个处的人都很熟悉，又抽又喝。有时谈几句正经事，有时纯粹是扯闲篇、开玩笑，嘻嘻哈哈，非常开心。一晃几个小时就过去了。

在化工局里，我们厂是排不上号的一个小单位。这样一个小厂的厂长，在局办公大楼竟这样自由自在，到处都有熟人，到哪里都可以谈笑风生，而且认识许多职位比他高得多的干部，我不能不说这是一种本事。

散会以后，在回厂的路上，我问金厂长："听说你在局里和公司里有很多熟人？"

"今天下午你不都看到了！"他冲着我笑了。

我无法掩饰自己的尴尬。

他很开心地说："魏秘书，这些日子我看出来，你是个好同志。钢笔字写得又快又漂亮，成天忙得四脚朝天，比哪一个厂长都忙。就是有点书呆子气，办事死心眼儿。老魏，我告诉你一种我发明的学问。在资本主义社会，能够打开一切大门口的钥匙——是金钱。在我们国家，能够打开一切大门口的钥匙——是搞好关系。今后三五年内这种风气变不了。我们是小厂子、小干部，要地位没地位，要权势没权势，再不吃透社会学、关系学就寸步难行。"

惊人的理论！我说不清心里是敬佩他，还是厌恶他。

1979 年 5 月 12 日

骆副厂长脸上的笑纹几乎把所有的麻点全遮住了，他兴冲冲地对我说："老魏，交给你个任务，今天晚上你陪着金厂长到我家里去吃饭。我怕老金不去，你一定得作陪，无论如何要把他拉去！"

我心里说："浅薄的人。给你闺女找个工作就值得这样！"

转念又想，一个五级看泵工，由于某种机缘入了党，当上了副厂长，你又能要求他怎么样呢？我是决不能到他家里吃这顿饭。以前我遇到这种拉拉扯扯的事就往老婆孩子身上推，不是借口老婆病了，就是推说孩子发烧。反正是老婆孩子跟着我倒霉！

今天说轻了推不掉，我狠了狠心就对骆副厂长说："哎呀，不凑巧，我那个小不点得了肺炎，下班后我得赶紧回家送他上医院。"

骆副厂长的脸像外国鸡，立刻变了："我就知道我老骆的脸小，请不动你这位大秘书。这样办吧，下班前，你把老金送到我家门口，然后，就请你自便。"

我没有办法，谁叫我是秘书呢！只好冲着骆副厂长的背影又骂自己的儿子："我的儿子将来要再给人家当秘书，我就把他的手指剁掉！"

临下班的时候，我去请金厂长。金厂长答应得很痛快，而且约我一块去。我把瞎话又说了一遍。金厂长那对突出的金鱼眼眯成了一道缝儿，笑了："老魏，你不会编瞎话，往后就别编了，瞧你那脸色，红了又白，白了又红。"

"金厂长，这是真的……"我急忙遮掩。

他笑得更凶了："得了，你的瞎话千篇一律，连个花样也不会变。你就不拿耳朵摸摸，全厂谁不知道魏秘书有一手绝活，一旦人家有事求他，他不愿意给办的时候，就往老婆孩子身上推。老魏呀，你那么大学问编什么瞎话不行，干吗非给老婆孩子招灾！"

我只好苦笑着摇摇头。

他拍拍我的肩膀："你真是个书呆子，副厂长请客，不吃白不吃。他要是拿出两块钱以下的酒，咱都不喝！你就跟着我去，进门不用你说话，只管低头吃你的饭。这样的美事还不干！"

我最终也没有去。但我知道了骆明请客的原因，他的女儿今天到国营无线电十厂去报到了。金厂长的道行真大，这一手就可以把骆明给降住了。

当党性、纪律和法制对某些人不起作用的时候，也可以用义气和恩惠试一试。

不知为什么，金厂长这一手却怎么也引不起我的敬佩。相反，他在上任第一天留给我的那个朴实可亲的印象，已经被后来的这些事给冲淡了。

（1979 年 6 月至 9 月的日记略）

1979 年 10 月 9 日

上行下效。领导干部之间关系有多复杂，社会上就有多复杂，群众的思想就有多复杂。

骆明和金厂长摽成把了，刘书记和金厂长的关系却越来越紧张。今天在讨论奖金问题的支部会上，书记和厂长之间的紧张关系公开化了。

9月份，上级发下来一个文件，工厂可以从利润里按比例提取奖金。我们厂原是由搞综合利用起家的，大部分原料是捡别的厂甩出来的废物，花钱不多，一本万利。发奖给钱的事，厂子越小、工人越少，就越好办。9月底一结算，每个工人可以拿到五十元奖金。就连科室的干部，也可以分到四十多元。大部分工人等于一个月拿双份的工资。

刘书记这个实实在在的山东汉子，一听这个数目字吃了一惊。虽然他的生活条件在厂级干部里最差，每月多收入四十多元还是很需要的。但他一摆脑袋，表示反对："不行，发这么多的奖金，这可了不得！"

"有什么了不得？"他的意见遭到了不少人在心里反对，从表情上可以看得出来。钱不是坏东西，给多少也不烫手，每月多进个四五十元，谁还不高兴？但是，委员们嘴里，谁也不说赞成，谁也不说反对。都拿眼瞅着厂长和书记，等着一二把手定板，谁都想多领钱，少担责任。

金厂长对骆明说："老骆，说说你的意见。"

骆副厂长很干脆："应该发给工人，照文件办事。"

刘书记说："文件是指一般情况说的，我们有我们厂的特殊情况，不能钻这个空子。我们要全面领会文件精神。上级要知道我们发这么多奖金，也不见得就会同意。"

骆明："这笔钱不发给工人怎么处理？难道白白地上交？"

刘书记："存在银行，将来搞点集体福利设施。"

金厂长只顾抽烟，一言不发。谁也猜不透他的态度。他是个会处关系、善于权衡得失的人，决不会为了多给工人发几十块钱的奖金而让自己担风险。万一为了这件事和局、公司的领导把关系搞僵了怎么办？损害了国家利益，使工厂和国家的关系搞坏了怎么办？哪头重，哪头轻，他不会不知道，他不会因小失大。更何况党支部书记已经表态，像他这样的人难道愿意站到书记的对立面去吗？

连我都觉得，金厂长一定不会同意多发奖金。

金厂长开始表态，一张嘴果然不出我所料。他说："老刘说得对，奖金数目是大了一点……"

骆副厂长脸突然涨红了："你——"

金厂长冲他摆摆手，他们两个似乎是私下已经碰过头了。我心里一动，金厂长既然收服了骆明，就一定会利用这个"贼大胆"。今天说不定也是拿他当一杆枪，先试试刘书记的火力。

金厂长接着说："我们是东方化工厂的领导，我们用不着替国家操心，我们要操心的是东方化工厂的群众，得罪了他们，我们就要倒霉了。文件向群众传达了，如果奖金不照数给，我们就失了信，国家也失了信。我们挨骂还不说，群众的心气一散，生产就会掉下来。所以，我主张五十元的奖金一个不剩全发下去。公司里要问，我们有词儿：按上级文件办事。兄弟厂要反映，咬扯我们，我们更有理：这是多劳多得，我们厂搞得好，给国家赚钱多，奖金自然就发得多。大伙说怎么样？"

委员们大多数都同意金厂长的意见，就算通过了。刘书记心里感到发这么多奖金不合适，嘴上却又讲不出更多的道理。虽然在会上按少数服从多数通过了金厂长的意见，可是散了会，老刘把金厂长留住了。他就是这么个爱钻牛角尖的人，骆副厂长背后就骂他是"犟死亲爹不戴孝帽子"。

我要给公司赶写个材料，下班后也没有走。我把通刘书记房子里的上亮门打开，一边写着材料，一边支起耳朵听着隔壁房间里谈话声。我担心刘书记的脾气，他也太认死理，老实得过分了。以前正副厂长不和，他成天焦心。调走的王厂长最对他的脾气，作风正派，对上对下一是一、二是二，从不弄虚做假。就是心胸太窄，爱生闷气，不到一年就被骆明气跑了。现在来了个金厂长精明能干，上上下下关系都处得挺好，连骆明都服气了，正副厂长配合得挺好。按理说老刘这个党支部书记不该省心了吗？他却偏要没事找事。过去他和王厂长两个人还对付不了一个骆明，现在他一个人又怎么能对付得了金厂长和骆明两个人！心实的斗不过心虚的，搞事业的斗不过搞权术的。我真替他、替我们厂担心。

隔壁房间里老刘的声音越来越高："……当个领导最主要的是思想要端正，不能迎合一部分人的口味，八面讨好。更不能拿着国家的东西送人情。老金，有人确实向我反映这个问题，你不能不注意点。"

这话说得太刺人了，一把手对二把手哪能这样说话！我赶紧把写好的材料送过去，冲淡他们的紧张气氛。

　　金厂长真有两下子，什么话都听得进去，脸上一点不挂相，冲我一笑，说："老魏，你来得正好，咱们一块扯扯。咱们这位刘书记真够戗，难怪以前咱厂的班子都尿不到一个壶里，他这个一把手不是给下边擦屁股，下边得给他擦屁股。我问你，你说我思想不端正有什么事实？你说我拿国家的东西讨好群众，我执行的是不是上级的文件？"

　　"唉。"老刘一摆手，"给钱的事越多越不嫌多，一降下来群众就有意见。但是，我们作领导的应该为群众的长远利益考虑，要教育引导群众，文件上不也说可以抽出一部分奖金搞些集体福利事业吗？"

　　"你扣住这五十元不给，那群众就会骂我们。再说你把这钱扣下干什么用？"

　　"留点后路，长流水不断线，万一哪个月出点事，没有完成任务，仍然可以发奖。再说钱存多了还可以给群众盖点宿舍。"

　　"得了，刘书记，你吃亏吃得还不够！"金厂长转头对我说，"你当秘书最清楚，咱们国家的事就是有权力不用过期作废。现在叫你发奖，你就发；如果不发下去，精神一变，剩下的钱你就没有权力支配了，你还想盖房子？咱们这个小厂，好不容易盖几十间房，土建部门要几间，管电的要几间，给水的要几间，煤店、副食店再要走几间，层层扒皮，我们还能剩几间？花了钱，受了累，还得惹气挨骂，本厂工人落不着实惠。把钱往大伙手里一分，又稳当又实惠。"

　　刘书记并不认可，但他也不吭声了。

　　金厂长掏出烟盒，每人给一支烟。老刘没接，掏出自己的烟吸着。金厂长也不在意，把给老刘的那支烟叼在自己嘴上，点着火深深地吸了一口，又说："老刘，你那一套1958年以前行得通，现在不行。对上级文件既不能不办，又不能完全照文件的精神办，这里边学问可大啦。就说你老刘吧，在这方面坐了多少蜡！'文化大革命'中遣送的可以回城安排工作，你没有快抓快办，现在又冻结了，叫就地安排。这一件事你挨了多少骂？退赔，办得快了钱就拿到手了，办得慢了就没拿到。这种事多了。谁死板谁就吃亏。"

　　金厂长说得很诚恳，他是真心想劝刘书记灵活点。我却觉得老刘听了这番理论，对他的反感更深了。

1979 年 10 月 10 日

得便宜卖乖。奖金发下去了，全厂上下议论纷纷。可气的是，群众对昨天党支部会上讨论奖金问题的争论都知道了，而且知道得比我的记录还详细。刘书记挨了大骂，金厂长成了"青天大老爷"。

我感到不公，替老刘抱不平。

金厂长提出要借发奖金这个东风，把群众情绪鼓起来。召开了全厂职工大会，金厂长在会上做了个简短而又深得人心的报告，没有叫我给起草，那是真正代表厂长的水平。

他说："……这个月的奖金一分不少，全发给大伙了。有人接到这一包子钱，吓了一跳。只要大家干得好，我们厂的利润再提高一块，下个月奖金还会多。你们放心，只要是通过我的手发给大伙的钱，我是一分不扣，一分钟不停，全发给大伙！……"

1979 年 11 月 2 日

这个星期天最丧气了，从早晨 4 点多钟起来钓鱼，到下午 3 点钟，才钓到三四条小鲫鱼。在回家的路上遇见了金厂长。他钓了满满一篓子，我问他在哪儿钓的，他笑而不答。我猜他一定是和哪个看养鱼池的人有关系，从养鱼池里钓的。他不顾我的拒绝，硬是把鱼分了一半给我。路过他的家门口时，还要拉我上楼坐一会儿。我不好拒绝，也想看看他的家里是个什么样子。我猜想，像他这样神通广大的人，家里一定搞得很富丽堂皇。

我走进去一看才知他的家里非常简朴，简朴得使我不敢相信这是金厂长的家。

他的女儿正在家写功课，他叫女儿给炒个菜，要和我喝二两。他女儿瞪他一眼，拿起书包到奶奶屋里去了。

金厂长还有个老娘，他只好又去求老娘。老奶奶虽然答应给他炒菜下酒，但是嘴里也不停地埋怨儿子。很快我就从老太太的嘴里明白是怎么回事了。

金厂长每月工资七十多元，只给家里一小部分，剩下的抽好烟，喝好酒。

每天晚上在饭馆里喝完酒，回到家里随便吃两口饭就行。老娘和两个孩子主要靠他爱人的工资养活。

他在家里的地位，远不如在工厂里。

我万万没有想到他会是这样一种人。这倒使我对他产生了一种好感：是同情他的家庭，还是欣赏他把神通都用到工厂里，并没有往自己家里搂东西？连我自己也说不清楚，真是莫名其妙。

1979 年 12 月 31 日

下班铃早响过了，干部们一个也没有走。金厂长从银行打来电话不让干部走。从早晨一上班他就带着财务科长到银行去了。我们厂在年底每人要发一百元的奖金，银行不同意。厂长亲自拿着文件去交涉。他在银行蹲了一天，连中午吃饭都没回来。不知他把干部们留住是什么意思？

又等了一会儿，厂长回来了。他满脸喜色，对干部们说："大家都动手，今天无论如何要把钱分出来，发下去。"

干部们一个个都很高兴，在财务科长的指挥下开始数钱，数到一百元就装进一个红信封。

刘书记把金厂长叫到我的屋里，动感情了，说："老金，不能这样干，这叫滥发奖金！文件里没有叫你年终发这么一大笔钱吧？"

金厂长忙了一天，也没有好气地说："文件里也没有说不让发这笔钱。"

"老金，这样要犯错误！是不是发完这笔钱，过了年，我们厂就关门？"

"你这人，真是！"金厂长强压住火气，"我跟你说过多少回了，有多少发多少，而且必须在今天发下去。要不还用得着我亲自到银行里去泡蘑菇！上边的精神没有准，一会一变，明年还不知道是嘛章程，要是来个新文件，奖金冻结，你想发也发不了，到那时我们就挨大骂啦！"

"你怕挨骂我顶着！"

"这是支部会上定的，你一个人不能推翻。发！"金厂长推门走了，我这是第一次看见他发火。

1980 年 1 月 3 日

今天一上班我就收到了好几个文件，其中有一个文件就是通知 1979 年的奖金暂时冻结。

我把文件拿给金厂长，他哈哈一笑："我早就猜到会有这一手！"

一公布，全厂上下对金厂长的欢呼声更高了。干部们也都议论这件事：这一百元拿得太巧了，晚一天就飞了。金厂长既有远见卓识，又敢作敢为。

下午，选人民代表。区里只给我们厂一个名额。今年的选举是真正的民主，上边连候选人都不提，完全由群众民主选举产生。四个车间分成三个选区，全体干部编为一个选区。车间的三个选区投票结果，金厂长以绝对压倒的优势当选。在干部这个选区里，金厂长只差三票就是满票。这个结果是谁都料得到的。可是也有一点没有料到，在车间的选区里有一张票上写了这样一句话："金凤池是个大滑头！"

由于监票、唱票的那几个工人嘴不严，这句话给传出去了，这对金厂长是个打击。

看来不管多滑的人，也很难滑过群众的眼。但是，让群众看出是滑头的人，还能算滑吗？世界上有没有一种真正的、让人并不觉得滑的滑头呢？

下班后，金厂长提着多半瓶"芦台春"来到我的办公室："老魏，先别走，可怜可怜我这个无家可归的人，陪我先喝二两。"

说完从口袋里掏出两包花生米。

"您怎么不回家？"我问。

"昨天和老婆吵架了，今天不能回去，一回去还得吵。"他把酒斟到茶杯里，一扬脖就灌了一大口。

我劝他："金厂长，您这样不顾家可不行。从下个月起，我把您的工资扣出一大半，送给您的家里。"

他笑了："来来，喝酒！清官难断家务事，我老婆和我打了 20 年，都没有管住我。你能管得了？来，喝！"

他真是个喝酒的能手，光喝酒不吃菜。喝两口酒，才吃一个花生米。越喝口越大，不一会儿，那对突出的金鱼眼就有点发红了。

他突然盯住我的眼睛说："老魏，现在的群众真难伺候！五股八流，什么人都有，不管你怎么干，也不会让他都满意。"

我明白他是指什么说的，还不好搭腔。他喝了一口酒又说："我是为了群众，得罪了头头。反过来说，让头头满意，一定又会得罪群众。你知道今天干部投票时反对我的这三票都是谁吗？"

我心里一惊，不明白这是什么意思。他怎么会知道谁投了反对票呢？他一定是疑心刘书记，但刘书记是个光明正大的汉子，他不会投金厂长的赞成票，这是明摆着的事。

我只好回答说："不知道。"

金厂长嘴角一咧："有一票是老骆投的，没错，准是他！"

我实在是没想到，也不大相信："他对您不是很敬佩，很好吗？"

他笑了："那是因为我给他办过事，他那两下子也玩不过我。但是这个人比较毒，忌妒心太强。不过今天他不赞成我当人民代表是对的。"

我又问："那一票是谁的呢？"

他用食指点点自己的鼻子尖："我自己！"

他不是醉了，就是成心拿我耍笑着玩。

"我说的是实话。"他又灌了一口酒，果真是带着几分醉意了，"我知道，连你也瞧不起我，一定认为我是个大滑头，社会油子。我不是天生就这么滑的。是在这个社会上越混，身上的润滑剂就涂得越厚。泥鳅所以滑，是为了好往泥里钻，不被人抓住。人经过磕磕碰碰，也会学滑。社会越复杂，人就越滑头。刘书记是大好人，可他的选票还没有我的多，这叫好人怎么干？我要是按他的办法规规矩矩办工厂，工厂搞不好，得罪了群众，交不出利润，国家对你也不满意，领导也不高兴。你别以为我的票数最多就高兴，正相反，心里老觉着不是滋味。所以我明知老刘不投我的票，我却投了他一票……"

"金厂长，你喝多了。"我扶他在值班员睡的床上躺下来，"您先躺一会，我回家给您拿点饭来。"

我真后悔下午投了他一票。他虽然精明能干，而且票数多，可是他这个人和"人民代表"这种荣誉总不大协调。难道金凤池是当今这个时代最合格的

"人民代表"的候选人吗？我在心中连连暗自摇头。但转而又想，他刚才那一番心里话也不是没有一点道理，时代是按照自己的需要改变人的灵魂，"人民"这两个字的概念就不能随着时代的变化而改变吗？群众既然拥护金凤池，为什么不能说他是人民的代表呢？

1980 年发表于《新港》第 5 期，
获 1980 年全国优秀短篇小说奖

拜年

一

"阳历年"——那算什么年？不管你给它起多好听的名儿叫什么"元旦"，可中国人从来不把它当"年"看待。录音机、电视机可以进口，没听说"年"还能进口！中国人真正的年，是春节！农历正月初一，这才叫新年新岁，万象更新哪！

初一饺子，初二面，初三合子往家转……转眼到了大年初五。俗称"破五儿"，又是吃饺子的日子。好吃的东西反正就是那几样，每样吃了一圈儿，轮回去再从头吃起。人嘛，平时抠抠搜搜，一过年就放开了手脚，好像有今天没明天了，不把腰里那点钱折腾光了，心里就不舒服。吃喝玩乐，日子过得就快。酒喝足了，钱花光了，今儿个——到了工厂上班的日子啦。

冷占国比往常上班提前二十分钟出了家门，他历来讨厌"以厂为家"，早来晚走和加班加点那一套。只有废物蛋才耍这种花架子，顶多可以赚顶先进生产者的帽子。但管理工厂那都是下策。可以说冷占国是吃铁末子长大的，从懂事那天起，就在三条石的各个小铁工厂里串来串去捡煤核，个子刚长到和大锤把儿一般高，就进厂当了小学徒。工厂里那点玩艺全在他肚里装着，不管哪个部位发生了什么问题，能瞒哄别人，却瞒不了他。他认为每个人只要干足了八小时，工厂就不是现在的样子。八小时工作制顶多使了四个小时的劲，何苦在八小时以外又装腔作势！他一年到头不早来晚走，也不早走晚来，规规矩矩，按制度办事。但一年中有四天是例外，阳历1月2日、5月2日、10月3日、农历大年初五。赶上这四个日子，每天都提前二十分钟上班。为什么？他一不害怕节日，二不反对放假，但目前有些人这种干着玩、玩着干的脾气可叫他受不了。节前五天就松了劲，你把嗓子喊破也吆喝不起来；节后五天还缓不上劲来，你把眼珠子瞪圆也没人理你的茬儿了！里外里加在一块儿，元旦放一天假，等于放十一天；春节放四天假就等于放了半个月，还受得了吗！他也愿意一年到头光放假，可往哪儿拿钱去？所以每逢放假后的头一天上班，他都提前二十分钟往总调度室一坐。他手下的调度员们也都知道主任的脾气，这一天全部提前上班，每人抓住一部电话机。8点钟——上班的铃声刚响，每个调度员同时都拨通了各个车间办公室的电话。要是有哪个车间的主任没有上班来；或者哪个车间的机器没有转，还没有开工生产，这个车间的头头就算倒霉了！

总调度室主任——这职务比厂长小半级，比车间领导高半级。要命的还不在冷占国比车间的头头们高出这半级，关键是冷占国这个人。他一进工厂的门，除去生产，别的全不认识，六亲不认，男女不分，老中青不辨，似乎连七情六欲也没有，老是板着一副冷冰的铁面孔，一说话就把人往墙角上逼，谁受得了！

今天是"破五儿"，他还没有进厂门，火气似乎已经顶到脑门了。往年的春节都赶在二月份，今年却赶在了一月份。一个月赶上俩节日，掐头去尾，一个月连半个月的活也干不了，这个月的生产计划怎么保？年前，厂长硬掐着他的脖子，逼他寅吃卯粮，东挪西凑，虚虚实实提前报产，多报产值，把应该在第一季度里分三个月下发的奖金，全部提出来，春节前一次发给了职工。凡是机械厂的人，摸摸头囟儿就有一份。说是一年到头了，大家辛辛苦苦干了十二个月，痛痛快快过个肥年吧！冷占国虽然有坚强的个性，但胳膊再粗也拧不过大腿，只好咬着牙干。他心里虽说不痛快，可自己也分了一份，并且也没有旗帜鲜明地把自己那一份退回去，真是打断了胳膊往袄袖里藏！年是过了，够痛快，也够肥，今后怎么办？谁来坐这根大蜡？还是他——冷占国！

马路上还很清静，车辆和行人都不算多。往常这个钟点，车水马龙，已经挤成一个蛋了。今天是怎么啦？有人还想再歇一天？年还没有过够？便道上尽是白花花的炮仗纸，看见这些像铺了一层地毡似的炮仗纸，就使人还可以闻出一种喜气洋洋的过年的味道。今年放鞭炮的人特别多，大年三十的晚上从12点一直响到初一上午 9 点。解放天津那一年真枪真炮也没有这样响！他就奇怪，人们哪来的这么多钱呢？瞒别人还能瞒得了他吗！工厂里的钱越来越紧，生产不是看涨，而是看落，大伙口袋里为什么还都那么肥呢？莫非也是来路不正？其实就是那么点钱，不过市场活跃，周转加快，从你的口袋装进我的口袋，又从我的口袋转到他的口袋，钱不值钱，人人都能摸得上，热热闹闹，大家高兴。但是冷占国决不花那种冤枉钱，过年他连一个炮仗也没买。一是他没有小孩，冷冷清清，挺大的一个人举着一挂鞭自己点火自己放，有什么意思！二是老婆有病，他没有那份兴致。

"哎呀！"他急忙扭车把，差点和前面一辆拐弯的自行车撞上。工厂快到了，今儿个头一天上班不顺气，骑在自行车上老走神儿。他提一提精神抬起了头，以前很吃香，现在最不景气的重机厂，在城市里鹤立鸡群，像一片小山头似的横在前面：办公大楼、设计大楼、试验大楼，两万平米的总装车间、像前门楼子一样突出的煤气站、有双层天车的热处理车间，高高低低，参差不齐，方圆十五公里，是个用钢铁堆起来的城堡。不，是用钱堆起来的！而且有许多钱扔在了地底下，这些埋在地下的各种基础是再也收不起来了。光说调整，调整不好就下马，能这么轻巧吗？工业的脊梁骨弯了，光靠农民做小买卖赚的那点钱顶个屁用！这么大一个机器厂，还没有真正为国效过几年力哪，一讲调整就丢掉不要了？上上下下一推六二五全不管了？过去，一提重机厂人们都另眼看待，姑娘小伙子们找对象都比别的单位容易，看看这一大片厂房就叫人眼馋。想不到现在成了人们嘲笑的对象，还不如做皮鞋卖百货赚的钱多！

冷占国越想越气，猛地又低下了头。

二

重型机械厂的大门敞开着，时间还早，上班的人稀稀拉拉，职工们年后第一次碰面，抱拳拱手，相互问候，倒也热闹。有一个身材不高的人抱着大竹扫帚从厂内中央大道一直扫过来，扫净了门里，又扫门外。冷占国从早晨出了家门，这是碰到的第一件叫他高兴的事，好兆头，开市大吉，刘瘸子这一回算办了件人事。他一年到头在传达室里坐着还嫌累，轻易不开大门，职工上下班全走旁边的小门，汽车走后门。冷占国老为这件事骂街："就凭这一条，机械厂也搞不好，不走大门，净走旁门歪道！"今儿个刚过完年，刘瘸子长了一岁，也长了点出息，又扫马路，又开正门，这个年不白过，今年的生产说不定还沾他点光。

他翻身下了自行车，破例想和刘瘸子打声招呼，认真一打量，嘿！扫大门口的不是刘瘸子。一个矮墩墩的矬胖子，一张毫无特色的脸，原来是他的副手、总调度室副主任——老实木讷的胡万通。冷占国心里刚冒出来的那点高兴劲又飞了，一个总调度室的副主任，不干点正事却来扫大门口，不光是失身份，而且是失职。仿佛胡万通不仅丢了自己的脸，也丢了他冷占国的脸。论职务冷占国压胡万通一头，若是排辈儿，胡万通却是冷占国的师兄，他比冷占国早学半年徒。只因掌柜的看他脑瓜儿不伶俐，手脚更笨得出奇，天生不是个打铁的材料，就叫他拉风箱烧火，让冷占国学拿钳子打铁。也正是从冷占国拜师兄的那一天起，他就指挥和领导胡万通。胡万通对这种被领导的地位一点也不在意，他和冷占国正相反，几十年如一日地早来晚走，以厂为家。你早来也不要紧，可别扫马路呀，到车间转转不还可以掌握点生产情况嘛！

胡万通却决不认为扫马路就是丢人，他是故意选了这个春节后第一天上班的早晨来扫大门口，可以向全厂每一个职工都拜一拜年。所谓拜年，还不就是问声好、打个招呼，你主动给别人拜年也比人家矮不了一截，可对方心里会很舒坦。现在当个干部不能拿架子，板着面孔打官腔吃不开了，要想办成点事就得靠人缘儿，靠面子。

"王科长，过年好！初二我到你家去了，你不在……"

"老几位，过年没得空给你们去拜年，今儿个给几位拜个晚年！"

胡万通像所有自知能耐不大的人一样，说话随便，待人亲热而坦率。他似乎永远都是这副快活诚实的样子，不分干部和工人，向每一个来上班的人都拜上一个年。

"老师傅，头一天上班就来得这么早，我在这儿等着给你拜年呐！"

"哎呀，这不是胡主任嘛，您过年好！干部在大年初五扫马路，这可是多少年没有的新鲜事啦！"

不少工人为胡万通扫街而感动，他不仅没有失身份，在群众中反倒长了身价。新年新岁，喜气洋洋，大家都高兴，更容易联络感情，增加对他的好感。何况在这个世界上你到底做了些什么是无关紧要的，重要的是你如何让人们相信你的确做了不少工作。至于成效多少是不大被人注意的，谁能无止境地吃苦耐劳、忍辱负重，谁就是当今的天才！

精工车间的副主任施明带着本车间的一群小青年，骑着飞车冲过来。

"小施，你们过年好！"他见了现在的青年人就像见了女人一样，宽厚阔大的嘴唇咧开了，那样子就好像随时都禁不住要笑似的。

"哟，胡头儿，初三我到你家给你拜年，你躲了，把好酒也都藏起来，这可不对呀！"

"胡头儿，你大年初五扫马路，真是活雷锋！"

青年人跳下自行车，亲热地围住了胡万通。

"胡头儿，听说你要升副厂长了……你别装傻，年前厂长到我们车间征求意见了。"

"叫胡头儿请客！"

一个青年工人搂住了胡万通的肩膀头，伸手到他口袋里去掏烟。

"别抢，别抢，我给你们拿。"

哪容他往外拿，青年人早从他的上衣口袋里把一盒还没有开封的恒大牌香烟掏走了，这样的香烟过春节每户才供应十盒。青年人把烟一分，有人三根，有人五根，最后还剩下两个人没有分到烟。这两个人当然不能吃这个亏，继续找胡万通要烟。施明知道他的秘密，大声叫着："他褂子口袋的烟是次货，专门准备给外人抽的，他裤子口袋里还有好烟，那才是留给自己抽的，要不怎么外号叫烟神！"

胡万通嘿儿嘿儿笑了："过年卖给的好烟我一根也没捞着抽，这是最后一盒了。不信你们看……"他从裤子口袋里掏出自己抽的烟——塑料袋里装着大烟叶和一沓白纸条。

抢烟的几个坏小子见到这幅情景心里一动："这个老实人，把好烟整盒整盒地送人，自己过年抽烟叶。他大概除去老婆不送人，别的什么都可以给人。话又说回来，吃亏人常在，他也正是靠这些东西买了个傻人缘儿。不过，坏小子的心里仅仅是有那么一点点感动，决不会再把香烟还给胡万通。他们的哲学是：见了老实人不欺负也是傻瓜。他们叼上恒大烟，骑上自行车，一哄而散。这还不算完，回头又饶了两句：

"胡头儿，当干部的要都像你有多好！"

"胡头儿，选厂长我一定投你一票！"

　　胡万通憨厚地摇摇脑袋，继续扫地，仍然不忘同每个进厂的人打招呼。

　　站在一旁的冷占国可给气坏了，连他的脸都感到替胡万通臊得慌。人家把他当傻小子耍，寻开心找便宜，他就愣觉不出来，还乐呵呵感到怪不错哪！当然，胡万通这样干还使冷占国的心里有那么一种不舒服，上班来的职工几乎都和胡万通打招呼，有说有笑，却很少有人搭理他。甚至人们根本看不见他，上班来的人全把注意力集中到胡万通的身上。胡万通本事不大，反倒能跟周围的人保持一种良好的关系。尽管大家都瞧不起他，可又都喜欢他，把他当成天生的挚友。冷占国从来没有想到自己还会嫉妒没有本事的胡万通。

　　他走过胡万通的身边时，低声然而威严地说："万通，别扫了，赶快回办公室。"

　　"呵，占国，你来了。好，我马上就完！"胡万通三下五除二把大门口外面的小马路扫完，将扫把丢在传达室，紧跑几步跟上了冷占国，用充满焦虑的口气说："占国，这两天弟妹（北方话：兄弟媳妇的昵称）怎么样？初二我去的时候见她的气色可不大好。过年劳累，睡觉又少，再加上小孩们爱在窗户根底下放鞭炮，一惊一乍，你可多留神，千万别让她犯病……"

　　冷占国阴沉着脸没有吭声，他最不愿意别人提他老婆的病，尤其是在工厂里。当然，胡万通例外，他们是多年的师兄弟，两家的事谁也不瞒谁。虽然现在他心里还闷着胡万通的气，不愿搭理他，可是讲私人交情，讲为人处世，他还是觉得胡万通这个人安全可靠。胡万通确实是这样一种人，别人一见面就可以信任他，都愿意把隐私告诉他，有火气可以朝他身上撒，有牢骚也可以冲着他发，一切苦恼、隐痛、忧虑都可以向他倒出来。他可以心甘情愿地代人受过，自己有天大的委屈也可以忍气吞声，而且毫不吝啬对别人的同情和安慰，使对方在精神上得到解脱。更重要的是他不出卖朋友，不传老婆舌头，他不说任何人的坏话。他的立场永远是缓和矛盾、平息争端，决不站在一方指责另一方，也不挑唆别人相互怨恨。他越是这样，就越是掌握了许多别人的秘密，一条秘密就是一条小辫子。他不使用这些秘密，不抓别人小辫子，不等于他没有力量，反而证明他的忠厚善良。因而使他在工厂成了个特殊的人物，绵里藏针，软中有硬，以弱胜强。没有人比他更窝囊了，谁都可以欺侮他，可他又是个强者，是个胜利者。就像冷占国这种脾气古怪的汉子，在工作上可以把他拨拉得团团转，训斥他，嘲笑他。但是冷占国的老婆犯病还得靠他帮着送医院，然后又把孤单执拗的冷占国拉到家里，像对待亲兄弟一样照应他。冷占国在胡万通手里也不是没有短儿，所以别人都怕他，而胡万通只是顺从他，并不怕他。当调度员们每人守着一部电话机进入一级战备状态的时候，他却向冷占国提出了另外的主张——

<h2 style="text-align:center">三</h2>

"占国，别叫大伙光抱着电话要数字了，今天刚过完年，什么数字也要不上来。倒不如你领着我们大伙挨个车间转一转……""干什么？""给车间的头头和工人们拜年呐！""什么什么？拜年？我还去作揖磕头呐！这是领导生产，不是老娘儿们串亲戚。你们从初一拜到初四，还拜不够？还要跑到工厂里来拜年，刚才你在大门口演的那一出儿，像武大郎开店似的，还不够叫人恶心的！"

"你看你，说着说着就着急，你听我慢慢儿跟你讲。"胡万通嘿儿嘿儿一笑，别人说他什么话，他也不会着急上火。而且每逢和别人办事谈话的气氛要紧张的时候，他就主动敬烟，紧张的气氛立刻就会缓和。伸手不打笑面人嘛，哪有一点人情味儿都不讲的家伙。可是那盒救急的好烟被施明那帮坏小子抢走了，他只好掏出了大烟叶："你卷根儿这个尝尝？比恒大有劲！"

冷占国不耐烦地摆摆手，往自己的茶杯里放上一撮茶叶，一摸暖瓶是空的，生气地把冰冷的水壶推到了一边儿。自从胡万通从车间提升到总调度室两年多以来，总调度室二十一个干部，别人没有再打过开水，全是胡万通一个人的事儿。每天早晨，调度员们上班来，各个暖瓶都是满满的。时间一长，这好像也形成一种制度了，开水就应该副主任去打，别人没有这个习惯了。今天虽然出了例外，但冷占国也只是把暖瓶推开，并没有想到自己要去打开水，心里反而埋怨胡万通光顾扫马路，忘了打开水。

胡万通笑着解释："我去过了，锅炉房还锁着门哪，今儿个头一天上班，不到10点甭想喝上开水。"

"为什么不让锅炉工上早班，今天正式开工，没水喝怎么行！"

"那就是行政科的事儿了，咱们管不了。这和你领导全厂生产是一个理儿，不能像过去一样总靠公事公办，拿出上级领导下级的劲头，用组织手段和规章制度卡下边是不行的。现在没有人听你那一套，人家嘴上怕你，说不过你，但是私下可以和你拧着劲，不听你的，你有什么招儿？所以还得和下边搞好关系，建立感情，拿人情面子拘着大伙干活。"胡万通想借过年的喜庆劲劝劝师弟。

"得了得了，这是工厂不是幼儿园，我不会哄小孩子！"

"不论工厂还是幼儿园，理儿是一个。咱们干调度的，上边通厂长，下边靠工人，管事多，接触人多，因此得罪人也就多。一年到头了，你领着大伙到下边一拜年，过去有点疙疙瘩瘩的事也就过去了。你不也羡慕外国的生产管理办法吗？到了年节，人家老板也对下边人说：'承蒙多关照''感谢您捧场'！把公事当成私事办就好多了。大伙心里不痛快，不想干这活，冲着你这个当头的人缘儿不错，碍着你的面子也得干。"

"那还要计划干什么？规章制度还有什么用？！"冷占国又喊了起来。他热爱工厂，办事利落，从前他把组织生产当作一种享受，就像一个有才气的导演排练一出好戏一样，沉醉在创造的乐趣之中。可是一年一年干下来，越干不是越熟练、越顺手，而是越干越艰难、越不适应。挫折和困难使他对现状越来越不满，态度变得严谨而刻板，好像车间的人一年到头老欠着他一笔还不清的账。

外间屋的调度员们听到主任又冲着副主任嚷叫起来，放下电话悄悄地走到门口偷听。他们钦佩主任的精明和能干，可是又惧怕他。在他手下当兵很难，老是神经紧张，在生产的组织和调度上稍有一点失误，就甭想瞒过主任的眼睛。冷占国嘴又刻薄，常常让不如他的人下不了台。而副主任胡万通却具有一种使周围的人心情舒畅的魅力，大家在心里都赞成他的办法，到下边转悠一圈儿，说说笑笑，抽烟喝茶，事情也办了，还落个轻松愉快。谁愿意像个旧社会的工头似的，大年初五一上班就逼着下边干活。

胡万通抽了一支喇叭烟，看看冷占国刚才冒起的那股邪火已经熄下去了，就笑模悠悠地说："走吧，快到点了。"

冷占国抬起头扫了自己的副手一眼，天呐，这算个什么人呢？老牛筋，母猪肉，蒸不熟，煮不烂，没囊没气，软磨硬泡。他没当干部的时候对冷占国是百依百顺，现在怎么变成了这个样子？难道他到下边推动工作也是这个办法？调度工作需要精明练达，快刀斩乱麻，真不明白这一年多他是怎么胡拉自己那一摊儿的！冷占国瞧不起胡万通，对胡万通的工作却不能轻易下断语，他管的炼、铸、锻等热线那一摊儿，虽没有突出的成绩，也没有出大的娄子，不管什么情况总能凑合过去。现在的事情真是难说，智勇不足，靠甜嘴蜜舌也能干工作。冷占国叹了一口气："要去你去，我是不去。"

"我算什么，说老实话，我不光春节给大伙拜年，一年到头我老给下边拜年。我的经验是：给下边布置工作说软话比说硬话更容易成功。"

"那是你乐意，窝囊人办窝囊事。"

"窝囊也好，不窝囊也好，你的目的不是要把事情办成吗？他骂你也好，唾你也好，只要能替你办事不就得啦。快走吧，大家看的是你，意见多也是对你……"胡万通险些违背了几十年做人的宗旨，把他听到的群众对冷占国的意见说出来。其实也可惜那些好话对冷占国说，句句就像子弹打在坦克上，弹回来反伤了自己。

"谁爱有意见就有吧！"冷占国不想打听别人对他有什么意见，心里有数，早就采取了"四不"方针：不怕、不问、不听、不放！现在人们的嘴比鸭子屁股还臭，你做得再好，要想贬你也可以把你说成一堆狗屎。你本是一堆狗屎，要想抬举你，也可以把你说成一朵鲜花。他也不想再跟胡万通费唾沫了，站起身一把推开了通向外面大屋的门，挤在门口偷听的调度员们，慌忙回到原座位，拿起了电话听筒。

冷占国的火气更不打一处来，他从一个调度员手里夺过电话，自己拨通了精工车间的号码。可是对方没有人接电话，只听见铃声嘟嘟响。他捺了一下电话的托簧，又拨通了总装车间的号码，同样也没有人接电话。还真叫胡万通猜对了？他强压住性子，决心举着听筒一直等下去，看看对方到底什么时候才接电话。他的眼睛盯住了手腕子上电子表的指针，一分、两分……到六分钟的时候对方有人拾起了电话，还没搭腔儿，嘴里就先骂骂咧咧的："这是谁呀，这么早就来电话，八成是年货吃得太多，肚子撑得不好受！喂，你要哪里……"

"你们车间主任在吗？"

"不在。"

"副主任哪？"

"也不在。"

"你们那儿有头没有？"

"没有！"

"你们的头哪？"

"死啦！啊，不，他们到班组给工人拜年去了。"

"嗯？也在拜年！还要工资吗？"

"一个钢镚儿儿也不少给，拜年发财嘛！"

"你是谁？"

"你是谁？"

"我是冷占国。"

"我一听就是你，这种日子只有你这个不长眼眉的才来抓生产，你是大伯子背兄弟媳妇过河——专干受累不讨好的事！"

"你是谁？"

"我是你大爷！"对方砰的一声把电话撂了。

四

冷占国举着听筒的手瑟瑟发抖，像铁板一样冷峻的双颊上，看得见血液在搏动，两只眼睛则像是烧热的炭块，熠熠闪光。为了工作也会得罪人，这到哪儿说理去！生活和无数事实总是对他的计划和雄心进行修正，多亏他有坚强不变的个性，能够在重重打击面前不为外物所移，也不为个人的恩怨所颠倒，他强迫自己冷静沉着，慢慢放好听筒，目光转向他的下属。

调度员们有的往车间打通了电话，有的还没有打通，总之收获很小，紧张地看着自己的上级。

"你们立即到自己所管的那些车间里去，不是去给他们拜年，而是督促他们赶快投入生产。如果哪一个车间今天上午不能恢复生产，就按制度办事，扣罚……"冷占国讲到这儿，突然想到三个月的奖金已经提前预支，早就发下去了，还扣什么呢？他改口说："你们要盯的重点是：炼钢车间，六十万千瓦汽轮机中压转子的大钢锭；铸造车间，三五〇工程的主机机体；锻压车间，六十万千瓦汽轮机的高压转子；精工车间，二千八百变断面铝板机、六千吨涨力矫直机、一千二百立米高炉……这些产品必须在这个月底交货！"

忽然，楼道里笑语喧哗，热闹异常。总调度室的门被推开了，厂长、党委书记带领着厂部的几个头头给总调度室的干部拜年来了。厂长满脸喜色，高声道喜："冷主任，老胡，同志们，你们春节过得好哇！你们总调度室的人平时最

"不胜荣幸。可是占工作时间拜年，考勤怎么划？算出勤，还是算缺勤？大家客客气气地拜一天年，这一天的产值找谁去要？工资找谁去要？"冷占国说完连看也不看厂部的领导，也不让厂长们进门，又把目光转向他的部下："我刚才说的听明白了吗？"

调度员们像战士回答首长的问话一样，大声说："听明白了！"

来拜年的厂部头头们被干晾在门口，进也不好，走也不好。好在他们被冷占国顶撞也不是一回两回了，并不太在意。只是当着这么多的一般干部，面子上太尴尬了。厂长刚五十多岁，是个"年轻的老干部"，修养极好，哈哈一笑："对，冷主任说得对，大家快一点，别占太多的工作时间。好，你们忙吧，我们再到别的科室去看看。"

厂部领导给自己铺个台阶走了。

冷占国向部下一挥手："听明白了就赶快行动！"

胡万通抢先一步出了门："负责热线的跟我走。占国，你代表咱们总调度室到各个科室转转，车间你就别管了。"

"他倒指挥起我来了！"冷占国心里烦躁，嘴里没有吭声。

但是，他不去给别人拜年，自己也无法工作。人事科、保卫科、宣传科、组织科……几十个科室的干部陆陆续续都来敲总调度室的门，他们相互拜年，有的是团拜，有的是私人串联，拜谁，不拜谁，这里面很有讲究。有的是拜好朋友；有的专门拜和自己有矛盾的人，借机调和；有的借机感谢曾经帮助过自己的人；也有的趁拜年发展新的关系。一拨儿又一拨儿地来到了总调度室。冷占国恼也不是，笑也不是，他可以冲着厂长甩冷腔，却不能嘲骂来给他拜年的普通干部。一气之下他也走出了办公室，干脆躲开吧！他最不放心精工车间，这个月全厂产值的重点恰恰又压在这个车间，他要亲自到那里看看。

楼道里闹闹嚷嚷，你到我屋来，我到你屋去，作揖拱手，嘻嘻哈哈，冷占国厌恶地快步走出办公大楼。他刚一踏上厂区的中央大道，立刻感到更不对头，听不见从车间里发出的机器声，没有正常的生产秩序。整个厂区就像庙会的会场，班组与班组之间，相互拜年，车间与车间之间相互拜年，一群群，一伙伙，你来我往。看这劲头，今儿个这一天真要泡汤了！可是厂房折旧费、设备折旧费、工资劳保等等，生产不生产，每天要开销十一万元，拜年能拜来这十一万吗？不赚光赔，往后的日子怎么过？还嚷什么"恭喜发财"，这不是叫屁憋的吗！冷占国可受不了啦。

他返身跑回办公大楼，让厂长办公室的秘书立刻通知各车间主任，赶紧到总调度室开紧急生产调度会议。

秘书朝他挤挤眼："你总是用骑兵急袭式的作风工作，要知道现在不是正面发起进攻的年头，而是迂回调整的时期。"

"少说废话，你赶紧下通知！"

"十几个车间，还有好几个有关科室，我挨个通知到了也就该吃饭了，你想上午开会是无论如何办不到了。"

"他娘的，"冷占国从牙缝间喷出一股怒气，"调度会就定在下午一上班，你通知厂长，我请求他必须参加！"

五

"咱们开会啦——"

会议开始之前，气氛总是十分活跃的：寒暄的，开玩笑的，低声交谈小道消息、内部情况的，递烟送茶的……冷占国沉默寡言，谁也不理，谁也不看，连对坐在他身边的厂长也不瞄一眼，一个人昂头抽烟，眼睛盯住窗外设计大楼的楼角。即便别人对他说露骨的恭维话，他也毫无反应。有人心虚，不知在什么事情上被他抓住了小辫子，想巴结他，冲他开一个亲热而讨好的玩笑，他也不动声色。软硬不吃，不进油盐。他不向厂长请示，也不跟副手商量，连一句人们习惯说的客气话、表示和同事亲热和谐的客套话也不说。比如："厂长，你先给大伙儿讲几句呀？""万通，你看是不是开始呀？"一切人情世故到他这儿就全免了，擅自宣布了开会。好像总调度室主任，理所当然就是调度会的主席，不管来参加会的是些什么人，也得一律听他指挥。

他身躯高瘦，有魁伟的骨架，却缺少肥肌重肉，因而坐在那里像一块巨大的山石——威势逼人。当他说完了那句开场白，才把目光收回来，放肆地打量着车间主任们："春节过去了，大家拜年也拜得差不多了吧？如果还没拜够，我再给你们大伙拜，磕响头也行！但是要有一个条件，得完成这个月的任务。这个月全厂的计划：产值九百万元，利润十七万元。截止到今天早晨，全厂共完成六百二十万元，还差二百八十万元，时间就只有两天半。你们就亮底吧，咱们都是干这个的，谁也不用瞒谁，我要具体的措施，实实在在的数字。今天上午完成多少，下午完成多少，夜班完成多少？明天、后天一共还有六个班次，每班各完成多少？如果你那个车间完不成计划，理由是什么？"他稍停一下，又说，"今天看见诸位拜年的劲头都很大，想必是胸有成竹，我谢天谢地。哪个车间能确保完成计划，我当场给他磕头拜大年！开始——"

他的冷峻的挖苦比他的吼叫更叫人受不了，他的客气中包含着阴冷和露骨的轻视，大家听了更增加对他的反感。他对这些人并无仇恨，他只是恨工作不该这样干。他自信自己那套办法是卓有成效的，过去曾被无数事实证明过。可是现在这些办法只增加了他和周围的人在感情上的裂痕，对工作似乎并无多大好处。因此他也增加了对自己的怀疑和不满，他的坏脾气又使他把对自己的不满发泄到别人身上，这就越发遭到别人的怨恨。说穿了现在谁怕谁呀！别说他是个总调度室主任，就是厂长又怕他何来？人家不过是表面怕他，心里恨他。只避免当面和他发生冲突，对付他的办法有的是，不说完得成，也不说完不成，各个车间都差不多，到时候大家都完不成，法不责众，看你冷占国有什么咒儿念？现在各个单位的困难都是一堆堆的，随便摆出几堆就够说上半个小时；每个人肚里的牢骚也有好几串，拉出几串就够应付冷占国的。他有牢骚，别人的牢骚比他还多。尽管他精通生产，有敏锐的智力，即使在他的坏脾气中也时常显现出智慧的异彩，但是他的坏脾气毁了他的智慧，人们只知道他脾气坏，不承认他有智慧。他不能控制全厂的生产局面，也控制不了这个集中了全厂能人神仙的调度会了。表面上冷占国是会议的中心，实际上每个人都以自己为中心，各想各的事，各打各的算盘，哪个人都有一套对自己有利的神算妙计。

也许，能叫与会者从始至终思想不开小差的会议是没有的，更不要说把挖苦嘲笑当作打嚏喷，把拍桌子争吵视作家常便饭的生产调度会了。

瞧吧，这些车间科室的头头们济济一堂，有的把这半天调度会当作了享受，有的当成罪受，有的借机来休息半天，有的来开心取乐儿，发发牢骚，不解决问题还图个心里痛快。这一切内心活动都可以从他们那丰富多彩、迥然不同的表情上看得清清楚楚：有人端端正正、严肃认真；有人怒目圆睁、慷慨陈词；有人幽默多智、谈笑风生；有人冷静观战、超尘绝俗；有人尖酸刻薄、嘴上无德；有人满腹委屈、哭诉无门；有人闭目养神、昏昏欲睡；有人神情木然、神不守舍。这一切又好像只是方式不同，大家早有默契，联合起来，对付冷占国。会议室里烟雾缭绕，真比庙堂里十八个罗汉的形象还要多姿多彩，生动而又不雷同。施明正悄悄地、专心致志地往坐在前面的胡万通的后背上挂纸王八。墙角一个负责做记录的年轻调度员，正怀着强烈的创作冲动在"工作手册"上画人物素描，这里有天才的模特儿，有丰富的材料。

精明练达的厂长，一副城府很深的样子，表面上不露声色，慢慢地吸着烟，心里却已经打定主意，干脆就在这个会议上宣布自己调走的消息和部党组对胡万通的提升。一个月前，工厂党委讨论副厂长的人选，有人提出了冷占国，但是大多数委员不同意，却选择了胡万通。现在看，这个决定是对的。没有人不承认冷占国有高超的工作能力，他似乎是个天生当厂长的材料。也许正因为他是天才，才为凡人所不理解，所不容。现在当个干部首要的一条就是有活动能力，会疏通关系和善于办事，冷占国缺少的正是这些。他当调度主任，惹出麻烦，厂长还可以为他擦屁股，他若当了厂长难道还叫市工业部的领导来给他擦屁股？他的屁股擦也擦不完！

厂长又把目光转向了胡万通。胡万通认真地听着每一个人发言，不停地在小本子上做记录。他脸上的表情也随着发言者的态度和内容而变化无常，他对于任何喜欢演说的人都是最热心的听众，他的脸仿佛不是自己的，倒像有一个适应外界变化的开关。这是一个从相貌到为人都很平常的人，但他的生命很结实，他的机遇很惊人。在平凡的时代里，只有最平凡的人才有好运。他给人的印象是一个老实本分的人，与世无争，从不谈论权力、职务、地位，似乎决不贪图这些东西，实际上在通往厂长的道路上，他却是个幸运儿。胡万通知道时势造英雄的真理，懂得和周围的人保持良好的关系有多么重要，谁也没有看出在他老成豁达的性格中深含着一种老于世态的灵通。别人都把他当成了一个窝囊废，在社会上他却是个玲珑剔透的水晶球。当个领导首先要具备演员的才能，现在只有傻瓜还不懂得这一点。使用胡万通这样的干部完全放心，他决不会给上级惹什么麻烦，用起来顺手。

想到这儿，厂长微微笑了。不论是冷占国还是胡万通，都没能瞒过他的眼睛，他到部里以后再指挥起这个厂来，仍然会得心应手。

　　往胡万通后背挂王八的施明，终于完成了这桩壮举，一根曲别针，下面勾着一个用香烟盒撕成的乌龟，上面牢牢地勾在胡万通的衣领上，引得他身后的人发出一阵轻轻的嘻笑声。他得意地往沙发背上一靠，端详着自己的杰作，随后又点着了一支烟，把烟雾不断地喷到那只乌龟上。但是，这只纸乌龟的刺激性毕竟是有限的，他很快又感到腻烦了，把一双像张开的剪子尖儿一样又小又锋利的眼睛盯住对面的一个女人。这是调度会上唯一的一个女同志，工艺科的副科长李瑞，于是施明又想入非非了……

　　"精工车间，精工……施明！"

　　施明一激灵，抬起头，看见冷占国那对热煤球一样的大眼珠子正凝然不动地盯着自己，慌忙说："没问题。"

　　"没有什么问题？"

　　"什么问题也没有！"

　　"计划能完成？"

　　"能完成！"

　　"要是完不成呐？"

　　"你砍掉我的脑袋！"施明的装傻充愣，引得人们哄堂大笑。居然能把冷占国要笑了一下，施明更加得意地说："只要你现在给我磕个响头，三天后你砍掉我脑袋也值得。"

　　冷占国厌恶地皱皱眉头，仿佛有一只癞蛤蟆爬到他的脚面上："你那个脑袋一分钱不值，也配拿到调度会上来打赌儿！"

　　去年分房子的时候，施明得到六楼阴面上的一间小屋子，闹了一肚子气；到增加工资的时候，和他同时进厂的中层干部都长了一级，就是甩掉了他，他找到党委把党委书记和厂长的祖宗八代全骂了。从那时起就破罐子破摔，对谁都敢耍穷横。穷横、穷横，人穷了就横。眼下还在乎一个冷占国？他把瘦脸一吊，怂怂地说："你那脑袋值钱，完不成计划拿它顶账行吗？你对我们像对小孩子一样连唬带吓，这一套吃不开！咱们厂连续两年没完成任务了，再说国家根本就没有什么任务可让你干，不也没把谁怎么样？！今年不就是那点活吗？你干吗逼命？让大伙悠达着劲干呗。"

　　有施明这种想法的人恐怕还不是一两个，冷占国只好耐着性子解释说："春节前厂长下令拿出五十万元给职工发了奖金，知道这钱是哪儿来的吗？是从生产的钱里提出来的，所以这个月不同往常，如果完不成九百万元的产值，光是银行就会把我们卡死，下个月周转资金一分钱没有，连煤、水、电、气都没有钱买，生产就得停，工资福利发不出去群众就会乱！今年的生产任务不足是真的，可是只有把一月份这几项产品干得漂亮，人家才会找我们订货。如果一月份的计划落空，拖欠人家合同，用户就会撤销合同，要求我们赔偿损失，甚至罚款。到那时候就是把我们大伙连同厂房设备一块卖了，也还不完人家的账！插个草棍儿就当头，你是副主任连这个道理还不明白？"

"我比你明白得还多，现在的事是走一步算一步，孩子不哭娘不哄，车到山前必有路。别以为就是你一个人关心工厂的命运，别人都是白吃饭！……"施明莘的素的一块上，逗得大家又笑了。

冷占国就是再厉害，对这样的人又有什么办法？他怒气冲冲地说："你要是什么也不懂，连人话也不会说，就回去，换你们的主任来！"

"谢谢，我从此不参加调度会！再要开会你们直接到医院去通知主任。"施明真的起身往外走，胡万通赶紧转身把他拉住。胡万通这一转身不要紧，把后背上的纸王八暴露给大家，屋里"轰"的一声都笑了，施明笑得最响。胡万通被大家笑傻了，人们还不告诉他。厂长站起身，把他背上的纸王八撕了下来。

厂长办公室的秘书走进来，神情张皇地对冷占国说："街道上来电话，有个小孩放二踢脚把你家窗户上的玻璃打坏了，你老伴一生气又犯病了，几个老太太捺不住她，叫你快回去。"

冷占国脸色铁青，没说话，也没动。调度会开成这个样子，计划一点没落实，在这种时候他因私事离开，别人的闲话就会更多，往后叫他还怎么工作？

厂长却发话了："占国同志，赶紧回去，厂里事就别管了。秘书，给叫辆汽车。"

冷占国还是没有动。施明又坐到自己的位子上，说："冷主任快走吧，这不厂长都说话了，不会算你早退，也不会扣你的工资。"

胡万通站起来："占国，我跟你一块儿回去。"

冷占国"腾"地站起来："你回去干什么，快主持开会！"他摔门走了出去。

会议无法进行下去了，大家都松了一口气，会议中心由讨论生产改为议论冷占国的很不幸福的家庭生活。但不是幸灾乐祸，人们的脸上都充满同情，虽然有的是真有的是假。胡万通还没有主持过调度会，冷占国不在，他就没有主心骨，不知道该怎样收拾眼前这个局面，只好求救地看看厂长。

厂长清清嗓子，对大家说："调度会我看也开得差不多了，冷主任的意见很对，这个月还有两天半，大家必须抓紧，回去立刻就动，今天夜里要留个干部值班，组织好夜班工人的生产。我趁这个机会公布一件事，部党组的文件已经来了，我很快要调到市政府工业部去工作，王副厂长升任代理厂长，胡万通同志提升为副厂长。大家对我这几年在厂里的工作有什么意见，趁我没走快提出来，这是对我的帮助。以后同志们到部里去办事还可以找我。"

尽管早就有人在下边传说这件事，但是相信的人不多，以为这不过是取笑胡万通。现在一旦变成了事实，大家感到突然，感到惊奇，一时竟没有人说话了。现在人们的心气就是这么怪，很难伺候，软了不行，硬了也不行，刚才是那样讨厌冷占国，喜欢胡万通，当真要胡万通当副厂长了，大家的心里又不约而同地升起一个问号：他行吗？

胡万通显得比别人更慌乱，春节前党委书记找他谈话，高高兴兴地提到了这件事，名义上是征求他的意见，实际上是给他报喜，书记愿意找个老实人搭班子。他这个老实人吭哧半天最后拒绝了。怎么今天还是照原样宣布？这个消息一传开，冷占国那样的脾气受得了吗？他会怎么想？说不定两个人几十年的交情一下子就掰了！胡万通怎么能领导得了冷占国？他一想到今后要以副厂长的身份指挥冷占国这个总调度室主任，就感到六神无主。他真诚地说："厂长，还是把我换成占国吧，他比我强多了！"

厂长笑着摇摇头："万通同志，这还能换吗！实话说我也舍不得离开工厂到部里去，现在的生活里天天充满戏剧性，社会叫我们扮演什么角色，大伙喜欢什么角色，我们就得扮演这个角色，即使自己感到痛苦，感到力不胜任也得演，为了工作嘛！我相信你会干得很好的，因为你有个最有利的条件，就是群众基础好，厂党委是征求了群众意见之后才报部党组批准的。"

有几个车间主任响应厂长的话："对，万通，你就干吧。"

从来没有愁事的胡万通这回却是真正犯愁了，头脸也涨得通红："这种事不能起哄，我实在不行，碰到事没有主意，也没有水平……"

厂长没有料到公布了命令还会出现这种局面，他在心里也暗骂胡万通是个废物蛋，老实过头了，就严肃地劝导说："万通同志，你没有主意不要紧，甚至没有权威也不是坏事，大家吃专横霸道的亏太多了，反过来就拥护老实人，投老实人的票……"

"那是大家起哄开玩笑，你不信正式投票选举试一试！"半天没说话的施明突然打断了厂长的话，"厂长，你看到重机厂这个烂摊子前途不妙，再待下去没有你的好了，想拔腿走人，我们也不留你。但是，你别给自己再找一个听话的傀儡强加在我们头上。你要真走了，我们还真得把厂子好好搞一搞哩！"

厂长讥笑地说："施副主任，冷占国你不满意，胡万通你也不满意，你到底满意谁？莫非你想毛遂自荐？"

施明动了肝火："你别戗火，我毛遂自荐也不见得会比万通差。万通，你别往心里去，我这不是和你过不去！"胡万通冲着他苦脸一笑。有能耐的人斗法，叫他这没能耐的人在中间受罪！

施明又对厂长说："你要问我真正的意见，我还是选冷占国，别看我骂他，气他，但我心里服他。他要早几年当厂长，我们厂也许不会这样！"

厂长毕竟是宰相肚里能撑船，哈哈一笑，对大家说："好吧，以后有时间再谈。今天是大年初五，每个人家里还有好多事情要干，早点散会。万通同志，就开到这儿吧。"

胡万通胡乱点了一下头。一散会，有两个人抓住了胡万通，非叫他请客。胡万通官大脾气长，挣脱了他们的手，掏出钱包甩给他们："这里有十块钱，你们愿意吃什么就买什么，我得去看看占国。"

"万通，等一等，我跟你一块儿去！"施明喊了一声，也匆匆追过来，路过厂长身边的时候递给他一个纸条："厂长，你要高升了，我对你没有什么意见，送给你一副对联吧。"

"噢？！"厂长一惊，不知这个惹不起的神又想出了什么新花样，他打开了纸条：

曲率半径处处相等，

磨擦系数点点为零，

——又圆又滑。

尽管厂长胸怀博大，脸色也突然变了。

1982 年发表于《人民文学》第 3 期，

获 1982 年全国优秀短篇小说奖

开拓者

信，就是真的；
不信，就是假的。

一

不知是由于人类掌握了自然的缘故，还是自然仍在嘲弄人类，近十几年来，自然界的气候像人类发明的政治一样，多变而又反复无常。

正值早春，两天前还飘过一阵小雪，水坑还结着薄冰，本应是春寒料峭；但吹了一天一夜的西南风，突然像吹跑了两三个月的时光，一下子进入了懒洋洋的、只想睡觉不想干活的春困季节。骤冷骤热，人们不敢脱掉棉衣，万一老天一变脸，再来场大冻，就会得感冒。

太阳似乎已经得了感冒，并且正在发着高烧。它抖着通红的大脸，早早地跳出了海面，烧干周身的雾气，向着高空升腾。

城市的东郊，靠近海岸的地方，一座规模巨大的化工联合企业正进入最后的安装试车阶段。工地上的节奏，紧张而又紊乱。有的地方人喊车鸣，人为地制造热烈的气氛；有的地方却停工待料，工人们安闲地、慢腾腾地干着自己想干的事。经济的规律比地球的旋转还要难以驾驭。工厂的成长比历史的进程还要缓慢。在综合车间五十米高的大平台上，几个年轻的装配工上班后干了还不到一个小时的活，就又想歇一会儿了。一个蓄着小胡子，不论春夏秋冬和刮风下雨，总是戴着一副变色眼镜的小伙子，打了个哈欠，伸了伸懒腰。那神情仿佛他不是刚上班，而是几天几夜没下火线了。他用一种玩世不恭的口吻说："哎，我说头儿，歇一会儿吧！"

被称做头儿的人，是个二十七八岁的小伙子，精明强干，干活的动作洒脱、漂亮。他有一张鹫鹰似的好斗而又难以对付的面孔，眼睛里老是闪出一种对什么都睥睨不屑的神情。他扫了一眼小胡子，嘴角只轻轻一动，吐出来的声音却又响又硬："'业余华侨'，你还有良心吗？打上班来你还屁活没干，小组天天替你背黑锅，你可别踩着鼻子够脸！"

"金城，得了吧！你们给我背黑锅，我给谁背？我们少干点，就给国家少浪费点。""业余华侨"并不害怕他的首领，嘻嘻哈哈地抽出一支烟叼在自己嘴上，又掏出一支朝着金城一抬下巴："张嘴！"扬手一甩，那支烟不偏不歪正扔进金城的嘴里。金城双唇把烟咬住了。

"业余华侨"点着烟吸了一口，一本正经地说："告诉你，咱们干的这个活很可能还得返工，全部推倒重来。"

"谁说的？"

"我还没说完哪。咱们安装的这些设备全是按烧油设计的，现在又发现油不多了，还得改成烧煤的！"

"他妈的，早干什么去了！"小伙子们都停下了手里的活计。

"咱们倒霉就倒在瞎折腾上了。当头儿的脑袋一热，一会儿这，一会儿那，穷折腾，折腾穷，越折腾越穷！"

金城把手里的工具使劲往平台上一摔，"当！"的一声，半天空像炸了一颗雷，铁架子一阵摇晃。他紧绷着脸发布了命令："歇一会儿！"

工人们找来了木板和草袋子，有的躺下，有的坐着，有的半躺半卧靠在木板上。有的眯起了眼，有的抽起了烟，全都舒舒服服地就了位。在这半天空的平台上，他们就这样躺上一天，也不会被人发觉。工地上只有一个人看得见他们，那就是开百米吊车的司机。他居高临下，见装配工们都躺倒了，便拉掉了电闸，头往后椅背上一靠，也闭上了眼。

舒舒坦坦的装配工们，海阔天空地聊起来了。话题随着他们活泼多变的思想，像一匹脱缰的马，在思想的原野上任意驰骋。

"听说又不让跳舞了……"

"不会吧，金城，前一段时间不是还叫你们这些团委委员要带头学会跳舞吗？"

金城眯着眼抽烟不搭腔。

"听说省团委要下个文件，不许跳舞，不许穿喇叭裤，不许留长头发。"

"省里的头头正事不会干，干这些闲事倒有能耐。一会儿说要普及跳舞，青年团的干部必须首先学会，一会儿又下令禁止。一会儿说要推广喇叭裤，百货公司橱窗里搞样品展览，贴出通知说谁要做喇叭裤可以当天交货，一会儿又说谁要穿喇叭裤就要挨批评！朝令夕改，一会儿一个章程。"

"你们还是应该跟我学，头头说东，我偏说西；他要说好，你就往坏处想；他不叫你干的你偏干，他不叫你说的你偏说。我并不喜欢戴大眼镜，可是现在头头见了戴大眼镜的打心眼里腻烦，所以我故意买了一副戴上。我并不认为穿上喇叭裤就漂亮，可是现在头头讨厌喇叭裤，所以我就做了一条穿上。""业余华侨"摇头晃脑，非常得意。

"你这叫吃饱了撑的！"有个小伙子刺了他一句。

"你们听说了吗，咱们给安装的这个厂从国外买来的设备都不是最好的，而是一些次货。打桩机都是破旧不堪的，重新涂了一层漆又卖给了我们，还不如我们自己的打桩机好！"一个关心国家大事的人又转了话题。大家借这个题目又发起了牢骚。"化工局提出来了，全套设备都要日本货。连电线杆子、瓷瓶子、坛坛罐罐都要进口。日本人也不愿意生产这些破破烂烂，就叫台湾地区和南朝鲜干。"

"他妈的，我们为什么当这个大头？"

"现在只要沾上个洋字，就什么都是好的。还好，外国没有卖爸爸的，不然咱们这些头头非得一人买一个洋爸爸回来不可！""业余华侨"的嘴里总有新名词儿。他很为自己的口才得意。

"哎，那不是咱们的团委书记？"有人站起身在平台上撒尿，指着楼下叫了一声。

金城欠起了身子，锐利的目光盯住地面上坐在一块儿谈话的两个人。

平台上的装配工继续着他们的议论。他们骂天骂地骂领导，没有他们不骂的。这一下，话题又转到地面上正在谈话的那个姑娘和小伙子身上了。

"听说王廷律他爸爸也是个高干。"

"屁！你瞧他那份德性，高干子弟有这样的？要说他是高干子弟，顶多也就跟我一样，是个'业余高干子弟'。"

"你别狗眼看人低，王廷律肯定有来头。要不然凤兆丽一脚把咱们金头儿给蹬了，这么快就和姓王的那小子好上了！"

"你别脏心烂肺，人家王廷律也是团委委员，两个人这是研究工作。"

"金城也是团委委员，怎不找他来研究？"

"金城能跟王廷律比？人家是大学生，现在大学生够多吃香，哪个女的不想往高攀！"

金城噌地站起来，眼里闪着凶光，死死地盯住自己的伙伴们："告诉你们，我和凤兆丽以前从来没有过那回事，谁要是再拿这件事寻开心，可别怪我不客气！"

金城说完把手指放进嘴里，冲着吊车司机响亮地吹了个口哨。司机立刻启动闸把，吊车的勾头挂着一个安装用的铁笼子，飞快地落到平台上。金城跳进笼子，又吹了声口哨，打了个手势。铁笼子载着金城像直升飞机一样，忽上忽下，颤颤悠悠，越过平台，越过车间的屋顶和像山岭一样高高低低的厂房和设备，在凤兆丽和王廷律的身边突然降落，把两个人吓了一跳！

王廷律从表面上看是个老实、甚至有些窝囊的小伙子。他盯住金城："你怎么能这样干？这是违犯操作规程的，吊车万一出点毛病，就会造成大事故！"

金城不理他，只是把锥子般的目光盯住凤兆丽。

凤兆丽似乎已经猜到了一点金城发火的原因，但是她不动声色，大大方方地说："我们正要去找你。青年民意测验的结果已经出来了，百分之六十的青年对实现四化信心不足，主要原因就是对领导缺乏信心。你看我们怎样针对这次民意测验开展一次团的活动？"

金城仍旧不开口，只是死死地盯住凤兆丽的眼睛。凤兆丽努力控制着自己，不让自己的脸色发红，不让自己眼睛里带出怒气。她那双乌黑而细长的眼睛也盯住金城。不管什么样的小伙子，碰上这双眼睛都不敢做非分之想。她口气变得冷淡了："金城同志，你哑巴了，还是刚才坐飞机出风头把舌头咬断了？"

这下轮到金城脸红了。他从凤兆丽身上掉开眼光，但是心里的怒气并没有减退。他说："开展什么活动？是不是请王廷律给大伙讲一课，讲讲老干部如何劳苦功高，如何为了四化呕心沥血，给青年们打打气？"他扫了一眼红头胀脑的王廷律，从哪一方面讲王廷律都不是他的对手。他嘴角一撇，尖刻地说："听说你爸爸也是高干，你完全可以讲讲你爸爸。"

金城听很多人讲王廷律姓他妈妈的姓，说明他没有爸爸，却故意叫这个板，就是要王廷律的难看。王廷律看看他，却一言不发。凤兆丽把话接过来："刚才我们两个也正商量这件事。现在老年人对我们这些年轻人看不惯，年轻人对老同志也有一肚皮情绪。十几年来，年老的和年轻的经历了几个回合：对老干部一律打倒，对受迫害的老干部又一律无比尊敬和无比信任，现在对他们又不那么尊敬和不那么信任了。这是为什么呢？我们对自己的领导，特别是对高级领导干部缺乏了解。他们好在哪儿我们不知道，他们哪儿不行我们也不知道——他们离我们太远。我有个想法，能不能请省委的领导到工地来和我们青年开个座谈会，过个团日，回答我们的问题。我们也好借此机会了解一下高级领导干部的思想、工作和生活情况，加深相互的了解，增加相互的信任。你们说怎么样？"

金城冷冷一笑。他无论如何也琢磨不透眼前这个姑娘的心气。她一会儿比谁都更老练、更成熟，一会儿又比谁都更单纯、更幼稚。论长相，在全安装公司的姑娘中可能她要算最秀气、最大方的了。平时的穿衣打扮，要数她最朴素、最不合时，可是有一个星期天，金城在公园里看到了凤兆丽，他简直惊呆了。凤兆丽那天的打扮可以说是全公园最时髦、最漂亮的一个。而且她的表情仍旧是那么自然、那么大方。她对他简直是一个谜，从那天起他也就真的迷上她了，但他从不敢对她靠近一步。

"你们为什么都不说话？"凤兆丽又催问了一句。

金城说："你纯粹是想入非非。省委书记会跟你一块过团日？你恐怕连他们的面都见不到。"

"我有关系，走点小后门。"凤兆丽抿嘴笑了笑，"没办法，在不能击鼓、不能拦轿的现代化时代，想见领导人就得走关系。我舅舅落实政策后叫他回省委调研室，他原是工业经济系毕业的大学生，可他不干，一定要开汽车。现在他给省委车书记开车。他好像跟我说过，车书记就很不错。我们先去找我舅舅打听一下情况怎么样？"王廷律站起来："我认为搞这种活动没什么意义，要去你们去，反正我不去。"

一听说王廷律不去，金城倒来了劲头。他对凤兆丽说："行，我跟你去。"

二

省委书记车篷宽的秘书刘亚，拿着一叠开会通知去收发室。路过汽车库看见司机曾淮正在擦车，他拐了个弯凑过去。刘亚没有马上打招呼。他望着曾淮专心擦车的样子，心里总不免有一种惋惜之感。曾淮当过他的"司令"，当时是省委机关最大的一派造反队的头头。刘亚深知，无论是胆识才学，还是组织指挥能力，曾淮都有过人之处，决不是等闲之辈。可是这次落实政策又回到省委，他坚决不上楼，一定要当工人，而且还就得给车篷宽开车。真是个怪人。看他的长相更怪，刚过四十岁，头发全白了；看衣着，是个地地道道的工人；看脸相，又白又细，睿智而文静，俨然是个专家、博士之流的人物。粗细、文野、雅俗全都集于他一身，但是又不大协调。他的脸上老是挂着一种挺自然的微笑，极其平易近人，眉宇间却似乎又有一股傲气。这真是个不容易琢磨透的人。

"难道他就真想开一辈子汽车？"看见曾淮保养汽车的这份精细劲，刘亚禁不住又想劝他上楼，但到底忍住了。他知道一提这个问题，曾淮只是笑而不答，任别人磨破嘴皮子也不行。他改口说："老曾，歇一会儿吧，汽车毕竟是汽车，它为人服务，不是人为它服务，用得着一天擦好几遍吗？"

曾淮停住手，抬起头冲着秘书笑了笑。他的眼睛并没有看刘亚手里的通知单，却问："要开会？"刘亚心事重重："老头下决心了，下周召开各局、公司和大厂的行政一把手会议，公开提出企业之间要竞争，开展市场经营。你等着看吧，这个会一结束，在全国的经济界又得引起一场轩然大波。"

"你把一吨重的石块投进大海，也不会掀起多大的波浪；可是你把一块砖头扔进一潭死水，却会引起好多波澜。"曾淮眼里有一道光，但一闪即逝，"再不走这一步，不光是我们省，全国的经济也是一盘死棋。我们走进了死胡同，越走路越窄，不改就过不下去了。"

"走这一步国家的经济也许活了，可是他本人要承担什么后果，却很难预料。但有一点可以肯定，对他本人只有坏处，没有好处！"刘亚不能不多想，在我们国家里秘书的命运，往往是和首长的命运联在一起的。前些年车篷宽倒台的时候，刘亚就被遣送回农村监督劳动。直到车篷宽恢复工作以后，他亲自到刘亚的原籍，把他又接了回来。

其实刘亚也不是多虑，前面刚有一场风波，还没完事呢！两年以前，全国人民刚喝完了庆功酒，酒后人人都有一副好脾气，对祖国、对党、对未来充满了信心，人民正浸沉在十个大庆、十个鞍钢等等美好的憧憬里。车篷宽却把刘亚叫进了自己的办公室，忧心忡忡地说："这时候大家都热，我们需要冷，要把真相告诉群众，要打开群众的眼界，要让大家知道外边的世界是什么样子，知道自己是什么样子。许愿容易还愿难。人民不能再经受第二次欺骗、第二次失望了。人心一失，将不可收拾！"

他给中央领导又是写信，又是打报告，主张打开门户，学习外国的先进技术和经济管理办法。他要求省委召开常委会讨论他的计划。他想在自己的省里首先引进外国技术，打开局面。这使稳健而忠厚的省委第一书记潘景川非常作难。潘景川过去是车篷宽的助手，因为他老实、平庸，像鸭子一样温厚，一生谨慎，善于忍耐，宁肯让别人说自己无能，也决不让锋芒压过别人。所以很早以前他就被提到车篷宽的前面了。他对车篷宽是尊敬的，钦佩的，甚至认为车篷宽的主张也很有道理。但他的心里却非常明白，决不能按车篷宽的主意办，这样重大的方针政策问题，只能由中央下决心，省委无权决策，应该等待。潘景川又不愿意当面否定车篷宽的计划，他不善于争论。对付车篷宽最好的办法就是拖。他拖住时间，迟迟不召开常委会。他这样一拖，车篷宽心里也就知道他的态度了。车篷宽也决不愿意使第一书记为难。他不再催促召开常委会，利用自己在省委分管工业的权力就先干起来了。

大门一开可就关不上了。外国的技术、设备，甚至连外国人的思想和生活习惯也一起灌进来了，就像又掀起了一阵"洋务运动"。这个省一干，别的省也干。中国这么大，什么人物都有。在和外国人打交道的时候，受骗的、赔钱的、不要廉耻的种种事情都发生了。如果说打开门户有好处的话，功劳不知道记在谁的账上，可是所有的罪过都栽在车篷宽身上。当车篷宽听到了自己的同胞那些丢人现眼的事，也异常愤怒。这种愤怒倒是冲淡了他对因此而挨骂的不满。他虽然也是身居要职的老干部，但到底是书生出身（他是清华大学毕业以后才到重庆给周恩来同志做技术参谋，兼做对国民党技术人员的统战工作），有时难免犯点书生气。他对那些搞外贸工作、搞技术工作的干部估价太高了。一想到这一点，他似乎是甘愿承担一切责难。

"鞭打快牛！"——刘亚担心的是他并不记取这一教训。

曾淮问："常委开会讨论过了吗？"

刘亚摇摇头："老头现在改变了策略，他估计常委们开会也不会同意的事，就干脆不在常委会上提出来。他自己召开会议布置下去，让下边先干起来再说。"

曾淮不再说话，又拿起棉纱轻轻地擦起汽车来。首长的秘书、司机等工作人员，背后是不该议论首长的。可是不管首长是好、是坏，真正背后不遭到一点议论的，几乎没有。

刘亚说："老曾，我有预感，车书记这次搞工业产品的自由市场，搞企业间的竞争，所受到的非议要比打开门户引进国外的技术和经验还要大，因为这牵涉到整个国家经济体制的改革。"

曾淮不看刘亚，像是自言自语："车书记是决心要搞经济改革，而且是想利用自己的权力，在我们这个省内先搞起来。经济上的竞争，必然要带来政治上的竞争。经济体制的改革，不可避免要使一部分人权力增加，一部分人权力缩小，这就会涉及到各种利害关系。按车书记的设想，组织现代化的大生产，进行科学的经济管理，就要求有具备一定科学文化知识的专家来当领导。可是我们的领导大多数都缺乏专业知识，是凭资格占据领导岗位的。要搬动他们是容易的吗？这是权力的再分配，也就是物质利益和特权的再分配。阻力一定会非常大，斗争的尖锐性也就可想而知了。不管老头自己意识到没有，他实际上成了经济体制改革的带头羊。可是他能走多远？会不会做因搞改革而牺牲的替罪羊？……"曾淮猛然咬住话头，他看见有两个人，手里捏着会客单朝自己走来。

"老舅。"姑娘眼尖，老远就甜生生地喊了他一声。

曾淮认出了来者。他笑着答了一声："凤兆丽，家里有什么事吗？"他的眼光却不易觉察地盯住了凤兆丽身后的年轻人。

"家里没有什么事，找您来是为了公事。来，"凤兆丽把金城介绍给曾淮，"这是我们团委委员金城同志。"

金城不笑也不点头，目光审视着省委大院，脸上那种睥睨不屑的神情更强烈了。

曾淮却笑了，冲着金城点点头。金城的脸色他很熟悉，他了解这种年轻人。十几年前红卫兵小将第一次冲进省委机关的时候，大多数都是带着这样一副脸色。

金城扫了一眼站在旁边的刘亚。根据刘亚的神色和打扮，他断定这一定是省委机关的干部，就用一种带着讥刺嘲讽味道的语气说："这儿真是楼大院深门坎高，找个省委开车的就得等上一刻钟，填表登记，还得过两道门岗，就甭说要想见到省委头头会有多难了！"

凤兆丽赶紧把话接过来："老舅，我们能不能见一见省委领导？"

曾淮既不为金城尖刻的话发怒，也不为外甥女提出的问题感到奇怪，仍然笑嘻嘻地问："你们想见哪个省委领导？"

凤兆丽说："哪个都行。哪个肯见我们，哪个容易见，就见哪个。"

曾淮不笑了，开始仔细地打量着凤兆丽，间或也扫一眼金城。

金城心里猜测着："下面他一定还会打着官腔问，你们找省委领导有什么事呀？先跟我讲讲吧，我替你们先反映一下。就好像他不是给省委书记玩轮子（方向盘）的，而是省委书记的秘书一样。"他要不是怕得罪凤兆丽，还会说出一些更难听的话来。因为他一见曾淮那副不伦不类的长相和打扮，心里就起反感，明明是个开车的工人，却装出一种斯斯文文的干部模样。

曾淮并没有提出金城心里想的那个问题。他扫了一眼刘亚，很随便地说："这很容易，你们安装公司不是正在化工联合企业施工吗？只要定个时间，叫书记到工地看你们也行，把你们请到书记的办公室也行。但是你们总得有个打算，到底想解决什么问题？想见谁？是想见省委第一书记潘景川同志，还是想见管工业的书记车篷宽同志，还是想见管农业的书记田笑同志？"

凤兆丽说："如果我们可以选择的话，当然是想和车书记谈一谈。我们在下边听说，车书记还能解决问题。潘书记嘛……"她突然不往下说了。

刘亚问："这么说你就是安装公司的那位女团委书记了。你们搞的民意测验结果出来了没有？"

这下轮到凤兆丽和金城惊讶了："你怎么知道的？""车书记叫我打听一下你们测验的结果，然后向他汇报。"

凤兆丽把通过民意测验反映出来的问题，一个一个仔细讲给刘亚听。刘亚飞快地往小本子上记着。

曾淮又专心致志地擦起他的车来。但是从他偶尔抬起眼睛瞟一下凤兆丽和金城的目光来看，他的耳朵对于凤兆丽的话一个字都没有漏掉。金城也感觉到，只要曾淮的目光一瞟他，他周身就像被电焊弧光烧着了一样。这个人的眼睛真厉害，像个能摄人魂魄的无底洞，谁碰上这样的眼光都会掉进去。

等凤兆丽讲完，刘亚又问她对车书记还有什么要求。凤兆丽笑着说："要问的问题很多，等见了面再说吧。"刘亚又转向金城："你还有什么意见？"

金城不客气地说："请省委的领导多管点正事，别尽管那些不让跳舞、不叫穿喇叭裤的小事。"

刘亚记下了他们的意见，热情地说："我一定把你们反映的情况和意见汇报给车书记。但是最近他恐怕抽不出时间见你们，因为下星期车书记要主持一个会议，会期是七天。这两天他要为会议做准备。等会议一结束，我就提醒他安排时间见你们。"

金城抽抽鼻子："闹了半天只是给我们个热火罐抱，赚傻小子。这个会散了，还有下一个会，头头还有不开会的。我早就知道，想见头头没这么容易。就是想跟公司一个小经理反映点情况，还得过好几道关，更不用说想见省委书记了。其实我们也是没病找病，见不见书记还不是一个样！"

刘亚脸色很不好看，但他极力控制着。

凤兆丽也觉得很不好意思，但又不便在这儿说金城，以免触发了他的牛性子，使他扔出更难听的话来。她除去团委的工作在身，还有一股强烈的好奇心，促使她十分想见一见车篷宽，就抱歉似的对刘亚笑笑："我们等您的消息，或者您定好了时间告诉我舅舅也行。"

"好的。"刘亚也点头一笑。

"有这工夫真不如在家里躺一会儿。"金城又甩了一句。

凤兆丽脸色一红："金城，你今天怎么啦？是我们自己要来，不是人家请我们来的。这是我们的工作。"

一见姑娘的脸色要变，金城不吭声了。其实刚才他的火气有一半是由凤兆丽的态度引起的。这个领导着几千青年人的团委书记，是个柔中有刚、绵里藏针的姑娘，在小青年当中说话可是占分量的。就连一些嘎杂子、琉璃球儿，也不敢轻易拿她起哄耍笑。可是今天她对省委干部的态度过分亲热，甚至可以叫人怀疑到是有意讨好，是千方百计想见省委头头。其实他们想见省委头头不是为了说好听的，而是提意见。任何一个能获得她的好感和尊敬的男人，都会引起金城的愤怒和憎恨。这是他自己意识不到，情不自禁流露的。而能制止他这种感情爆发的最好的清醒剂，又是凤兆丽的目光。

曾淮还是那副笑模悠悠的样子，说："小伙子，在这个世界上不光你一个人存着一肚子肝火。有人所以不发作，是因为他的智慧足能熄灭怒火。只有无知和浅薄的人，才认为他最有权力可以无缘无故地向任何人发一顿脾气。"

金城憋了一大口气。他觉得自己从哪个方面都治不住眼前这个人，只能嘲笑他为当官的开汽车这个职业。但是得罪了这个凤兆丽的亲娘舅，将来对他和凤兆丽的关系往新的方面发展很为不利。金城心里暗暗憋气，没有再吭声。他还很少吃这样的亏。

凤兆丽趁机告辞："舅，我们走了。"

"你不能稍微再留一会儿吗，我还有话要跟你说。"

凤兆丽看看金城："那你先回去吧。"

没办法，金城一扭身走了。刘亚也到收发室去发开会通知。

凤兆丽盯住曾淮的满头白发，语气中带点撒娇："舅，你回到省委上班一年多了，也不到我们家去。"曾淮只笑不搭腔。"舅，你为什么不给自己落实政策，非要给车书记开汽车呢？""听说你每天夜里都在偷偷地写小说，你到这儿是猎奇找材料来的吧？"

凤兆丽脸红了："什么都瞒不过你。不过我那是只写给自己看的。"

"说假话。世界上没有一个作家希望他的作品只有一个读者，那就是他自己。我们的现实是这么错综复杂，多灾多难，凡是有责任感、有良心的作家，都不应该逃避现实。中国现在是女作家驰骋文坛，对于一个民族来讲，这种现象是可喜呢，还是可悲呢？我还说不准。但你要是想写车篷宽，一定会一鸣惊人。"

"我可不想惊人。"

"不想惊人的作家是没有出息的。"

"我不是作家！"

"可你想当作家。"

凤兆丽红着脸躲开了舅舅的目光："你给我讲一讲关于车篷宽的事好吗？"

"行倒是行，不过我得先看你的作品，看看你是什么水平，配不配听我的故事。"曾淮含笑的目光盯住凤兆丽，有意逗着外甥女，将正经话用玩笑的口吻说出来，"不过今天不行了，你那个保镖还在门外等着你呢。"

"保镖，什么保镖？"凤兆丽一愣。

"就是那个叫金城的粗小子。他是看上你了，看他那个没出息的样子，当眼睛瞧你的时候，真恨不得一口把你吞下去。"

凤兆丽只是朦朦胧胧有这种感觉，有时觉得金城的眼光里有一种发烫的东西。但是舅舅才第一次见他，刚说了几话，就观察得这么细，这么准，真叫她惊奇。谈起这件事，反而不像谈起写作那样使她觉得难为情和不好意思。她大大方方地说："金城可不像你挖苦他的那样浅薄和无知。"

"你喜欢他吗？"

"没想过，今后可能也不会想这件事。但到现在为止我还没有感到讨厌他。"

"你们两个的气质完全不一样。不过有他做你的保镖，我和你妈妈对你的安全就完全可以放心了，任何一个小流氓也不敢靠近你。"

"舅舅！"凤兆丽不高兴地斜了曾淮一眼。

曾淮亲切地扶住了外甥女的肩头："好了，这么长时间没见到你，本应留你吃了晚饭再走，可是不能让金城在门外等一个多小时呀，怎么办？"

"你真的认为他会在门外等我？"

"一定的！"

"那我就在您这儿吃了晚饭再走。"

曾淮惊奇地看看外甥女，领着她走了。

三

曾淮能做一手好菜。凤兆丽看着她的舅舅煎炒烹炸，自得其乐的样子，又一次深深地感到了好奇。这位舅舅似乎是无所不能的，五行八作全能来两下子。曾淮的爱人还没有回来，凤兆丽在外间屋洗菜切肉，给他当下手。

有人敲门："老曾同志！"

"请进。"凤兆丽开了门，看见门口站着一个老人，须发灰白，身材矮小而瘦弱，文质彬彬。他不肯进屋，又问了一句："老曾同志不在家？"老人的声音温和而柔弱，但是使凤兆丽听得很清楚。普通话里带着浓重的南方口音，凤兆丽去的地方不多，听不出老人到底是哪里人，也看不出他究竟有多大年岁。

曾淮听见说话声急忙从厨房里走出来："哎呀，车书记，请进！"凤兆丽大吃一惊：他就是车书记？车书记就是这样一个貌不惊人的小老头？

"谢谢，我不进屋了。我想问你今天晚上出去吗？"

"您想要车？走，我马上去。"曾淮说着就解掉围裙，披上衣服。

"不，不，"车篷宽拦住了他，客气地说："如果你不出去，我想借你的自行车骑一骑。"

"哎呀，这……"曾淮作了难，"您想到哪儿去，我开车送您去。"

"谢谢，用不着。我去办点私事，看一个老朋友。"

"我这辆自行车太旧了，铃铛不响，闸也不灵，万一出点事，我可负不起责任。司机的责任就是给您开车，您何必那么客气，放着汽车不用，非要借自行车骑呢？"

车篷宽态度还是那么温和，语调还是那么客气，声音也还是那么柔软，主意却还是那么坚定："老曾同志，我骑车是很小心的，决不会出事，也不会撞坏你的自行车。"

曾淮知道，多说也没有用，他就把自行车推出来，交给车篷宽。车篷宽接过车把，笑着点点头："谢谢你，打搅了。"

曾淮把车篷宽送到大门口，看见车篷宽的老伴也推着一辆小轱辘的坤车在大门口外边等着呢！

车篷宽对曾淮摆摆手："请回去吧，你还有客人呢。"说完翻身骑上自行车，和老伴并排着缓缓地向前骑去，一边骑还一边说着什么。

曾淮望着他们的背影，愣了一会儿，突然转身回家对凤兆丽说："你要肚子饿了就先吃，不饿就等你舅母回来一块吃，不要等我。"

他说完转身走进另一个门口，很快就推出一辆自行车，飞身上车，朝着车篷宽夫妇去的方向尾随而去。

凤兆丽心里突然一惊，怦怦地跳起来。舅舅跟上去干什么？

曾淮在凤兆丽的眼里是个古怪、倔强的人，是个为了报复对手能够卧薪尝胆的人。前几年，她好像影影绰绰听妈妈讲起过关于舅舅的事。曾淮1964年大学毕业分配到省委调研室，雄心勃勃，一年半的时间，写了两本小册子，还在一个社会科学杂志上发表了四篇经济学和哲学方面的论文。1966年他跟着车篷宽的工作组到人学搞"社教"。车篷宽是全国第一批被中央义单公开点名批判，四处游斗，然后被撤职的大学工作组的组长之一。据说就是因为曾淮告密，工作组撤销以后，曾淮回到省委就挑头组织了造反队，第一个把潘景川和车篷宽拉上了批判大会。以后曾淮又被打成"五·一六"分子，坐了三年牢，在省劳改农场劳动了四年。起初，凤兆丽妈妈担心曾淮的性子偏，闹不好会自杀。可是曾淮不仅没有寻死，这几年反而向犯人学会了一套好拳脚，据说动起手来三四个小伙子不能靠近他。还学会了开汽车，取得了大型货卡车以下的各种汽车的驾驶执照。这次重回省委，不当干部，非要给车篷宽开车。凤兆丽几次听妈妈讲，曾淮可能是不怀好心！凤兆丽想，舅舅是聪明人，难道会干出像古人那种行刺暗杀的傻事？可是妈妈的多心也不是没有根据，他可以制造车祸，他身上有功夫，自己不会出事，坐车的人却可以致命！

想到这儿，凤兆丽心里发冷，身上打战，她才发现自己刚才出来时身上没有披外衣。太阳已经下去了，天气有点凉了。她想，她也应该借辆自行车跟上去。可是舅舅叫她看家呀！她正要转身回屋，突然从旁边一座房子的后面钻出一个人："凤兆丽！"

凤兆丽着实吓了一跳，定睛一看，竟是金城："啊，你真的还等在这儿？"

金城的脸色很难看，腔调里也带着刺儿："我怕你进了省委大楼就把工地给忘了。干脆叫你舅舅把你办到省委来，给哪位书记当个女秘书算啦！"

凤兆丽的嘴也不是饶人的，但一想到金城为了等自己在门外边站了很长时间啦，心就软了。说："你快回家吧，我舅舅留我吃完饭再走，你就别等了。"

"你舅舅刚才不是走了吗。"

"他是跟着车书记去了，他还没有吃饭，叫我给他看家。"

"车书记？"

"就是刚才骑自行车的那个老头。"

金城摇摇头："我不信。省委书记还用骑自行车？"

"信不信由你。你是走，还是进来和我一起吃饭？"

金城想了想，赌气地说："我也不进去，我也不走，还在这儿等！"说完他眼睁睁地望着凤兆丽。

凤兆丽来了气："好吧，请便。我今天不回去啦！"

"我劝你别赌气，赌气你赌不过我，我可以在这儿站一宿，你信吗？"

凤兆丽心软了，金城是个不错的小伙子，她为什么要对他这样呢？她是害怕，害怕这种关系的结局，当她看不到终点，没有十全把握的时候，在这种事情上是不能轻易再往前迈步的。她的心又硬起来，试探地说："金城，我劝你以后别再这样，你还不了解我。与其将来我们变成互相瞧不起的仇人，不如永远做个好朋友。"

一听这话金城反而更大胆、更热烈了："不，我喜欢你的性格，我从小就佩服刚强的人，瞧不起窝囊包。"

见金城误解了自己的意思，此时又无法向他解释清楚，就叹了口气："唉，你呀!……"

凤兆丽眼里闪过一丝难言的痛苦，突然扭身进屋去了。

金城也怔住了，猜不清凤兆丽此举是羞，还是恼。

四

老伴比车篷宽年轻几岁，身体也比他好。她自己在外边靠近快车道的地方骑，让车篷宽在里边靠着便道骑，有什么情况自己在外边先看到，随时可以提醒丈夫，保他不会出事。这老两口是去看他们的老朋友——省机械局长孙长恕。

车篷宽骑了一会儿，发现路走错了，对老伴说："剑秋，我们拐弯太早了，走这条路绕远。"

王剑秋说："你就跟我走吧。时间还早，你要是每天骑这么一趟车也是个锻炼。"

车篷宽不再说话，高高兴兴地跟着老伴往前骑，渐渐来到了市里最繁华的地区。在一个十字路口，王剑秋停住车，眼睛死死地盯住迎面最显眼的一块巨大的广告牌。上面画着两只日本精工牌手表。这是一块日本广告牌。王剑秋偷眼瞧瞧老伴，车篷宽双眼也盯住了广告牌，而且眼睛眯起来，右手的手指开始敲打自行车的车把。王剑秋心想："他动心了！"

车篷宽果然说话了："这一带最繁华，这个地方又最招人眼，却给日本人竖起了一块大广告。我们自己的广告呢？你们机械局的广告呢？难道都挂到厕所里去了？为什么这一路上你们一块广告也没有？"

王剑秋嘴角动了动，那表情仿佛在说，你先别着急，叫你着急的事还在后边哪！可是话到嘴边说出来却是这样的："老车，难道今天你没看报纸？我们省的报纸用了一个整版，给外国人登广告。我挂了个电话向报社打听了一下，外国人登一版广告给报社二十万美元。报社为了赚钱，就忘了自己是哪国人啦！

这就是你这位书记的主张，把门户打开，按经济规律办事，大家都围绕着钱打主意。"

车篷宽警觉地看了看老伴，没有作声。

天完全黑了。大街上的各种路灯、霓虹灯和商品招牌全亮了。两个人没有上车。王剑秋推着自行车在前边走，走到一个门脸跟前停下来。车篷宽抬头一看，是日本人开设的精工牌手表修理部。车篷宽脸上的气色本来就不大好，现在更难看了。过去中国人买了外国手表，总担心坏了不好修理，零件配不上，现在不用愁了，外国人把修理部设到中国的大街上来了。

王剑秋知道丈夫动气了，继续火上浇油："不光是日本一家，西德本茨的修理车也在我们这里满街跑。他们卖给我们的本茨车在什么地方抛了锚，打个电话，修理车就来了。我们局的鼓风机厂进口了美国电子计算机，美国人提出每三个月来检修一次。国际资产阶级跑到我们家里来了，再这样下去怎么行！国民经济一调整，我们局本来就吃不饱，很多厂都没活干，再叫外国人把买卖抢了去，我们还干什么去？"

车篷宽态度温和而口气尖刻地说："你们去喝西北风！"

"我们不能喝西北风。"王剑秋从口袋里掏出一盒牡丹牌香烟，抽出一支递给丈夫："抽支烟吧。"丈夫惊奇地看看她，还是把烟接过去。王剑秋给他点着了烟。平时她是绝对不许车篷宽抽烟的，而且禁止家里买烟和存烟，来了客人也不拿烟招待。她就是用这种强制的办法迫使丈夫戒烟。但是车篷宽遇上了激动的事，还得抽上一两支，那都是王剑秋不在跟前的时候。今天王剑秋竟然在口袋里藏了一盒烟，主动让他抽烟，真是够稀罕了！老两口推着车，拐进了一个街心公园。

王剑秋等丈夫吸了一口烟，才说："老车，决定吧。"

"决定什么？"

"不许外国人在我们省做广告，不许外国人在我们这里设推销部、修理部。必须保护我们自己的利益，尽量取缔外国货。四十多年前，我们作为学生第一次参加革命行动，不就是举着小旗子游行，抵制日货吗？……"

"抵制了半个多世纪，到现在也没有把日货抵制住。你要是买了块日本手表，坏了找不到地方修理，你也会有意见。"

"我不戴外国表，我们家里不用外国电视，不用外国录音机。"

车篷宽笑了："副局长同志，你的爱国热情可嘉。不过你不能要求群众也都像你一样，为了维护你那个机械局的利益，宁用自己的次货，不用外国的好货。"灯光下他看见老伴突然变颜变色，面带怒容，赶紧一摆手："别着急，当然中国货不一定就次，外国货不一定就好！"车篷宽深深地吸了一口烟，沉吟了一会儿，接着说："唯一的办法就是用经济的手段打退经济的进攻，用我们的技术打垮他们的技术，用我们的产品打败他们的产品。就让他们来做广告，就让他们对自己的产品大吹大擂，就让他们到我们国家来办服务部，他搞你也搞嘛！有本事你就能代替他。你的产品比他的好，比他的便宜，你就能把他顶回去！要善于动脑筋，想办法，展开竞争。在国内要竞争，在国际市场上也要竞争。外国人无孔不入，他们有推销术，我们要有对策，要研究市场。下周省里要开会，叫你们的老孙来吧……"

王剑秋上去一把将车篷宽吸了一半的香烟从丈夫手里夺过来，扔到脚底下一脚踩灭了，生气地说："这么说，你的主意是不能变了？"

车篷宽不着急，继续说："你们的思想要开阔一点，机械产品前途大得很。西德的机械产品出口占百分之五十五，日本也差不多。我们国内的市场很大，还要开拓国际市场。只要你搞得好，就不怕没任务。香港招商局要在深圳办个小型轧钢厂，在国内招标。你们局光设备就向人家要八百五十万元，还不负责成套。上海要一千万元，负责成套，生意叫人家抢走了。你们的机械厂闲着，轧钢机的买卖却叫别人揽走了，这样的机械局还不喝西北风！今天报纸上登了一条消息，上海到大连要建一条集装箱航线，我劝你们赶快动脑子，集装箱运到码头要用起重机、专用汽车等等。要提前动手，主动派人去联系，不能在家里等着。"

王剑秋叹了口气，调转了车把："好吧，留着你这本经回家去念吧。"

"咱们不是要去看老孙吗？"

"不去了！"王剑秋又气又恼。这一年多，她一直在老孙和丈夫之间受夹板气。今天本想用开现场会的办法说服丈夫，谁知车篷宽平时对妻子温柔体贴，在他的工作上却不喜欢她插嘴。他已经决定了的事情，妻子劝说也没用。王剑秋深知丈夫的脾性，又无可奈何，只好说："老孙今天请你去就是要谈这个问题，你们省里领导再不改变政策，我们就无法干下去了。老孙已经给中央写了信，要告你。看来只好让他去告了。"

车篷宽还是那么温文尔雅:"这么说,今天晚上我更应该去看看他了!"

"不行,他的脾气那么暴,最近心脏又很不好,一直上半天班。你又是这么固执,两个人一吵,万一出点事怎么办?走吧,回家去,反正你说不服我,就甭想说服老孙!"王剑秋带头骑上了自行车,车篷宽在后边慢慢地跟上了老伴。两个人又缓缓地向回家的路上骑去,但都不再说话了。王剑秋这个急性子的老太太尽管心里老大不痛快,还是没忘记让丈夫在里边骑,自己骑在外边保护着他。

五

凤兆丽意外地接到了省委书记车篷宽的信。她召集团委会,宣读了这封信。

凤兆丽同志:

谢谢你向我反映的情况。

关于化工联合企业建设中的混乱情况,我知道一些。人力、时间、财力的浪费都是很大的,但最大的浪费还不在于工厂的管理,而在于计划的失误,设计的失误。三十年来,我们在经济建设上一条深刻的教训,就是违背经济规律,搞瞎指挥。现在已经开始认识到这个问题,正在逐步扭转。我们省工业系统很快要开个会,重新制定一些经济政策。赔钱的企业不仅要影响工人的切身利益,赔到一定程度,企业还要垮台。企业要养国家,而不是让国家养企业。新的政策一颁布,估计化工联合企业和你们安装公司都会有所变化。

在引进外国技术和设备方面,确实有很多问题。上当受骗、吃亏赔钱,甚至丧失民族尊严的事情都发生过。但不能因为存在这些问题,就全部否定开放政策。打开门户在历史上的重要贡献,就是使人民打开了眼界,知道了整个世界的实际情况,使中国的社会逐渐变成一个开放的社会,用人民群众的力量阻止一个国家、一个民族的大倒退。

对你所反映的青年思想状况,我很感兴趣。应该承认,现在青年人头脑里有一堆没有解决的问题,逼得他们要往深处想。一种可恶的怀疑主义到处蔓延:怀疑自己的民族,自己的国家,自己的社会制度,甚至怀疑自己的父母。许多人对一切最宝贵、最重要的东西都持怀疑态度。我能不能向你提一个希望呢？你是做团的工作的，自己又是个青年人，应该成为党的出色的思想政治工作者。我所说的思想政治工作，不能简单地理解为谈心，解疙瘩，交朋友。这远远不够。思想政治工作是一门科学，在我们的企业里一直没有得到重视，甚至连它的定义都被曲解了。因此，有些人，特别是年轻人，一听到思想政治工作这几个字就有点反感。其实企业的思想政治工作，应该渗透到生产和管理中去，把思想政治工作同现代化生产更紧密地结合起来。而且还要结合工业的特点，吸收现代科学中合理的成分，如工业工程学、工业心理学、工程心理学、工效学和社会学中那些确实反映了事物客观规律的部分，加以整理，使之成为一门科学。这个工作具有非常重要的意义。不知你有没有兴趣研究它？为了提起你的兴趣，我随便举个例子。生产是生产手段和劳动力的结合。现代工业让工作人员在最适合生理和心理的环境下工作，才能最大限度地发挥效能，减少差错和次品。这就是工程心理学与人机工程研究的内容。比如，不同颜色对人就起不同的影响：红色有温暖感，青色有清凉感。红在生理上起增高血压及加速脉搏跳动的效果，心理上起兴奋作用，但也会引起不安感和神经紧张。青色在生理上起降低血压的作用，心理上起镇静作用，有清洁感，但大面积使用它使人有单调感，因此只能配合其他颜色使用。黄色有增进食欲的作用，适于食堂里用。绿色使人有平稳感，绿色用在工作场合最适宜。天花板在我国习惯用白色，白色反射率高。但在面积大而天花板又低的车间内，一抬头就见白色天花板，会产生一种压抑感。在这种情况下如采用青色，使人产生仿佛在青空下的广阔感觉。总之有好多东西需要我们，特别是需要你们青年人，去学习和掌握。

希望我们以后经常联系。为了了解在实现四个现代化的进程中，各种人的思想、愿望、情绪、观点，我们应当有一套能够迅速准确地收集群众反应的方法。这样，领导机关在制定一些政策或采取某些措施时，就更有针对性。

对于那个跳舞和穿喇叭裤的问题，我认为采取行政命令的办法是愚蠢的。我还没有进过八十年代初的跳舞场，所以没有更多的发言权。

　　向做青年工作的同志们敬礼！

车篷宽
3月2日

　　省委书记的信在团干部们中间引起了很大兴趣。在这以前，他们中间没有一个人曾接到过像省委书记这样高级干部的来信。凤兆丽把信读了一遍，大家首先关心的不是信的内容，甚至信里的很多话都没有听懂；大家都抢着要看省委书记的信是什么样子，用什么纸写的，使的什么笔，省委书记的字写得漂亮不漂亮。说实在的，这伙青年人还真是开了眼界。车书记的信是用铅笔写的，整整写了四页纸，字迹潇洒劲道。用青年们的话说，叫龙飞凤舞，帅！他们之中还没有一个人能写出这笔字来。除去王廷律似乎不大感兴趣，没有凑过去看信，别的人都仔细地传看了省委书记的亲笔信。好奇心得到了满足以后，他们才议论车书记来信的内容。金城举着信左看右看，他怎么也不能把眼前这笔好字，和他脑子里高级干部的形象统一起来。不知什么时候，他脑子里模模糊糊形成了这样一个概念：干部越老越不读书不写字，顶多在文件上画几个圈儿，还不见得画得圆。差一点的，是粗鲁，顽固，保守，搞特权；好一点的，是有魄力，有干劲，敢于决断。但是不管好坏，都是没有多少文化，没有多深的修养，和文雅、才气无缘。这个车篷宽怎么信手一划拉，竟写出一笔这么帅气的好字？而且信里的内容有好多处显示出他的视野很开阔，具有相当深的专业知识。这肯定是车篷宽的亲笔信吗？

　　"唉！"金城突然一拍大腿，"你们先别这么高兴，这根本不是车书记的亲笔信，这是他的秘书替他写的。"

　　大家一愣，谁都不愿意相信金城说的话是真的，可是也没有办法证实他的话是错的。

　　凤兆丽问："你是怎么知道的？"

　　金城什么时候都是理直气壮。他抬高了嗓门说："那么大的干部只在文件上写写批示，他怎么会有耐心给我们写这么长的信呢？一定是我们那天到省委去碰到的那个车书记的秘书，把我们提的问题反映给车篷宽，车篷宽听了不往心里去，秘书感到在中间坐了蜡，才以书记的名义给我们写封信，以此打发我们！"

他说得有鼻子有眼，还真把大伙给唬住了。

凤兆丽不相信金城的话。虽然她跟车篷宽只在舅舅家里匆匆见过一面，可是她坚信车书记决不会干出像金城说的那种事。她看看始终一言不发的王廷律，问他道："小王，说说你的看法。"

"我？"王廷律看看凤兆丽，从桌上拿起车篷宽的信，飞快地扫了一眼，又把信放回桌上，低声然而很肯定地说："这是车书记亲笔写的。"

"你怎么知道？"金城那锥子似的目光又逼上来。这几天凤兆丽对他有点公事公办的冷淡劲，他一直怀疑是王廷律捣的鬼。

王廷律红着脸不吭声。

大伙也都希望他说出这信的确是车书记亲笔写的理由，便催促他："廷律，你快说呀，为什么你肯定这是车书记的笔迹？"

"小王，你快说吧！"凤兆丽相信王廷律的话一定是有根据的。

王廷律想了想，终于红着脸慢吞吞地说："车书记本来打算昨天到咱们这儿来，想见见凤兆丽和团委的干部，可是前天下午突然接到国家经委的电话，昨天一早就坐飞机去北京开会了。这信是在飞机上写了寄回来的，不信你们看，这信封上盖的是北京的邮戳。"

有几个人立刻抢过信封看："对，是北京的邮戳，没错！"

金城还是不服气："哎，这些事你怎么知道？"

大家也感到惊奇，一致追问："对，你是怎么知道的？"

王廷律被问得没有办法，挺生气地说："他是我爸爸。"

大家一下子全愣住了。王廷律进厂一年多了，这件事竟瞒得这么严实。而且看他穿衣打扮那份窝囊样，哪一点像个省委书记的儿子？

金城却用一种近乎敌视的目光盯住王廷律。他猜想凤兆丽一定早就知道了王廷律是省委书记的儿子，不然这小子刚进厂才一年多，选进团委也不到半年，有他妈的什么能耐，竟一下子就把凤兆丽抢过去了！得找机会教训一下这小子！

凤兆丽招呼大伙说："好吧，我们现在讨论正题。我对信里的有些话，一下子还没琢磨透。请大家发言吧。"

金城尖刻地说："这有什么好讨论的，书记的儿子在这儿，请他给咱们辅导一下不就行了。”

“你……岂有此理！”王廷律站起身推门走了。

六

人民大会堂二楼一间小会议厅，雅致而富丽。它的位置是在这个巨大建筑的心脏部位，却使人觉得空气新鲜。暖气的热度正合适，既不叫人感至燥热，也没有冷意。怕冷的人穿着棉衣，也不会觉得热；怕热的人只穿件毛衣，也不会觉得冷。嵌在屋顶的莲花喷头子母灯全部打开，给人一种阳光充足的感觉。墙上没有过多的装饰品，只在正中有一个巨大的镜框，里面似有一汪清水，一群长须青虾在游戏。这显然是出自白石老人的手笔。墨绿色的地毯，四周一圈米黄色的大沙发，实用而考究。但国务院几个部委的负责人和来参加会议的部分省市管工业书记，没有一个躺在后面的大沙发里，全都直着腰板，坐在绛紫色谈判桌两边的软椅子上。这显然是国家领导人经常和外国人谈判的地方。不过今天不像招待外国人那样，杯里早已沏好了茶；而是在会议开始之前，服务员端着茶盘默默走过来，想喝茶水的首长交一角钱，她就给他的杯子里放进一包茶叶。屋里很安静，气氛虽不紧张，可也没有轻松的谈笑声。

会议由国务院 D 副总理主持。国家冶金设计总院院长吴昭年报告冶金系统今后十年内的引进计划。国家为了要保证这个重点引进项目，不得不削减对其他行业的投资。原来对其他各部和省市已经确定的投资数字需要修改，因此才请这些有关的部委和省市的负责人来参加会议。

吴昭年讲得生动有力，富有感情。看得出来吴昭年的冶金设计总院对这个计划是花了很大心血的。本来是一些枯燥的数字、技术术语和机器设备的名称，在他的报告里却完全变成了立体有声的、活生生有血肉的东西。他在这些高级领导干部面前，也可以说是在掌握中国经济发展命脉的决策人物面前，描绘出了一幅美好而极有吸引力的中国钢铁工业的远景。据他说，如果他的计划能获批准，按他计划里开列的项目引进外国的先进技术和先进设备，前十年下本钱，后十年就会见成效。到那时，中国不仅会有不止十个鞍钢，而且钢铁产量就能和我们的人口、我们这么一个大国的尊严相称，从而敢和苏、美抗衡。钢铁呀，这是工业的粮食！人不吃饭不行，发展国民经济没有钢铁也不行。工业要钢铁，农业要钢铁，国防要钢铁，打仗打的也是钢铁呀！一句话，"四化"没有钢铁做后盾，就"化"不起来啊！

随着吴昭年有声有色的描绘，D副总理苍老而威严的脸变得开朗坚定起来。他一支接一支地吸烟。他的目光像潭水般深沉，闪出一种坚强的自信，慢慢地扫过每个与会者的脸，当他看到车篷宽细眯着眼，右手的手指不停地轻敲着茶杯盖时，便毫不掩饰地笑了。D副总理眼梢边通向雪白鬓角的鱼尾纹颤抖着，他笑得非常慈祥。他知道车篷宽的毛病。这位老弟动心了，他激动了，他是开放政策的积极倡导者，有雄心大志，他听了这样宏大的计划怎能不激动，不全力支持呢！

等到吴昭年讲完，进行讨论的时候，D副总理首先点了车篷宽的将："老车，你来打头一炮。"

车篷宽摆摆手："先请别的同志讲吧。"他低下了头，没有敢碰一下副总理那锋利而兴奋的目光。

有几个同志陆续发言，有的热烈地支持了吴昭年的计划，也有的对削减本行业的投资持保留意见。

副总理再一次点名请车篷宽表态。老车是搞工业的老手，在高级领导干部中间可以称得上是个技术权威了。他的态度在这样重要的会上是有一定影响的。

可是车篷宽装做没听见，连头也没抬。

副总理皱皱眉头，有些不高兴了，这个老弟卖什么关子，拿什么架子呀！

又讨论了一阵，许多人已经看出D副总理是全力支持这个计划的，便都没有多说什么就表示了同意。高级领导层里开会，特别是像这种类似"内阁"的会议，气氛总是冷静的，甚至是僵硬的。远不像下层开会那样热烈、活泼，可以随意争吵和发牢骚。违心的事是经常发生的。车篷宽始终一言不发，看样子他是不想说什么了。

D副总理急了，第三次点了他的名："老车，你得表态呀！这不仅关系到咱们国家钢铁工业的发展前景，也涉及到你们省的具体利益，你不说话怎么行？"

"嗯……"车篷宽眼光看着别处，显然是在斟酌措词，沉吟了半天才说，"这个计划要是得以实现，中国人连裤子也穿不上了！"

大家一惊。身材高大的吴昭年先按捺不住，冲着车篷宽一连提了几个为什么。D副总理摆摆手止住了他。老人很恼火，他完全没有想到车篷宽会是这么个态度，会说出这样的话来！副总理生气地说："车篷宽同志，你想往回缩啦？两年前不正是你三番五次给中央和国务院打报告要求引进外国技术吗？我们是穷一点，但是正因为穷，才更要大刀阔斧地干，不然就永远受穷，而且还要受气！钢铁打不上去，经济上不去，说话就不硬。就是搞外交，也得有实力。你说卡特怎么样？他说话顶话，他的钢铁多，有力量。苏联不讲真理，他说话也硬。你生产上不去，讲的都是真理，资本主义也不听你那一套。你不要听到一些闲言碎语就摇摆不定，装出一副悲天悯人的样子去讨好群众。我们这些老头子呕心沥血，拼上老命搞四化，还不是为了民富国强？"

一见副总理发了脾气，大家都不作声了。车篷宽也有些后悔，不该说那种带有感情色彩的气话，明知道说了也没有用，何苦找这份不痛快。

"大家还有什么不同的意见没有？"副总理又一次征询大家的意见。

在座的人没有表示新的异议。

副总理最后做结论说："那就这样定了，把这个计划上报中央。先由冶金设计总院和冶金部做好准备工作，等中央批准以后执行。"

但是当这个计划就这样拍板定案后，车篷宽心里一震。他突然抬起头盯住副总理。D副总理的目光也在盯着他，他赶紧掉开头。可他的心里却在呼喊。他很想大声地劝阻副总理："不，D副总理，你不能这样做！你劳苦功高，人民尊敬你，拥护你。你身负重任，有拍板的权力，可是你有没有拍板的能力和足够的智慧？你有指挥战争的经验和知识，在战场上你可以稳操胜券，那是因为你打了几十年仗，死了很多人，流了很多血，你才懂得了战争规律，学会了打仗，当上了将军。可是解放以后呢？不管你是当部长，当省长，还是当副总理，虽掌握着国家的经济大权，可是你认真地钻研过经济吗？你像学习战争那样努力学习过经济规律和各种科学知识吗？不！你没有钻研，也没有学习。战争学不会就要打败仗，死人流血。现在政权在手，太平天下，你不学习仍然当你的副总理，仍然有权下令，而且一声令下就排山倒海。你知道这会带来什么后果？这些年你的精力都用在一场场政治运动、一次次路线斗争上了。你在权力的更迭中时沉时浮。你并不懂得经济规律，情况不明，却要在重大的经济问题上拍板决策，这多危险。你不愿听听专家的意见。尽管你是为国为民一片好心，可是你一板拍下去，成千上亿的人民币就扔掉了。对你这种大气魄，群众已经害怕了。东扔一把，西丢一把，到头来还不都是老百姓吃苦头！"

车篷宽尽管这样想，到底还是克制住了自己，没有再张口。政治斗争的规律，战胜了他的经济规律。权力角逐的教训提醒了他。他带着没有吐出来的一肚子话和一肚子气，心情沉重地走出了人民大会堂。他一刻也没有停留，直接乘车去飞机场。——因为家里还有个会等他回去主持。他坐上飞机，强迫自己冷静下来，为即将召开的厂长以上领导干部会议做些准备。他平时有个习惯，路途上、车船中思想最容易集中，是思考问题的好时候。可今天，他坐在飞机里，思想老是往吴昭年的计划上跑。每逢他心烦意乱，或是怒不可遏的时候，他有一个能使自己平静的好办法，就是看小说。他从提包里掏出一本美国的现代小说《金融浊流》，认真看起来。小说写了两个人为了争当美国一家大银行的董事长，怎样不择手段地明争暗斗。他没有看几页，思想就开小差，联想起生活中的人物来了。二十多年前，一位国家领导人到一个工厂去视察，发现这个工厂的厂长对一些生产上的数字倒背如流，领导生产、组织放卫星有非凡的才能。于是这个人很快就被提拔到省委当了工业厅厅长。十年后，由于一场很大的政治运动，他又意外地成了这个省的临时负责人。不久他就提出了一个震动全国、也可以说震动了世界经济界的宏伟计划。他说在他的省里发现了一个特大的油气田，其规模甚至比大庆油田小不了多少。仅天然气一项，不仅能满足本省工业生产和生活的需要，而且还有很大的富余，每天可以向首都输送三百亿立方米的天然气，供给首都的工业生产和民用。听了他的报告，国家立刻投资，动员了十几万名职工，用了两年多的时间，在地下修了一条长达几千公里的天然气输送管道，一直从他的省通到首都。还有数不清的附属工程：加压站、铁路、公路、桥梁、隧道，耗资三亿多元。那位老兄因这场会战打得响，提到中央当了副部长。可是输送管道修好以后，他的省里却根本没有天然气可送。油气田倒是有一个，但甚至连开采的价值都没有。可是从上到下再没有人提这件事。这样一个足以能构成对当事人治罪的大事件，似乎很快就被人们忘记了。但是记录国库开销的大账上没有忘记这件事，参加会战的人不会忘记这件事。老百姓的裤腰带莫名其妙地又紧了一圈，也会思索这件事。可是我们的经济体制，我们的干部制度，注定不会追查这件事情。究竟当初是谁吹牛皮说每天能向首都输送三百亿立方米的天然气？当时他发现特大油气田的根据是什么？造成了这么巨大的损失，他应负什么经济责任，或者法律责任，一概无人问津。所以这个说大话的人一次又一次高升，终于当上了相当于部长级的冶金设计总院的院长！车篷宽捧着小说，回想起吴昭年这个人奇特的晋升过程，不禁慨叹道："什么时候才能制定法律，让说大话、吹牛皮的人负起巨大的经济责任呢？"

车篷宽索性放下了手里的小说。他知道不管多好的小说今天也不能够吸引他了。在会议上，在国家领导人面前，他可以克制自己，或者是装出一副冷漠超然的样子，但是当他一个人独处的时候，他怎能不愤怒，不痛苦，不焦虑？他知道自己的脾气，一旦对事物形成了自己的认识，是十分固执的。他在自己将要主持的全省大厂厂长以上干部会议上，一定会谈起这件事，一定会阐明自己的观点。他立即掏出纸和笔，把自己的思想、自己所焦虑的东西记下来，必要的时候给中央的负责人写信。他的铅笔飞快地在稿纸上移动着——

在国民经济的调整、改革中，看来最重要的还是决策问题，一着不慎，全盘被动。情况不明，匆匆忙忙作出决定，必然要走弯路。瞎指挥使我们吃了多少苦头！孔子说一言可以兴邦，一言也可以丧邦。在我们这样一个大国里，领导人一句话有着多大的分量！

"文化大革命"损失了有多少？搞三线损失了有多少？大跃进损失了又有多少？如果这些钱不丢，中国人目前的生活水平又可比现在提高多少？那将是一种什么状况？难道我是装出悲天悯人的样子讨好群众吗？我们在生产上的巨大浪费还不都要摊到老百姓的身上？人家是生活上极大地浪费，生产上极大地节约；我们却正相反，生产上极大地浪费，生活上极大地节约。历史上因国家加重人民的负担，搞得人民穷困、国家动荡的教训难道还少吗？"四人帮"的倒台，难道仅仅是由于政治因素？国民经济这个基础几乎要崩溃了，他们能不倒台！？

我决不是反对引进国外的先进技术，但是我坚决反对整个儿地从国外买一个中国的钢铁工业进来，买一个现代化进来。实际上这是办不到的！我们应该认真地总结一下和外国人打交道的经验教训。我们花了大量的外汇，却做了许多得不偿失的买卖。在对外贸易中，我们有些人还缺乏起码的常识……

车篷宽写着写着，突然意识到这不是单纯想记下自己的思想，而是在纸面上和D副总理开展辩论。这些话为什么不在会上当着副总理的面说出来？方案已经通过，事情已经决定，背后发一阵牢骚，这有什么用！？

他生气地把自己刚才写好的两张纸全撕碎了。他的头往后一仰，靠在椅背上，闭住眼，双手捏住了太阳穴。不知是因为飞机颠簸，还是精神作用，他的头剧烈地疼起来。突然一阵心灰意懒，他劝慰自己：算了吧，别着这份急啦。中央的事管不了就不要管嘛，能管好自己省的事就不错了。就怕连自己应该管的事也管不好哪……

七

曾淮开车去机场接车篷宽。他人还没有回来，可是关于他在北京顶撞 D 副总理、惹得副总理发脾气的事却已经在省委机关轰动开了。北京的会一散，D 副总理就给省委第一书记潘景川打来电话，追问车篷宽在会上的表态是不是省委讨论的意见。

要是讲心里话，潘景川是同意车篷宽的意见的，但是他在电话里没有这样讲，却对副总理说车篷宽的意见只代表他个人，省委并未讨论过。这也是实话，车篷宽动身前省委的确没有开会。但是如果潘景川在电话里回答说，他也同意车篷宽的意见，这其实也是他的真心话，那这件事的结果也许是另一个样子了。可是现在他把责任都推到车篷宽一个人身上，车篷宽肩上的压力就增大了。车篷宽的秘书和司机都担心这件事会影响老头的情绪。被车篷宽视为很重要的那个全省厂长以上干部会议后天就要开始了，老头的决心一动摇，这个会就要砸锅，那就会影响全省的经济形势。要是那样的话，还不如不开，但是再下通知撤销会议已经来不及了。

曾淮心里一直想着这件事。他担心的是通过这件事暴露出来的另外一种令人不安的预兆。D 副总理只给潘书记打了电话，只有潘书记知道这件事，为什么这么快就传开了呢？第一书记散布这件事意味着什么呢？车篷宽一走下飞机，曾淮就发觉老头面色焦黄，神情憔悴。他上前接过车篷宽的提包，顺口问道："您的身体不舒服？"

"没有，挺好。"车篷宽把提包交给曾淮，还没忘记说了声，"谢谢！"

曾淮拿不准主意要不要把 D 副总理的电话和省委机关对这件事的议论告诉他。告诉他吧，说这种话显然不符合一个司机的身份；不告诉他吧，老头毫无准备，一回到省委里来一个措手不及，要是顶不住，往后一退，不仅影响开会，这个省的工作也就没有指望了，许多想干点事业的人也会失去了主心骨。其实，一个省委书记，或者别的什么级别的干部和副总理的意见不一致，或者是顶撞了副总理，甚至是顶撞了总理、中央主席，又有什么了不得呢？不是说要反对一言堂吗？这不是很正常吗？允许普通老百姓发脾气，也应该允许像总理和副总理这样的大人物发脾气，这也是人之常情嘛。为什么像车篷宽这样一个省的负责人，和副总理唱了几句反调，吃了几句批评，副总理打个电话来问一问，竟在下边引起了这么多的猜测、议论，甚至是恐惧？这哪里是正常的政治生活呢？人们不去议论这件事情本身谁是谁非，却一味猜度这件事情本身之外的后果，真是可怕而又可恶！在这样污染的社会环境里，人和人之间，上级和下级之间，怎么可能有正常的、平等的关系呢？人的创造性、积极性怎么能充分发挥出来呢？

曾淮一阵恼怒，突然下了决心："我当司机的目的是什么？这个时候正应该起点作用了。"

他打开车门，让车篷宽先上了车，关好门。他坐在司机的位子上，打着了火，盯住后视镜里车篷宽的脸色，说："车书记，您在北京说，如果吴昭年的计划得以实现，中国人连裤子也穿不上了。是吗？"

"是的，我是这样说的。"车篷宽淡淡地说，可是他的眼光中却透出了惊异，灰白的眉峰往上耸着，分明在问："你是怎么知道的？"

"D副总理打电话给潘书记，询问这话是您个人的意见，还是经过省委讨论过的。"

车篷宽淡淡地一笑："当然是我个人的意见，他怎么不当面问我？"

曾淮改用一种和省委书记平等的、严肃的语调说："现在我们还是用战争年代指挥军队的办法，用行政命令的办法来指挥生产；如果还用这种办法指挥经济的调整和改革，必然要走大弯路。过多少年以后，再来一次调整，纠正现在的错误。"

车篷宽没有说话，只是将身子稍稍向右偏了一点，这样他就可以看清曾淮的侧脸。

曾淮并不需要书记搭腔，他只管说下去："我们的国家，几十年来实行的这一套经济管理体制，已经根深蒂固，极大地妨碍着改革的步伐。而我认为围绕着改革，最终必然会导致权力的斗争，这样改革的阻力必将更大！"

车篷宽仍然不动声色，但是他在心里点了点头。

"但是，不改革无论如何是混不下去了。西德、日本这些资本主义国家自不必说，就是苏联和东欧各国从五十年代起也先后开始了改革。它们虽然几经反复，但毕竟取得了一些成效。而匈牙利和南斯拉夫的改革成果，尤其显著。时代在前进，我们古老的中国怎能例外？我们不改革，就不能前进……"

曾淮意犹未尽，汽车已经开到了省委机关大院门前。他只好说："回家还是回办公室？"

"不，开出去。找一条宽阔清静的马路，把车速放慢，不要出事。我想听你把高论说完。"

曾淮把车开到了郊外环城公路上，带着歉意说："我今天可能有点狂妄和不知分寸了。"

"不必客气，请接着讲吧。"

"苏联和东欧一些国家，当改革和保守的斗争发展到十分尖锐的时候，总有一些主张改革的人做了牺牲品，被撤掉了职务，缓和一下矛盾，但是改革还得进行。政治上的原因对经济改革的关系很大。中国现在需要的是坚定性和彻底性，就怕再来一次半途而废！因此，有许多人把眼睛盯在您的身上，对后天要开始的会议寄予很大希望。有人把实行开放政策，说成是您的第一步棋；把后天开始的讨论经济竞争和市场调节的会议，说成是您的第二步棋。但是我也担心，北京的会议会不会对您的决心有影响？"

"谢谢你的关心。"曾淮从镜子里看到车篷宽温和的脸上露出坚强果断的神色，便放心了。车篷宽沉了一会说："相信几项决议，开几次会就能改变几十年来形成的经济体制，是过于天真了。新鞋刚一穿上，脚是肯定要疼一阵的。改革过程中一旦出了问题，反对派就出来反对，阉割改革成果。这时甚至赞成改革的人也会思想迷惑，行动踌躇不前。种种复杂情况我们都要预先估计到。我们的国家好比一只大船，船太大了拐起弯来就不容易。"

曾淮仔细地听着，没有搭腔，心里却说："这老头，老谋深算。"

车篷宽突然转了话题："老曾，会议期间你就不要开车了，我跟代表们一起活动，用不着小车。你作为我的代表到机械局那个组里去参加讨论，掌握机械局的领导和他们所属公司、厂一级干部的思想状况，随时和我联系。"

曾淮没有马上答声，他猜不准车篷宽这一手是什么意思。他知道机械局问题最多，干部思想混乱，生产上不去。而主要原因是在局领导习惯于用老一套行政办法领导生产，看不惯现在进行的改革。估计在这次会议上要有一场大的争论。机械局长孙长恕是车篷宽的老朋友。四十年前是重庆船厂的工人，有一次特务要杀害车篷宽，多亏他相救。副局长王剑秋又是车篷宽的夫人。这种复杂关系，谁能拱得动？但曾淮考虑了一下，却意外痛快地说："好吧，我可以参加机械局小组的活动，但不影响开车。您什么时候出车，打个招呼就行。"

"不！你什么也不要干，就作为我的代表，去听机械局小组的讨论。"车篷宽严肃地又叮嘱了一句。

"好！"曾淮点点头。

八

晚上，凤兆丽又来到曾淮的家里。她已经几次三番地缠着曾淮，要他把自己和车篷宽的故事讲给她听。她的语气中不仅是出于好奇，还有某种隐隐的不安。曾淮只好答应了她。但是他讲得极其简单，甚至是干巴巴的。因为他害怕她听了自己的故事，会把车篷宽写进小说里。现在的文艺作品往往帮倒忙，把挺好的事情搞坏了。中国有着特殊的国情，作家又往往是太天真，结果成事不足，败事有余。尤其是像凤兆丽这样的青年人搞写作，更使曾淮不能不存有戒心。但他被缠不过，只好用最简单、最枯燥无味的语言讲起来：

"先从1966年我被省委抽调到大学工作组说起吧。我当时离开大学还不到两年，对大学的生活很熟悉，也喜欢和学生们一块儿聊天。因此我经常在系里和同学们泡在一块，学生中间的事情我知道很多。很快就发现有几个学生私下串联，要反工作组。我就把这个情况报告给工作组长车篷宽。当时车篷宽在师生中间威信很高，论资历有资历，论水平有水平。工作组进校的头一天，学校组织了五千人的欢迎大会，名义是欢迎，实际是出了好几道难题，要给工作组一个下马威。车篷宽毫无准备，站到台上讲了四个小时，中间都没有休息。学生们一下子就服气了。我们心里很清楚，绝大多数师生是支持工作组的，对那几个想反工作组的人很气愤。车篷宽自认为这个工作组是中央决定派去的，他就给中央写了个报告，把那几个学生要反工作组的打算报告了中央。可是几天后，那几个学生不仅没有收敛，反而公开贴出大字报，说车篷宽推行资产阶级反动路线，对学生进行打击陷害。车篷宽正要第二次给中央写报告，中央文革来了通知，突然宣布让车篷宽停职检查，并追问学生反工作组的情报是谁提供的。我建议车篷宽向中央报告，就说是我在下边发现的情况，然后向工作组长做了汇报。车篷宽没有那样干，他已经预感到这里面有更复杂的政治背景，自己显然已经钻进了人家设好的圈套。他注定要成为一个政治事件的牺牲品，即便把我推出去，也顶多是增加一个陪斗的，并不能减轻他的责任。他嘱咐我不要犯书生气，保持住沉默。但是，他不把我推出去，他的沉默就等于默认自己的确像中央文革通知里所说的那样，对学生进行了陷害和打击。事情果然和他预料的差不多，他很快在报纸上被点名批判。以他为突破口，发起了全国范围对'资产阶级反动路线'的反攻。我们所在的学校，百分之九十的人都同情工作组，对车篷宽根本批不起来。于是就把他拉到别的大学里去批判、游斗。我当时对政治斗争缺乏经验，车篷宽被诬陷使我异常愤怒。我们是中央派去的工作组，中央不为我们撑腰，却偏向那几个学生。我还不知道当时我们国家已有好几个中央。不少有着领袖欲的人，正在进行凶狠的权力角逐的准备。我决心查清事实，给中央写报告，替车篷宽喊冤。后来等我真正摸清了情况，却大吃一惊，觉得给中央写报告不仅不顶用，反而会加重车篷宽的罪过。原来想反工作组的那几个学生是通天的，并不是他们自己想反工作组，他们直接听命于江青、陈伯达、康生一伙。一切全是按江青、陈伯达、康生的指示干的。我借送饭的机会，到车篷宽被隔离的小屋子里，把这一情况报告给他。我请示他想把这一内幕公之于众。车篷宽严厉地制止了我。他说：'风暴已起，很难断定风是从哪儿刮来的，不可妄动，保持沉默。'我可受不了这口气。我们是中央派去的工作组，却正是中央把我们出卖了！车篷宽当了中央文革的垫脚石。我替他抱冤，他却对我说了一句使我终生难忘的话。他说：'你还年轻，要学会忍耐。忍耐是苦的，但果实是甜的。'

"但我终于没有忍耐住，当工作组宣布解散，我回到省委以后，就扯旗造反了。我记得有人说过这样的话：不吃就得被吃，做牙齿总比做草料强。那种年代也许真是史无前例。人们眼睛发红了，有一股想摧毁一切的、疯狂的复仇情绪。权力斗争的规则，变成了兽性的规则。弱肉强食，胜者为王。权力的交接，人们关系的颠倒，像走马灯，比万花筒的旋转还快。潘景川、车篷宽都成了走资派，靠边站了。我却转眼间成了全省的主宰。但是，我主持批判大会的时候，从来不叫他们在台上低头弯背，或者是坐飞机。特别是车书记，只要有我在台上当一天造反派的头头，他就不会受到非人的待遇。我造反的目的难道不也有一点是为了自己出口气吗？我废除了陪斗制，批判谁就让他一个人在台上坐着，别的走资派都坐在台下听会。有一次批判潘景川，吴昭年作了个爆炸性发言。他对造反派亮相，对走资派反戈一击，揭发了潘景川六条罪状。每一条都耸人听闻，情节恶劣，性质严重。而且吴昭年的揭发批判有根有叶，说得像实有其事那样。造反派们正红着眼找这样的材料还找不到哪，会场上一下子就乱了。有好几个人蹿到台上要打潘景川，眼看要出事。我心里拿不准，吴昭年揭发出潘景川这么多事情，我为什么平时一点也没听说过？当时群众非常气愤，闹不好就要出乱子。我不敢犹豫，当机立断，立刻宣布散会，让几个人把潘景川保护起来。好多人当场向我提出质问，包括许多和我一派的战友，问我为什么批判会刚到高潮就宣布散会？是不是有意包庇走资派？我无法向他们解释，在那种场合也根本解释不通。我只是感觉吴昭年发言里面有问题。但是我又没有充足的根据能够断定吴这个揭发是假的。我不知道中途宣布散会是做对了，还是做错了。散会后又争吵了好半天。等到人们气呼呼地都走了，我一个人坐在大礼堂里想这件事。不知道过了多长时间，突然听到礼堂后面的座位上有响声，我吓了一跳。回头看，在大礼堂最后边的一个角落上，还坐着一个人。他就是车篷宽。他慢慢地朝我走过来。我问他：'你怎么还不走？'我已经不习惯对他称呼'您'了。

"'我有一句话想跟您说，不知道您敢不敢听我说。'他却已经习惯对我用'您'来称呼了。自从政治运动把我们的关系做了颠倒，他不再是我的上级，而成了我批判对象之后，我们两人的眼光就没有相遇过。他有意躲避着我的视线，我也故意回避着他。可是他这次目光却直率地盯住我的眼睛。

"我说：'什么话，你说吧。'

"'吴昭年的揭发全是捏造！'他说得很平静，但可以看出来他是抑制了自己的愤怒，'曾淮同志，我现在是什么身份，处在什么地位，您当然很清楚。我说这句话担着怎样的风险，您心里也很明白。如果群众知道我现在还替潘景川说话，把群众对走资派的批判说成是捏造，我的罪过就比潘景川更严重。但我是个共产党员，我如果不把这句话告诉您，我就永远不能原谅自己，我会吃不下饭，睡不着觉。您也是个共产党员，是造反派的负责人，我把真实情况告诉您，就尽到了自己的责任。'他说完，不和我打招呼就转身走了。

"他穿着一件破旧的棉袄，双手操在袖筒里，低着头，背有些驼，身体显得更加瘦小枯干。我望着他颤颤巍巍、缓慢地走出大礼堂的背影，眼睛突然潮了。这才是人，是共产党员，是一条汉子！全省委的人谁不知道，论能力，论资格，他都比潘景川强，而职位却排在潘景川之后。可是当潘景川遭到诬陷的时候，车篷宽竟然勇敢地站出来替他说话。我暗自庆幸，毅然决定散会是对的，总算没有惹出大乱子！

"但是乱子毕竟惹下了。第二天我的造反队分成了两大派，而且支持我的一派成了少数派，支持吴昭年的成了多数派。当吴昭年结合进革命领导小组，开展清查'五一六'运动的时候，我便成了'五一六'分子被抓了起来。我想跳、想叫、想厮杀，但是终于没跳，没叫，也没有厮杀。是车书记那句话帮了我的忙：忍耐是苦的，但果实是甜的。"

凤兆丽听完不满足，又提出了许多问题，曾淮一律笑而不答。凤兆丽有点急了，她说："老舅，实话告诉你吧，我就是想写一写车书记，不拿去公开发表，至少也要在我们团刊上登一登。你知道，现在青年人对未来没有信心，对四化没有信心，就是因为对领导没有信心。既然我们党内还有这样好的高级干部，为什么不好好宣扬一下呢？"

曾淮收起了逗弄孩子的笑容，严肃地说："以前我也有过这样的想法，但是现在觉得不能这样干。我们国家的政治情况很复杂，特别是通过这次北京会议，肯定会有人盯着车篷宽。他是老干部中的宝贝，我们要保护他。不能因为一两篇文章，给他带来不必要的麻烦。你一写他，势必要写对立面，让大人物从反面人物身上看到了自己的影子，一旦对号入座，岂不要惹出一场是非来？何况我们的政治对文艺又特别敏感，甚至到了神经过敏的程度。中国有出息的、有思想有头脑的作家，一般名声都不好。在他们身后，总跟随着一连串谣言、非议甚至人身攻击。他们根本不是政治棍子们的对手。何况你目前还不成熟，算了，你还是不要写车篷宽，让我们一起好好保护他吧！"

"好吧。"凤兆丽虽然同意舅舅老于世故的分析，但她还不甘心。她无法抑制想歌颂车篷宽的创作欲望，但是想通过舅舅进一步了解他的这条门路算是堵死了。

九

按规定中午吃饭的时间是十一点半。已经到了十一点二十分，钳工班还没有干完活。他们今天的任务是在地面上安装一台操作机。从上班以后基本上没闲着，既没有在中间休息一阵，更没有一边干着活，一边抽烟、喝水、聊闲天，可以说上班以后就紧忙活。尽管这样干，定额还不一定能完得成。像一群野马突然被套上了笼头，拴上了缰绳，小伙子们多少年没有像这样干活了。他们简直忍受不了！开始，他们都不说话，赌着气干。干到十一点多钟，肚子饿了，手、眼、腰、腿等几个关键部位都觉得累了。往常不到十一点钟就早早地收工了，今天到了这个钟点，从班长金城那儿还没露出一点想收摊的意思。小伙子们这口气可再也赌不下去了，一上午没得空说的闲话，在肚子里闷了几个小时，现在全变成牢骚话发出来了。

"业余华侨"在这一群里最见过世面，天神不敢管，地神不敢拿，穿戴时髦，嘴也最尖刻。他觉得这时候骂别人都不解气，就得朝着金城下嘴。县官不如现管，正因为金城这个"现管"对上顶不住，才有今天这种局面。他先拉着长声叹了一口气："唉——"

这声"唉"等于是开场锣鼓。钳工班的人都知道"业余华侨"这个毛病，支起耳朵听他说些什么。平时人们并不太喜欢他这张嘴，现在倒想听他发发牢骚，骂骂领导，替大伙出出心里这口闷气。大伙越是这样，"业余华侨"的精神头就越足。在他的精神生活里有一种很重要的享受，就是在他口若悬河瞎吹的时候，得到热心听众的捧场。何况今天还有点打抱不平、为民请命的味道。他先是冲着金城的后背抽抽鼻子，不酸不凉地说："别看咱们班长五大三粗，气壮如牛，就是对咱们横，对上边可是百依百顺，见困难就抢，见方便就让。"

他一边说，还一边挤鼻子弄眼睛。于是捧场的立刻接上说："那当然啦，咱们班长是老共青团员嘛。而且到了退团的年龄都不想退，不实现四个现代化，怎么能轻易地离开共青团呢！"

"业余华侨"嘴一撇："你懂个屁，一退了团不就跟咱们一样成了民主人士啦！像金城也算是咱们公司里的头面人物，应该这边退团，那边入党。忙活了好几年要是入不了党，那不成了鸭子孵鸡——白忙活！再说，一变成白牌就没人理了，狗屁不如。你看咱们漂亮的团委书记到下边来，什么时候主动跟咱说过话，不是找金城，就是找王廷律。金城要一退团，再想跟人家书记说句话都难了！"

金城脖子一扭："假华侨，你想找倒霉呀！"

"业余华侨"嘻嘻一笑："金城，你别上脸。大伙这不是说着玩嘛，你还当真的？不说不笑不热闹，这一上午，把大家都给累坏了，说句笑话解解乏你还不让？其实这也是为你好。我们大伙苦点累点都不怕，一块帮着你努力，争取让你今年入党，入了党你可得请客啊！"这小子真是骂人不吐核，太损了！

金城扔掉工具，一步蹿过去，揪住了"业余华侨"的衣领子。他满脸涨得通红，两道目光一下子能把对方捺到地里去。他咬着后舌根，声音很轻，却是发着狠说："你再说一句！"

"业余华侨"害怕了。他看看那些热心的听众，希望他们来解围，可是那些捧场的都在旁边看热闹，谁也不上手。他只好自己服软："金城，你看你，怎么说翻脸就翻脸，这不是跟你闹着玩吗？松手，快松手，你不吃逗，咱以后不逗就算了。"

金城松开了手，怒气冲冲地说："我愿意这么干？哪个王八蛋愿意受这份累呢？咱们不这么拼命，就完不成定额；完不成定额，全组谁也甭想拿奖金。这是我个人的事吗？你他妈的真不知道，还是装三孙子？"

"业余华侨"哭丧着脸："你没有把话说清楚，我实在不知道。"

"昨天下班的时候我跟全组交待过。"

"昨天下午我请假了，不知道。""业余华侨"口气一转，"这他妈的是谁出的馊主意？纯粹是耍巴咱们傻小子！"

"省里正在开会，是车书记亲自主持制定的竞争政策。昨天咱们公司经理回来亲自部署的。化工局告了咱们的状，说如果化工联合企业的安装不能按合同保证进度，他们就要把咱们辞退，另请别的安装公司。"

"不让咱们干不是更好，反正到月头得发工资。"

"你想得倒美，赔钱的单位不能发工资，赔到一定程度，就得垮台。"

"国家还能叫我们失业？"

"自己找门路，找不到就改行，修马路，挖地沟，搞城市建设。假华侨，实话告诉你吧，往后再想吊儿郎当，光凭一张嘴混钱混饭吃是不行了！"

"他妈的，他们当官的坐在屋里说句话，政策就变了，受累的还是我们这些当工人的。""业余华侨"眼珠一转，又有了主意，"金城，事在人为，县官不如现管，咱们组的定额卡得太死，这是谁定的？"

"技术组定的。管咱们组定额的是王廷律。"

"业余华侨"一拍大腿："你看，我猜着就会有这一手。王廷律不就比咱多上了几年学，他懂个屁！打眼画线，剔槽卧键，刮瓦锉方，哪一样他拿得起来！他凭什么给咱制定定额！这定额定得太高了，叫他来干干看。他这是欺负你，因为你是他的情敌，我们算跟你倒霉啦！"

"你小子嘴里说不出人话！"

"我这说的都是大实话。我们跟着你，吃亏吃老鼻子了。你这个组长就是跟组员能耐大，一沾上跟别人就尿了。我问你，队里发电视机、缝纫机、自行车的票证，我们组轮上过几回？发电影票你哪一次拿回来好票？你当头的不能给小组抢好处，算个什么屌头！有难干的活，倒霉的事，别人完不成的定额，都给你干，拿你当大头。你就由着人家耍。""业余华侨"摸准了金城的性子：他火了你就软，他软了你就硬。这一番话又使金城来了个大憋气。他正要发作，下班的铃声响了。"业余华侨"把工具一扔："到点啦，管它定额不定额，反正不能不让老子吃饭！"

"对，吃饭啦。"工人们都放下手里的活计，伸伸腰，准备散伙。

金城一看定额还差一块没完成，心里着急。实行定额的头一天就完不成，以后怎么办？这都是刚才假华侨挑逗大家，打了半天嘴仗的缘故。要不然，上午的定额吃饭前肯定可以完成。刚才"业余华侨"那几句话又勾起了他的火气。一看大伙不等他下令就想收工，火气更大了，拦住大伙，硬邦邦地说："谁也不许走，今天不干完活不吃饭！"

"你连饭都不让人吃！"

"凑合点吧，干完了再吃。"

"这个月的奖金我不要了还不行吗？"

"你不要可以，但是别人还要呐！告诉你，我没写入党申请书，也不想再当这个小组长。谁给我出难题，我也不客气！"大家一看金城红着眼珠子，真是要拼命的样子，便都转身拾起了工具，继续干起来。没有人再说话了，可是大家心里都不痛快，干活的效率也不高。时间却过得特别快，半小时以后食堂就没有好菜了。好几个人，一边干活，眼睛一边瞄着通向食堂的大道。渐渐地只有从食堂里出来的人，进去的人少了。他们心里叫苦，今天这顿午饭算吃不好了。小伙子们肚子里的火气越憋越大。突然，"业余华侨"看见凤兆丽和王廷律从食堂里端着饭盒走出来，边吃边朝他们走来。心想：这可是冤家路窄，今天要在这小子身上出出气。就挑逗地说："哎，快看这一对，真他妈的形影不离了。上班在一块，下班在一块，跳舞在一块，连吃饭也分不开了。"

有人热烈地响应："嘿，他把定额定得这么高，我们连饭都吃不上，他却吃饱喝足了往咱们这儿找乐儿来了！"

凤兆丽老远就喊："金城，你们怎么还干，连饭都不吃了？"

金城怒气冲冲，不搭理她，连头也不抬。

"业余华侨"怪腔怪调搭了话："吃饭？连吃屁都赶不上热的！"

王廷律老实巴交，看不出眉眼高低，也关切地插上一句："金师傅，这是怎么回事，为什么不吃饭？出了什么问题？"

"业余华侨"抢着回答："王技术员，你看这儿出了什么问题？你琢磨完人，装得倒挺像！也就是我们组长老实，要是换一个别人行吗？"

王廷律仍然看不清阵势，追问："你这是什么意思？"

"你是真不知道，还是装不知道？你的定额是怎么定的？"

"定额？"

"鼻眼插葱——装象。你要想不叫我们拿奖，不想叫我们好受，要折腾折腾我们，就痛痛快快地直说，别来这套蔫坏损。你爸爸在省里定政策，你在下边搞定额，你们爷俩一使劲，我们在下边就活不成啦！"

王廷律最厌烦别人老把他和父亲连在一起，脸也红了，腔调也变了："你把话说明白，不要东拉西扯！"

"你的定额不合理，我们不吃饭也完不成！"

王廷律到底是老实人，一听说定额过高，立刻心里感到不安。他放下饭盒："来，我帮你们一块干。你们认为定额不切合实际，提出来可以考虑修改。"

他这种态度，使"业余华侨"那几个想找事惹气的家伙反而没有气了。"业余华侨"回头对金城说："你看看，人家技术员还是通情达理的，关键就是你这个组长。你领定额的时候不说话，给多少要多少。"

这一来金城肚里的气更大了。他认为王廷律两头买好。他从口袋里掏出工票，朝王廷律跟前一摔："那好，你承认定额不符合实际，现在就改过来！"

凡是老实人一定都有他的恓脾气。王廷律捡起了工票，认真看了看，然后又检查了钳工班一上午的工作量，郑重其事地说："我一个人没有权力说改就改。制定这定额是有根据的，不是瞎定的。再说事先不是都请你们班组长讨论过吗？你们认为能够完得成才发下来的。哪能一天的定额刚干了半天就修改呢？"

"刚才不是你说定额不符合实际，可以修改吗？"金城的两只眼睛逼上来，"反正都是你的理，天下的好都叫你落了！"

"业余华侨"用劝慰的口气挑逗说："金城，算啦。人家事先征求过你的意见，你不提，现在后悔也晚了。咱们吃亏认倒霉算啦，胳膊断了往袄袖里褪。"

"话不能这样说，要是定额确实不合理，当然要改。问题是今天的定额不算高。"

"我们到现在还没吃饭，你眼总不瞎吧？"金城一搭上腔，和王廷律接上火，那几个坏小子都退到一边装好人，净等着看热闹。

"那你们一上午都干什么去了？进度并不快。"

"一上午我们也没闲着，不像你那么清闲，跟着姑娘到处窜。"

"请你说话干净点，我在工作时间跟着哪个姑娘窜啦？你用没闲着来要求自己，标准也太低了。没闲着并不能说明定额高。新的管理办法要求生产讲究科学、纪律、效率。"

"你少跟我来这一套，留着它谈情说爱时用吧！"

"现在就是要讲这一套。"王廷律的恓劲上来了，"金城同志，你在团委开会的时候多次发牢骚，对国家发展缓慢，对领导不力，对公司管理混乱提了许多意见。现在公司刚要抓一抓，按经济规律管理企业，你又受不了，大嚷大叫。国家不管，你不满意；国家要管，你也不满意，你说该怎么办？原来你们只想过外国人的生活，并不想像外国人那样工作。"

　　金城总觉得王廷律在心里是怵他的。在他的跟前，王廷律是说不出三句整话的。没想到王廷律被激怒以后，一条条一套套，话里不带脏字，可是很有力量。金城找不到合适的反驳理由，在组员和凤兆丽跟前感到栽了筋斗。他恼羞成怒，破口骂了起来："你小子别在我跟前卖狗皮膏药，我不是娘们，不稀罕你这一套。什么四化呀，管理呀，全是假的，还不是替你爸爸吹喇叭。你爸爸要不是省委书记，你比谁都反动！"

　　"你，你……"王廷律气得浑身打战，"你怎么骂人！"

　　"骂你了，你想怎么样！"金城说着凑过去。工人们一看事情要闹大都慌了。金城眼珠子都红了，要动手。王廷律也被气疯了，同样怒气冲冲地迎过去。

　　凤兆丽飞快地插在了他们两个中间，怒视着金城："金城同志，你想干什么？"

　　"滚开！你管不着！"金城已控制不住自己。

　　"金城！"凤兆丽两眼冒火，站着不动。

　　金城一只手搭在她的肩上，想把她推开。凤兆丽一使劲推开了他的手。金城脸一红，恶狠狠地说："怎么，你怕他吃亏，心疼了？想拉偏手？他不就是个省委书记的儿子吗，你就值得这样偏袒！他要是中央书记的儿子，你又怎么样呢？"

　　"你……下流！"凤兆丽嘴角打战，气得说不出话来。

　　王廷律感到团委书记因为他才受了这样的污辱，推开凤兆丽，也嚷起来："金城，你说这话不觉得可耻吗？"

　　金城又气又急，又羞又恼。事情已逼到这儿，没有退路了，他抡起拳头朝王廷律打去。凤兆丽冲上一步，举起手里的饭盆一挡，"喧！"饭盆被打飞，砸在凤兆丽的头上。有两个小伙子冲上去抱住金城。金城叫喊着，还要冲过去打王廷律。凤兆丽火了，突然叫道："你们松手，放开他，叫他打！"

　　这一声真把金城镇住了。他举起来的拳头，停在了空中。

　　"你今天可露脸了，真有本事，真是个英雄好汉！"凤兆丽那挑战的、讥讽的、蔑视的目光刺得金城无地自容。

　　金城心里醒过来了，觉得自己刚才干了一件混蛋的事，这股邪火是哪儿来的呢？但是他不能马上服软认输，傻呆呆地愣了一会儿，气呼呼地转身就走。

　　"站住！"凤兆丽像下命令一样，用不容抗拒的口吻喊了一声。金城果然站住了，但没有回头。

凤兆丽扫了一眼大伙，说："今天这场不大不小的事件，除去定额问题，还有别的原因。我知道你们背后喜欢议论男女之间的事，尤其喜欢造一个姑娘的谣。刚才，金城同志当众侮辱了王廷律同志，也侮辱了我，我得当众把话挑明。我和王廷律像和金城一样，都是同志关系，工作关系，没有发展一点私人友谊。到目前为止，我还不曾爱上咱们公司的任何一个人，包括王廷律同志。且不说王廷律同志有没有爱人，对他的情况我一概不知，也不想打听。但是，如果你们硬要给我们造谣，说我是势利眼，追求省委书记的儿子，我也不在乎，而且要追个样子给你们看看。当然王廷律同志同意不同意那是另一回事，他有他的自由。希望你们不要把我逼急了，我们都是同志关系，应该好好相处。现在，你们去吃饭，我去跟食堂讲，给你们重新炒点菜。"

"业余华侨"和那几个坏小子吐吐舌头挤挤眼，拿起饭盒，故意亲热地招呼金城："金城，走吧，去吃饭。"他们把事情挑起来了，却又装得好像什么事情也没有发生一样。

"金城，"凤兆丽在后边又叫了一声，"今天下班后到团委开生活会，讨论你今天的问题！"

"我不去！"金城赌着一口气，只好继续硬充好汉。

"不去可以，你先声明退团！"凤兆丽说完扭头先走了。

十

大厂厂长以上领导干部会议已近尾声，就等明天车篷宽给会议做总结了。全省几年来，甚至几十年来形成的各种矛盾，各种复杂的人事关系和社会关系，在这个会上全暴露了出来，明朗化、尖锐化了，这两天甚至达到了白热化的程度。因为政策一变，人事就要变；人事一变，权力也要发生变化。各种势力全盯住了车篷宽，看他怎么做结论。

比这个会早开始几天的全省政工会，硬是叫车篷宽这个会给搅散了。省委各部、委和区、县、局负责政工的领导干部们在自己的会议室里坐不住了，都跑到"竞争会"上去旁听。这样一来，主持省政工会议的省委第一书记潘景川，觉得很尴尬。

　　潘景川和车篷宽共事几十年，他深知车篷宽为人正派，不会整人，是搞技术的，而不是搞政治的。但他认为，车篷宽表面上很谦虚，实际上瞧不起他，心里是很傲慢的。许多事情不跟他商量，不通过常委会，自作主张。不管他多清高，多正派，他也是个人，他也是吃五谷杂粮长大的，他也有人的共同的弱点。他看到自己过去的助手当了第一书记，自己还是个书记，心里能不嫉妒？自己的助手成了中央委员，而自己还是候补中央委员，心里能不生气？老实厚道的潘景川，刚当上第一书记的时候，心里感到不安和惭愧，还像尊重上级一样尊重车篷宽，觉得省里的工作，也的确离不了车篷宽。但是现在，他却再也不能容忍车篷宽老是压住自己一头了。他不能忍受自己老是当个名义上的第一书记，而车篷宽不论是群众威望，还是在全省工作的决策方面，都是实际上的第一把手。他必须改变这种局面！权位——这是一种能改变人的灵魂的酒浆，喝得越多，瘾头越大。即使是老实人，也会受到权力的腐蚀。但是潘景川并没有把政工干部们的心思都估摸透。他们关心"竞争会"，想听车篷宽做结论，有各种各样的动机。有的想听听车书记经济改革的主张，有的担心大权旁落，实权将被具有专业知识的干部掌握，也有一部分人是想去找毛病的。

　　车篷宽自己统辖的全省工业这一块，对这个会议的看法也不一致。冶金、轻工、纺织、仪表、商业等系统的业务领导干部，给车篷宽叫好！会议刚开到一半，他们就按捺不住，立刻通知自己的单位，组织供销经营班子，举办产品展销会，印样本，登广告，原来的一盘死棋开始活了。有的单位只几天的工夫，就由任务吃不饱变成吃不了。

　　但是机械局、化工局的日子却很不好过。他们的领导几乎用吵架的嗓门，在讨论会上咒骂这个会议。特别是机械局下属的一些单位，搞大爷买卖，产品价格高，质量差，还不能执行合同、保证按时交货，只靠行政命令维持着局面。现在一开展竞争，企业的自主权扩大了，订户纷纷到机械局要求退掉合同。哪个单位物美价廉，就到哪个单位去定货。机械局任务本来就不足，再退掉一批合同，日子怎么混？有的企业就得关门。机械局局长孙长恕，本来是在家里歇病假，听到副局长王剑秋的汇报，在家里待不住了，跑到宾馆来找车篷宽，两人谈了一上午没解决问题。孙长恕又去找潘景川，向第一书记又是诉苦又是告状，还发了一通脾气！

　　更不用说有的干部凭着多年搞政治斗争养成的敏感，从考虑个人的权力地位这个角度出发，对会议采取的敌视态度了。特别是那些虽然多年占着业务领导的位子，但从五十年代以来就一直领导运动而不领导业务，只懂运动而不懂业务的干部，思想就更复杂。他们惶惶然不可终日，内心里十分忧虑自己未来的命运。

这个会牵动了许多人的神经，上至省委第一书记，下至工厂的厂长。这些被触动的神经线，织成了一张无形的大网，不知什么时候，就会朝车篷宽罩下来。

当初，车篷宽正是考虑了这种种复杂的因素，才没有拿到常委会上去讨论，只是跟老潘打了一个招呼，就决定召开这样一个会。他为这个会已经做了八个月的调查研究。他研究了外国十几个大中小各种企业的管理办法，研究了许多不同社会制度的国家的经济体制。但他对这个会议将给他自己带来什么政治后果，却没有充足的思想准备。

他主持的这个会议，他在这个会议上制定的一些新的管理办法，将给他这个省的工业建设打开新的局面，给经济带来新的动力，注入新的血液。

也正是这个会议，使他在和一部分人的关系上留下了新的裂痕；从这些裂痕里流出的血，得由他自己吞下去。

明天的闭幕式很可能闭不了幕。他要给大会做结论也是一件相当困难的事。很多人都认为车篷宽已经骑虎难下。连车篷宽的"铁杆保皇派"曾淮和刘亚也非常焦急。他们两个经过商量，决定一块去找车篷宽，劝他尽量把关系缓和些，不要使矛盾激化，把事情搞僵。会议已经取得了相当可观的成果，在有些方面可以作些适当的让步。

两个人来到了车篷宽的房间，老头正在写什么东西。一见他们进来，放下笔，抬起头说："老曾同志，请坐。你们有什么事吗？"他对任何人，一向都是十分客气。他神色镇定，看不出有异常的变化。

曾淮控制住自己，故意平平淡淡地说："没什么大事，有几个情况想向您汇报一下。"

"嗯，好。"车篷宽又转向自己的秘书，"刘亚同志有事吗？"

刘亚不好说是两个人商量好了一块来劝解，对一个秘书来讲那是不合适的。他只好临时编了一个借口，说："明天您就要给会议做总结了，要不要我给您誊清一下讲稿？"

"不用了。"

车篷宽说得很随便，关心他的秘书心里却很着急。刘亚扫一眼曾淮，也只好自己先退出去了。

车篷宽笑着说："老曾同志，你讲吧。"

曾淮说："机械局压力很大，有些单位撤销合同，要把产品拿到外省市去加工。机械局领导很希望省里下道命令，本省的产品一律不许拿到外省去加工，保护本省的利益。"

"这个令不应该下。他的产品质量次、价格高，人家不想跟他打交道，硬要用行政命令的办法逼人家，这不叫保护本省利益，是保护落后。"车篷宽用手指敲着写字台，又加重了语气，"我不管，他垮了台我也不管。人家要退合同，他就应该提高产品质量，改善经营和服务态度。他不在产品上下工夫，却乞求于行政命令，真是本末倒置！企业家的上帝就是市场，用户是生产单位的帝王。可是咱们机械局，把自己当成老爷，把用户当成孙子，这能搞好经营？"

"从全省角度看，这样干我们不是吃亏了？"

"吃点亏就能逼我们的工厂搞上去，提高我们企业的竞争力。如果我们的企业搞得好，物美价廉，服务质量好，外省市也会找我们定货。我们开展市场调节，就是逼着工厂往前赶！"

"可是……"曾淮犹豫了一下，"有些企业吃了亏，自己不想改进工作，却怪罪我们的新经济政策，这怎么办？"

车篷宽突然抬起眼睛，盯住了曾淮："是啊，你说到根本上来啦。目前重要的问题，就是干部水平跟不上时代的需要。我们需要一大批这样的干部：他们真正懂得经济规律，懂得我们的历史经验，善于用人，又有广泛的知识，了解国内外市场，通晓世界各国情况，能独立判断经济发展的趋向。可惜，这样的干部太少了！我们倒是有一批脑子里一大二空的干部，一看二等三慢的干部。他们像盒子枪一样装着几个保险，只要保着自己不丢掉乌纱帽，就心满意足了。"

谈到干部问题，可能触疼了车篷宽的神经，他的手指敲得写字台桌面"咚咚"作响，反映出他内心的焦急。曾淮曾看见车书记不得不亲自给局长、经理们用通俗语言讲解经济管理上一些最基本的常识。他们明明不称职，可是你要不让他们占个职位，他们就会吵破天。曾淮突然意识到，自己是来解劝省委书记的，而不是给他火上浇油的。他冷静下来，观察着省委书记的神色，换了一副口吻说："车书记，对干部问题您也不能太着急，慢慢来吧。几个人改变不了社会，社会却能改变人。"

"我不敢同意你的观点。我们的责任就是要改变社会。我们的社会所以是这个状态，也和我们的干部制度有关。干部从上到下都是上级任免制，群众很少有权选举和罢免，没有正常的新陈代谢。就连工资报酬也和干部的工作成果没有多大关系。这就使有主动进取精神的干部，发挥不了作用；而更多的人是考虑怎样保持自己的职位，如何利用它追求更多的特权，决不愿冒风险去搞各种改革。他们要维持现状，吃现成饭，于是经济改革就不可避免地会遇到严重阻力。在这个会议上，我们对这一点了解得更深了。"车篷宽和曾淮谈起心来，而且两个人越谈越深。车篷宽有个特点，很喜欢和有头脑的下级干部谈心，交换思想。通过这种交谈，他能够了解很多情况。

曾淮毕竟不是车篷宽的对手，谈着谈着，彻底缴了械，心里有什么说什么，知道什么讲什么，完全忘记自己来劝解的职责了。其实也用不着他再做什么劝解了，省委书记对自己的处境了解得很透彻，完全用不着别人来提醒。

车篷宽谈着谈着转了话题，用一种异样的目光盯住曾淮："老曾同志，你对机械局的情况摸得比较透了吧？"

"不能说摸透了，只能说掌握了一些表面的情况。"

"还记得你在汽车里跟我说过的一句话吗：有时候人一换，改革就能进行。我认为这句话有道理。"车篷宽温和地笑了。

曾淮突然感到省委书记的神色不对头，似乎有什么事情要发生。

车篷宽又说下去："曾淮同志，我已经和景川同志打过招呼，想调你到机械局去。当然我们也留点余地，你去了先当副局长，在没有派去局长之前，你负责全面的行政工作……"

不等车篷宽说完，曾淮已经跳起来了："不，不行。车书记，这步棋不能走。我干得了干不了暂且不说，这样一动，会引起一系列复杂的人事纠纷。"

车篷宽还是那么温和地笑着："不会的，你去了以后就由你主持工作，没有什么复杂的。孙长恕同志和王剑秋同志决定退休，我已经同意了，很快就办手续，不会妨碍你。因此要求你赶快接工作，这个会一结束你必须去上任。"

"退休？"曾淮十分惊讶，他在下边一点风声没有听到。孙长恕前天在讨论会上还大发脾气，喊着要到中央去告状，怎么会退休呢？他急切地说："车书记，这步棋您走错了，您怎么能自己拉响导火索，让反对您的势力爆炸呢？"

"这个导火索迟早要拉，这股势力早爆炸比晚爆炸好。从我的好朋友、我的爱人身上开刀，总比从别人身上开刀要顺利些。"

"这样可就使您腹背受敌了，有人要幸灾乐祸。而且不应该先捅孙长恕，这个人依仗自己资格老，是个很不好对付的马蜂窝。"

"不搬走他，你去了以后就无法工作。退休也的确是从他们自己嘴里说出来的，我相信这样对他们个人、对国家都有好处。他们只要别再占着位子挡道，我宁愿再给他们提一级，保留他们应该享受的一切物质利益。"

"难道潘书记会同意您这个决定？"

"没置可否，但也没有反对。特别是对你没有提反对意见，对老孙的退休有些顾虑。"

曾淮不再说话。他心里明白了，车篷宽已经下了破釜沉舟的决心。看来老头后边还留着一手，那就是为他自己万一失败后准备的后路。曾淮一时还想不透，车篷宽这样干究竟是利多，还是弊多。他更不知道自己该怎么办。

车篷宽见他不说话，又问："怎么样？曾淮同志，没有什么好犹豫的。上吧，我们面前没有别的路。你到机械局以后把工作搞上去，我们的日子就好过；你去打了败仗，我们一起受罚！"

曾淮缓慢地说："车书记，您下了这样的决心，我要是还有一点党性，还有一点中国人的责任感，就不能推辞。但我犹豫的，是您这样早就拿出破釜沉舟的劲头，值得不值得？改革才刚刚开始，斗争还在后头，您过早地把自己搞得精疲力尽，甚至是焦头烂额，往后怎么办？"

"你还看不出这阵势？我要是稍微犹豫一下，就全完了。只有拿出勇往直前的劲头，叫他们一看车篷宽要拼老命了，也许才能打开局面。我不咬紧牙顶住，我们那些有作为的干部在下面就更难工作了。"

"我对您这着棋，保留自己的意见。如果不是您已经和潘书记讲过了，我一定劝您收回命令。今天我要跟您讲实话。我所以一定要坚持给您当司机，是经过反复掂量，权衡得失，最后才下了死决心！我和刘亚应该全力协助您，当您的左臂右膀。我的观点是，国家近十年，还得靠您这样的老同志来领导。像我们这一辈人十几年内还轮不上掌实权，更谈不上决策国家的方针大计。我与其在调研室当个无足轻重的说客，还不如借开车的便利条件，随时可以向省委书记进言。如果讲十条意见被您采纳一条，也是一种贡献。万一有个风吹草动，还可以保护您，至少保证您的身边不会出奸细。历次运动，我们的领导人都吃过身边人的亏。我们省现在必须保重点，试想，如果您出点什么事，不在省委书记的位子上了，咱们省一切改革的努力和已经取得的成果，岂不全得付诸东流？"

曾淮这一席真诚的话感动了车篷宽。他站起来在屋子里走了几步，又坐下来对着曾淮说："谢谢你们对我的这番好意。不过你们的看法却未必妥当，怎么能把赌注全押在我们老头子身上？希望在中青年身上。试想，如果有一批能干的、富有才识和经验的、四十岁左右的干部，站在全省各个重要的领导岗位上，我这个管工业的书记会这么狼狈吗？曾淮同志，你准备一下吧，明天会议一结束，我就陪你到机械局去上任。"

"好吧，我去试一试。我去了以后，摸摸情况，先拿出个方案再请示您。"曾淮总算认真地答应下来了，"不过，您也得给我一个实底，您是不是也准备了退路？如果您一撤走，我可就不好办了。"

"放心吧，我没有退路，也不会撤走。"车篷宽主动伸出手，曾淮使劲握了握。书记的手细长柔软，像个女人的手。

可是，曾淮握过这只手以后，立刻把一副担子，一种很重的责任，接了过去。他的心已经飞到机械局去了。

十一

车篷宽表面上沉稳冷静，内心里却并不平静，甚至相当紧张。任何人都不能超脱时代的局限。更何况地位越高，了解的情况越多，顾虑就越重，胆子就越小。在中国，政治很强，经济很弱，头重脚轻根底浅，任何一个和政治无关的领域里的矛盾和斗争，发展到一定程度，总要被政治抓过去，为它所利用，一变而成为政治上的斗争。这是一种政治泛滥的现象，像瘟疫一样毒害了人们的灵魂，不是三年五载能医治好的。

吃过晚饭，车篷宽在宾馆的院子里溜达，心里还想着明天的总结大会，信步来到宾馆的大门口。他看见宾馆对面的"工人俱乐部"门前贴了一张花花绿绿的海报。他走到近前一看，是舞会的海报，每张票售价两元。他十分惊异，过去举办舞会都是发票，有时还要发请帖，现在怎么卖起票来了，而且票价还这么贵。他走到俱乐部门口，把门的是个流里流气的小伙子，斜叼着烟卷，伸手拦住了他："老大爷，你也想进去跳跳？"

车篷宽心里想，叫这样的人把门多煞风景，岂不影响人家来跳舞的兴致。他扭头正想回宾馆，看见来了几个不三不四的小青年，不买票就想往里进。把门的小伙子眼一瞪，伸出胳膊一挡，嘴里不干不净地骂上了。荤的素的全有，软的硬的全会，连损带挖苦一顿臭骂，把那几个小青年赶走了。车篷宽明白了，现在给舞场把门，还非得找这种神头鬼面的人物不可。他看到门口清静了，就又凑过去。守门的小伙子看他一眼，又搭腔了："别犹豫了，快点买票进去吧，里边早就开始了。"

车篷宽笑了："像我这种年纪，还能进舞场？"

"怎么着？越是这种年纪越得赶紧跳，跳一回少一回啦！"

"啊？跳一回少一回？"车篷宽摇摇头，他没有料到小伙子竟说出这么一句话。

小伙子还以为老头子没听明白，又解释了一句："像你这岁数还能玩几年？还不趁着腿脚利索多玩几回？"

"票价太贵，一张舞票怎么定这么高的价钱？这是哪儿规定的？"

"嘿嘿，这叫一举两得！"小伙子得意地用手指点着自己的鼻子尖，说，"我们俱乐部自己就可以规定。"

"怎么个一举两得？"

"第一，真正想跳舞的人，你就是十块钱一张票，他也买。那些没有钱又想到舞场上去捣蛋的小流氓，就叫这两块钱给卡住了。"

车篷宽不相信："真正的流氓就花不起这两块钱？"

小伙子显然是舞场上的行家，很有把握地说："真正的流氓进去也不怕。任何流氓在舞场上也不敢搞流氓活动。跳舞是个文明的玩艺，别看男女脸对着脸，你看着我我看着你，谁敢搞太下流的小动作？流氓也不敢在这种场合栽跟头，你说是吧？"

"你不是说一举两得吗，那第二呢？"

"唉，这还不懂，第二就是赚钱。按经济规律办事，举办这一次舞会，俱乐部全体职工一个月的奖金就不发愁了。"

"这也叫按经济规律办事？"车篷宽哭笑不得。他突然下了决心，买了一张票进去了："我倒要看看你们这个经济规律！"

小伙子在后边冲他挤挤眼，嘲讽地小声骂了一句："老桃毛！"

车篷宽没有听见。他寻着音乐声找到了舞场，轻轻地推开门走进去。跳舞的人的确很多，但舞场布置得不够文雅，红绿色彩用得太多，显得粗俗。乐队更不讲究，大概是哪个工厂的业余演出队，乐手们一边奏着乐，一边挤眉弄眼，摇头晃脑，做出种种俗不可耐的动作。看来他们的确是为了赚钱！乐曲不少是新的，许多是外国圆舞曲。他仔细观察舞场。现在舞场上的气氛和五十年代的舞场大不一样了。舞姿千奇百怪，有许多新花样，摇摆的，旋转的，扭捏作态的，好像谁会跳什么就可以跳什么。场上除去青年人，还有相当一部分中年人。有一个衣着奇特、相貌惊人、舞姿也很新颖的姑娘，格外招人眼目。但是像他这种六十来岁的老头却很少见。人家进舞场都是为了跳舞，只有他一个人是站在旁边看。车篷宽感到不自在。他在门口怔怔地站了好半天，引得舞场上的男男女女都用奇怪的目光打量他。车篷宽站在门口进退两难，十分尴尬。他想起安装公司的团委书记找到市委给他提意见，其中有一条就是叫他不要禁止舞会。他拿定主意，已经进来了，就索兴看看现在的舞场上到底是个什么样子。但总不能老是这样显鼻子显眼地在大门口站着。又一支乐曲开始了，他想找个不太惹人注意的角落坐下来。

这时候，舞场上那位最出众、最受人注意的姑娘，谢绝了好几个邀请她下场的男同志，却走到车篷宽的跟前，大大方方地说："同志，您肯赏脸陪我跳一会儿吗？"

车篷宽很狼狈，拒绝吧，不礼貌；下场吧，又实在不好意思。他喃喃地说："哎呀，你们跳的这种摇摆式的舞我不会呀！"

姑娘已经把手伸出来："那就按您会的舞步跳。"

车篷宽只好扶住了姑娘的腰身："我有近三十年没跳舞了，腿脚不利索，万一踩了你的脚，请多原谅。"

"没关系，我的脚结实，踩个一下两下没感觉。"说着话两个人就随着音乐移动了脚步。

一个这么漂亮的姑娘，主动邀请一个老头子跳舞，这件事引起了舞场上许多人的好奇。连乐手们也都把眼光转向这一老一少。这是一对奇怪的舞伴。老头穿一身普通的毛料中山服，他不像老工人，可也决不像是老干部，因为老干部们想跳舞可以到交际处俱乐部去。那里举办的舞会更高级，更讲究，而且小卖部里还供应高级烟和茶点之类的东西。那个姑娘邀请他时，明明是喊他同志嘛，这就说明她并不认识他。老头舞步生疏，但显然以前是跳过舞的。有点儿绅士派头，动作大方。转了一圈，他已和年轻的舞伴配合得相当默契，身姿和脚底下富有韵律感。看样子他还想跳得更潇洒点，更美一点，但是已经力不从心了。

奇怪的是那个姑娘。她不仅长得很美，打扮也极其讲究。她的发式很时髦，又很端庄，并不给人有妖冶轻浮的感觉。天气还有点凉，可她却穿了一身淡青色的纯毛西装。脚上是一双雪白的高跟皮鞋。身上有一股并不强烈、但又的确能沁人心脾的香气。这身装束再配上她那匀称的身材，晶亮的秀眼，的确够帅气了。她几乎吸引了舞场上一多半人的目光。但姑娘并不感到拘束，她的神色和谈吐大方、自然、庄重，这倒和她的服装正协调。很多青年工人都想邀她跳，她不傲气，文静地笑笑，来者不拒。她经常在舞会上出现，可是谁也不知道她叫什么名字，在哪儿工作。舞会一散，人们立刻就看不到她了。

他们跳得很和谐，不知不觉跳到外圈人少的地方。

跳了一会儿，好奇的人们也不那么注意他们了。姑娘望着车篷宽的眼睛，说："车书记，我真没想到您也会来跳舞。"

"嗯？"车篷宽被人认出了自己的身份，感到不自在。他问："你怎么认识我？"

姑娘笑笑没有回答，却提出了另一个叫车篷宽没有想到的问题："我明天也要去听您做报告。看来您一切都准备好了，今天晚上出来散散心。"

车篷宽不胜惊讶。他猜测这个姑娘一定是省委哪位干部的孩子。全怪自己荒唐，胡里胡涂地钻进舞场，被她认出来，将来传到省委机关还不知又被歪曲成什么样子？他无心再跳下去了，勉强跟姑娘跳完了这一场，等到乐曲一停，对姑娘说了声："谢谢！"就离开了她。为了不惹人注意，他没有马上离开舞场，走到旁边的休息厅里休息。

姑娘却不放松他，从后边跟过去："您刚跳了一会儿就想走吗？"

"我上年纪了，感到累了，吃不消。"车篷宽推脱着。

姑娘的眼睛很机灵地一闪。她显然不相信他的话："您跳得很好，可我看出来了，您不是为跳舞而来的。您曾经说对八十年代初舞会上的情况没有做过调查，用行政命令的办法禁止跳舞是愚蠢的。您今天是想亲自到舞场上来看看。您对现代舞场的印象怎么样？您还想禁止吗？"

"看样子你是舞场上的老手啦？"

"也算是个老手吧。"姑娘并不掩饰自己对跳舞的兴趣。

"那你怎么看待舞会的呢？"

"我喜欢到舞会上来，两个星期至少要来一次。我到这儿来，是为了精神上放松一下。人不能老是搞得那么紧张。我喜欢打扮得漂漂亮亮，到这里来听听音乐，消遣一下。在舞场上，没有各种复杂的人事纠葛、权力角逐和利害冲突。在这里可以把一切讨厌的政治呀，斗争呀，全都忘掉。总之，我想来轻松一下。"

奇特的姑娘，奇特的想法。但车篷宽相信她的话是真诚的。他问她："姑娘，你到底是干什么工作的？"

姑娘固执地说："在舞场上，任何人问我是干什么的，叫什么名字，我一律拒绝回答。跳舞就是跳舞，管他是干什么的，叫什么名字，什么出身，什么成份，工资多少，只要他是个人就行，有吸引力就行，或者没有吸引力但并不讨厌，也行。你要一讲是干什么的，就得想起社会，想起种种酸甜苦辣，还有什么心思跳舞？"

"你是个有阅历、经历过坎坷道路的姑娘，这一点可以肯定。"

"我们这一代人，把别人活一百年才能经验过的东西，只用十年的时间就体验过了……"姑娘突然意识到什么，止住了话头。她从椅子上站起来，掉转了话题："不谈这些东西。特别是在舞场上谈这些玩艺更不适宜。"她走到柜台前买了一包"大前门"香烟，抽出一支递给车篷宽："请您吸烟。"

车篷宽没接："你还会吸烟吗？"

"会吸，但没有瘾，平时不吸。"姑娘说这话，一点没有不好意思的感觉。

"那什么时候才吸呢？"

"和您差不多，在感情冲动的时候，大怒或大快，或者想刺激自己一下的时候，就想吸。"她狡黠地笑笑，又把烟递了过去，"我知道您是被动戒烟派，请吸一支吧，王副局长不会看到的。"

车篷宽越发感到惊异。这个姑娘不仅老练异常，而且对他的情况也知道得很清楚。他又认真打量了姑娘一眼，好像有点眼熟，以前也许见过面，却无论如何想不起来她是谁。平时车篷宽还是很相信自己的记忆力的，今天他的记忆力却开了他的玩笑。他只好接过烟，点着火吸起来。姑娘自己并没有吸烟，冲着车篷宽微微一笑，没打招呼，转身就走了。

车篷宽吸完了一支烟，还不见姑娘回来。他估计姑娘又下场跳舞了，就起身走出了舞厅。在舞厅大门口外面，站着一个身穿蓝色衣裤、穿戴十分朴素的姑娘，似乎是在等什么人。等车篷宽走近了，她回过头来喊了一声："车书记。"

车篷宽借着门口的灯光仔细一看，才认出这就是和他跳舞的那个姑娘："是你？"车篷宽大为惊奇，姑娘完全换了一个人，不仅衣服换了，连发型都改过来了。

姑娘这一换装，车篷宽也突然想起来了："啊，我们见过。你是曾淮同志的亲戚。"

"他是我舅舅，我叫凤兆丽，在安装公司团委工作。现在什么都可以告诉您了。"凤兆丽说完，不觉笑起来。

"凤兆丽同志，你简直是在变魔术。"车篷宽认真打量眼前这个奇怪的团委书记。

"我每次来参加舞会都是这样。进舞厅之前换上'晚礼服'，舞会一散场，就又换上这一身'朝服'。"凤兆丽口气一转，用迫切的眼光望着车篷宽说，"车书记，我很想跟您谈一谈，有些问题要向您请教一下。不知今天晚上，您能不能给我一点时间？"

"好，好吧。宾馆离这儿很近，就到会客室去吧。"

凤兆丽摸摸口袋里的那包"大前门"香烟，暗自笑了。今天晚上不管老头谈得多么动感情，有这包香烟就不怕了，可以一根接一根地给他递上去。一定让他敞开谈，想办法触摸到这个高级干部的内心世界。她高高兴兴地跟在车篷宽的后面，进了宾馆的大门。

十二

宾馆的大会议室里坐满了人，还在过道上加了许多椅子。外面的人仍在陆陆续续地往里进。哪来这么多人？

每逢重要的报告，省城的企业和机关都沾点光。他们派来开会的代表都给家里捎了信，听到风声的人都来了。干部们喜欢听车篷宽做报告，何况今天这个报告不一般。省里报社、电台的记者也都闻讯赶来，坐满了前排的位子。

天气也格外好。会议室外面一行行整齐的白杨树已经泛绿。太阳光像金色的细流，穿过树枝洒在大厅的地板上。也可能是由于听会的人太多，坐在大厅里感到闷热，有人打开了玻璃窗。

开会的时间到了。省经委和计委的负责人，陪着车篷宽走进了大厅。省委书记扫了一眼会场，感到情况不对，心里不免一阵恼怒。他穿过大厅时看到许多陌生人，人太多太杂，有些话就不好讲了。他本来想对这些参加会的领导干部们讲得深一点。现在只好随机应变，临时改动措词，甚至改变内容了。真是岂有此理，什么都是缺乏组织性，但他克制住了自己的情绪。

到会的人不管认识的还是不认识的，都扭头看着这位省委书记。车篷宽还是穿着那身深灰色的中山服，肩上披了一件半旧的棉袄。他身材本来就不高，再加上脊背稍微有点驼，就显得更瘦小了。他的气色也不太好，面皮微微发黄。他走进大厅，给大家第一个感觉是身体消瘦，一副病容。

主持会议的经委主任坐着宣布大会开始。他简单地讲了几句调整工作会议的概况，然后就做了个手势，请省委车书记做报告。

车篷宽站起来，缓慢地说："不是做报告，只谈点个人意见。没有经过省委讨论，有错误的地方请大家批评。"他停顿了一会儿，开场白说过了，似乎是应该坐下照稿宣读了。但他仍然站着说下去："同志们，这次请大家来，共同研究一下我们省工业贯彻调整、改革、整顿、提高八字方针的问题。会议原定开一周，根据大家的要求，又延长了三天。今天是星期日，我占用大家休息的时间来讲点意见，感到很抱歉！"

他这样站着讲，主持会的人感到不安，大家也感到不安。可是他仍然没有要坐下的意思，继续站着往下说："党中央决定，把党的工作重点转到社会主义现代化建设上来之后，经过了近两年的经济恢复工作，我省的工、商、交通等各个系统都取得了一定的成果。现在似乎是到了一个三岔路口，许多同志都提出这样一个问题：今后我们应该怎么办？……"

经委主任插话："请车书记坐着讲。"

坐在前边的几个负责同志也都说："坐下讲吧。"

车篷宽说:"还是站着讲吧,这样可以让大家都能看到我。当然,我这个样子没有什么好看的。但可以提高开会的效率。否则,看不到讲话人的表情,还不如回去听录音,看材料。我这样说后面听得到吗?"

"听得到。"大厅里响起回声。这个会议室不像礼堂,礼堂的地板都有斜坡。这个会议室的地板是平的,前面没有讲台。如果做报告的人坐着讲,坐在后边的人还真是什么也看不见。

车篷宽的声音不高,但是非常清晰,可以使大厅里的每一个角落都能听清。他那略带南方口音的普通话讲得很有感情,有一股抓人的力量。大厅里非常安静。

他端着大本子,首先一段又一段引用了党的三中全会决议里的话,党的某一个文件里的话,国务院某个领导人的讲话。某某在哪个文件里是怎么说的,某某在哪个会议上是怎么说的。他这一套,就像"文化大革命"期间,任何人,任何会议,任何文章开头总要引用一段马、恩、列、斯语录和"最高指示"一样。他念得滚瓜烂熟,富有感情,有的甚至不看本子,完全是背出来的。大段大段引用的这些"上头精神",又都和经济调整、和他要报告的内容有关。

大厅里有了轻轻的、不以为然的笑声,也有了交头接耳说话的声音。这个开头很使大家有点失望。原来车篷宽也就是这两下子。他也怕了。还没有讲到正题,先举起了一个又一个的盾牌,防备挨打。这就是他几天来苦思苦想研究出来对付反对派的策略?其实不过是个书呆子的策略!我们党的文件那么多,会议材料那么多,领导人那么多,讲话那么多,他得翻多少材料,耗费多少精力,才找到这些适用的"上头精神"。不出事便罢,真要出了事,这些"上头精神"就能保护他吗?闹了半天还是个书生!哪一个运动不是按中央文件精神办的,可哪一个运动不冤屈一批人!文件本身有许多就是朝令夕改,自相矛盾,死文件是保不了活人的!

但是了解车篷宽的人,都表现出会心的微笑。等着吧,等他讲完了中央精神,轮到讲"我们省应该怎么办",那时候就有听头了,那就要讲他自己的东西了。

车篷宽是敏感的。他看出了不少人对他的失望情绪。他并不着急,放下手里的大本子,说:"我们国家这么大,如果各部门都各行其是,搞自己的土政策,那就乱套了。必须根据中央统一的号令,制定我们自己的政策。"他顺口又背出了一大段领导人的讲话："现在我们要加速实现四个现代化，不但要普遍采用和发展现代化技术，而且在经济上也要做相应的重大改革。在这个过程中，已开始出现而且将继续出现大量我们所不熟悉的新情况、新问题、新矛盾。我们各级领导同志要自觉地认识这些变革的必要性、复杂性、艰巨性，站在斗争前列，大胆细致地去领导。我们开这个调整工作会议，就是要研究我们省的新情况、新问题、新矛盾，拿出办法，相应地制定我们的新政策……"

接着他对会议作了全面的总结，对会议上制定的政策和取得的成果，作了带着他个人感情色彩的估价。大厅里重新安静下来，这已经开始接触到敏感的问题。全省干部对车篷宽这套改革办法的支持或反对的焦点，今后斗争的焦点，都将是对这次会议的估价。共产党会多，每一个政治事件、政治运动，也无一不是以会议作为开始和结束的，因此，写进党史的也是许多会议，甚至以某个会议标志某个历史阶段的转折点，方针路线，不论其错、对，也是通过会议制定并宣布执行的。车篷宽对这个会议作了充分的肯定。他认为这次会议对全省今后经济的活跃和发展，无疑会起到巨大的促进作用。

改革派们听到这儿，有的拼命做记录，有的抬起了眼睛盯住车篷宽。

大厅的气氛有点紧张了。

其实，车篷宽的讲话，这才刚算开始。他讲到了今后的打算，一二三四五，完全不用看讲稿。因为他讲的这些，就是他天天思虑的东西。这些措施，是他几个月来反复考虑制定的行动方案。这一切都装在他的脑子里，不论观点还是材料。更何况他又做过一番准备，他亲手写过的东西，是不会轻易忘掉的。

他的话渐渐急切起来，有时还情不自禁地用手指敲几下桌子。刚才他背诵中央领导同志讲话时那种冷静的神情不见了，显露出他那不甘心等待的迫切心情，他想立刻行动。话语像一股激流，急泻直下："……把话说得再明确一点，树立竞争观念，掌握市场，加强经营。现在外国人在国际市场、国内市场和我们竞争，许多外国资本家把买卖做到了我们家门口，我们要不要和他们竞争呢？当然要竞争，不竞争就完蛋！多少年来，我们习惯搞官办企业，吃大锅饭，躺在国家身上，赔赚国家包干，反正你得给我发工资。积以岁月，已把经济逼上了绝路。这样，工业怎么能够大幅度、高速度地发展呢？人得了直肠癌，肛门不通了，只好在旁边捅个窟窿走大便。这叫正道不通走小道。于是，在经济领域出现了许多不正常的歪门邪道，怎么办呢？就是要割掉'直肠癌'，使经济体制健康起来，通畅起来。我们打算在本省创造一个广阔的市场，创造一个竞争局面，把各个企业都摆在国内国外市场竞争的位置上，逼你们去努力，谁不努力谁就垮台。这叫用经济手段进行择优，是政策领导，比行政领导要科学。哪里干不好，产品卖不出去，工人没有奖金，就去包围厂长，包围他几天，憋他几天，他就知道不把工厂经营管理好就得下台！你这个厂长、经理领导无方，竞争不过人家，只好请你去另找饭碗。"他突然离开了话筒，目光在头一排的同志们身上扫过。现在时兴一股戒烟风，坐在车篷宽身边的几个领导同志都戒烟了，而他现在亟须吸一支烟。

坐在第二排的凤兆丽，真想把昨天晚上车书记吸剩下的那小半盒"大前门"扔过去，但她不好意思那样做，就捅捅身边安装公司经理。安装公司经理接过烟盒，自己抽出一支叼在嘴上。不等他让，车篷宽已经看见了，走过去说："请给我一支烟。"凤兆丽笑了，怕叫省委书记看见她，赶紧低下了头。

车篷宽吸了一口烟，没有走回讲台前，站在通道上说："我这样讲，不是谁的脑袋一热，拍脑门想起来的主意。不，我们在省内十五个企业内已进行了将近一年的试点。胡永方同志，请你站起来。"

大厅中央站起一个又黑又高的中年人。

"大家认识一下，这是富江机床厂的厂长。"车篷宽把那个中年人介绍给大家，然后请他坐下，接着说，"他们厂从去年夏天开始，改进了三种老产品，研制了七种新产品。他们生产的立式多轴半自动车床，转位精度提高了一倍多，比日本、苏联、意大利的好，仅次于美国，一下子打进了国际市场。他们的成本是四万元，到国外卖到十二万三千元。现在他们厂1982年的任务都已订满了。去年年底，香港商人要他们厂一种雕刻机，提出要一万二千五百转，胡永方听说德国人在香港卖的有两万转。他就拼命钻研，几个月时间就做出了两万一千转的雕刻机。我去看了，质量很好，超过了香港的样机，香港商人很满意。港商今年就订了一百五十台，明年还要一百五十台。胡永方他靠什么？他靠本事，靠品种，靠质量！外国人肯出那么多的钱，买的是技术，是高精度。要想提高竞争能力，就得把质量、品种、交货期、成套、服务工作、配件供应这六个方面都搞上去，还要把成本降下来。"

车篷宽不知不觉连脸上的气色都变好了，表情丰富而生动。虽然外表还是那么温和，文质彬彬，可是胸膛里却蕴涵着一种熊熊燃烧的、像火山熔岩般的感情。大厅里刚才那种不安的、紧张的气氛，被一种昂奋的情绪所代替。不论是支持派，还是反对派，也不论是抱着什么目的来听会的人，都被这种情绪所感染。大厅里鸦雀无声，全部精力集中地捕捉着车书记的每一句话。车篷宽仿佛是一块磁铁，紧紧地吸引着一千多与会者的目光。

"最后一点意见，谈谈干部和学习问题。"车篷宽讲到这个问题，口气放慢了，态度显得冷峻了。这是当前最敏感的一个问题。"我们的当务之急是速度问题。速度，也是经济活动的生命。可悲的是，我们掌握着一些经济部门实权的同志，他们完全没有速度的概念。捧铁饭碗年头太长了，他们缺乏一种勇于进取的精神。我们的干部制度本身，似乎也是要求干部们越无能越好。能力弱一点的人，嫉妒能力强的人。尖子和人才受到严重的压抑。但是，经济改革这个巨大杠杆，正在动摇着我们的官僚作风和保守的干部制度。"

大厅里有了轻微的骚动。他的话肯定刺痛了一些人的神经。坐在前排的曾淮和刘亚，相互看看，老头一讲开就收不住。到这种时候，他身上那种学者气质，就完全替代了政治家的冷静的深谋远虑。这时候，他的一切，他的思想、气质、心灵胆魄，全都可以让人触摸得到。他如果再这样离开讲稿任意发挥下去，局面就不可收拾。他的两个左膀右臂替他担心，却又没有办法提醒他。

幸好，车篷宽不知怎么一下子惊悟过来了。他停顿了一下，回到讲台上拿起讲稿："现代化管理是一门综合的科学，是由许多学科组成的。现代化企业靠个人的感性经验来指导是不行的，要善于学习，学会用科学方法、科学组织和现代化工具进行领导……

"比如说，一个厂长应该具备什么样的条件和能力呢？一个现代化企业的厂长，应具备五个条件：有科学知识，有才能，有经验，有个性，有远见性。讲具体点，就是厂长要有生产、技术、财务、劳动、人事、市场销售等方面的专业知识，能掌握各种现代化管理的工具、手段和方法，有一整套管理企业的能力。要了解厂内外、国内外本行业的情况，如政府政策、市场变化、新技术发展动向等，掌握全局，有远见地做出决策……"

他无意中提出了自己所欣赏的干部标准，可是厂长中又有多少人能符合他这些条件呢？大厅里交头接耳的议论声又高涨起来。

车篷宽说，省里已经和工业大学协商好，准备办一个企业管理的高级进修班，学三个学期。他又像个教授一样，书生气十足地罗列出进修班里要学的十门必修课和八门选修课，也不管下边有没有人听得懂。

果然，有人递条子上来了。因为主持会的人坐着，他站着，所以最先接到了条子。他展开来，看完以后，抬起头说："刘亚同志，请你到我的房间里，把床上那堆中文报刊拿来，全拿来！"

刘亚起身出去了。车篷宽继续说："我来给大家念念这张纸条——"

车篷宽同志：

你是不是认为只有像你这样的人，以前上过大学、现在懂几门外语的人，才配当领导人？你说了这么多条件，就是不要政治条件，不要德的标准。你举出一大堆必修课、选修课，大概都是从国外抄来的吧。看来我们这些不懂外文、心中没有多少墨水的人，只好去另找饭碗啦！

大厅里响起一阵嗡嗡声。主持会的经委主任很紧张，他如果先接到这张纸条，是不会交给省委书记的。

车篷宽说："这张纸条上的意思很明白。我们一些同志，以为不学无术就可以搞政治，以为搞运动、整人就是政治，以为当个政工干部就是政治条件好，就有德，而有真才实学的人，就一定没有德。可笑又可悲！难道无知能领导现代化？我们国家搞政治的人太多了，搞事业的人太少了。但是一个国家、一个民族，包括政治本身，都得靠经济来养活。在我们国家，搞经济的对搞政治的，向来不敢轻视；而搞政治的对搞经济的，除了轻视之外，似乎还有一条嫉妒。嫉妒是一种比仇恨还强烈的恶劣情绪。这张纸条就充分地反映了这种情绪。"

他又找安装公司的经理要了一支烟。刘亚回来了，怀里抱着一大摞杂志。

"谢谢。"车篷宽接过杂志，对大家说，"有的同志不止一次向我提过，不懂外文无法学习，特别是不能学习国外的先进经验。懂外文当然更好，我决不认为我粗通几门外国语是一种耻辱，或者是不配当省委书记。但是不懂外文，照样可以学习。你们看——"

车篷宽像个邮局报刊推销员，抱着那一人摞经济技术报刊，离开了讲桌，来到大厅甬道中间，举起一本又一本，向大家作介绍："同志们，这是《科技导报》《电子技术》《工业器材》；这是《先进技术与产品》《石油开采与加工》《英国工业》《日本经济》《新技术与新产品》《工业设备与原料》；这本封面很漂亮

的是《美国工业导报》；这本是《国外现代化导报》《英国技术导报》《澳大利亚
工业与技术》《荷兰贸易导报》《现代科技》《美国科学新闻》《电脑月报》……"
他从这边甬道走过去，又从那边甬道走回来，"这些东西都是中文版，都可以看
懂。有些还是他们自己印的，目的是为了宣传他们的东西，对我们来说是送上
门来的情报。总之，书很多，报刊材料也很多，就看同志们想学不想学。想学
的话，自然就会找到学习材料。这些东西就是我自己找来的，有的是从书店里
买来的。"车篷宽回到讲台上："同志们，总之，局面已经打开，形势是有利的。
当然我们前面也还会有许多困难，但是世界上哪一个改革者的事业没有遇到困
难呢？我对前途是充满信心的。祝愿大家为繁荣社会主义的经济建设，为我们
国家的四个现代化，做出新的成绩。"

会议结束了。有一大批人拥到前边去，有的围住车篷宽，向他请教问题；
更多的人是翻看那些经济技术杂志，有的还把杂志的名称记到自己的本子上。

车篷宽做了这样一个总结性发言，就把自己推到了激流之中，看来今后他
是不得安生了。

十三

夜很深了。曾淮怕惊动妻子，悄悄从屋里走出来，离开省委机关的后院，
来到马路边的一片小树林里。马路上很静，一个行人也见不到，偶而有汽车驶
过，马达声格外刺耳。曾淮躲进树林深处的黑影里。他在黑影里溜达着。走着
走着，突然急躁起来，抡起拳头狠命擂打树干。发过一阵疯，接着再溜达。夜
风吹得他身上发冷了，就摆开架式打一套少林拳……

曾淮上任三天了。从表面上看不出机械局有异常的变动，但是指挥全局的
神经中枢断了，工作基本上停摆了。一个头头一个令，孙长恕下台了，他搞的
那一套肯定不行了。全局上上下下的干部群众，眼睛都盯住新来的副局长——
实际是局长的曾淮，看他怎样决策，怎样动作。新官上任三把火，曾局长的第
一把火要烧哪儿呢？

机械局了解他的人不多，因而同情他的人也不多。孙长恕在机械局当了近
二十年的局长，手下有一大帮人，而且这些人都占据着重要职位，有一定的权
力。他们都用敌视的眼光盯着曾淮，观察着他的一言一行。

　　古人有一夜之间愁白了头发的传说。曾淮在监狱里和劳改农场里也把头发熬白了一大半，还剩下几根说黑不黑、说灰不灰的头发，这三天下来也彻底变白了。他不要司机，自己开着吉普车到处跑，想上哪儿就去哪儿。第一天看了两个厂，第二天看了五个厂，第三天看了六个厂。晚上回到家里睡不着觉，躺下起来，起来躺下，真要急疯了！

　　问题那么多，先解决哪一个呢？他一遍又一遍地在心里问自己："要是车篷宽处在我的地位，会怎么办呢？"曾淮几次憋不住了，想去找省委书记讨教，每次他都是走到半路又折回来。他想："车篷宽的日子已经很不好过，我如果再去找他诉苦，不会加重他的负担吗？机械局迫在眉睫的问题是没活干，没饭吃，没奖金，人心惶惶。再加上退货，撤销合同，声誉不佳，思想混乱……目前恐怕首先要把生产抓上去。"

　　曾淮冲出小树林，悄悄回到家，拿出自己的提包，轻轻锁上门。他的吉普车停在离门口不远的车棚子里。他跳上去打着了火，飞快地驶向机械局。

　　来到局门口，他费了好大的劲才喊醒了守门的刘大爷。老人着实被他吓了一大跳，开了门心慌意乱地问："曾局长，出什么事啦？"

　　曾淮替老人关好门，笑着说："什么事也没出。刘大爷，您回屋睡去吧。"

　　老人嘟嘟囔囔地回到传达室："还睡什么，盹儿都吓跑了。"

　　曾淮来到自己的办公室，起草了一个"机械局当月的工作要点"，然后趴在办公桌上睡着了。他睡得很沉，很甜。三天来这是第一次合上眼。

　　等到上班的铃声把他惊醒，他洗了把脸，对办公室主任发出了他上任以来的第一道命令："请局属五个公司的经理和局直属大厂的厂长，半小时以后到我这儿来开会。"

　　也许是由于好奇，是由于对新局长不摸底细的恐惧，经理和厂长们都按时赶来了。

　　曾淮单刀直入地提出了自己的想法："我没有时间跟大家客气了。你们过去都是老爷，买我们产品的用户是孙子。现在要颠倒过来，用户是老爷，我们是孙子。我们局的买卖做得不景气，产品的声誉不好，再不改变这种状况，就要倒台，关门大吉。你们回去立刻组织访问团，或者干脆就叫请罪团。你们要亲自带队，挨个去访问用户，赔礼道歉，坏的管修，不合格的给换，因我们的产品质量不好给用户造成的损失要赔偿。千方百计挽回影响，建立我们的信誉。

你们回来以后，集中用户的意见，下死决心改进产品质量。一定要用价廉物美的产品夺回市场，垄断市场，至少要垄断我们本省机械产品的市场。要记住，市场是企业家的上帝。经过一阵努力，如果我们省的用户仍到外省市去定购机械产品，那就是我们局的耻辱。"

这就是曾淮的决策。他不是从上到下地整顿班子，改革机构，巩固权力，而是正相反，按照工厂生产流水线的程序，第一道工序要为第二道工序服务，第二道工序要为第三道工序服务。他的想法是先了解市场，根据市场的需求，整顿生产，生产为了市场。然后根据生产的需要，整顿干部队伍和机构。上面一切为了生产，不适应的就改，阻碍生产的就撤，就换！

曾淮在大学里学了四年工业经济，到底没有白学。经过研究，他带着技术处长、计划处长、生产处长去访问各兄弟局。他们第一站先来到轻工业局。他没有按照职务对等的惯例先去找局长，而是直接来到生产处。他的想法是谁掌握情况就找谁。如果找到局长，碰上个一问三不知的老先生，说上一大堆客套话顶什么用？

轻工业局的生产处长，一见机械局局长亲自带着几个处级干部来征求意见，十分感动，诚恳地对机械局的产品提了几条意见。

曾淮把这些意见认真地记下来。然后话题一转，询问轻工业系统在生产上和设备上还有什么困难，存在什么问题，要不要机械局给以帮助。

轻工业系统大部分还是手工操作，设备都比较陈旧。生产处长提了一大堆困难，曾淮把每一个困难都详细地打听清楚记下来。听着听着他的眼睛亮起来，拦住对方的话题："等等，圆口布鞋的问题我没听明白，外贸部叫你们每年出口一千万双，是这么多吗？外国人也喜欢咱们的圆口布鞋？"

"美国人管它叫'功夫鞋'，穿在脚上很舒服。他们练功、跑步都喜欢穿这种鞋，上了年岁的人尤其喜欢穿。外国人大都是以谋求自己的健康为生活中心，千方百计想延长自己的寿命，练功跑步的人很多，所以这种布鞋老是脱销。可是我们尽了最大的力量，一年只能生产三百万双。"

"为什么？"

"铸底、绱鞋全靠手工操作。"

"能不能用机械代替？搞条生产线？"曾淮心情急切地问。

"说不好，反正我们局自己搞不了。我们和机械隔着行呢！"

曾淮站起来很诚恳地说："您能不能带我们去厂里看看？"

精诚所至，金石为开。人家找到门上，诚心要给解决困难，生产处长欣然应允，扔下手头的工作，坐上了机械局的小面包车。生产处长一看局长亲自开车，十分感动。

他们来到了制鞋厂。参观了一会儿，曾淮悄悄问自己的技术处长："王总工程师，您看能不能给他们搞点机械化？"

对于一个专搞机械的工程师来说，给制鞋厂搞点机械化设备，当然是件容易的事情。

王总点头同意。机械局生产处长一见有任务可抓，眼睛都红了，对轻工业局的生产处长又是送烟，又是点火，高兴地说："我们保证用一个月的时间给你们造出绱鞋机和铸底机，让你们今年完成一千万双的出口任务。计划处长，行不行？"

计划处长说："当然行。"他趁热打铁，立刻向对方说，"明天我们就来订合同。"

曾淮拦住说："等等。合同可以订，但不要收钱。我们先搞出样机，你们经过使用，满意了再交款；不满意，我们再改进。只要是我们局出的产品，今后保修、保换、保退。"

轻工业局的生产处长眉开眼笑地拉住曾淮的手一再道谢，然后又领他们到另外几个工厂去参观。

餐具厂产品出口任务也很重。他们原想从日本引进一条生产线，需要外汇三百万美元，车篷宽不批，厂里正发愁。机械局王总工程师一听又来了任务，从兜里掏出袖珍计算机低头算了起来。他算了一阵，抬起头来说："这条生产线我们包了，今年内交货。不要你三百万美元，有一百一十万人民币就可以了。"

看到自行车厂瓦圈打眼儿还是一个一个地打，王总又说："这太落后了，我给你们搞一个打眼机，一下把三十几个眼全打完。"

在回来的路上，计划处长把心里的小算盘一打，高兴地对曾淮说："我们这一天就揽了七八百万元的生意。"

曾淮说："明天去纺织局，轻纺工业大有潜力可挖，可以为我们的机械产品打开一条很好的销路。我准备和省百货大楼商量一下，在楼下借用他们一个厅作为我们机械产品的代销点。百货公司里什么人都去，南来北往的，中国人外国人都有，只要我们的产品打得响，他们是活广告，也会替我们做宣传。生产处通知各厂，在产品质量、品种上要狠下点功夫，今年九月份我们要举办一次大规模的机械产品展销会，向全国发请帖，也向外国人发请帖。一定要把我们的产品打出去！王总，您说行吗？"曾淮手里把着方向盘，眼睛盯住后视镜。

王总拿掉嘴里的香烟，脸上闪过一道兴奋的光芒，点头称赞："曾局长，办事就得有这种向外开拓的气魄！"

十四

凤兆丽偷着写过好几篇小说，都没有勇气拿出去发表。但是，她根据省委书记车篷宽的事迹写完小说《决策》，却有一股从来没有过的、不可抑制的冲动情绪。她捏着厚厚一叠稿子，就像捏着一团火，恨不得立刻投出去，还抑制不住老想给朋友们念一念。自从车篷宽主持的那个全省经济调整会议结束以后，凤兆丽从自己所在的安装公司的变化，从她听到的工人们的反映，深感车篷宽制定的这一套政策是给经济建设打了一剂强心针，深得民心，大受欢迎。可是也有握着实权的一些大人物，还在从中作梗。这就使凤兆丽觉得像车篷宽这样的领导干部更加宝贵。她是在异常激动的情绪中完成这篇作品的。她怕寄出去浪费时间或者丢失，亲自把稿子送到了省报文艺部。走出报社，她突然想起应该把稿子给车篷宽看一看，听听省委书记的意见。她毕竟是第一次描写这么高级的领导干部形象，很可能有不妥当的地方。她看看表，时针快要指向晚八点了，省委书记已经下班了。她回家拿上草稿，按照王廷律告诉她的地址，乘上了公共汽车。

车篷宽住在离省委机关不远的一片楼房里。这片楼房里住的全是省委和市委机关的干部。部长以上的干部住的是一所样子很别致的小楼，上下只有两层。车篷宽住在楼下，凤兆丽找到门牌号犹豫了一下，便举手敲门。刚敲了两下，就听到里面有一个老太太的声音搭了腔："谁呀？"没等凤兆丽回答，门已经开了。楼道里点着一个三瓦的荧光灯，光线很暗，老太太又是背对灯光，凤兆丽看不清老人的脸色。老人问："你找谁？"说着话身子并不躲开，没有邀请凤兆丽进去的意思。

"我找车书记。"

"车书记不在。"老太太不算冷淡，但也决不热情。

"他还没有下班？"

"不，他出差走了。"

看样子老太太马上就要关门。凤兆丽猜不透这位老人是车书记的夫人呢，还是他家保姆？也不知道是车书记真的不在家，还是这位老人故意推脱，不让她进去？连书记的门都没进就返回去，太窝囊了。她向里边张望，从没有关严的门缝中飘出一阵音乐声，很可能还有人在里面看电视。家里总不会只有这一位老太太，至少王廷律还会在家吧？

老太太见她不说话，一个劲扬起头向里边张望，真的要关门了："同志，你有什么事情，过几天到省委车书记的办公室去找他。"

"大娘，等等。"一着急，凤兆丽把老百姓的称呼端出来了，"我是省机械安装公司的，叫凤兆丽，和王廷律在一个单位工作。"

"噢，那请进来吧。"老人的口气立刻变得热情了。

王廷律听见说话声，从对面那间屋子里探出头，一见凤兆丽，赶紧迎出来，对老人说："妈，这是我们公司的团委书记。"转身又对凤兆丽介绍说："这是我妈。"

凤兆丽只好按青年人的习惯又改口说："伯母，您好！"

老人亲切地把她让进会客厅，里面果然有一台不算很大的彩色电视机，屏幕上正放映着《祖国各地》的电视节目。除去王廷律和他的母亲，没有第三个人。看来车书记真的没在家。

凤兆丽晚上突然来访，使王廷律又惊又喜，而且心里怦怦乱跳，有一种莫名其妙的紧张。他给凤兆丽端上一杯茶："请喝水。"

凤兆丽急忙点点头："好，你别忙活啦。"

老人把一个糖盒又送到她的面前："吃点糖吧。"

凤兆丽赶紧站起来："好，好，您快放下吧，我要吃自己拿。"

一时不知说什么好，三个人都把目光转向了电视机。凤兆丽是个能够随机应变的姑娘，在任何一个公共场合都不会感到拘束。可是今天晚上，在这个省委书记的家里，在这位曾经当过机械局副局长的老太太跟前，她却感到很不自在。只好人家问一句，她回答一句。好在屋里灯光比较暗，互相都看不清脸色，还有一个电视机给大家调节了气氛。

但是，屏幕上美丽的祖国风光突然消失了，风景纪录片结束了。响起了电子音乐声，屏幕上出现了商品广告。

王老太太突然抬起身，生气地说："又是广告、广告、广告，把电视都糟蹋了。一放映广告，就把什么兴致都破坏了！"老人"啪"的一声关掉了电视机。

"哎，您怎么关了？"王廷律赶紧走过去又打开电视，"我正想看广告呢！"

老人叹了口气："哼，跟你爹一样！人家看电视都为的是看新闻，看文艺节目，你们可倒好，专门喜欢看广告。这些枯燥无味的广告，有什么看头呢？"老太太说完转身要走。

王廷律眼睛盯着广告，头也不回地说："您有意见对我爸爸说去，这是他建议让省电视台承揽广告业务的。"

"你爸爸……"老太太后边的话没有说出来就推门出去了，对凤兆丽连个招呼也没打。

凤兆丽笑了："小王，我看你们家也得跟外国人一样，一个人买一台电视机，谁爱看什么就看什么。"

"没办法。我爸爸很注意广告，我妈一见广告就头痛。最近我爸爸又逼我妈退了休，他一回来，我妈就和他吵个没完。"王廷律的眼睛仍然不离开广告，但是有一半原因是怕被凤兆丽看出自己不自在的神色。

凤兆丽说："我看你对广告也入迷啦！"

"咱们公司的经理叫我也设计一个承包安装任务的广告。我想参考人家的经验，把咱们公司的广告尽量搞得新颖、生动一点，好吸引观众的注意。"广告终于播完了。王廷律关了电视，开亮了日光灯，端起糖盒请凤兆丽吃糖。

凤兆丽吃着糖问："车书记到哪儿去了？"

王廷律顺口答音："救火去了。"

"救火？"

"他在工业调整会议上放了一把火，全省大大小小的企业都动起来了，各种问题也都暴露出来了。我爸爸从前天起就深入到基层单位解决问题去了。妈妈说他是引火烧身，自作自受！"

见不到省委书记，稿子也无法请他提意见了，凤兆丽心里觉得有点遗憾。她没话找话地问："我看你妈妈身体很好，为什么要让她退休？"

"她不离开，你舅舅去了还能干得好？"

世上的事可真值得琢磨，且不说反对派，就是自己的亲戚朋友之间也是这么复杂！凤兆丽觉得车篷宽在这许多大连环、小连环的套套里仍然冲破困难挺着干，这种披荆斩棘的精神实在值得敬重。

"你妈妈愿意退休吗？"

"当然不愿意，这些天都快把她憋疯了。我爸爸叫她研究工程心理学和人机工程等，为现代化企业里如何做思想政治工作作点贡献。可是我妈什么也不干，什么心思也没有，成天发牢骚、骂人。脾气变得非常暴躁。"

"你妈对机械局是有感情的。"

"她很关心机械局的事，很想知道新局长去了以后情况怎么样，可是她赌着一口气，不到局里去，也不打听。你舅舅也真行，不来看她，局里的事也不跟她讲，好像她一退休，机械局就不承认有她这个人啦。"

"啊，是这样，我得去跟舅舅讲讲……"

"别，你可不能跟曾局长讲。他们领导之间的事我们不要插嘴。我爸爸一再嘱咐我这一点。"

凤兆丽很想再见见王老太太，可是人家已经躲到自己房里去了，她只好改了话题："你们家住几间房？"

"五间。"

凤兆丽很想看看车篷宽的房间是什么样儿，就找了个借口："那天车书记在会上抱着一大摞杂志向开会的代表推荐，他说得快，杂志的名字我没有全记住，你能带我到车书记的屋里看看吗？"

"看看可以，但爸爸正在用的书绝对不许别人动。"

"我不拿走，只在这儿翻一翻就行。"

王廷律领着凤兆丽走出客厅，来到楼道边上的一间屋子，打开电灯，屋里陈设很简单，墙上挂着很多名人的字画，一排书架，一张办公桌，一张大双人床。靠近门口的地方还有一张沙发和一个小茶几。进屋头一眼看到的就是书，环顾四周，看到的尽是书。一张大双人床上很规则地摆满了外国的技术杂志，而且每本杂志都是摊开的。有的字里行间画上了红杠，有的书页里夹着纸条。被垛上放着书，枕头上也是书，沙发上摊着书，茶几上也堆着书。虽然到处都摆满了书，但是多而不乱，主人查找起来显然很方便。

凤兆丽觉得很新鲜，笑着问："你爸睡觉的时候怎么办？"

王廷律说:"把床上靠外边的书往里边一推,留出能躺下一个人的地方就行。第二天早上起床后,再把推过去的书拉出来。爸正在看的这些杂志和书报,有谁动一下,翻过去一页,他都会发觉的。"

省委书记的卧室应该是什么样子,豪华到什么程度,简朴到什么程度,凤兆丽似乎把什么样式都想象过了,就是没有想象出会是这副样子。她如果想把每本书的封面都看一下,也得需要半小时。她惊叹地在屋里站了一会儿,就感慨万分地退出来,对王廷律说:"我该走了。"

时间也的确够晚了,王廷律没有挽留。

凤兆丽推开王剑秋的房门:"王伯母,我走啦。"

老太太站起来,慌忙合上手里的一份油印材料。她这样一合,恰恰让眼睛很尖的凤兆丽看到封皮上印着的几个大字:机械局简报。老人在偷偷地掌握机械局里的情况,而且也证明机械局里有人不断地给她送材料、通情报。

老人只是出于礼貌才说:"再坐一会儿吧。"

在明亮的灯光下,凤兆丽看见这位王副局长又白又胖,脸盘秀丽,年轻时一定是个大美人。她对老太太发生了兴趣,没有马上拔腿出来,却问道:"伯母,您这么大年纪了,晚上还学习?"

"我还学习什么,不学了!就混吃等死了。"

"您为什么要这样说,您身体这么好,一定会亲眼看到咱们国家实现现代化。"

"我可不盼望你们那个现代化。等老车一回来,我自己到乡下去住。"老人发着狠说。

凤兆丽一惊:"您为什么要下乡?"

"眼不见,心不乱。你们年轻人成天就知道叫喊现代化,现代化,对外国人的现代化眼馋得了不得。你们就不知道现代化也有现代化的弊病,环境污染,空气恶浊,人为的紧张,相互竞争……"

凤兆丽还是头一次听到这样的议论,她感到新鲜,感到惊奇。但她不愿意和老太太辩论,便告辞道:"王伯母,我走了。"

老人答了一声:"再见。"

"再见。"

王廷律一直送凤兆丽到汽车站。天气不冷不热。大街上行人不多。两个人都觉得想说点什么，可是到底什么也没说。自从那天和金城吵架，金城用很下流的话把王廷律和凤兆丽之间那种很微妙的关系点破后，两个人的关系似乎近了，但表面上却更疏远了。直到凤兆丽上了汽车，王廷律摆摆手，才像刚醒过来似的说了声："明天见！"他望着远去的汽车，心里若有所失。

十五

早晨，潘景川走进自己的办公室。他坐到桌前先办两件事：头一件是看看有没有急等处理的文件，第二件是浏览一下当天的报纸。

"农委"打了一个报告，分管农业的省委书记田笑在上面做了批示，要求常委们传阅。潘景川看了几行就皱起了眉头：车篷宽号召在全省范围内展开竞争，很快就挤垮了一批农村的社队企业，有些县办工厂也感到岌岌可危，朝不保夕。竞争政策严重危害了农民的利益。这些没有竞争能力的中小企业里的职工，思想很不安定，老担心工厂关门。于是人心惶惶，各找出路，搅得全省社队企业一片混乱。潘景川生气地甩开了这份报告。他顺手拿起了刚来的报纸，又是广告，整版整版的广告！如今广播里有广告，电视里有广告，报纸上也登广告，竞争，倾轧，大鱼吃小鱼，小鱼吃虾米，一切为了赚钱，新政策把全省都搅得商品化了，资本主义化了！

潘景川狠命地把报纸往桌上一摔，怒不可遏。自从车篷宽开了那次"竞争会"，就在全省掀起了一场大风波。现在不是第一书记掌握全省的形势，而是他在左右局面；不是常委会领导他，而是他造成既成事实，逼常委会认账。这几天，好几个常委都向他反映，表示了对车篷宽的强烈不满。看来，只要这个省里有车篷宽，全省就不得安宁，第一书记就得给他擦屁股，替他承担责任，为他提心吊胆。

潘景川生起气来不是脸色发红，而是发白、发青，还不断地往外冒汗，两只大而突出的眼睛闪出两道冷光。他忽然想到，车篷宽在北京时受到了D副总理的严厉批评，中央也不欣赏他。他在省里擅作主张，一意孤行，并没有强有力的后台。不如趁副总理批评的余威，索性让他挪挪窝，别在这里捣乱了。

潘景川关死门，独自一个人思虑着行动计划，电话铃突然响了。他拿起了听筒，嗓音里还带着一股火气："喂，你找谁？"

"哎，你是潘书记吗？我是老孙，孙长恕！"耳机里传来一个火气更旺的大嗓门。

潘景川口气立刻和缓了："老孙同志，你近来怎么样？身体还好吗？"

"好个屁！"耳机里传来孙长恕愤怒的叫骂声，"你看今天的报纸了吗？"

"没有哇，出了什么事？"潘景川以为孙长恕也是对整版登广告有意见。

"你快看看吧，第三版登了一篇小说，题目叫《决策》，把车篷宽捧成了制定四化方针大计的英雄，而把咱们俩却含沙射影地骂了个狗血喷头。那里面的鲁非，是个无能之辈，我看就是影射你。骂我就更狠了，说我是大草包，大笨蛋，保守顽固，挡四化的道。这样诬陷人，你第一书记管不管……"电话里突然没有声音了，但是也没有挂断。一定是孙长恕说着半截话突然发生了什么意外。

潘景川不敢放下电话，他一连声地对着话筒叫喊："喂，喂，老孙，老孙！"

他渐渐在耳机里听到了一种嘈杂的说话声、叫喊声，似乎还有女人的哭喊声。潘景川判断着对方的情况，"喵哨"一声，突然有人把电话挂断了。

潘景川已经猜到孙长恕出了什么问题了。他反而镇静下来，甚至连肚里的火气也消了许多。如果孙长恕真是发生了像他猜测的那种事情，那就好办了，他就可以下狠心解决车篷宽的问题了。

他重新拿起报纸，仔细地看登在第三版上的短篇小说《决策》。他越看越有气，几次气得他想把报纸撕碎，但他强迫自己硬着头皮看下去，而且还把他认为有问题的段落用红笔画上杠杠。他看完小说，脸色煞白，大汗淋漓。车篷宽先动手了，他想借助舆论把他潘景川挤下去！他喝了一杯水，让自己冷静下来。想定了先下手为强的行动计划，就拨电话到省中心医院。他问："你是中心医院吗，哪位负责人在？……噢，我是省委潘景川。什么……机械局的孙长恕局长心肌梗塞？快抢救！要尽全力抢救！"

潘景川紧接着又给自己的秘书打了个电话，布置了两件事：定一张明天去北京的飞机票，不要声张，尽量不让别人知道；查一下《决策》的作者凤兆丽是谁？干什么工作的？通知省报总编辑准备对这篇小说进行批判。噢，对了，目前不提倡用批判这个词儿，叫讨论也可以，叫商榷也可以，但必须明确指出这篇小说丑化和诬蔑老干部的严重错误。

潘景川把登着《决策》的那张报纸叠好，和"农委"告车篷宽状的那份报告放在一块，装进自己的提包。然后他坐在椅子上，静下心来，把车篷宽的问题列了一张清单，准备进京以后向D副总理详细汇报。反正这次进京要向中央叫这个板：要是让车篷宽干，他就走；要是让他干，就得把车篷宽弄走。

潘景川想得正出神，办公厅主任笑嘻嘻地推门进来，把两份文件递给他，用一种不可抑制的高兴语调说："好消息，中央批转了车书记的信。"

"啊？"潘景川一惊。等办公厅主任一走，就赶紧打开文件。D副总理批准的冶金设计总院吴昭年的引进计划，又上报到国务院主持常务工作的C副总理那儿。C副总理召集国务院会议进行了讨论，最后批驳了这个计划，还加了这样一句批语：如果这个计划得以实现，中国人就连裤子也穿不上了！

省委第一书记潘景川看完C副总理的批示，脸上又冒汗了。这回不只是生气，更多的是着急。他性急地打开第二份文件，这是国务院转发的车篷宽给国务院领导的一封信。车篷宽在信里谈了自己对经济政策的一些看法和设想，还谈了他在自己省里的一些做法。整个内容和他在全省厂长以上干部会议上所做的总结报告差不多。国务院转发这封信本身就说明了国务院的态度。国务院还是欣赏车篷宽这些做法的。可是国务院在转发的按语中，为什么不明确表态呢？而只是不置可否地说车篷宽的这些探索和尝试可供别的省市参考。

潘景川对去不去北京有点犹豫了。中央的斗争也很复杂呀。领导之间的认识不见得就完全统一，政策也不见得就完全一致。

唉，这一炮倒叫车篷宽打响了，这下他就更牛气了，更不把第一书记看在眼里了。车篷宽不给省委打报告，不提请常委讨论，却直接给国务院写信。潘景川怒火中烧，突然又坚定了进京的决心。没有什么可犹豫的，中央有欣赏车篷宽的，总还有不欣赏他的人！

秘书走进来，向他报告：去北京的飞机票已经定好了。

十六

下班了，工人们都高高兴兴地往厂外走。有的骑着自行车，有的去乘公共汽车。厂区中央大道上笑语喧哗，车铃叮哨。王廷律腋下夹着个饭盒，低着头往食堂走。妈妈退休后在家里憋闷不住，到乡下去了。爸爸车篷宽，三天前突然被召到北京去了。他前脚刚走，关于他要调走的消息就在省城传开了。一个省委书记调到北京冶金设计总院当副院长，单从职位看不升不降。副院长也相当于副部长级。可是省委机关里的人心里都有数，这是被挤走的！这两天很多人找到王廷律打听消息，询问车书记回来没有，对他的被调走表示气愤。王廷律听到下边工人对这件事骂大街的就更多了。其实他认真地考虑了一下. 爸爸调到冶金设计总院去当个副院长，还真不是坏事。他有丰富的科技专业知识，领导科研单位还不是驾轻就熟！况且又是个副职，想干就干，不想干就养老啦！在这个省里还有什么干头？呕心沥血，出了那么大的力，担了那么多的责难和风险，甚至不惜得罪自己的亲人和好朋友，可是却落了这样一个结果！天不寒心人寒心。王廷律作为一个高级干部的儿子，对人生的荣枯浮沉，世态炎凉，经受得可多了。爸爸的被贬，对他的打击并不算重。他是一个内向的人。他的个性有很多地方像车篷宽。他总想在社会上成为一个独立的人，凭自己的本领，创自己的事业。因此，他总想摆脱他父亲的影响。如果这次父亲调到北京去工作，说不定对他独立生活来说，还是一件值得庆幸的事呢！

　　但是，因父亲的事毁了凤兆丽，却使他十分难受。她的短篇小说《决策》在报上发表以后，有人说好得了不得，有人说坏得了不得。省报已经以显著篇幅发表了两篇文章，名为争鸣，实则批判。一个姑娘家刚学写作，怎么能经受得住这样重的政治打击！这还不说，公司里有人传出一股风，说凤兆丽写那篇小说是为了讨好车篷宽，她想做省委书记的儿媳妇！一个年轻姑娘吃得消这样的诽谤吗？她是团委书记，今后叫她还怎么见人？怎么做青年工作？

　　王廷律心里非常敬佩凤兆丽。他认为她不是一般的姑娘，是个奇女。他从来不敢奢想自己能够和这样的姑娘结合。自从那次和金城吵架以后，那几个坏小子硬把他和凤兆丽拉扯到一块儿，却挑动了他的心。但是他决不敢表露自己的感情，他总觉得自己不配。他甚至对凤兆丽更疏远了。最近这场风波一起，王廷律简直不敢和凤兆丽说话，一见她就远远地躲开了。不是他胆小，怕牵连自己，而是怕给凤兆丽招来新的闲话。

　　王廷律就这样心事重重，耷拉着脑袋往食堂走。凤兆丽站在团委办公室窗户跟前，眼睛一直在盯着他。

　　"业余华侨"一见王廷律，立刻来了精神，小声对金城说："哎，快看呀，你那对手这回可成三孙子啦！好好拿他要要，怎么样？"

　　金城扭头瞪他一眼："去你妈的！君子不乘人之危。"

　　"业余华侨"可不管这些，他不顾马路上那么多人，就高声叫起来："哎，王大技术员，这几天怎么看你的脑袋打蔫儿啦！晚上食堂里的饭只卖给那些没家没业的土光棍儿，你去凑什么热闹？快回家啃牛排去吧，要不就去溜马路下饭馆……"

他的话咸的淡的都有，一套套、一串串的。可是没等他说完，金城突然给他一拳。"业余华侨"没有防备，摔倒在地，马路上引起一阵哄笑。

"你他妈的也算是人！"金城不去搀扶"业余华侨"，却一直走到王廷律跟前，盯着对方的眼睛，诚恳地说："廷律，你要不嫌弃就跟我走，到我家去吃饭。"

自从那天吵架以后，金城突然来了这么一手，把王廷律闹愣了。他半天才醒过味儿来，抓住金城的手，感动地说："金城，谢谢你，谢谢你！我今天晚上有事，实在去不了，以后找个时间一定去！"

"好，一言为定，以后我等你。"金城带着一种侠气，"别着急，把脑袋抬起来，把心搁在肚子里，没什么大了不起。你爸爸是个好人。这一闹，老百姓心里倒更明白了！"

说完他摆摆手，去追赶自己的伙伴。真得感谢金城这几句热心热肠的话，王廷律很高兴又获得了他的友谊。

站在窗户里面的凤兆丽，对这一切看得清清楚楚。她的心里也发热，用感激的目光望着金城他们走远了，走出来追上王廷律说："你怎么要在食堂里吃晚饭？"

在这种时候，马路上下班的人很多，凤兆丽不避嫌疑，主动找上来说话，使王廷律很紧张："哦……家里就剩我自己了，在食堂随便吃点就省事了。"

"回家吧，回家去吃，我去给你做饭。走，咱们一块走！"

"啊！不，不！这种时候你不能到我们家去，难道你还嫌说闲话的人少吗？"王廷律慌了，又不敢大声说话，怕别人听见。他急得又使眼色，又打手势，让凤兆丽快点离开。

凤兆丽看他这个胆小怕事的老实样，禁不住笑了。她眼睛一瞪，有意激王廷律的火："报纸上批判我，你是不是怕受我的牵连？"

"唉！你说的这是什么话？"

"你就说你怕不怕吧？"凤兆丽又逼近一步。

"我……唉，我怕什么！"

"好，只要你不怕就行。走，咱们回家，到家我有话跟你说。"凤兆丽说着就拉着王廷律往回走，王廷律想离开她远一点，她却反而挎住了他的胳膊。

王廷律急得小声说："你快松手，我跟你走。"

两个人推上自行车，并排着出了厂门口。王廷律心里嘀嘀咕咕，脸上火烧火燎，总觉得后边好像有人指着他们俩的脊梁骨说闲话。凤兆丽却无所谓，十分亲热地和王廷律又说又笑。王廷律双脚像踩着了风火轮，浑身发热，心里怦怦跳个不停。他心里有一种强烈的冲动和幸福的感觉，但分明又掺杂着某种不安。

一路上，凤兆丽买了一些鲜肉、鲜菜和很多酱菜、罐头之类吃的东西，还买了一瓶高级白葡萄酒。回到王廷律的家里，凤兆丽从提包里拿出一大叠信件交给王廷律："你什么也别干，把这些东西都看完。"她自己挽起祆袖，到厨房里动手做饭去了。

凤兆丽给王廷律看的是读者看了小说《决策》以后给作者写来的信。什么人都有：有干部，有工人，有农民，有战士，也有学生。信的内容也是五花八门，但是写得都很诚恳，坚决支持作者，对作者表示感谢，感谢她写了激动人心的作品，对现实生活起了很大的推动作用。王廷律大开眼界，真想不到一篇小说会有这么大的影响。他对凤兆丽更加肃然起敬。

凤兆丽完全像这个家庭的主妇一样，很快把饭菜摆好了，酒也斟好了。但是她没有马上招呼王廷律入座，却走到他跟前，双手搭在他的肩上，眼睛对着他的眼睛。

一股意想不到的、突然来临的幸福，冲得王廷律有些发蒙。他反而有些不好意思地从凤兆丽那秀媚的脸上掉开了眼睛。他的心激动得发颤了。

凤兆丽的神情却是严肃的："廷律，看着我。告诉我，你真的喜欢我吗？"

王廷律急忙点头："喜欢，非常喜欢。但……"

"但什么？"

"但我不敢设想你会喜欢我。我总觉得我不配爱你，你比我有才气。"

"不！你配，你配。是我不配你。你说实话，你真的爱我？"凤兆丽的目光凝聚在王廷律的眸子上，恨不得从他的眼睛里掏出他的心来。

"真的，真的！"王廷律不知道该怎样表白了。

"你了解我的全部情况吗？"

"我不用知道你的全部历史，我只根据在这一年多的接触中对你的了解，就足够我对你爱一辈子了，或者说是足够我敬佩你一辈子！"

听了这样火热的爱情表白,她搭在王廷律肩上的手,微微发颤起来。

"廷律,我……我已经不是一个贞洁的姑娘了……"凤兆丽突然用恐惧的目光盯住廷律,她像一个罪人似的等待着判决!

"什么?"王廷律一惊。

"你别问我为什么,别追问我,我宁愿死也不愿意再回想那封建特权可怕的一幕。这事我连我的父母、我的舅舅都没有告诉过。我既然知道你爱我,我就不能不告诉你真情。你说实话,你知道了真情,还爱我吗?"

"爱你,爱得更深!"王廷律的双手一直垂着,不敢碰凤兆丽,这时却抬起来扶住姑娘的腰。

"你说什么?爱得更深?"

王廷律热烈起来,胆子也大了,用手抚摸着姑娘的脸:"是的,这样我就更爱你了。你既然把这种事都告诉我,就说明你信任我,真爱我;也证明你内心纯洁,你的心灵比你的外表更美好!"不知为什么,说着说着,王廷律的眼睛湿润起来了。

"廷律……"姑娘趴在他的身上哭了。这是积蓄了多年的伤心的泪水,也是幸福的泪水。

王廷律搂住姑娘,他好像怕姑娘再跑了,搂得很紧,很紧。他那发烫的脸颊,贴到凤兆丽的头发上。

他们俩就这样默默地搂抱着,忘记了吃饭,忘记了时间,忘记了一切。也不知过了多久,他们听到门外的脚步声,打开门一看,车篷宽拿着提包站在门口。

凤兆丽擦擦泪眼,不好意思地喊了一声:"车书记……爸爸。"

车篷宽惊异地"嗯"了一声。

王廷律赶忙解释:"爸爸,我和凤兆丽订婚了。"

车篷宽慈爱地笑了:"好,这可是件大喜事,我很高兴。凤兆丽,欢迎你加入我们这个家庭。来,咱们喝酒庆贺!"

三个人围着桌子坐好,高高兴兴地喝起酒来。

王廷律关心爸爸的工作,问:"爸爸,您调到北京去工作吗?"

"不去,我不能离开这个省。你们想,我要一走,经济改革这一仗还怎么打?像曾淮那一大批我提拔起来的干部,翅膀还不硬,我一走就把他们撂在旱岸上了。"

"中央同意吗？"

"我打了退休报告。"

"啊，您要退休！？"两个年轻人都吃了一惊。

"我是被迫走这步棋。我退休可不是为了养老，撒手闭眼什么也不管了。我申请退休只是为了更好地工作，只是为了摆脱人事纠纷。身上没有职，说话更自由了。我可以继续搞调查，写文章。职务上退休了，思想上我可决不退休。我下一个研究课题，是现代化企业里如何开展思想政治工作。你们要多帮助我。"车篷宽把头转向王廷律，"等会儿把你妈的自行车擦一擦，打足气，明天我和你们一块去安装公司。你们那儿思想比较乱，我先去那儿蹲一段时间看看。"

王廷律问："您一退休，手里没有权了，还怎么支持曾局长他们？怎么领导经济改革？"

车篷宽笑了。他说："省委书记的退休报告，只有中央才能批准。中央的意见也不尽一致，而且还有更复杂的人事关系作梗。这次中央决定调我到冶金设计总院工作，背景很复杂。C副总理想叫我把不大得力的吴昭年替下来，D副总理却想把我从省委书记这个有实权的岗位上调离开。可是我有充分的理由可以不去，硬要我去，我就退休。这种种因素，导致我的退休报告暂时不会批下来。在这期间，我还是省委书记。即便将来我退休了，没有权力，还有一定的影响。权力只能下命令，而命令并不能征服人心。"

凤兆丽激动地举起酒杯："爸爸，我作为这个家庭的新成员，为有您这样的老人感到自豪；我作为这个省的一个青年干部，为有您这样的领导感到幸运。为您健康长寿，干杯！"

"未来是你们的！为你们的幸福，干杯！"

"干杯！"

1980年发表于《十月》第6期，
为1977—1980全国优秀中篇小说获奖作品

赤橙黄绿青蓝紫

一

世界之大，无奇不有。没有各式各样的新奇事，还算是一个纷纭复杂的世界吗？

请看，在这八十年代第一个春天的早晨，第五钢铁厂门前的景象吧。

这座五十年代建成的现代化的十里钢城，现在被一片农村经济繁荣的产物——自由市场包围着。它的正面围墙下稀稀拉拉摆着许多挑担的、推车的摊贩，小米、绿豆、萝卜、青菜，各种农副产品花样齐全。叫卖声此起彼落，唤醒了沉睡的钢城，盖住了厂内钢铁的轰鸣。住在钢城宿舍区里的职工，再也用不着给钟表上闹铃了，小贩的叫卖声就是报时钟，按这种吆喝声起床，就是上早班也决不会迟到。主妇们也不愁买不到好菜和早点，鲜鱼活虾，任挑任选。只要口袋里有钱，就请来吧，想吃什么有什么。围墙里高炉吃不饱，生产萧条；围墙外叫嚷喧天，一片繁荣。叫卖农副产品的小商贩们包围着生产钢铁的国营企业。其实他们卖一天海蟹所赚的钱，够钢厂工人干一个星期的。钢厂职工把钱送到商贩手里还满心乐意，虽然花钱多一点，好歹吃菜方便了，总比有钱买不上东西强。钢厂的生产任务也许不够充足，可是工人们手里的钱并不少，我们的人民不知不觉地，实实在在地富裕起来了。经济规律像个幽默多智的魔术师，这些年开了我们一个实在不算小的玩笑，我们不得不承认它的存在了。

雄伟壮观的钢厂大门楼下，是这个特殊的自由集市的中心，熙熙攘攘，热闹非常。不但有卖青菜的，还有许多卖熟食的：大饼，麻花，炒花生，煮蚕豆。早晨，钢厂工人上班的这段时间人最多，叫卖声最热闹，买卖也最好。门前有一块广场，钢厂保卫处有规定，商贩不得堵住大门口，必须给进出工厂的汽车留出通道。大家为了抢买卖、揽生意，都尽量往前站，这就使通道越来越窄。这个市场上的商品和价格变化无穷，谁能驾驭它，谁就可以发财。

今天，买卖几乎全被一个高身材的小伙子抢去了。他不像农村来的小贩，满身尘土，脏里脏气；也不像城里推车卖食品的小商，一身油垢，邋里邋遢。他手脸干净，两眼有神，嘴上捂着大口罩，胳膊上套着雪白的套袖，身上系着崭新的白围裙，头上戴一顶白布工作帽，就像是刚从大饭店里出来的一级厨师。潇洒俊逸，风度翩翩。单凭这身打扮，往市场上一站就格外引人注意。他有一个和自己年纪差不多的助手，这助手和他可大不一样，身材壮实，大手大脚，一张轴瓦般又瘦又长的脸总算被鼻梁上架着一个特大号的太阳镜补平了一些。两个耳朵眼里一边钻出一撮黑毛，刚好又被从鬓角拖下来的长发遮住，一脸七个不在乎、八个不含糊的神气。上身是米色的大疙瘩毛衣，下身是黄色长筒子裤。他晃着膀子在市场上转了一圈，看中了靠近门口一块十分显眼的地方，有个五十多岁的老乡在这儿卖鸡蛋，他恶声恶气地问："鸡蛋多少钱一斤？"

老乡抬起眼，见这份长相，这身打扮，先自怵了三分，开市碰上这块料，自认晦气。但又惹不起他，只好多加小心，陪着笑脸说："您买点鸡蛋吗？一块三毛钱一斤。"

"这么贵！"轴瓦脸伸出两只手，每只手里抓起两个大鸡蛋，像老年人在掌心里玩核桃一样在手里捻着，"新鲜吗？你别弄些臭鸡蛋到这儿来糊弄人！"嘴里说着鸡蛋，眼睛却瞅着老乡，趁老乡转脸照应别的买主的时候，两只手里的鸡蛋捅进了两边的裤子口袋里。嘴里吹起了口哨，每只手又拿起两个鸡蛋，继续捻着，端详着。

卖鸡蛋的老乡没有看到，一个想买鸡蛋的中年妇女，在他身后看清了他的全部动作，吃了一惊，想张嘴，一看轴瓦脸这副不好惹的样子，就把到嘴边的话又咽下去了。多一事不如少一事，大清早的别找不自在。

可是偷鸡蛋的轴瓦脸青年倒不放过卖鸡蛋的老乡，他那像枪托般朝外翘起一块的大下巴使劲一努："哎，你没看见我们厂保卫处的布告，不许堵住门口影响交通，快挪挪地方！"

老乡的媚笑变成了苦笑，赶忙点头："我这不是离门口还老远的，不影响过车过人。"

"不行，快挪走……"

戴着白口罩、白围裙的青年人过来拦住了自己的助手："何顺，叫他在这儿正好，我们在他旁边卖。如果有人想吃鸡蛋煎饼，从他那儿买鸡蛋，我们这儿买煎饼，一举两得，对两家买卖都有好处。"一身白的小伙子说完就在鸡蛋摊的旁边支起自行车，车子两边竖起两根木棍，木棍上面架好一块木板，把摊煎饼用的火炉、饼锅、小米面、铲子、刷子全都摆好。"煎饼油条铺"就算开张了。

何顺撑开一个巨大的白布伞，这是交通警察在夏天里用的。现在还是春寒料峭，太阳还没有出来，他们支起大白伞一是为了遮挡雾气尘埃，更主要的是为了壮壮门面，招徕顾客。他还把一根一丈二尺长的竹竿绑在自行车把上，竿头挑着一块木牌，木牌上写着两个大字：清真。

何顺用他那惯于吵架骂街的异常粗嘎的嗓门吆喝起来："哎——快来买，快来尝，滚热的、烫嘴的、喷喷香的煎饼果子。质量高，价钱低，别处一套一角二，咱这儿只收一角钱。不为了赚钱，只为了方便本厂的职工。哎，谁不信就来尝一尝，吃上一回就保你还想吃第二回……"

"何顺，别嚷了，快来收钱。戴上你的口罩和帽子，把眼镜摘掉，规规矩矩的，别摆出打架的样子。"一身白的小伙子从篮子里取出一台四个喇叭的立体声收录两用机，放在脚边的一个凳子上按了一下电键，立刻从里面飞出了雄浑而美妙的乐曲声。嘈杂的自由市场一下子显得安静了，买的和卖的都抬起头朝这边张望，有的寻着声音走了过来。

何顺也十分惊喜："哈，你把这玩艺也带来了。要是我单为了听段音乐，也得在这儿站一会儿，买你一套煎饼。"他翻看着磁带，很有点惋惜地说："哎呀，你怎么光带的乐曲，拿点邓丽君、李谷一唱的流行歌曲多来劲，叫他们开开洋荤，买卖保管兴隆。"

"去，你懂什么，快干你的活去！"白衣小伙子说话声不高，气很冲，对瘪脸何顺颇有权威性。

"好的。"何顺非常顺从，嘻嘻哈哈地从口袋里掏出四个鸡蛋，"思佳，先给我摊上四张带鸡蛋的煎饼，我喂饱了肚子才能干活。"

　　大白伞底下很快就聚集了一群人，有买的，有看的，还有听的，因为有何顺这样一个人物管收钱，买煎饼的人都规规矩矩地排队，谁也不敢起哄。一见围上了这么多人，何顺也更长了精神，摇头晃脑叫喊得更热闹了。煎饼的味道的确不错，价钱也真的比别处便宜二分。摊煎饼的小伙子，干净利索，动作潇洒，他的生意惹得全市场上的人都眼馋了。钢厂的职工都来买他的煎饼，花上一角钱还能看个热闹，瞧个新鲜。因为他俩就是钢厂运输队的汽车司机，一个叫刘思佳，一个叫何顺，又拿国家的工资，又做小买卖，看厂里怎么办吧？别的职工也有做小买卖的，那都是偷偷摸摸，不敢让厂里知道。这两个小子胆大包天，竟在工厂的大门口，扯旗放炮地干起来了。人们一边买煎饼，一边和他们两个搭讪。刘思佳不怎么说话，何顺手里数着钱，嘴里还不闲着。

　　"你们俩倒不错，这一早晨得赚个十块八块的吧？"

　　"厂里不发奖金了，就得靠自己捞点外快。"何顺振振有词。

　　"你们这样干厂里同意吗？"

　　"不同意又怎么样？现在谁还管谁！就得靠钱书记做动员，蒋（奖）厂长做报告，不赚白不赚，不捞白不捞，谁挣钱多谁是好样的。"

　　"你们摆摊卖煎饼得有照啊？"

　　"当然有，我爸爸的执照，真正的'西域回回'。"

　　"你们上班拿工资，业余时间干小买卖，这不是一个人吃两面吗？"

　　"谁有能耐谁就干，八仙过海各显其能，撑死胆大的，饿死胆小的。你本事大吃八面也没有关系。在美国大学生还可以到饭馆洗碟子刷碗哪，当车工的下了班还可以开出租汽车。咱们的农民兄弟可以进城做小买卖，贩卖土特产，我们这工人大哥就该饿死？就不可以卖点洋手艺？"

　　"都这样干不乱套了？！"

　　"去你妈的，不这样干就不乱套了？你不愿意买滚开，别在这儿碍事！"何顺一见歪理讲不通就露出了本相。

　　"你做买卖怎么骂人？"

　　"我骂你个王八蛋了，合适吗？"何顺站起来想动手，刘思佳头也不抬，轻轻喝了一声："何顺，你还想干吗？"

　　何顺立刻老实了，他在别人面前像个暴徒，在刘思佳跟前却像个奴才。这真是一对奇怪的朋友。

"啪！"录音机的磁带放完了，自动停住。刘思佳又换上了一盘西班牙乐曲《小船飘呀飘》，伴着轻柔舒展的乐声，刘思佳用小铲敲了几下锅沿，低着头一边忙着摊煎饼，一边高声说："煎饼果子，热的，烫嘴又烫心。比一比再买，想一想再吃，吃了我的煎饼，不仅能填饱肚子，还能长智慧，锻炼思考力……"

他不像叫卖倒像自言自语。

人们里三层外三层，围住了"大白伞煎饼摊"，群众都爱凑个热闹，在马路上骑自行车摔跟头还一围一大帮哩，何况这儿有奇怪的买卖，奇怪的人，奇怪的音乐。人群把通向厂门口的唯一的一条通道堵住了，步行上班的职工走到这儿停住了脚步，骑自行车的到这儿也要下车看上一眼。"刘思佳卖煎饼"震惊了自由市场。又由看到或吃到他的煎饼的人把这一新闻带进厂门口，带到各个车间、科、室，于是这件事又轰动了第五钢铁厂。工人们不管它合法不合法，谁的煎饼好、价钱又便宜，就买谁的。但是，干部们就多了个心眼，只远远地看上一眼，有的连看也不敢看，心里倒说："这小子，又要找倒霉了！"

也有相当多的人见到刘思佳卖煎饼，心里很不是滋味。但又说不出他是对，还是错。就连政治部、保卫处的干部们，站在旁边干生气却不敢管，更不敢砸他的煎饼摊，没收他的钱。他们不怕何顺会动手打架，而是自己心里没有底。在感情上觉得是错误的东西，在道理上却说不出个所以然。更主要的是对这类事情应该怎么办上头没有文件，领导没有明确表态，现在经济政策很灵活，谁知怎样算对，怎样算错？国家的政策是一个，对农民是合法的，难道对工人就成了非法的？钢厂的许多干部，习惯于老老实实地按上头精神办事，习惯于服从，而不习惯负责，一旦没有了上头精神，便感到六神无主，无所适从了。下边千变万化，上边死死板板，这可叫两个小青年钻了空子。

上正常班的工人陆陆续续地来了，刘思佳的煎饼摊更火爆了，买煎饼的人越围越多，特别是和他要好的那些青年男女，一买就是四五套，有的甚至买十套、二十套，留着中午当饭吃。这好像也是一种义气，替他的生意捧场。

一阵急促的自行车转铃的声音从老远就响起，一直响到刘思佳的煎饼摊跟前，一辆鲜红的"凤凰"牌轻便坤车险些撞倒了煎饼摊。何顺站起来刚要骂街，一抬眼看见骑车人屁股还不离车座，只用一只脚蹬地，稳住了自行车。何顺脸上紧绷绷的肌肉，忽然松弛开来，堆出了满脸笑纹，讨好地说："叶芳，吃煎饼吗？我请客，管你够。"

叶芳没有理他，却怒气冲冲地盯着刘思佳。

刘思佳没有抬头，轻声地、像个生意人一样很有礼貌地说："叶芳，躲开一点，别影响我们卖煎饼。"

叶芳只从鼻子里"哼"了一声。这是一个非常俊俏的姑娘，只是娇艳得稍有一点过分了，乌亮的秀发没有烫成波浪状，不知用什么办法、更不知要花费多长时间，别出心裁地在脑后梳了个盘龙髻，髻上别着一个黄灿灿像是用赤金做成的发卡，两耳挂着翠绿色的耳坠，穿一身淡蓝色西装，衣服非常合体，显出了她身材优美的曲线。她的眼睛里有一种落拓不羁的神采，身上飘出一股淡淡的奇香。她拉了一下刘思佳的袄袖："你怎么干上了这个？真不嫌丢人！"

刘思佳还是那副文静而客气的腔调："不偷不抢，不犯法，丢的什么人？"

"算啦！你就短这几个钱花？"

"不为赚钱，只为了方便本厂职工。"

"别来这一套，赶快把摊子给我收了，这一天赚多少钱找我要，我全包了！"

刘思佳突然转过脸，颧骨上的肌肉跳动着，一双细长的眼睛像剪刀一样迅速地睃了一下叶芳，带着一种恶意压低声音说："一天十块，一个月三百块，一年三千六百块，你包得起吗？赶快离开这儿，别找不自在！"

叶芳想盯住刘思佳的眼，不让他撒半点谎，可是刘思佳说完就转过头去摊煎饼不再理她，把她淡在了一边，任她怎么说，甚至是小声哀求他，求他收起摊子，别现这个眼，可他一概装做没听见，不看她也不理她，这可比斥打她、嘲笑她更叫她难受，更使她感到委屈。她什么时候被人拿话斥打过？她什么时候哀求过人？她对谁也没有服过软。她像一匹野马，可就是被刘思佳镇住了。为了他，她什么都可以拿出来，什么气都可以受，什么亏都可以吃，只求能换得他的心。可他对她老是一会儿冷，一会儿热，不动真心。他连同何顺卖煎饼这样的大事，事先都不同她说一声，这说明他的心里根本没装着她。她感到生气，也觉着尴尬，下不来台，便一赌气推起自行车走了。

远处又响起了汽车喇叭声，一辆黑色的轿车被挡在煎饼摊外面进不了厂门口，司机生气地按着汽车喇叭。车里坐的是钢厂党委书记祝同康，他看看手表，离上班只有十分钟了，便皱起了眉头："厂部三令五申叫保卫处发通告，摊贩不许堵住厂门口，为什么就是不听！"

司机没好气地说："这不是农村来的摊贩，是我们本厂的职工在摊煎饼卖。"

"谁？"

"刘思佳和何顺。"

"啊！有人买吗？"

"买的人很多。"

何顺手里举着一套煎饼果子，成心似的朝着祝同康的小汽车这边叫喊："热煎饼，一角钱一套，物美价廉，一套便宜二分钱，喷香可口啊！……"

祝同康烦躁地一挥手："倒回去，从后门进厂。"

二

上班不大一会儿，祝同康就接到好几个电话，全是车间的支部书记们询问党委对刘思佳卖煎饼的态度，报告职工对这件事的反映。刘思佳呀刘思佳，他又一次搅动了整个钢厂……

多年做政治思想工作，一向是善于知人的祝同康，越来越感到难于适应自己的工作了，人的思想开始变得不可捉摸和难于驾驭了。职工的阶级成分比过去简单得多了，纯洁得多了，可是思想却十倍、百倍地复杂了，甚至可以说复杂到混乱的地步。他拼命想去了解，想摸索出一条新的规律，可是办不到。职工长了工资，发了奖金理应能够减轻思想政治工作的负担，谁知反而加大了思想政治工作的难度和重量。他做工厂的党委书记快二十年了，像一位把教科书完全吞到肚里的老教员，这一职务对他来说应该是轻车熟路了，现在他背上没有剑，头上没有鞭子，地位也巩固了。可是只有他自己的心里才知道，他工作得非常艰难，并不能胜任所担当的职务。像刘思佳这样一些毫不起眼的小青年，几乎成了他不可逾越的障碍……

刘思佳真的就是为了多捞几个钱？难道他还会缺钱花吗？谁不知道两年前他就成了钢厂的第一个"七机部长"（家有电视机、录音机、电唱机、照相机、洗衣机、袖珍计算机、电冰箱）；他第一个戴起了太阳镜，当有第二个人戴上这种眼镜的时候，他就不再戴了；他第一个穿起了喇叭裤，当穿喇叭裤成风以后，他就决不再穿这种裤子了，有时穿一身中山服，有时穿一身西装，打上领带，一派学者风度。现在他又多像个开煎饼铺的小掌柜。这家伙装什么像什么，是个使祝同康感到头痛的怪物。钢厂的小青年们，尤其是爱漂亮、赶时髦的青年男女，对刘思佳佩服得简直到了崇拜的地步。他在青年中说一句话，比团委书记的话还顶用，可他从来不说给团委书记撑台的话，倒阴阳怪气地尽说一些拆台的话。但他不犯大错误，更不触犯法律，专会在制度上、政策上钻空子，要想整他很难下手。保卫处就曾怀疑他是一个流氓盗窃集团的头子，不然他这个三级工，怎么会有钱置办"七机"？而且像何顺那种把打架当成家常便饭的人，保卫处、派出所管不了他，却甘心情愿受刘思佳的整治，刘思佳如果不是个手段高强的大流氓，怎么会治得了何顺这样的小流氓？而且刘思佳又比何顺阴险狡猾许多倍，以前何顺经常因打架被派出所拘留，自从他跟上了刘思佳，流氓习性未见改变，可是公安部门再没有找过他的麻烦，这说明他学灵了。这是变好了一点呢？还是变得更坏了呢？使他发生这种变化的刘思佳是阴险狡猾呢，还是另有值得肯定和赞扬的因素？保卫处顺理成章地都往坏处去想了，但是从旁边对刘思佳调查了个底儿掉，没有找出任何破绽，他和哪一个流氓盗窃集团都没有关系。从哪个方面看，他都不像是一个正经的好人，可是又抓不住他办坏事的把柄，他在钢厂的领导者眼里变得无法理解了。在一个完全不了解的对手面前，祝同康显得软弱和无能为力。

一个普普通通的年轻工人，竟会成为党委书记的对手。这个事实本身就使祝同康觉得很不光彩，无论是级别、地位、权力、经验、年龄，从哪一方面讲刘思佳都不应该是祝同康的对手，可偏偏是这两个表面看来相差悬殊的人，构成了一对几乎是实力相当的矛盾。刘思佳卖煎饼震动了全厂，祝同康的哪一次讲话，哪一件决定会引起如此的轰动呢？而且刘思佳这一手足可以使祝同康陷于十分尴尬的境地。他早就听说工人中有偷偷摸摸做生意的，有的人是利用业余时间干，也有的人请事假、泡病假、甚至不惜旷工去干，因为倒买倒卖总比在钢厂上班挣钱快。旷工一个星期，少拿六天的工资，赚的钱却比两个月的工资还要多，这笔账谁都算得过来。这是犯法的吗？在过去当然是毫无疑问的。可是现在，领导者们实在不愿管这种事，老实说也管不过来，整个工厂的饭碗还不知到什么地方去讨呢！如果有一笔大买卖，每月可以赚五十万元够给全厂职工开工资的，他党委书记说不定也去干哩。经济规律不可抗拒地支配着人们的思想和行动，祝同康一时还不适应这种灵活多变的经济形式，对在不公不法中讨便宜的人采取了睁一只眼闭一只眼的态度，民不举，官不究。思想上的软弱和怯懦是一个领导干部致命的弱点，它会使自己处于无权无勇的地位，处处陷于被动。今天刘思佳这一手使祝同康再也不能打马虎眼了，刘思佳在全厂职工的眼皮底下，打着白伞，播放着乐曲，开起了煎饼铺。祝同康觉得刘思佳这是在向自己挑战，向党委挑战，一股恼怒的感情在心里膨胀起来，但是他又倾尽全力压抑着、克制着这股心灵深处即将掀起的风暴。因为刘思佳不怕他发脾气，甚至还想逗起他的火气——小青年挑逗老头子，取笑干部，这在当前是常有的。刘思佳知道单就卖煎饼这件事祝同康并不敢处分他，他有的是道理，甚至可以咬扯上很多人，或许其中还有厂部的领导干部，使祝同康骑虎难下，进不得也退不得，现在的青年人是什么事都干得出来的——祝同康该怎么办？不管吧，等于承认刘思佳卖煎饼是合法的，倘若别人也学起他的样子，那岂不真是乱套了。更重要的是在全厂职工面前党委书记又输了一招，等于公开承认党委的束手无策。不能再这样下去了，一定要管，可是怎样管呢？

祝同康拿起电话要通了正门传达室："你是谁？老张三吗，你到门外看看，汽车队刘思佳卖煎饼收摊了吗？"

"收摊了，打上班铃的时候他们正好走进厂门口。"

工作时间做生意，那性质就不一样了，刘思佳是不会把这个把柄送给祝同康的。这个家伙又精又滑，善讲歪理，祝同康在心里对这样的青年人是有点发怵的，但他自己不愿意承认这一点。有一次他到汽车运输队去，何顺刚从外单位调来不久，不认识自己的党委书记，反而把祝同康当成了蹬三轮车的老大爷，拿他取笑着玩："老大爷，你那三个轱辘的还想跟我们四个轱辘的抢买卖！"

运输队队长田国福在旁边看见自己的司机取笑党委书记，这简直是给自己惹祸，脸立刻变了颜色："何顺，你别嬉皮笑脸，没大没小的，这是祝书记！"

祝同康心里也觉得不是滋味。

刘思佳走过来，脸上笑模悠悠，话一出嘴更是蔫坏损："老田，何顺把老祝当成蹬三轮的，是对党委书记最好的表扬，说明他像老工人一样朴实和平易近人。老祝同志，我的话有道理吧？"

祝同康还能说什么呢？只好点点头。他是个严肃而正派的人，不习惯于油腔滑调，更不习惯一个工人用这种腔调同他说话。别人可以指责他窝囊，缺少勇武果断的领导者气魄，前些年以软、散、懒区分干部的时候，他是被划在第一类的。但是上下都不能不承认他是个好人，这许多年变化无常的政治风云并未扭曲他做人的正直形象，多年掌管权力也并未被权力毒化了灵魂，对职工有长者的风度。也许正因为如此，刘思佳才敢这样随便地和他讲话，这使祝同康感到不舒服。在现在的年青人眼里，把各种各样的人一律都看成是相同的人，至于人身上的那些附加物，诸如金钱、地位、权力等等，全不放在他们眼里，跟任何人说话都是一样的无拘无束，随随便便。祝同康不能容忍这一点，尽管他也不主张把人分成等级。然而，当他听到，刘思佳像对待一个工友那样称他为"老祝"，而不是"祝书记"时，他无论如何不能高兴，但他能够隐忍着不表露出来。更有甚者是刘思佳对他的队长田国福的态度。

刘思佳转过身，一只胳膊亲热地勾住田国福的肩膀头，这个二十几岁的司机拍着他五十岁的领导的肩膀说："老田，你今天扮的这个角色可不够露脸，平时你跟司机们称兄道弟，吃吃喝喝，什么事也不管，由着大家的性子干。在领导跟前你翻脸不认人，装模作样，这多恶心。祝头是个正统的老干部，不会吃你这一套……"

他装得像说悄悄话的样子，可是调门很高，祝同康全听到了，也许刘思佳成心让他听到。田国福气得脸都白了，哆哆嗦嗦，光是"你，你……"的说不出话来。祝同康为了不使自己的部下更难堪，只好装做没听见。

刘思佳凭什么竟敢居高临下地取笑领导，而领导为什么不敢居高临下地管教他呢？

祝同康又抄起电话拨通了汽车队，半天没有人接电话，他不得不叫秘书立刻把汽车队的领导找来。

秘书问他："叫队长来，还是叫副队长来？"

队长田国福不大管事，刘思佳也不服他，叫他来没有什么用。副队长解净是个女孩子，刚去车队时间不长，她就能管得了刘思佳吗？祝同康犹犹豫豫地说："叫解净来一趟吧。"

秘书知道祝同康心里为什么犯难，这位书记脾气很好，没有架子，工作人员喜欢向他反映情况，给他进言："祝书记，听说小解也跟刘思佳那一伙司机关系不正常。"

祝同康心里一激灵："嗯？怎么个不正常？"

"她刚一去的时候，他们整她，现在她也跟他们要好了，抽烟喝酒，穿衣打扮也都在学他们那一套。"

"什么？小解学会了抽烟喝酒？不，这不可能，叫她立刻上我这儿来！"祝同康扫一眼办公桌上的一大叠文件，他没有心思看，也没有心思批，一屁股坐到沙发上。两只耳朵又痒起来了，他一着急生气，两个耳朵就奇痒难挨，西医说是神经的毛病，中医说是上火，气生火，火串到耳朵上。当领导不可能不生气，看来他这个耳痒的毛病得一直带到退休的那一天了。他掏出火柴棍挖着，挖完了这边挖那边。

如果真像秘书说的解净也变了，这对祝同康的打击比刘思佳卖煎饼还要严重。刘思佳无论出什么问题只能使他恼火，而不会伤心，他同这个青年人在私人感情上没有任何联系。解净就不一样了，如果她出了问题，他会非常难过，感到无限惋惜。解净是他发现的，并经他一手提拔培养起来的，她难道会和刘思佳站到一起？

祝同康把头靠在沙发背上，稀疏而雪白的头发垂下来，露出了光滑而柔嫩的头顶。他吸着了烟，眯起眼，烟雾围绕着他雪峰般的头颅盘绕。就是在这张沙发上，他和解净谈过多少次心。做为一个老年人，一个多年做党的工作的干部，和这样的女孩子谈心，真是一种快乐，一种享受，一种对自己心灵的净化。她思想纯洁到不能再纯洁了，就像一个透明的物体，从里到外一切活动都看得清清楚楚。她能够把自己一切最隐秘的思想活动都和盘托出来，在当今复杂的社会环境下要做到这一点多么可贵。她可以每天向党组织交一份思想汇报，而且那不是为了献媚讨好，不是单纯向组织表示靠拢的形式。她的每一份思想汇报都是真诚的思想检查。在她的眼里，党委书记就是党，就是给了她政治生命的父亲。她对政治生命比对自己的肉体更重视。那天她宣誓入党回来，哭了，哭得非常真诚，有感激，有惭愧。党在她的心里是那样崇高，那样伟大，她没有想到自己会这么容易地就成为党的队伍中的一员。她这样两手空空地走进来，好像对不起党，亵渎了党的尊严。他摸着她的头，眼睛发潮，他对党也有过这种感情。她单纯得令人感动，令人起敬，任何人和她在一起，都会从她身上照出自己心里的肮脏，看见自己身上的市侩习气，不自觉地想变得好一点。祝同康不止一次地感叹过，如果人人都像她这样，世界就有救了。可是他又担心，过分的单纯会使她吃亏，甚至是吃大亏。他愿意她永远保持一个纯洁的灵魂，但从爱护她的角度出发，他又希望她快点复杂起来，快点认识这个世界和人生，因为太单纯的灵魂只对别人有好处，对自己却有害无益。他的身份又妨碍他能如实地把世界真正的面目告诉她。再说他也不愿意伤害她心灵里对党怀有的那种美好的感情。她也曾向他提过一个问题：什么是成熟，什么是圆滑？人变得成熟了，是不是就意味着又圆又滑了？他的解答连自己都不满意。他终于长时间地在她面前扮演了党的化身的形象，像个真正的父亲一样处处保护着她，把她由秘书提拔成了宣传科副科长，始终没有让她离开自己的身边。在他眼里，解净是个德才兼备，最标准，最理想的好姑娘。"四人帮"倒台以后，他是老干部，地位和威望越来越高。解净是"文革牌"的新干部，而且是摇笔杆搞宣传的，由接班人的地位一下子降到处处吃白眼。她脸上那种纯真可爱的笑容消失了，永远消失了，她突然长大了十岁，一下子成熟了。她主动要求下车间去当工人。祝同康一再安慰她，说她不是"双突"干部，和"四人帮"也没有联系，决不会撤掉她的职务。她以前单纯得厉害，现在又固执得可怕。祝同康怕她神经上出毛病，最后答应了。但考虑到她对车间的生产不大熟悉，到基层去也会受罪，就把她派到汽车运输队，反正就是管五十多辆汽车，装货卸货呗。祝同康原想叫她当副支书，她死活不当政工干部。小小年纪，本来是吃政治饭的，一下子反而对搞政治伤透心了，汽车队的队长田国福又不大得力，祝同康就同意派解净去当了副队长。现在看这一招是对呢，还是错？祝同康有些懊悔了，一个女孩子怎么改造得了汽车队，把她派到那样一个嘎碴子、琉璃球聚集的地方，岂不是把她毁了吗？

三

上班的时间快到了，解净开着"解放"卡车下了郊区公路，从后门进厂，回到汽车运输队。司机们还没有来，她太累了，反正离上班的时间还早，她趴在方向盘上想休息一会儿。别说还是一个姑娘，就是一个棒小伙子也经不起这样折腾。快一年了，几乎每天早晨不到6点钟就进厂来练车，练到8点钟上班，把车交给司机。下午5点钟，别人都下班走了，她接过汽车再练习到8点钟。每天工作十五六个小时，怎么吃得消呢！

可她硬是顶下来了。不学不行啊，凡事都怕逼呀！她身为运输队的副队长，可是对汽车一窍不通，人家拿她耍笑着玩，像捉弄小孩子一样任意欺侮她。

　　她永远也不会忘记第一天来到汽车队所发生的事情。那是两年前了，祝书记亲自打电话把运输队队长田国福叫到党委。解净对田国福印象很好，虽然有人背后说他气魄小，能力差，什么事都一推六二五不拿主意，生产处的调度员们都喊他"田大娘"，他也高高兴兴地答应。这个人没脾气，是个老中层干部，不笑不说话，对新干部也一样，从来不歧视，青年干部都说他好话。解净能跟这样的老同志搭班子，当然很高兴，也暗暗感激祝书记的精心安排与照顾。

　　田国福听完党委的任命，满脸堆笑，亲热地握住了解净的手："太好了，我正求之不得。你这一去咱们车队肯定会改变面貌，欢迎，太欢迎了。"

　　解净满脸绯红，十分不好意思，诚恳地说："田队长，我什么也不懂，往后全靠您多帮助，您就收我当个徒弟吧。"

　　"哎，你这说到哪去了！我也是个外行，不会开汽车，会开车的反而在车队待不住。你年轻有为，脑子又好使，往后就多靠你了……"

　　祝同康也交代了几句，田国福一一点头，都答应了，然后客客气气地领着解净来到了运输队。

　　当时正值春末夏初，那一年气温热得早，那一天尤其热得反常，是一种奇特的燥热。阳光并不强烈，天空昏黄，预示着很快要变天，不是起大风，就是下暴雨。在运输队车库前面的空场边上有一棵大杨树，树荫下站着十来个年轻的男女司机，他们用一种奇怪的神情望着解净，他们认识这位宣传科的副科长，但都不说话，也不同她打招呼，气氛尴尬，解净窘得连头也不敢抬，红云从脸上爬到了耳朵根。

　　田国福那张像发面饼一般和气可亲的脸，忽然绷紧了，他异乎寻常的严肃劲很有点做作，像在舞台上念戏词儿一样对司机们说："各位师傅，这是党委给我们新派来的副队长，大名鼎鼎，是全厂最年轻的中层干部，不用介绍名字大家也都知道了……"

　　司机们"轰"的一声全笑了，解净更窘得难受了。

　　田国福不知是真的还是假的，他那副装模作样的正经劲实在逗人发笑，他自己却不笑，继续说："这一笑就全有了，说明大家是热烈欢迎的，我就用不着多说了。往后大家要多服从解副队长的领导，让我们运输队好上加好。"

　　又是一阵哄笑。

　　有人叫了一声："田头儿，你可真逗乐儿呀！"

　　田国福意味深长地向司机们挤挤眼，他和群众的关系似乎很好，随随便便地从一个司机口袋里抽出一烟叼在自己嘴上，司机还为他打着了火。解净在心里暗暗羡慕老田和工人这种亲亲热热的样子。司机们开始议论她，有的小声，有的大声，好像全不避讳她："她在上边挺美的，跑到下边来干什么？"

　　"别听那个，一定是在上边混不下去了才下来的。这道号的全是搞运动整人的，顺着'四人帮'的竿爬上来的，现在不吃香了，只好到下边来避避风……"说话的是个瘪脸司机。

　　兜头一盆冷水，解净的脸变得惨白，她的头垂得更低了。她以为离开了办公大楼，离开了政工部门，就是离开了政治，就听不到那些闲言碎语了。谁知是离开了咸菜缸又跳进了萝卜窖。楼上的干部们说闲话大多是在背后议论，还拐弯抹角绕点圈子，不使人太难堪，因为他们都了解内情，彼此差不多。可是这些工人，嘴上太缺德了，这样直截了当，又说得这样刻薄，这样刺耳。解净原来还以为到汽车队以后大家会举行个欢迎仪式，至少也会鼓两下掌，按一般的礼貌也应该有一点欢迎的表示。说不定还会请她讲几句话，新官上任表示一下决心和态度嘛，这是老套子了，她在心里还真是准备了几句话。想不到这一切全省去了，司机们并不欢迎她，用恶意的眼光看着她，用各种不堪入耳的话嘲笑她。

　　"她到这儿来会干什么呢？我看给咱们斟茶倒水，打火点烟倒挺合适。"

　　司机们又嘻嘻哈哈地笑了起来。

　　"别看人家什么也不会干，上边可有戳儿。是祝头的红人，当过祝头的贴身秘书。"

　　"以前她在上边清闲自在，咱们在下边受大累，现在她跑到下边来仍然管着咱，咱们还是受大累，这他妈的往哪儿说理去！"说话最难听的还是那个瘪脸司机。

　　有个四十多岁的老司机一直蹲在人群外边，低头抽烟，一声不吭。他头顶上的头发全脱光了，光光的大脑壳像寿星佬的头一样，可是黑森森异常茂密的胡子茬，从两鬓一直长到脖子上，手里托着一个自己用枣木疙瘩雕成的大烟斗，大小不亚于一个手榴弹。他实在听不下去了，"腾"一下从人群后面站起来，闷声闷气地插话了，嘴还稍有一点结巴："哥几个，得了吧，杀人不过头点地，人家新来乍……到，欺侮人家姑娘干嘛！"

瘪脸司机立刻朝他来了："孙大头，你可真会拍马屁，副队长刚一来你就拍上了。"

"何顺，你小子别找不自……自在！"孙大头要揪瘪脸司机，大家哈哈大笑，有的拦住了他，有的在一旁起哄："孙师傅，手里不是有手榴弹吗，给何顺脑袋来一下。"

司机们叽叽嘎嘎地又大笑起来。

解净气得浑身打战，全力控制着自己的眼泪不让它掉下来。

奇怪的是队长田国福，他和几个司机在旁边说说笑笑，好像没有听见大家的议论，一看要打架了这才走过来对司机们说："别闹了，开玩笑要有个分寸，副队长刚来，叫人家看看这像什么话。快干活去吧，再跑一趟就该下班了。"

孙大头和几个上年纪的司机开车走了，何顺几个坏小子却不动窝，拿队长的话当耳旁风，还在嘻嘻哈哈地胡打胡闹。

田国福小声对解净说："司机都是这玩艺，心直口快，脏嘴不脏心，你别往心里去。时间一长和他们混熟就好了。"

这说明刚才司机们的话他还是听到了，听到了装没听到，不拦不劝，装傻充愣，这使解净心里更不好受，她低着头一句话不说。田国福瞅个机会，借口要去办点事，叫解净多和工人聊一聊，他抽身走了，把解净扔在了空场上。

队长走了，老实巴交的司机都去干活了，剩下的几个全是歪毛淘气、嘎碴子琉璃球，他们围住了解净，问这问那，有捧的有骂的，有软的有硬的，有唱红脸的有唱白脸的，简直要把解净给吞下去了。他们的目的就是想给副队长来个下马威，一下子就把她气跑了，第二天即便打死她，她也不敢再到汽车队来了。汽车队是他们的天下，平时由他们说了算，队长田国福是个大外行，不敢得罪他们，他们落得个自由自在，热热闹闹。如今党委书记把自己手下的小干将派到这儿来，肯定是往汽车队楔钉子，想整顿这个"三不管单位"。往后汽车队有个屁大的事，解净就会把小报告直接打到党委书记那儿，那还了得！决不能让她站稳脚跟！

这场戏的总指挥是司机刘思佳，他本人却远远地躲在一辆卡车的驾驶楼子里，冷眼看着小哥儿们拿新来的女队长开心。他脸上一副若有所思的神情，令人难以捉摸。他的人比他的表情更难琢磨，汽车队里的好事也有他，坏事也少不了他，他一方面是十万公里无事故的好司机，同时也是一个坏小子，而且是坏小子的头。他设计这场戏是想看看解净这个时代的幸运儿，全厂青年人的尖子今天是怎样丢丑的。可是当他看到解净丢了丑，简直是狼狈透了，他却并不感到快活，甚至对这场恶作剧感到厌烦了，认为这一切都是这样的无聊和卑下。

解净活这么大，可是头一回经受这样的阵势，她的脸红了又白，白了又红，她感到自己是这样的软弱无力，孤立无援，不能辩白，不能发作，甚至不能哭。这算什么工人阶级，简直是一群流氓。她怎么会来到这样一个流氓窝里，怎么能在这儿长期待下去？可怜这个争强好胜的小姑娘，从里到外都是干干净净的，突然摔进垃圾坑，她感到难受，而且恶心。进工厂六年多了，却没有真正了解工厂。

"缺德鬼们，别光欺侮老实人！"女司机叶芳看不下去了，手里架着香烟走过来，用右手勾住解净的脖子，仗义地安慰她："别怕，对这帮臭狗食就不能讲客气。"

她从口袋里掏出一支带过滤嘴的香烟，递给解净："会抽烟吗？"

解净不好意思地摇摇头，她带着几分好奇抬起眼睛打量这位敢冲进坏小子群里为她解围的姑娘。她可真漂亮，秀发像翘起的凤尾，椭圆脸似粉妆玉刻，绣花绸衫，西服短裙，赤脚穿一双白色高跟牛皮凉鞋，难怪姑娘们半褒半贬地称她为"时装模特"，这身打扮的确帅气。别人这样打扮也许会觉得不自在，刺别人眼睛，但配上叶芳这匀称而窈窕的身材和她那落落大方的神情，就显得自然谐和，更衬得她明媚照人。她好像天生就该穿时髦的衣服，就该打扮得与众不同。像解净这样有头脑，有发展，在政治上追求进步的正派姑娘，平时对叶芳是不屑一顾的。今天，解净站在叶芳跟前，却觉得自己是这样的土气和委琐，对方倒是挺拔而俊美，尤其是叶芳那在众人面前敢于嬉笑怒骂、挥洒自如的性格，更叫她羡慕。

叶芳抱住她的肩膀嘁嘁笑着，把嘴凑到她耳边小声说："到这儿来可同在大楼当干部不一样，头一条要先学会打架骂街，文攻武卫全能来一套，护着自己不吃亏。"

"行了，别这样甜蜜啰唆的。"男司机们挤眉弄眼地把取笑的矛头对准了叶芳，"小叶，你巴结副队长是不是想入党，也想混个小官当一当？"

叶芳把下巴颏一扬，从嘴里吐出一团烟圈，用一种气人的、扬扬得意的腔调说："我就是巴结副队长，就是想入党，就是想捞个官当，好狠狠管管你们这帮臭狗食！"

"哈哈哈……"司机们挨了骂却发出一阵畅快的笑声，好像被漂亮姑娘骂一顿是一种很好的享受。

"真是贱骨肉，人家越不会抽烟越往人家眼前送，拍马屁拍到了马蹄上。"何顺嬉皮笑脸地向叶芳伸出手，"你有那么好的烟也给咱来一根儿。"

叶芳转过脸去，不搭理他。何顺可不是薄皮嫩肉的小白脸，你不搭理他，他搭理你。他又凑过来要抓叶芳的胳膊，想动手抢烟，他的手还没有碰到叶芳，手臂上却重重地挨了对方一巴掌。他装腔作势地叫起来："哎哟，好痛，你可真狠呀！"

叶芳从口袋里掏出多半盒带嘴的恒大牌香烟，高傲地把它丢到地上："不要脸的，都拿去吧，呛死你们。"

"打是疼，骂是爱，急了拿脚踹。"司机们高高兴兴地分抢着香烟。

叶芳也噗哧一声笑了，冲着解净说："对这帮下三滥能有什么办法。"

她自己又点上一支烟，也诚心诚意地再一次让解净："你抽一支尝尝吧，不要紧的……"

解净羞得满脸通红，连忙摆手："不行，我可不敢抽这玩艺！"

叶芳撇撇嘴："瞧你这个文静样儿，干我们这一行不会抽烟喝酒可不行。你呀，是个单颜色的大姑娘。"

"单颜色？"解净不明白。

叶芳嘎嘎地笑了："就是红色啊！你不是搞政治的吗？光会搞政工的人就像你身上穿的衣服一样单调、别扭。草活一秋，人活一世，凡是人应该享受的都要尝一尝。"

解净不敢赞成这种人活一世，吃喝玩乐的理论，可是她也不能反驳，必须先藏住自己的锋芒，叶芳的前半句话倒引起她心里的共鸣。她也是个姑娘，她也有爱美之心，她也喜欢把自己打扮得漂亮一点，可是她不敢，怕别人说闲话，为这些小事引起群众议论，影响自己的进步多不值得。她有时甚至眼馋叶芳那种毫无顾忌，我行我素的劲头。可她不能，她是有很多顾虑的。

叶芳拉着解净要回女司机的更衣室，坐在卡车里的刘思佳突然把汽车开过来，在她们跟前停住了，他打开车门探出身子，正儿八经地说："解副科长，您恐怕还没有坐过卡车吧？可是您既然想到运输队来工作，就得对运输工作做点调查研究，来吧，坐上来，我带着您兜一圈儿。"

叶芳脸色突然一沉，跳上踏板，把脸凑到刘思佳跟前，盯着他的眼睛小声问："思佳，你打的什么主意？头一天见面就想跟她兜风？"

刘思佳阴沉着脸说："你操心的太多了吧？"

"他就是刘思佳？"解净抬起头，碰上了刘思佳冷峻的怀有敌意的目光。刘思佳气宇轩昂，相貌清秀，双唇和嘴角流露出刚毅果断、坚韧不拔的神色。他有意拿腔捏调地称她为副科长，而不称呼她的新职务，这表明他不承认她是自己的副队长。她什么地方疼，就专朝那个地方戳。解净以前没有见过刘思佳，眼前的这个汽车司机和她想象中的"七机部长"完全不一样，他没有蓄长发留胡子，也没有穿奇装异服，看外表并不轻浮，也没有流气，面皮白净，神色镇定，倒像个有主见，有坚强性格的人。

刘思佳又做了一次邀请："怎么，不敢上车？解净同志，你连卡车都不敢坐，还想来当汽车队的副队长？是不是怕出车祸？不会的，我的命也不是轻于鸿毛，我不会拿它当儿戏。"

解净猜不透刘思佳这一手是什么意思，以前他们没有打过交道，更不会有什么隔阂，看上去他又跟何顺那种人不一样，不会是为了起哄看热闹而跟她过不去。不管怎样不上车是不行了，她跳上了卡车。

"我也跟你们去！"叶芳刚要上车，被何顺拉住了。何顺嘴里叼着一根香烟，左右两个耳朵上一边还夹着一根，冲着叶芳挤挤眼："八字还没一撇儿哪，醋劲就这么大，我替你去管着他。"

"呸，臭狗食！你最好屁股里也夹上一根！"叶芳骂完，自己又噗嗤一声笑了。卡车卷起一股烟尘，从她旁边开走了。

卡车开出厂门口，飞快地向郊外驶去。天色接近傍晚，果然刮起了西北风，风势一起就很猛，天空一片混沌，这是北方下沙子的天气。汽车顺着风头跑，耳边呼呼山响。解净坐在刘思佳和何顺的中间，刘思佳抱着方向盘，屁股像钉在了座位上。何顺拼命往里挤，整个身子都压在了解净的身上，解净要躲他，身子就得向左边歪，使自己的身子又靠在了刘思佳的肩膀上。何顺身上的汗臭、烟味以及无法忍受的男人的气息，钻进她的鼻孔里，她被呛得难受，尽力闭住嘴，不说话。她还从来没有这样肉挨肉地和小伙子挤在一堆过，她厌恶，她紧张，但又不能表露出来，用力镇定住自己。大风一阵阵吹进司机楼子，可是解净的脸上和身上却流满了汗水。

何顺开腔了："咳，这是何苦呢？像你这样细皮嫩肉的姑娘，在大楼里当个干部，办公室一坐，茶水喝着，电扇吹着，多美呀！有多少人想红了眼还捞不着呢，你倒偏往下边跑。你看上运输队哪一点了？"

刘思佳却把话接过来说："你不懂．这就叫有头脑，有上进心。前些年政治吃香的时候，人家搞政工；现在业务吃香了，又下来搞业务。好事全叫她们占了，这个世界简直就是为她们设计的。我们永远是他妈的受苦累的！"

解净不搭腔，假装听不出他们话里的刺儿。叫她说什么呢？难道能向这两个人谈心，把自己的思想解释清楚吗？别看她当了几年小干部，由于生性羞怯，并没有把嘴练出来。恬静的长圆脸，只是一阵阵发烫。她心里感到委屈极了，她刚一进工厂分配她到平炉车间学化验，她本来可以成为一个正儿八经的化验工，可是车间领导老叫她写材料，搞批判，以后党委书记到平炉车间蹲点又看中了她，把她调到厂部当了秘书，这能怪她吗？哪一次调动不是领导决定，工作需要？现在当她感到自己心里的长城一下子垮掉了，过去她视为很崇高很重要的工作，原来并没有什么实际价值，甚至有许多是空对空，是糊弄人的，对群众不仅无益反而有害。她觉得心里空落落的，什么也不懂，什么也不会，这些年白耽误了，她要到基层来好好锻炼，学点扎扎实实的本事，这有什么错呢？为什么要受到这种待遇？运输队的人不理解，还以为她犯了什么错误从上边被赶下来了，这是从哪儿说起！真正有问题的人哪一个愿意下来。这些年，大家对"四人帮"那一套有一股子气，对政工干部有意见，但为什么要把这股气撒在她的身上。她难道不是受害者！她甚至比别人更倒霉，她浪费了青春，浪费了生命，到现在一无所长，赶上精简机构她只能去守大门，扫马路。更可怕的是精神受到了捉弄，心灵遭到了蹂躏，她还只有二十多岁，她必须要重新建立新的生活的信念，一切从头学起，掌握一门实实在在的本领，这难道错了吗？解净倾尽全力压制在心里已经翻起来的后悔的情绪，这样匆忙地要求下来至少是太幼稚了，缺乏慎重考虑。

风越刮越烈，天地已经灰沉沉很难分开了，砂砾打得车篷啪啪作响。卡车开进了远郊的白灰场。白灰场已经笼罩在白濛濛的灰粉之中，工人们放下挡灰帽，把脸捂得严严实实。刘思佳把汽车停在下风头，汽车立刻被白粉吞没了。

何顺没有下车，伸出一只胳膊把取货单递给白灰场的工人。灰场的工人看着他们有点奇怪，心想，这个开车的八成是神经病，不然怎么会在这种天气来拉白灰？

他使劲敲敲汽车玻璃，对着驾驶楼子大声喊："喂，这么大的风天，装一车白灰，拉到你们厂连半车也剩不下，全扬场了！"

何顺在车里怪模怪样地大声回答："这有什么办法，咱是磨房的驴——听喝，头儿叫拉什么咱就来取这个受大累的。"

"你们头儿没长眼，天上下沙子看不见？"

"对喽，头头长眼的少。我们运输队的头头闹红眼病，天上下刀子也看不见，反正受累的是我们。"何顺把双腿一收，对解净说，"副队长，你别光在车上坐着看热闹，新官上任三把火，你得下去指挥着装车，今天风大，别让他们偷工减料少装了白灰。或者乱装乱扔，把车楼子弄脏了。"

解净知道这是成心捉弄她，可是她要不下去，他们一定会瞧不起她，说她怕苦怕脏。她什么苦都能吃，就是闲气受不了。她没有吭声，咬住下唇倔强地跳下了汽车。由于风太大，她的脚一下没有站稳，险些被大风刮倒。她听到司机楼子里传出了刘思佳和何顺的笑声，她扶住车头顽强地迎着狂风挺住了身子。大风搅着白灰粉末立刻朝她身上扑过来，眼睛被烧得生疼，嘴里、鼻孔里被灌得喘不上气来，嗓子被白灰烫得火辣辣发痒。她赶紧闭上眼，闭住嘴。一会儿工夫，她的头上身上就蒙上了一层厚厚的白灰粉，耳朵眼里、鼻子眼里也叫白粉塞满了。她变成了一个分不出男女的石灰人。一个装白灰的工人发现了她，扶她来到背风的地方，替她扑打掉身上的白灰，看见她是个姑娘，十分惊奇：

"你是钢厂新来的女司机？"

解净只好点点头。

"何顺这小子真不地道，自己坐在车里，倒叫徒弟下来检查装车。"

"其实你也不用下来，我们不会给你瞎装的。"这是几句极普通的话，可是解净感动得眼睛发潮了。这位热心的灰场工人，继续为不该他管的事发着牢骚："你们钢厂的头头也真是瞎胡闹，风这么大，在半路上就把白灰都刮跑了，白浪费钱，污染空气，还叫路上的行人骂你们！"

解净想了想，说："那你们就别装了。"

"已经装上这么多了。"

"都卸下来吧，为嘛叫大风白白地把它吹跑了呢。几位师傅多受累，谢谢你们。"

"我们倒没说的，你们空车回去头头会答应吗？"

"没关系，由我跟头头去讲。"

"那好，你这个小师傅倒挺通情达理。你上车，叫何顺起翻斗，我们在后边帮着一扒拉就行了。"白灰场的工人把提货单又退给了解净。

解净上了汽车，怎么跟刘思佳和何顺说呢？名义上她是他们的副队长，实际上连个小徒弟都不如，他们不会听她的。她心里发怵，可是，又不能不说，就鼓起勇气，客客气气地说："刘师傅，请你起翻斗，把白灰卸掉。"

"嗯？"刘思佳惊奇地盯住她，"不装了？"

"风太大，就是装满了，到半路上也得被大风吹走，白糟蹋东西，行人还得骂我们。"

"这是副队长的指示吗？"

解净脸红了，硬着头皮说："我这不是在和你们两位师傅商量吗？"

"要是影响了生产，厂部怪罪下来怎么办？"

"当然是由我去跟厂部讲。"解净的声音纤细而柔和，但带着一种特有的执著。

刘思佳没有猜到解净还会有这一手，陡直的下颚摆动了一下，脸上突然出现了一种不是他常有的表情。何顺看不出眉眼高低，冲着解净嚷起来："你算老几？刚来就想端起副队长的架子下命令，装！"

刘思佳没有看他，坚决地起动了卡车的翻斗，车厢立刻竖起来，把已经装上去的白灰又全部倒进灰池子里。何顺看看自己的同伴，他有点发愣。这个有胆量但没有德性的小伙子，猜错了同伴的心思，他以为刘思佳是被解净的副队长的头衔镇住了。一向桀骜不驯的刘思佳竟被一个刚来的小姑娘管得服服帖帖，太窝囊了，他要替同伴出这口气。何顺站起身，还想让解净坐到中间去。

"我身上有白灰，就坐在外边吧。"解净在靠近车门的一边勉强挤着坐下了。

"你坐在外边不行，汽车拐弯的时候要是把你甩下去谁负责？"

解净不搭理他，眼睛看着车窗外面。汽车开出了白灰场，何顺没话找话地说："小解，你要真想在运输队待下去，就得学会开汽车。"

这倒是句好话，解净看看他："你看我行吗？"

"我教你，认我做师傅就行。"

解净怀有戒心，不说行，也不说不行。绕着弯子说："反正我得从头学起，你们都是我师傅。"

见解净已经上套，何顺得意起来："学开车有一套规矩，你知道吗？第一，先要学会给师傅点烟。师傅把着方向盘，想抽烟点不着火，徒弟就得划着火柴给师傅把烟点着。就像这个样子……"他从口袋里掏出一根烟捅到刘思佳的嘴里，并且探过身子划着火柴替刘思佳把烟点着。然后自己嘴里也叼上一支烟，对解净说："你先学着点个试试，我看你当徒弟够格不够格。"

解净生气地把脸又扭开了。

"快点呀，是不好意思还是放不下架子？"何顺的身子一个劲挤她，她已经没处躲了，再躲就要掉下去了。她索性挺直了身子，对着何顺的脸说：

"你规矩一点！"

"规矩？哈哈哈……"何顺自己点着了烟，吸了一口把烟全喷到解净的脸上，"你别装假正经，干咱们这一行是没有规矩的。车船店脚牙，无罪也该杀，开车的是头一号。老实告诉你，给师傅点烟这是最简单的，后边还有更复杂的。一个姑娘想学会开车，不动点真格的还行！"

何顺说着话把一条胳膊搭在了解净的肩上，解净猛地站起来，几乎是带着哭音似的喊了一声："停车！"

刘思佳没有看她，反而加大了油门。解净打开车门："你不停下，我就跳车了！"

刘思佳一惊，一踩急刹车，卡车停住了。解净纵身跳了下去，连看也不看他们一眼，顶着大风向前走去，刘思佳愣住了。何顺恶声恶气地说："不管她，咱们走！"

卡车贴着解净的身边飞过去了，她再也控制不住自己，在心里憋了多半天的眼泪倾泻而下。风声把她的呜咽声吞没了，她没有擦眼泪，让满肚子的委屈痛痛快快地顺着泪水流出来吧。她一边哭，一边在大风中艰难地挪动着脚步。

按气象的规律，日出的时候起风，到日落时就会渐渐停息。傍晚起风则要刮一夜，到第二天出太阳风才会停歇。天渐渐黑下来，风越刮越烈。郊外的公路上没有一个行人，解净心里一阵阵发紧，头皮发麻。不知道这儿离厂里有多远，到什么时候才能走回去……

四

"小解，醒醒，祝书记叫你马上去一趟。"田国福手里提着皮包，使劲敲着卡车的玻璃窗。

"什么事？"解净从方向盘上抬起头，揉揉眼睛，看见田国福脸上那种捉摸不定的微笑。

"刚才我走到厂门口，看见厂部的秘书正往这边来，他叫你快去，祝书记有急事。"

解净看看表，八点二十分，甭问队长是刚来，手里还提着包嘛，又迟到了。

田国福明白自己副手的眼光，用自言自语的口气解释说："今天不知怎么啦，保健站里看病的人特别多，我等了二十多分钟才挨上号。小解，你快点去吧。"他转身进了办公室。

解净坐在车上没有马上动身，她到运输队快两年了，没有紧急事情从来不到厂部的办公大楼里去。这一方面是为了避嫌，免得司机们又怀疑她去向祝同康打小报告。尤其是队长老田，他知道解净和祝同康过去关系不错，心里老是嘀咕，生怕解净到党委书记那儿说他的坏话。说老实话，田国福可真不愿意自己的身边放上这么一个党委书记的小红人。解净下来以后才知道，她和党委书记的关系竟给她造成了如此沉重的包袱，她处处躲避着祝同康。另一方面，从她的心眼里也实在不想上楼，甚至不愿意看见那所大楼，不想看见那些和自己经历差不多，至今还留在楼上的小干部们。当然她更害怕碰上祝同康，他过去曾关心和爱护过她，对这种关心和爱护，她也曾表示过感激。可是现在她很难再说出类似感激的话了，她在生活中已经为党委书记对她的保护付出了沉重的代价。这难道能怪祝同康吗？最好的办法就是避免碰面。今天，党委书记点名叫她去，有什么事情呢？田国福一定知道是什么事，但是他不会告诉她。

解净拔下汽车的钥匙，跳下车去找叶芳，今天早晨她是驾着叶芳的车练习的。推开更衣室的门，见叶芳坐在凳子上闷头抽烟，这个无忧无虑的姑娘今天是怎么啦？她从叶芳手上夺过香烟，扔到地上踩灭，用一种对知心的朋友才有的口气说："小叶，抽烟太多嘴唇会变黑，脸皮会发黄，你怎么老记不住。嗯？今儿个为什么不高兴？"

叶芳没头没脑地问："小解，思佳卖煎饼你知道吗？"

"卖煎饼？"解净吃了一惊。

"咳，他跟何顺在大门口摆了个煎饼摊，把人都丢尽了！"叶芳见解净也不知道，心里的火气反倒消了一点，她真怕刘思佳事先把卖煎饼的事告诉解净而不告诉她。

"已经上班了，他还在卖吗？"

"上班前就收摊了，正在数钱，赚的钱思佳一分不要，全给了何顺，你说他图个什么？"

"噢……"解净心里一动，感到这件事不那么简单，决不仅仅是做小买卖的事。

外面有人喊："小解，祝书记来电话催你快去！"

"知道了。"她走出更衣室，明白党委书记为什么要找她了，这种事应该叫老田去，他是运输队的一把手。既然上边点了名，她不能不去，好在知道了祝书记找她不是关心她的前途，谈她如何进步的事，她心里反倒坦然多了。现在的谜是刘思佳，他做买卖可又不要赚来的钱，这出于什么动机呢？她应该先去问问他，然后再去见祝同康。她立刻想到这时候从他的嘴里什么也不会问出来，只好先去见书记，有什么问题以后再说。叶芳为什么生那么大的气呢？她爱刘思佳，这全队的人都知道，而且在任何场合她都敢于表示这种爱。这一次刘思佳显然是伤了她的心，这个只有小学文化程度的俏姑娘，爱打扮，说话喜欢带脏字，因此被许多人误解了。解净就曾经那样厌恶过她，瞧不起她，在最困难的时候却正是她帮助了自己。她喜欢叶芳的爽快和侠烈，她们成了好朋友。她甚至希望叶芳和刘思佳能够真的成为一对很好的恋人，她愿意促成这件事，可摸不准刘思佳的态度，他不拒绝，也没有接受，谁也不知道他打的什么主意。

那天晚上，解净在风沙中没有挣扎多久，身上的力气就使完了。前不着村，后不靠店，呼天不应，叫地不灵，风沙抽得脸生疼，她又渴又饿，脚步越来越慢，要不是一种莫名其妙的恐惧逼着她，她真想在道边上躺下来。就在这个时候，前面射来一道昏黄的汽车灯光，解净心里懊恼，这汽车要是从后面开来的该多好，她可以搭车进城，她心里这样想着，对面的汽车开到她跟前果然停住了，叶芳打开车门跳下来："小解，快上车！"

她扶着解净坐进驾驶楼子，把汽车掉转了头。再看解净，已经变成了土人，叶芳那颗姑娘的心软了，真心实意地可怜起这个倒霉的刚上任的副队长来了："这俩挨千刀的，瞧他们办的这号缺德事。回去我跟他们算账！对，今天晚上他们在黄桥饭店打赌，我们去，叫何顺那小子请客。"

叶芳关了驾驶楼的灯，给油挂档，汽车开动了。解净靠在座位上，歇息了一会儿，情绪渐渐稳定了，只是口干舌燥，身上痒得难受。她怎么也没有想到叶芳会开车来接她，这倒是一个善良的、热心热肠的姑娘。她爱刘思佳，可是刘思佳欺侮了人她也敢于站出来抱打不平；她曾嫉妒刘思佳和解净接触，可是知道刘思佳把解净扔在了荒郊野外，她不是幸灾乐祸，而是来帮她脱离危难。解净心里热起来，刚才她和风沙搏斗的时候，几乎已经打定了主意，明天一早就去找党委，决不在运输队待下去。可是现在她又横下了一条心，坚决在运输队待下去，这里有好人，被人称作"时装模特"的姑娘都这样乐于慷慨助人，更不用说像孙大头那样一些老司机了，解净忽然觉得自己并不孤单。

她用感激的目光望着叶芳，对叶芳熟练的驾驶技术发生了兴趣，她是怎么学会开车的呢？她当初学开车的时候也吃过亏，受过"师傅"的侮辱吗？

解净问："叶师傅，你是跟谁学会开车的？"

"哟，你可别叫我师傅，叫小叶就行。我的师傅是孙大头。"

"他名字也叫孙大头？"

"不，大名叫孙学武。"

"你学开车也受过师傅的气吗？"

"没有，孙大头样子长得凶，人可好极了。脾气沾火就着，两句好话就消火，他从不欺侮徒弟。就是同行的这帮坏小子们，总想找姑娘的便宜，得防着一点。"

"师傅开车的时候你也得给他点烟？"

叶芳笑了："点烟算什么。"

"你是什么时候学会抽烟的？"

"打从当司机才抽上这玩艺，这是职业病。干这一行到哪儿都是烟，成天在烟里熏着，自己要不会抽可别扭啦。"

"你现在想抽吗？我给你点一支。"

解净给叶芳点上一支烟，女司机高兴了。她趁机提出一个百思不得其解的问题："小叶，我又没有得罪过运输队的人，何顺、刘思佳他为什么这样恨我？"

叶芳对这类问题从来不动脑子多想，用她想当然的解释回答解净："你别小心眼，他们与你没冤没仇，恨你干什么。还不是看你混得好比我们都得意，也许有人生气。要不就是男人的毛病，见了姑娘就想捞点便宜。"

"噢……"解净不完全相信叶芳的解释，前边的那半句话倒值得琢磨。两个人说着话，汽车已经驶进了市区。叶芳没有驾着汽车奔回钢厂，却向西绕了个弯，来到离钢厂不远的黄桥饭店门前停住了。叶芳朝解净努努嘴："快看，这几个小子吃得多美。"

饭店里灯光通明，隔着宽大的玻璃窗解净看见刘思佳、何顺和另外两个年轻的司机独占着临窗的一张大餐桌，那两个司机一人揪住何顺的一只耳朵，高声喊叫着："认输不认输？快说！"

他们的吵闹声一直传到了大街上。

叶芳急不可耐了，拉着解净就要下车："快，咱们也去凑凑热闹，吃他点。"

解净最厌恶甚至害怕这种场合，正经的姑娘哪能和这些流里流气的小伙子坐在馆子里吃饭，要是传出去那还得了！她对叶芳说："你去吧，我在车里等你。"

"这怎么行，既然走到这儿赶上了，要不进去吃他一顿，岂不太便宜他们了！过后他们还会得便宜卖乖。"

"不行，我一滴酒不会喝。"

"那就光吃菜。"

"你瞧我这一身灰土，怎么能进饭馆。"

"要的就是这个劲，叫何顺看看，罚他请客！"

"不行不行，我可不去……"

叶芳的脸立刻拉下来了："你是怕丢了党员的身份，对吧？哼，我告诉你，在汽车队里你要是老端着这个酸架子可吃不开，到时候别怪我不捧场！"她说完自己转身进饭店去了。

解净坐在车上心里很不是滋味，等在这儿很尴尬，自己偷偷走开也不像话。她看见叶芳大大方方地走进餐厅，坐在刘思佳身边，先端起刘思佳的酒杯喝了一大口，何顺讨好地拿筷子把菜递到她面前，她毫不扭捏，一口吞下去了。她显然是没有吃晚饭就去接解净，肚子饿了，坐下去很不客气地一顿狼吞虎咽。解净看得眼馋起来，她饥肠辘辘，也真想下去吃点东西，哪怕喝上一口水解解渴也好，可是她又缺乏这种勇气。这才叫脸皮厚吃个够，脸皮薄摸不着。叶芳往餐桌前一坐，整个餐厅都以她为中心，同桌的小伙子们明显地巴结她，为她斟酒，给她夹菜。外桌的顾客也都用各种各样的目光看着她。叶芳全不在乎，旁若无人，和小伙子们又吃又喝，有说有笑。她的肚里有了底儿以后，何顺把一支烟递到她嘴里，还为她点着火，她深深地吸了一口，扬起头朝窗外的卡车翘了翘下巴，大概是讲起解净的事。解净赶紧掉开脸，不再看他们。

"党员同志，敢不敢喝一杯二流子的酒解解渴？"解净一惊，转过脸来看见刘思佳站在车门口，手里端着一杯啤酒直举到她面前。她猜不透刘思佳这样干是什么意思，但是如果不喝下这杯酒，就等于不懂礼貌，给他一个难堪。这种人顾脸面讲义气，驳了他的面子就肯定会惹恼他。解净犹豫了一下，接过了酒杯，试着喝了一小口。过去不论什么酒她都没有沾过唇，今天实在渴坏了，觉得凉丝丝的啤酒喝下去非常舒服。她一仰头把一杯酒全喝下去了，胃里感到很舒服，头却有点晕。

"再来一杯？"

解净摇摇头："谢谢你。"

"嗯，还不错，要想来指挥别人，首先能够指挥自己。"

解净不解地看看这个阴阳怪气的青年人，她没有听懂他的话。

"做人的尊严，当领导的资格不能仰仗别人施舍，更不是党委所能任命的。有人要政治手腕也许是科班出身，可是现在靠政治手腕再也得不到政治信任了。在社会上混，除了手腕还要有坚强的中枢神经。副队长，你的神经不脆弱吧？"刘思佳嘴里的酒气伴着他的话扑到解净的脸上。

"我的神经不用你担心，可也没耍什么手腕。你这人说话怎么这样刻薄！"

刘思佳冷冷一笑："这不叫刻薄，你是搞政治的还不懂这个？做人的力量就在说话里边，要是不说话岂不和畜牲差不多了！"

解净觉得和他说话十分困难，老是处于劣势，神经紧张。此时她的头也晕得更厉害了，便转过脸去不再搭理刘思佳。他仍旧在用一种男子所特有的眼光望着解净。她没有看他，可是感觉到了。

叶芳从餐厅里走出来，不高兴地对刘思佳说："你这送酒的搭讪起来没完了，你们说什么了？"

刘思佳没有解释，却抬腿蹬上了踏板，然后才回头说："你们先吃吧，我把车送到厂里再回来。"

"你送她？"叶芳突然恶狠狠地揪住刘思佳的衣襟，"你可真是反复无常，刚才还那么恨她，把白酒掺到啤酒里，将她灌醉了，现在又要亲自送她回去，你打的是什么主意？"

解净虽然头晕，但心里明白，她吓了一跳，打起精神想下车。刘思佳推开了叶芳，坐到汽车里面。叶芳绕过去从另一个车门也爬进了汽车，坐在了刘思佳和解净的中间。刘思佳没有理她，发动着了汽车，卡车也像一个喝多了酒的醉汉，顶着大风向前冲去。

叶芳压不住火气，突然用拳头发疯似的捶打着刘思佳的肩膀头，然后又把脸趴在他的肩上哭了起来。

刘思佳身子挺直，眼睛盯住前面，把住方向盘的手纹丝不动："你别抽疯好不好，你也应该学学人家副队长，搞政治的人都是恒温，不管遇到什么事，不动感情，不动声色。哪像你这么忽冷忽热。"

"你说，你打的是什么主意？为什么你要送她回去？"

"往啤酒里掺白酒是何顺干的，你又不是没看见。我所以要送她，是看你喝酒太多了，要开车出了事怎么办？"

叶芳突然凑过脸去，朝着刘思佳的头吻起来，也顾不得坐在旁边的解净看见看不见。心想叫她看看倒也好，让她知道她对思佳有多好，她是多么爱他，省得以后她再打他的主意。

可惜解净没有看见，她因为抗不过酒力，再加上今天也实在疲乏，靠在座位上轻轻地睡着了。

五

解净踏上了办公大楼的楼梯，忽然对这幢自己非常熟悉的楼房产生了一种异样的陌生的感觉。什么地方变了呢？她认真地打量着，单号房间还是行政办公部门，二〇一是厂长办公室，二〇三是会议室，往下数就是厂长们的房间、生产处、供销处等等；双号房间是政工系统，二〇二是党委办公室，二〇四是组织科，往下数是武装部、保卫科、宣传科，二一二是党委书记祝同康的办公室。没有变，连牌子也没换，还是原来的油漆已经发黄了的木牌牌，木牌上各个部门的名称还是她写的哪，这是她第一次公开显露自己在书法上的特长。就连楼道里的痰盂也还是放在老地方。物没有变，人变了，两年前她离开这座大楼的时候，心里空虚惶惑，没着没落；现在她学会了开汽车，是汽车运输队名副其实的副队长，心里踏实，脚下有根，走在楼板上连自己都觉得步子坚实有力。奇怪，以前她在大楼里办公，觉得自己并不是大楼的主人；现在离开了大楼，反而觉得有资格当大楼的主人。

当她推开党委书记办公室的门，心里已经有些激动了，只看到了一个露在沙发背外面的老人的头顶，几缕稀疏的、像婴儿的头发一般柔软的白发垂下来，已经遮不住光滑的头顶，连绷得很紧的血管都看得清清楚楚。一种复杂的感情在解净的心里翻上来，这里面搅和着有尊敬、感激，还有一些说不清楚的埋怨。她轻轻地叫了一声：

"祝书记，是您找我吗？"

"呵，小解，快坐下。"刚才显然是正在走神的祝同康连忙招呼解净坐下，他心里的不平静不亚于对方。他对这个女孩子怀有一种特殊的感情，除去上级对下级的关怀和照顾之外，还有一种近似父爱的东西。尤其是当他对自己的两个不争气的孩子彻底失望之后，对解净这个他以为最理想的青年人的感情就更强烈了。他高兴地抬起头，想仔仔细细地端详一下解净，看她在下边待了这么长时间有什么变化。这一端详不要紧，他的心立刻收紧了，脸也沉了下来，脸上亲切的笑纹像一片云似的倏地消失了，恢复了党委书记应有的威严和公事公办的神情。

祝同康神情的变化令解净惊奇莫名，她低头瞧瞧自己的身上，哎呀，糟糕！怎么穿着这身衣服就来了。

上个月，有一天下班后叶芳没有事情陪着解净练车，练完车换衣服的时候，解净不知怎么回事脑子里突然冒出一个念头，想穿上叶芳那身西装试试好看不好看，穿好后到镜子跟前一照，连她都不认识自己了，人配衣服马配鞍，一点不假，她想不到自己还能这么漂亮，觉得不好意思，心里又暗暗高兴。叶芳撺掇她去做一身，她嘴上说不做，心里也犹豫，可最后还是做了这身银灰色的西装。开始不敢穿着这套衣服到厂里来，只在下班后回到家里穿一小会儿。越来胆子越大，敢穿着它上下班了。又怕别人说闲话，上下班不坐公共汽车，改成骑自行车。她对这套衣服渐渐地习惯了。今天起得晚了一点，没有来得及换衣服就去练车，刚才被催得急，匆匆忙忙就跑来了，把上班就应该换成工作服的老规矩给忘了。一个共产党员，中层干部，工作时间穿着一身干干净净的西装，别人会怎么说？解净的脸微微泛红，心里有点不自在，但是这种事不能描，越描越黑。穿着这样一身衣服重登办公大楼会引起什么影响，她是清楚的。已经走到了这一步也用不着后悔，穿西装并不违犯纪律，她镇定住自己，嘴边那块浅浅的小痣有点发红，透出一种自信和执拗。她也摆出了一副办公事的严肃态度，尽量不给党委书记以机会让他问及自己的情况，她现在极不情愿和过去自己十分尊敬的老领导谈论自己的事情，就以攻为守地问："祝书记，您找我有什么事情？"

祝同康淡淡地、好像心不在焉地问："这两年你在下边干得怎么样？"

解净心里涌起反感，要谈刘思佳卖煎饼的问题就直截了当，干嘛又把我拉扯进来，您一见我这身打扮就皱起眉头，闭住眼睛，一脸反感，难道真有必要再来一番关心、爱护、惋惜之类的大道理吗？但她决不能让自己的不耐烦表现出来，神色只是变得冷漠了，用一种坦然的平等的口吻说："您问哪一方面呢？"

是啊，问她什么呢？一切不都摆在了你的面前，还用问吗？祝同康心里发冷，他意识到了自己的严重失职，他在党委分工是管干部的，可是解净下去以后他就没有认真管过她。虽然听到过不少关于她的议论，什么每天不务正业光是一门心思学开汽车，什么大楼召开的会议她不来参加等等，但他袒护她，一直也没有找她来谈一谈，现在却变成了这个样子，一个多么好的年轻干部，本来是很有希望的，这究竟怪谁呢？是他党委书记的影响力太弱，还是刘思佳这伙青年人的腐蚀力太强？现在的青年人一个个简直都是无法猜透的谜，自己的儿子是谜，刘思佳是谜，现在解净也成了谜。

他给自己点上一支烟，突然又抽出一支递向解净："你也抽一支吧。"

"谢谢，我不抽。"

"听说你也学会了？"他不敢看她，更不满意自己怎么会问出这样的话。

"是的，我学会了。"

解净突然起身，大大方方地从书记的烟盒里抽出一支烟，点着吸了一口。她学会了抽烟，但是没有瘾，甚至还厌恶姑娘们吸烟，她自己平时是决不吸烟的。这一刻连她自己也说不清是出于一种什么心理，故意要在书记面前吸上一支烟，叫他看看，听他怎么说。

　　现在感到不好意思的不是解净，倒是祝同康，他不敢看、不忍看解净叼着烟卷的那个样子，他一肚子火气，可又发作不出来。

　　解净内心里也非常紧张，她甚至后悔不该吸这支烟，嗓子眼辣得难受，直想喝水。但她故意装得态度自然，说话也显得理智、客气而且很有分寸。

　　祝同康心里感到压抑，他受不了解净这种和他以平等的身份抽烟和说话的劲头，可是他又发作不起来。他很想和她好好谈一谈，以前她心里有什么事情不等他问就主动地全告诉他，现在却不行了，他们表面上的上下级关系还没有变，可是双方的精神力量发生了根本的变化。他在她的眼里不再是党的化身，也不是父亲式的人物了。她的眼光，她的气质，她还带有姑娘的羞涩的冷峻和探究的神色，以及她身上的每一个变化，都标志着她已经成熟了。以前他曾经希望她快点成熟起来，现在她真的成熟了，他却本能地感到一种恐惧和威胁，他们之间已经疏远了，不可能再像过去那样推心置腹了。他希望快点结束这场谈话：

　　"你们队里的刘思佳、何顺在厂门口摆了个煎饼摊，你知道吗？"

　　"刚才听人讲了。"

　　"拿着国家工资的职工，是不允许再做小买卖的，你们要严肃处理这件事，影响太坏了！"

　　"您说应该怎么处理？"

　　"你们先拿出个意见来再说。"

　　"依据是什么？关于怎样处理这种事情国家有文件吗？"

　　"哦……问问保卫处。"

　　"刚才我经过保卫处的时候问过了，国家对怎样处理这种事情没有明确规定。倘若我们处理了刘思佳，他要不服怎么办？"

　　"那就做工作。"

　　"做不通呢？"

　　"叫你这么说就没有办法了？"

　　"有办法，这个办法要党委出，得党委拿出决议。咱厂今年的任务到底有多少？有多少人没活干？工资够发几个月的？奖金到底还给不给？这种局面要延续多长时间？工人可不可以自找门路，有类似自找门路的事情发生后怎么办？领导心里应该有数，要向群众交底。上面一摊糊涂浆子，下面人心惶惶，光抓一个刘思佳卖煎饼顶什么用！"

祝同康语塞，被捅到了痛处，他心里对这些问题也没有底数。

"按劳动条例职工旷工半年就应开除厂籍，二车间有个工人旷工一年去搞贩运，党委毫无办法，一不敢治罪，二不敢开除。您叫我们怎么处理刘思佳？再说咱厂的食堂，早晨只有馒头咸菜，大街上的烧饼油条都是冷的，落满尘土，工人还说刘思佳办了一件好事呢。"

"你还替他说好话？"

"我向领导反映实际情况。"

"小解，别忘了你是什么身份，他是什么人……"

不能这样一句对一句地叮当下去了，祝同康先自软了下来，叹了一口气。青年不好管，向青年干部布置工作也不是愉快的事，他们有自己的主见，或者不如说是偏见，又不管你是什么领导，什么上级，只管唇枪舌箭乱放一阵。老年人，脑子稍微迟钝一点就招架不了。他后悔，不该找解净来，如果是叫田国福来事情就好商量了。他回去以后也许什么事都不办，但当面决不给领导难堪，好好是是，点头哈腰，满口答应，对书记恭恭敬敬。自己最信得过的人，现在却拨拉不动。

解净事先也万万没有料到，她竟用这种态度同祝同康讲话，伤害了自己尊敬的党委书记，她心里也感到别扭，甚至替对方难过。但她不知为什么就是控制不住自己的情绪。两年来她在下边受了一些委屈，其中有一部分是因给祝同康当秘书背的黑锅。今天好像是情不自禁地用这种异乎寻常的方式，对过去因爱护她反而耽误了她的人诉说委屈，进行报复。对真心实意为她好的祝同康来说，这难道是公平的吗？

僵住以后，老同志主动求和，自己找台阶下来，这是当今这个时代从社会到家庭的普遍现象。祝同康转换话题，尽量表现得亲切一些，可是像过去那种领导和长辈兼而有之的真挚感情已不复存在了。

"小解，听说你每天都醉心于练习开汽车？"

"练习一年多了，除去大客车，其余的汽车全都能够驾驶，明后天再进行一次路考，全部项目都考完了，我就可以取得正式的驾驶执照。"

"这是不务正业，你是干部，不是司机。"

"在运输队当个不会开车的干部，就像个瞎子、聋子！"

"你若是感到在运输队工作吃力，党委可以考虑把你调出来，楼上的科室里也很需要人。"他真愿意趁此机会挽救这个姑娘。她离开了运输队，来到自己的眼皮底下还会变过来的。

"不，不，不！"解净一连说了三个"不"，她决不离开运输队，不能半途而废，一定要把白本子（汽车司机的练习执照是白色的）换成红本子（正式的汽车司机驾驶证是红色的）。她惊奇党委书记怎么会说出这样的话。他难道真的不理解她为什么非要学会开汽车，他甚至不想打听这两年她在下面是怎样过来的，今天她能抬着头重进办公楼，是付出了怎样的心血啊！她现在有信心，有力量安排自己生活的道路，不再盲目顺从别人的意志，不轻信没有经过她亲身实践检验的信条。生活修正了她全部的人生计划……

钢厂有一条制度，每天夜里各单位都要有一名领导干部值班。自从解净来到运输队，田国福不是身体不舒服，就是家里经常有事情，夜间值班的事几乎全落在了她的身上。她上任后的第三天夜里，两点钟的时候，电话铃声把她叫醒了，一车间亟须泡花碱，值班厂长叫她立刻派汽车去运。

解净打开司机的花名册，查找家离钢厂最近的司机。冤家路窄，又是何顺。有什么办法呢！解净骑上值班用的自行车出了厂门口，夜深人静，她的头皮一阵阵发紧。不知从什么地方钻出一条狗，追着她的自行车轱辘咬，她的头发一根根仿佛都要立起来了，把自行车蹬得飞快，好不容易找到何顺的家，硬着头皮喊了好半天才叫开门。何顺赤条条只穿件短裤走出来，睡眼惺忪地盯着解净，先伸了个懒腰，打了一通哈欠，故意装成迷迷瞪瞪的样子说："哎呀——嘿，这热被窝真舒服，半夜三更的你不睡觉还不让别人睡觉，把我喊起来干什么？"

"何师傅，一车间停工待料了，厂长叫我们立刻去运泡花碱，你辛苦一趟吧。"

"停工待料有我的什么事？这是你们干部的事情，与我无关。"

"这的确是生产处的干部计划不周，但现在火烧眉毛，不能眼看车间停产，请你给救救急吧。"

"救急？谁救我的急？"

"半夜出车给你发加班费，你如果愿意倒休也可以。"

"我不要钱，也不要倒休。"

"你要什么？"

"我要个大姑娘跟我睡一觉。"

解净二话不说，转身骑上车就跑。身后传来何顺哈哈的笑声："你快跑吧，跑回去好挨厂长的骂。"

解净心里装满了气，不觉得怕了。她回到运输队，老远就听到值班室的电话在响，在这静静的深夜里，电话铃声格外尖厉刺耳，令人毛骨悚然。她不敢接，又不能不接。心里战战兢兢地拿起了听筒，值班厂长果然发火了："为什么汽车还不来？嗯！你是谁？你既然主不了事，为什么要值班？影响了全厂的生产你负得了责吗？立刻去把田国福给我找来！"

解净小声地说："汽车一会儿就到。"

她知道这时候去叫田国福比叫司机还难。她又来到何顺的家，何顺刚睡着又被喊了起来，他不再嘻嘻哈哈，而是一肚子火气："你又回来干什么？"

"你说哪？"解净豁出去了，反而显得镇定了，理直气壮地说，"如果你根本不知道一车间急等用车的事，天塌了也没有你的责任。可是我既然来找你，把事情的严重性都告诉了你，我尽到了责任，再不去就是你的事了。我回去如实向厂长汇报，使一车间停产，影响这个月全厂完成任务，缴不了利润，发不了奖金，全得由你负责！"

"哈哈，你还猪八戒耍把式——倒打一耙，我不吃这一套，你唬不住我！"何顺嘴上这么说，心里也有点毛了，经过较量，这个女队长是手心里的面团，怎么忽然硬起来了？他欺侮她不过是为了找乐儿，他可不愿意为这种事被扣工资，扣奖金，闹得厂部都知道了说不定还会挨个处分。他从门洞的黑影里走出来，一步步逼到解净的跟前。

解净在心里给自己壮胆：你可千万不能退，要挺住，看他怎么办。

"我压根就没说不去，但是你得答应我的条件。"

"你的条件我全部答应，而且还要把你对我提的条件向厂部汇报，让全厂的人都知道，我吃亏要吃在明处。"

"哎呀，你可别拿这个吓唬我，我这个人胆子可小。"

"我为什么要吓唬你，我知道你胆子大得很，天不怕地不怕。"解净没有退，反而往何顺的院里走，声音也提高了，"有胆量把你的父亲、母亲、姐姐、妹妹全喊起来，让他们听听你的条件，看着我怎么答应你的条件，日后有人调查也好做个证明！"

"天哪，姑奶奶，你打住吧。"何顺怯阵了，一把拉住了解净，"你先走，我穿上衣服随后就到。"

"我等你一块儿走。"解净生怕他再耍什么花招。

何顺没有再说废话，跟着解净来到厂里，乖乖地开车去拉泡花碱。

解净回到值班室里，一点睡意也没有了。今天夜里用这种"拉泼头"的办法应付过去了，幸亏是在夜里看不清脸色，若是在大白天她无论如何也放不下这个脸，刚才她真是被逼得走投无路了。往后不能总是这个样子呀！夜里由干部值班，可是干部都不会开车，有了紧急事情还得到家里去请司机，多耽误事，应该让司机轮流上夜班。但她说话不算数，谁会愿意上夜班呢？她想到了孙大头，他也许愿意带个头。这几天，孙大头他们几个上了年纪的司机倒对她很客气，越是跟她年纪差不多的司机，越不买她的账。运输队的司机大部分是青年人，乱子也多数出在他们身上。她来到运输队才几天的工夫，耳朵里装满了，眼睛看够了，这个地方，人不多问题不少，有油水可捞的任务，大伙都抢着去；没有油水的活，特别是又苦又累的活，如拉白灰、运水泥，谁也不愿意去。全队五十部卡车，最严重的时候只能开动四部车，其余的全趴蛋了，掉个螺丝也说要大修。有什么办法，领导是外行，明知受骗也只好认头。对下管不了，对上还得把司机用来骗自己的话再拿去骗厂部领导，小官僚糊弄大官僚，假话当真话说。有时碰上懂行的厂长，挨一顿骂，上下不落好，两头受气。运输队还不是管理不善，简直是没有管理，司机们吃请，受贿，什么稀奇古怪的事情都有。

解净实实在在地感到发愁，自己什么也不懂，光看到一堆问题，却拿不出一个解决的办法。她安慰自己，人家队长都不着急，你发的什么愁？不，队长工资不少了，年龄不小了，过两年孩子一顶替就退休回家了。你呢？要求下来不就是想好好干一干吗，进厂后的头一步没有迈好，第二步不能再错了，学会一技之长，掌握真实的而不是虚假的本事，在运输队这个生活的新教室里，不断学习新东西，年年升级，甚至为了赶上别人，补回丢掉的那五年时间还得跳级。倘若被生活淘汰，在人生的路途上当个留级生太不光彩，她还年轻，她的性格也不允许自己在同辈人中老坐红椅子。解净忽然发现在值班室的窗台上放着半盒劣等香烟，就抽出一支叼在嘴上，划着火柴试着轻轻地吸了一口，一股苦涩和辛辣的味道立刻钻进嗓子眼里，她赶紧扔掉香烟，立刻用白水漱口，漱了好几次，嗓子眼里那股臭烘烘的烟味仍然漱不掉，只好用牙刷放上牙膏漱嘴，漱完嘴又赶紧吃糖，好半天才把嘴里的烟味赶走。抽烟真是比吃汤药还难受，这明明是活受罪，可是解净突然想通过这件事锻炼自己的毅力和决心，连抽烟都学不会，还怎么在这个汽车队干下去。她皱着眉头又抽了一口，然后赶紧再漱嘴。就这样抽一口烟，漱一阵嘴，一直坚持练习到司机们上班来。她手指上夹着一支烟，故意拿着架势去找叶芳。叶芳一看她这个样子，抱住她咯咯地笑了："一看你这架势就是个老外，瞧你那两个手指头翘得那个高，好像夹着的不是烟卷儿是毒药。"

"小叶，从今天起我要拜你做师傅。"

"学抽烟？"

"不，学开车。"

"开车？"

"你不教？"

"……行，我教。"

"一言为定？"

"一言为定！"

六

这是会议吗？是，又不是。

说它是，这的确是一种特殊的会议。地点：男更衣室；时间：刚一上班；主持人：未经上级任命，也不是群众选举产生，无名然而有实的汽车运输队地下队长刘思佳；参加人：没有限制，自由参加，何顺等几个青年司机必不可少。

说它不是，这也的确不像个开会的样子。没有事先通知，也不用临时召集，没有中心议题，也没有发言的次序，连坐在这儿的人也不认为自己是在开会。

但是，任何不愿意参加正式的会议、学习、讨论的人，却愿意参加这种特殊的会议，竞相发言，各抒己见，气氛认真而热烈，有时山南海北，社会新闻，小道广播，冤假奇案，胡聊一顿；有时围绕着一个问题争论不休，甚至大骂出口，大打出手，最后以刘思佳的话为结论。

今天讨论的议题也是卖煎饼：

"这一手真不错，谁结婚钱不够不用发愁了，人家成立了婚姻介绍所，我们成立一个'结婚资金筹备委员会'，让思佳当主任，大家排排队挨个轮，轮上谁就给思佳打下手卖煎饼。何顺是头一个。"

"他的对象老岳母还没给他生下来呢，得往后排，思佳是头一个。"

"思佳一分钱不要！"

何顺正为这件事心里犯嘀咕，刚才数完钱，今天早晨净赚二十七元四角，刘思佳一分不要，全让他一个人装起来，他又惊又喜，又有点不大自在。钱是好东西，他多捞一点当然是美事一桩，可力气全是刘思佳出的，刘思佳又是他的好朋友，自己这样独吞太不仗义了，别人也会说闲话。他又从口袋里把那二十七元四角掏出来了，放在板凳上："思佳，这样做不行，你不要我也不要。你讲义气，我也不能当小人，要不咱就公事公办，二一添作五。"

刘思佳不说话，他蹲在地上，聚精会神地盯着电炉子上的钢精锅，锅里沸水煮着山芋，山芋被切成了大小相等、形状各异的小块，随着水花上下翻腾。刘思佳用筷子夹了一块放到嘴里一尝，满意地咂着嘴，从一个塑料袋里抓出一把玉米面撒在锅里，一边撒一边用筷子搅着。他做这一切都非常熟练，悠然自得，可见他是经常干这一手活。不稀不稠的玉米面山芋粥熬好了，嘴馋的人自己伸过勺来舀两口。城市人根本不把这玩艺当作好东西，只是刘思佳端着大盆吃得那样香甜，让人看着眼馋。他在青年群里是个能"洋"出花样来的人，别的不用说，单说吃，他下过天津市的大馆子，吃过各式各样的西餐。但是真正使他留恋的，几天不吃就淌口水的，却是这从小吃惯了的家乡饭——山芋粥。每天早晨他不吃油条，不吃烧饼，就喝上一大盆稠稠糊糊的玉米面山芋粥。

喝完粥，他擦了擦嘴，这才扫一眼小板凳上的二十七元四角，问何顺："你真不要？"

"不要。"何顺舌头有点打弯，已经不像刚才那么仗义，那么气冲了，可是自己刚说出去的话，也不马上就再喂进去。

"好，你不要也好。"刘思佳的眼睛逼住何顺，不让他把自己说出的话再收回去，"但是对外人你得讲卖煎饼赚的钱全归你，因为咱们用的是你爸爸做小买卖的执照，党委追查也好，或者到法院打官司也好，咱们都占理，就说你父亲身体不好，家庭生活困难，儿子利用业余时间帮着父亲干点活。至于我，那是对摊煎饼有兴趣，出于哥们义气自愿帮你点忙。"

何顺被说得大脑袋像捣蒜一样直点头，更衣室的人都咂嘴称是："对，思佳想得周到。"

何顺关心的是这钱到底归谁："那……这钱哪？"

"放心，这钱我也不要，别处有点急用。孙大头的老婆从农村来治病，一住就是半年，已经确诊是胃癌，没有几天熬头了。大头为给老婆治病拉了一屁股账，老家还有四个孩子，我们和他共事一场，不能见死不救……"

何顺跳起来，将板凳上的钱一把抓起来装进自己的口袋："干什么，你想给他？哪有这么美的事，就是把钱扔了也不给这个乡下佬！"

刘思佳的脸色立刻变了，但并不喊叫："我也是乡下佬，我们都是猴子变的，你这个天津卫洋佬的祖宗也是在农村里刀耕火种过日子。你要是不愿意帮他，这钱就归你，我们几个再重新凑钱也得让孙大头过去这一关。"

更衣室的司机们都敬佩地点点头。

到手的钱又要飞了，何顺一百个不情愿："他有困难可以写申请，叫厂里给他补助。"

"你又不是不知道，上个月写了申请，请求补助二十元，一级一级地审批，最后只给了十五元，这个月再写申请还能补给他吗？广里连买手套、买肥皂的钱都没有了，这个月的工资到现在还没有着落呢，靠厂子靠得住吗？厂长们还顾得过他来？他老婆是农村户口，药费只能报销一半，另一半得自己担负。他在车队混了二十多年，老实巴交，到了这关口我们一点不伸手，心里过得去吗？我要是张嘴向大伙敛钱，谁也不会驳面子，全都给。现在不像前几个月，一分钱奖金不发，再叫大家从工资里往外掏不合适，我才想了个卖煎饼的法子，厂里要是不找我还好，要是找我，我有好多话等着哪。何顺，咱说痛快的吧，我用的你父亲的执照，你又帮了忙，理应给你钱。若是你父亲自己卖，一早晨最多能赚五块，你就把那七块四的零头留下来，剩下的二十给孙大头，怎么样？你只当给我。"

"既然你把话说到了这个份上，我也不能办不够朋友的事。"何顺咬着后牙槽又把钱全掏出来，往板凳上一摔，"我一分钱不留，全交给大头。"

"好，够意思。不过你还是把钱装起来，一会儿你出车的时候绕点弯把钱给他送到医院去。"

"我不去，我的钱还得我给他送到手里，我也太下三滥了，他的谱儿也太大了，爹娘我也没有这样侍候过。"

"何顺，你真是外行！"刘思佳笑着解释，"这是让你做个人情，这是落好人的美差。平时你总欺侮人家孙大头，他正在受憋的时候你给他送钱去，他说不定会感激得给你磕个头，这样的好事谁都愿意干。"

何顺笑了，又把钱装起来。

"可有一条，你给他钱的时候不能告诉他这是卖煎饼赚的，他胆小怕事，知道真情就不敢要了。就说是你找大伙给他凑的，把好事你一个人全兜起来，我决不会亏待你，如果头头下令不让卖了，那就拉倒。头头要是不管，我打算卖上一个月，当然以后每天不会赚这么多，不管赚多少，一半给你，一半给大头，我一个子儿不要。"

刘思佳这番话把别人的心都说热了，有人说："思佳，你要留神，刚才党委来电话把解净叫走了，八成是为你卖煎饼的事。"

"没关系，我盼着祝头亲自找我谈话，若是别的人找我，我还一概不搭理。"刘思佳转头对管考勤的司机说，"老五，你划考勤的时候可不能给孙大头划事假，再把他的工资扣掉就更倒霉了，就给他划出勤。"，

老五有点犯难："不行啊，现在不同去年了，解净学会了开车，她对咱们队里的事摸得清、吃得透，什么事也瞒不了她，她又卡得挺紧，万一知道了我可吃不消。"

"要不你把考勤表交给我，出了事我担着。"

"哎，这倒行。不过你也要小心，解净手里有一张'八卦图'，按照那张'八卦图'管理咱们运输队真是滴水不漏，你可别让她抓着。"

刘思佳没有说话，解净手里那张八卦图的内容他知道，使他惊讶的是解净在运输队的威信越来越高，竟然有人怕她了，而且以为他也怕她，他也得受她管。他是司机，她是副队长，他本来就在她的领导之下，他对她的态度一直是矛盾的，有时给她出难题，有时又为她的气质所倾倒，帮她的忙。她现在管理汽车队的办法，有些就采用了他出的主意，想不到这些主意倒变成卡他的法宝了……

到此为止，今天早晨这场不是会议的会议就算结束了。刘思佳的厉害就在这儿，坏小子们害怕他，正派的老实人器重他，他这种脾气在工人群里还是很得人心的。他又讲理又不讲理，好起来比谁都好，坏起来比谁都坏，专好与大

头头相颉颃，谁越厉害越跟谁过不去，对老实窝囊的人决不欺侮，有时还非常慷慨仗义。对从农村来的人，刘思佳有一种特殊的感情，因为他自己就是在农村长起来的孩子。

上小学四年级的时候才从沧县的乡下来到天津，他的功课在班里最好，却受同学们的气，取笑他穿的衣服，模仿他侉声侉调的说话，向他起哄，叫他"老赶""小侉子"。老师看他学习好叫他当班长，每当上课的时候，老师一走进教室，他就喊一声"起立"，全班同学都站起来表示对老师的尊敬，这声带着浓重沧县味的"起立"，就成了同学们取笑他的话把儿，根据他喊"起立"的谐音给他起了个外号叫"知了"。不管是在学校的操场上，还是在校外的大街上，只要一碰上本班的同学就"知了，知了"地喊个没完。可把他臊坏了，臊得他不敢说话，除去上课的时候躲不开，下课后不和同学们一块儿玩，总是一个人孤孤单单地找个清静地方待着，在校外一见了本校的同学老远就躲开。这个在家乡的小学里聪明活泼，处处领先的好学生，爷爷奶奶看他是块材料，将来可以上大学做大事，害怕耽误他的前程，才把他送回天津父母的身边。想不到乡村小学里的尖子，来到天津卫成了受气包。他的脾气变得孤僻了，小小的心灵里就产生了一种自卑感。谁知他越躲就越受气，城市的孩子欺软怕硬，见他害怕了，服软了，对他就欺侮得更厉害。有一天放学后他刚走出学校大门口，一个父亲在部队当营长的同学，从后面狠狠地踢了他一脚，他穿着单裤单褂，这一脚正踢到尾巴骨上，疼得他在地上打滚，同学们喊着他的外号一哄而散了。他怕被更多的人看见嘲笑他，就忍着疼爬起来，一拐一瘸地走到胡同口的自来水龙头跟前洗了一把脸，不让别人看出他哭过。从这一天起，他打定主意还是回老家的学校去上学，但是不能这样走，要报仇。他从小就听爷爷讲沧县是个出英雄好汉的地方，家家都有刀枪棍棒，一到冬天秋后爷爷就带着小伙子们练把式，怎么就出了他这样一个窝囊废物？他的父亲，解放后离开家乡到天津学徒当电工，以后成了技师，当了劳模，搞了一个在北京上过大学的女技术员当媳妇，以后生了他。老家的人一提起他父亲、母亲的能耐都挑大拇哥，怎么就生了他这样一个不争气的儿子？第二天放学以后他用同样的办法报复了那个营长的儿子，而且多加了三脚又捎带磕掉了人家一颗门牙。人家打他，他不愿告状，老师不知道，他打了人家，营长太太找到学校不依不饶，他也不申辩，结果是写检查，撤掉班长的职务。

　　他变了，用一种儿童的仇视的眼光看待老师，看待同学。功课上要拔尖，不叫老师抓住一点小辫儿，在课下决不再吃一点亏，同学用天津话骂他是"小侉子"，他就用沧县话又狠又凶地回骂对方，一出校门口就用拳头解决。他有力气，身体灵巧，而且有一股强烈的复仇的情绪，打起架来不喊不叫不哭，蔫打，没完没了地打，而且一打上手眼睛发红，一副不要命的样子。天津卫的孩子大都是嘴上的功夫，被他打过几回就都怕了。那个营长的儿子简直被他打服了，他怎么捏就怎么转，而且不管吃多大亏不敢向家长和老师告状。刘思佳对欺侮过他的人一个一个打，一个一个收服，他在同学当中成了一个比老师说话还管用的"侉霸王"。回到家里拼命向妈妈学习普通话，他厌恶天津话，也觉得自己的沧县话不大顺耳，就想掌握一种更高级、更文明，像广播员说话一样好听的语言。等到他上中学的时候，已经是说一口好听的北京话，穿的衣服干净而漂亮，比天津卫的同学更"洋气"，同学们叫他"小北京"。等到一开始"停课闹革命"，他理所当然地被推选当了头头。为了应付武斗，他甚至跑回老家，编了许多瞎话，让非常疼爱他的爷爷教了他三个月的武术。后来父母知道了这件事，怕他闯祸，就把他关在家里，教给他电工技术。好在那时候工厂里也是"抓革命促生产"，父亲每天早晨到厂里露一面，就回家来教给思佳怎样做录音机、电视机等等。他渐渐对电工技术发生了兴趣，每天去跑电料行，买处理价格的电器零件，回到家自己鼓捣电冰箱、电唱机，拆了装，装了拆，到委托店买别人不要的旧机器，回到家自己改装，有用的取下来，没有用的扔掉。只要是搞电的玩艺，花多少钱父母都支持。当时大学都停办了，他们希望自己儿子将来能当个好电工，走自己的道路。谁知1972年思佳中学毕业以后分配到第五钢铁厂当了汽车司机，他每月的工资大部分也都花在了电气爱好上。他那"七机"基本上都是买处理零件自己做的，而且外壳搞得极其新颖别致，比国家的产品还要漂亮，把"沧州"两个字翻成拉丁文，用不锈钢伪造成世界名牌产品的商标，其实他的"七机"全是"沧州牌"。这一点除去他的父母，谁也不知道，他也决不告诉任何人，闭口不谈自己"七机"的牌号，不谈来源，这下可真把那些不懂拉丁文的人唬住了！

　　他就是这样一个怪人，表面上看他同何顺是好朋友，何顺也确实把他当成了好朋友，可是他在内心深处却瞧不起何顺，有时甚至要笑一下这个天津坏小子寻点开心。他喜欢叶芳的俊俏、真挚、泼辣，可又讨厌她是个天津姑娘，嫌她浅薄、粗野，没有女人的秀气。他喜欢解净的文静、深沉、内刚外柔，外加写一手好字；可又嫉妒她，什么也不会却坐在了管人的位子上，对她有一种本能的反感，瞧不起她给祝同康当秘书的那段历史。他有时对自己也非常瞧不起，由于阴错阳差，上不了大学，干不了电工，这一辈子就只能玩轮子了，非常泄气，就去和何顺他们吃吃喝喝，胡打胡闹。可有的时候又觉得自己比那些当干部的强得多，他看出了好多问题，他肚子里有许多道道，但无处施展，他不愿意毛遂自荐，更不愿向干部低三下四地去汇报思想。队长老奸巨猾，保命、保官、保权，成事不足，败事有余。他除去一身官场习气，别无所长。党委书记呢，谁也不能说他是坏人，可他好在什么地方别人也说不清楚。他管着一个大工厂到底是了解人，还是了解工厂？他脑子里究竟有多少企业管理的知识？解净又懂什么，就是叫孙大头当队长也比她强，可命运安排的偏偏是她，而不是别人，小的管大的，不懂行的管懂行的。幸好，这个小干部有心计，不愧是搞政工的出身。这些年反复无常的政治风尘污染了社会，毒化了人们的思想，离间了群众和干部的关系，造成信仰的混乱。使工人一下子觉得刘思佳这一套是重感情、讲义气，压强扶弱，济国救危。不靠"阶级斗争"了，也不靠"最高指示"了，靠起哥们义气来了。刘思佳聪明的地方是在工作上不让人抓住一点差错，使老工人对他也很赏识，造成了他在运输队的特殊地位：不是干部的干部，不是队长的队长。

<h1 style="text-align:center">七</h1>

"解净回来了。"运输队的司机们又像两年前欢迎她上任一样聚集在车库前的广场上，大家都知道今天有好戏看。谁都知道党委书记把她找去是谈刘思佳卖煎饼的事，看她回来怎么处理这件事，可真够她崴的。不管吧，无法向党委交账；管吧，刘思佳同何顺都不是省油的灯，能服她管吗？闹不好今天有一通大吵，有人为她担心，有人替刘思佳担心，有人等着看一场热闹。

解净回来一看这阵势心里就明白了，她装得像个没事人似的扫了司机们一眼，等着看热闹的就是这几个爱闹事的人。老司机们全出车了，刘思佳也不在，他可能也出车了，解净暗暗高兴，这样做才符合他的为人，该怎么干还是怎么干，不让人抓住把柄，既不摆开吵架的样子，也不表现出惶恐不安。她故意问了一句："刘思佳呢？"

"她果然一回来就找刘思佳！"司机们围过来，有人答了一声："刘思佳出车了。"

"那你们几位为什么不出车呢？"

司机们被问住了，无言以对。

解净有点奇怪，这么多人不出车老田怎么不管呢？八点多钟的时候她明明看见他上班来了，莫非又走了？

叶芳走过来说："小解，刚才老田觉着心脏不得劲儿，回去了，叫我告诉你一声。"

司机群里有人小声议论："姜还是老的辣，一看事不好就脚底板抹香油——溜了！"

叶芳心情郁闷地走到解净身边，为刘思佳卖煎饼的事生气，也为他担心，她虽然性格泼辣，但毕竟是个姑娘，心眼小，没有经过什么大事，很想知道党委对刘思佳的态度，当着这么多人又不好问。司机们虽然被副队长问得张口结舌，仍然不想马上出车，还等着看个究竟，可是谁也不愿意把话挑明，都盯着解净，看她怎么办。

最不长眼又脑袋发昏的就数何顺了，他今天早晨卖煎饼起得早了一点，这工夫依在车库的大墙根底下睡着了。

解净的气不打一处来，看来今天不剃这个脑袋，他的哥们弟兄们是不会出车了。她拉着叶芳走到何顺跟前，叫了一声："何顺！"

何顺睡得正香没有听见。叶芳用脚踢了他一下，他揉揉眼站起来："什么事？"

解净不着急，也不喊叫，不提卖煎饼的事，却冷冷地责问他："你为什么不出车？"

"他们都去拉油，为什么派我先去拉两趟白灰？"何顺倒还有一脑门官司，这回真有好戏看了。

"第一，拉白灰也是任务，也得有人去，派你去是应该的，为什么不可以？第二，你昨天去拉油，在油库吸烟，险些没有造成大的事故，油库正在扩建，现场很乱，一点火星都可能引起一场大火。油库已经将你的车号报告了交通队，交通队通知了我，你必须写一份往后一进油库就不再抽烟的保证书，否则以后不派你去拉油。像拉白灰，拉水泥，拉泡花碱这样的活全由你一个人包了。"

"你说什么？这些又脏又费事的活全让我一个人包了，太欺侮人了，我不干。"

"那好，把汽车的钥匙交出来，我去拉。等我拉完白灰回来，你再告诉我，你这样干是算旷工还是算罢工。"

解净伸出手，何顺有点往后缩，不敢把自己的钥匙交出来。解净文文静静，又逼上一步："现在厂部正愁人多活少，连工资都快发不出来了，要是有人主动不想要工资，还能吓住人吗！"

副队长不软不硬，把何顺堵得一句话说不出来。把这口气咽下去吧，当着这么多人，这个跟头栽得太大了；不咽这口气吧，闹翻了也不是好玩的，解净现在会开车了，根子也扎牢了，他再甩耙子不干拿不住她了。再说还有卖煎饼的事，他希望解净不提这件事，刘思佳说了，今天头头不干涉，明天就照样卖，再赚的钱就是他的了。吭哧了好半天，何顺才给自己把这口气顺下去，长长的轴瓦脸裂开了一道缝儿，故意装出一种大大咧咧的笑容，给自己打圆场说："说下大天来，胳膊也拧不过大腿，你是当官的我是玩轮子（指方向盘）的，不听你的不行，自己认倒霉吧！"

何顺这个混小子就这样老老实实地被治住了？想看热闹的人感到惊奇，觉得不过瘾，看打架的嫌架小，看着火的嫌火小。他们也不明白，副队长为什么不向何顺提卖煎饼的事。

解净又喊住了何顺："等等，拉完白灰写份保证书，下午跟车队去拉油。"

这真是得寸进尺，何顺摇摇头，哑哑嘴："我成了墙倒众人推，破鼓滥人捶了，我的好处你们当头的就一点看不到？你在队里打听打听，过去我何顺三天不打一伙架，浑身憋得难受，打架对于我来说，就跟过年吃饺子一样美。可现在怎么样，你看我还惹事吗？我自己觉着都快够入党的条件了。"

今天何顺这种三孙子般的样子引起了叶芳的厌恶，她骂了一句："你入国民党早就够条件了！"

司机们没乐强乐地笑了，何顺也趁机自我解嘲般地嘻嘻哈哈开着车走了。司机们一见何顺都出车了，二话不敢说，纷纷要上车，解净反倒喊住了大家："大伙等一等，反正已经耽误了这么长时间啦，有些事情索性跟大伙说明白了好……"

司机们心里惊奇，又都回过头来盯住了解净。

"这两个月大家有点懈怠，可能是认为我们厂是被调整的单位，任务吃不饱，奖金不发了，工资也有些玄乎，松松垮垮恢复到1960年度荒的样子。告诉大家，不管发生什么情况，工资一定照发，一分钱也不会拖欠。我们运输队不但不下马，还要上马，厂部希望我们承担外单位的运输任务，在这个调整时期多为厂子赚点钱，厂部还指望我们给厂子挑重担。因此，我们队的管理不能放松，还要加强，各项规章制度都要严格贯彻执行，从这个月恢复奖金制度。"

司机们你看我，我看你，这可是件大好事，恢复奖金制度谁不高兴，工人嘛，谁也不希望自己的单位下马，有活干，有钱赚就行。使他们吃惊的是这个小姑娘队长一板一眼，来头不小。正队长一看事情不好躲走了，她不等不靠，自己扛起大头干上了。往后得小心点，多拿几块钱奖金是美事，家里大人孩子全乐意，就怕这钱不是那么好拿，真得卖膀子力气。这位副队长不着急，不上火，稳稳当当，可是不好斗，茶壶煮饺子——心里有数。

解净从口袋里掏出一张纸，两只手把纸展开，举起来说："还是好几个月以前了，我在办公室的地上捡到了一个废纸团，打开来就是这张图，这几个月我对照咱们队的情况反复研究这张图，越研究越觉得这张图画得妙、画得很有道理。今天我把它放大贴出来，让全队的人讨论、修改、补充，往后就按照这张图来考核我们的管理水平。但是有一条，我目前还不知这张图是谁画的。"

司机们凑上来看，都不知道是谁画的，有人甚至还看不明白。

解净说："我已经向总工程师做了汇报，他决定从技术改造措施费里拿出五十元钱，奖励给这张图的作者。请大家帮助我打听一下，叫这个作者来领奖。"

这下可真看上了热闹，司机们愕然，哗然，而后是热烈地猜测起来。

解净收起图："大家出车吧，中午休息的时候再看。"

司机们都上车走了，解净搂住了叶芳的肩膀："你今天的精神不好，我上你的车，由我开车，你好好休息一下。"

叶芳很高兴，她也正有话要跟解净讲。

解净起动了马达问叶芳："你知道那张图是谁画的吗？"

叶芳摇摇头。

解净看看她，突然心里替叶芳感到难过，可怜的姑娘，连自己所爱的人的笔迹都不认识，不认识笔迹也应该了解他这个人，你了解他些什么呢？这个队里除去他谁还能画出这样的图呢？你爱他，可是不了解他，你爱他什么呢？难道爱他的"七机"吗？

<h1 style="text-align:center">八</h1>

　　解净没有猜错，刘思佳没有因为厂部要给五十元奖金就承认那张图是他画的，仍然像没事人一样保持着沉默。他早晨在更衣室的布置，解净全知道了。他的哥们弟兄中早就有人向组织靠拢，什么事都跟解净汇报。解净不打算先找他，要让他主动找自己就好谈了。

　　中午，解净根据总工程师和厂长的意见，又改进了自己的想法，对那张"八卦图"进行了修改和补充，画在一张大牌子上，用她那一手好看的毛笔字注上说明，用魏碑体的大字在牌子上方给"八卦图"正式题名为："运输队经营管理考核标准"。这件事轰动了整个运输队，受到震动最大的却还是刘思佳。最初他是怀着得意的心情挤在人群里看看自己的"八卦图"怎样被解净放大、正正规规地画在大牌子上，听听大伙的赞扬。当他认真地看了两眼之后，感到十分惊奇，这已经不是他的"八卦图"了，这是一张真正的服务质量和经营管理的考核标准图，十分严密，非常具体，不仅有项目，而且有考核办法。这张图只不过是受了他那张"八卦图"的启发，这已经是另外一张水平更高级、更精细的科学管理图表了。如果要发奖也应该发给这张图，而不应该发给他的"八卦图"，这是为什么？是赞赏他，还是寒碜他？刘思佳简直有点迷惑了：解净到底是个什么人？她不但敢改我画的图，而且改得如此之妙！

　　当初，他看到解净又学开车，又抓管理，他摸不清她是为了做样子还是真想在运输队待下去，有一次利用开会的时间画了这张"八卦图"，散会时故意丢在办公室的地上，看解净识货不识货。这张图提出了运输队经营管理的大致轮廓，她要真想抓管理，这张图可以引她入门。她要是只为在下面避风、镀金，以便取得新的资本重返大楼，她就会把这张图当废纸扔了。想不到解净接受了他的指点，沿着他的指点又超过了他。对她决不可像对一般的姑娘那样等闲视之。

　　下午出车的时候，刘思佳看到解净要上何顺的车，她对何顺去总油库拉油是很不放心的，下午没有别的活，何顺又写了拉油决不吸烟的保证，没有理由不让他去，副队长想必是要亲自跟着他，管紧一点。但是刘思佳还是忍不住心里翻起一股莫名其妙的醋意，解净和别人都是有说有笑的，唯独对他十分疏远，好像井水不犯河水，彼此都心照不宣。他甚至都嫉妒起何顺来了，自己在她的眼里难道还不如个混蛋？他终于忍不住喊了一声："小解。"

"哎。"解净走过来，心里说："他到底沉不住气了。"

刘思佳是卖豆腐干的掉在河里——人死架子不倒，阴沉着脸说："你这个副队长帮这个，帮那个，为什么不帮帮我？"

"你是信得过的司机，还需要助手吗？"

"是对我信得过，还是信不过？"

解净迎住了他的目光："好吧，今天跟你这个十万公里无事故的人学学手艺。"

她坐进了刘思佳的汽车。叶芳拿着一张纸跑过来，对她说："小解，交通队来电话叫你明天去路考。"

解净很高兴，她就要成为正式的汽车驾驶员了："明天你跟我一块儿去。"

刘思佳冷冷地一笑："好啊，你拿到了正式的本子，我们这些人怎么办呢？当你手中的小菜，由你任意吃，任意扔？"

解净头一歪，反问："你是不是认为我应该当你们手里的小菜？"

刘思佳被噎住了，他脸上忽然呈现出一种奇怪的又似抑郁、又像赞赏的神气，他打着了火，让自己的车跟在何顺汽车的后面缓缓向前开去。

解净不看他，说："你什么时候去领奖？"

刘思佳装傻："什么奖？"

解净笑了："画'八卦图'的奖。你不是已经知道了吗！"

"不是我画的。"刘思佳已决心不承认了，承认那张图是他画的，就等于承认他比解净水平低，他早知有今天，当初好好下点功夫，想周全，把图画得更好一点。现在凭这样一张被人家修改得面目全非的图受奖，别人也许以为是露脸的事，他却认为是丢丑，宁肯不要那五十块钱，也不栽这个跟头。

解净故做惊讶："哎呀，这可怎么办？我看那图上的字是你的笔迹，就以为是你画的，上午到厂部去顺便把钱领回来了。"

"可能是孙大头画的。"

"谁都知道孙师傅画不出来，如果真是他画的他就会当面交给我，而不会扔到地上。要知道他也是我的师傅，白天小叶教我驾驶技术，晚上他值班的时候教我汽车的构造和修理，我了解他。再说他也不会接受你用这种办法给他的经济援助。连上午何顺去医院送钱说漏了嘴，孙师傅知道了钱的来源坚决拒绝了。何顺没跟你说？"

刘思佳一点也不知道这回事，解净什么都知道了，副队长知道的事情他反而不知道，他的哥们卖了他。何顺这个混蛋为什么也瞒着他？想私自把钱扣下？一道阴影在他脸上掠过，极力想装得不动声色，抑制自己的情绪，这反而使他脸上的肌肉发生了短促的痉挛。

"你似乎把个人的力量，把哥们义气看得过分强大了，把组织的力量、集体的力量看得太软弱了。不管厂子目前的处境有多困难，咱们毕竟是社会主义国营企业，有一万多名职工，党委还在，运输队的支部还在，你能济困扶危，我们就全都见死不救？当然有些头头是有问题，比如厂工会主席不了解情况，任何困难补助的申请到他那儿一律砍一刀，也怪咱们田队长没有说清。孙师傅的爱人治病住院的费用全部由厂里负担，你不用在考勤上作弊，他本人算事假，但情况特殊，工资照发。"

刘思佳一声不吭，他把解净这些软中有硬的话全都吞下去了。往常他听到这样的话也许会跳起来，会用更尖刻的话回击对方，可是今天，他却一句话也说不出来。他在别人面前，感到力量和智慧都有富余；可是在这个姑娘跟前，觉得力量和智慧都不够用了，他必须精神高度集中才能打个平手。他后悔不该把解净拉到自己车上来。

卡车出了厂门口就像箭一样奔向市里的总油库。汽车也是有性格的，车随人，司机是什么性情，汽车就是什么性情，百人开百样车。何顺开车快而凶猛，一只手扶着驾驶盘，另一只手点烟喝水，全不耽误。一边开车，一边嘻嘻哈哈，说笑打逗，全不在意。坐他的车总是把心揪到嗓子眼，有一种玩命的感觉。刘思佳开车就不一样了，快而稳，他不说话，阴沉着脸，眼睛盯住车前方，双手牢牢地把住了方向盘，一副专注而自信的神情。坐他的车有一种安全感，可以放心大胆地闭眼睡觉。解净佩服他的驾驶技术，欣赏他的"驾车如驾虎"的座右铭。

两个人一路上没有说话，双方都感到关系不自然。要是何顺和叶芳这两个人有一个在场就好了，就不会出现这种尴尬的局面。解净漫不经心地望着窗外，马路两旁的杨树已经泛绿，一幢幢水泥板大楼已经竣工，有不少人正往新楼里搬家，有结婚的车队，也有开往火化场的丧车。春天，这是新陈代谢最繁忙的季节。学校、商店、小摊、小铺，都在车窗前闪过。汽车离开环城公路，进入市区，立刻显得马路狭窄，车辆拥挤，行人很多，刘思佳把车速减慢了。他仍然不看解净，但终于提出了那个他十分关心的问题："祝同康不是叫你对我进行处理吗，你怎么不向我打问卖煎饼的事？"

解净瞟他一眼。对他这样的人，也是什么事情都瞒不住的。说："我不想问。"

"为什么？"

"这有什么好问的，你一不是为了自己捞钱，二不是想出自己的洋相，而是为朋友两肋插刀，这样侠肝义胆的壮举，表扬还来不及哩，谁还敢处理？"

解净话里有刺儿，可是刘思佳嘴角闪过一丝不易觉察的笑纹，她到底还是被自己瞒住了。

"我想把你办的这件好事写成稿子，让厂报上登，广播站念，好好替你吹一吹，怎么样？"

"你心里当然明白，我最厌恶那一套。"

"是呀，我心里明白。每个人都有自己的个性，你是能够驾驭自己的性格的，用不着别人替你操心。"

"你的个性是什么？"

"向把人推向消极、庸俗、自私、冷漠的势力拼命抗争，做一个自己认为是有价值的人，一个为社会所需要的人。"

"收起你这一套'自我价值'论吧。人是一切恶的中心，也是善的渊薮；人既是可怕的东西，又是可怜的东西；人对于社会的混乱，对于人生的命运之谜，永远是束手无策的。"

"你好像说了一点心里话，这才像你真实的思想。我观察你两年了，你太骄傲，太孤僻，别看你经常跟何顺、叶芳他们下馆子，吃吃喝喝，打打闹闹，你心里是孤独的，是非常寂寞的，不过是寻找一点表面的刺激罢了。你卖煎饼也是出于这种动机，早晨你向你的哥们说的那些话，有真的，但也不全是那回事，你帮助孙大头完全可以采取别的办法。你是看不惯，你心里有气，就故意制造事端，轰动全厂。而且你是在法律允许的范围内搅扰领导，给他们出难题，叫他们束手无策，看他们的笑话，你从中得到安慰，得到满足。但是你错了，你每寻找一次这样的刺激，你自己的痛苦就增加一分。因为你是个大活人，你有感情，有头脑，你还不想毁灭自己……"

"别说了！"刘思佳突然踩了急刹车，卡车"吱吱"地叫了一声停住了，他把头趴在方向盘上，肩膀抽动。

解净吓了一跳，她听了别人汇报的一些情况，但更多的是根据自己平时的观察和猜测，不相信刘思佳的内心也和他的外表一样阴冷、镇定和麻木。就试着想说几句能刺痛他、能打动他的话。没想到还真被她刺中了。

"思佳……"解净第一次用这么亲热的称呼叫他，话一出口她自己也突然脸红了，心里咚咚跳，勉强镇定住自己，轻声说，"你怎么啦？"

刘思佳没有搭腔，没有抬头。他里里外外全叫解净看透了。他的自尊心，他的故做镇静和玩世不恭，在解净的眼里全成了笑柄。平时他的那些哥们弟兄、酒肉朋友们全都恭维他，服从他，但都不了解他。他在心里也瞧不起他们。因为他们没有思想，和没有思想的蠢人是很难真心相处的，包括叶芳在内。她是全厂公认的美人，可就是肤浅得像一杯白开水，毫无味道；像一株塑料花，没有魅力。而现在坐在他身边的这位从哪方面来说都很不起眼的副队长，和她认识最浅，接触最少，两个人又经常闹别扭，却是真正能够了解他，能够看透他的知心朋友，和这样的人才可以痛痛快快地倾吐胸臆。但是，他的自尊心妨碍他这样做。他抬起头来，脸上出现了一种奇怪的不是他常有的表情，他变得这样驯服，同时又充满着内在的力量。他不敢看解净，可是她的身上又仿佛有一股强大的吸引力，使他情不自禁地想靠近她，了解她，这股吸引力对他有很大的威胁。如果他屈服于这股吸引力，被她吸引过去，他的清高，他的孤傲就全垮了，他在哥们兄弟中的威望，脸面也就都丢尽了。因此，他拼命抵抗着解净的吸引力，甚至有意对解净装腔作势，说些冷嘲热讽的话，以掩饰自己内心的慌乱。

刚才，解净只几句话，就捅到了他的痛处，好像把他的衣服扒个精光，他什么也瞒不住了。甚至丧失了他特有的镇定，他心里的防线完全崩溃了。

解净叫他坐到助手的位子上去，由她来开车。刘思佳顺从地让出了方向盘。

卡车继续前进，解净开车的姿势以及脸上的神采非常动人，嘴角荡漾着一种缥渺的、梦幻般的微笑。她不及叶芳漂亮，可她的美是深沉的、安静的，是富于幻想型的，就像一首诗，一幅画。她是这样醉心于开汽车，一把住方向盘就有一股不可抑制的兴奋和冲动表露出来。刘思佳望着她，眼光中怀有炽情和热力，他的全身都在轻轻地战栗。这感情爆发得太奇特、太强烈了，他无法抗拒，甚至也掌握不住自己的理智了。这个一向冷漠、孤傲的小伙子，两年来一直有意培养对解净厌恶的感情，现在才发现自己是这样强烈地喜欢她，想对她哭，对她笑，对她说出自己心里的全部痛苦。有本书上说，不管多狂妄的人，一旦他恋爱上一个人，就会把自己的骄傲藏到口袋里，真是一点不假。但他爱她吗？有来得这样突然和奇特的爱情吗？叶芳追他，求他，爱他，他有时也确实喜欢叶芳，可是他从来对她没有产生过现在他对解净的感情。可是他还猜不透解净是怎样看待自己的，对他持什么态度。他不敢贸然讲出自己的心里话，不能让她瞧不起。

解净通过车头的镜子，把刘思佳的表情全看在眼里了。就说："我和你一样，也遭受过任何一代人都没有经历过的精神崩溃和精神折磨，经过痛苦的思想裂变之后，多少领悟了一点人生的真谛，想走一条新路，重建人生的信念。有人想毁掉我们，我们更没有权力自暴自弃。"她知道他要说什么，要表示什么，但是决不能让他有那种念头，更不给他表达的机会。像他这种自尊心极强的人，一旦坦白了自己的感情而又遭到拒绝，后果不堪收拾。她想法把他的思想引开。

"你的信念是什么呢？学会开车，当个懂行的运输队长，你的政治资本是不愁的，再有了业务资本，你的这条新路就更宽了，说不定它还可以通到厂长的职位上去……"刘思佳突然刹住了话头，他对自己的话感到吃惊，心里明明对解净充满好感，可是说出来的话还是这样连讽带刺儿。他恼恨自己，自己这张嘴大概说不出好话来了，多好的话从自己的嘴里说出来就变了味。他不愿意伤害解净，可是话已经开了头，就只好说下去：

"没有一个明确的前途，谈什么重建人生的信念。你是工厂的明星，你前面的路是很宽的，没有什么可愁的。可是我哪？我上小学、上初中的时候，每回考试总是班里的第一名，这说明我并不比别人差。一场噩梦醒来却感到走投无路。往上爬，我不会，而且瞧不起那种伎俩。考大学，补功课来不及，年龄已过。有人叫我自学，上夜校，学外语，我学了这些对我又有什么用？我的父母教了我十年电工学，我若是干电工自信决不会低于五级工的水平，可是我干的是开汽车。我吃亏就在心高命薄，自己本是个平庸的家伙，却又不甘平庸……"

解净扫他一眼，知道他说的这些全是真心话，但现在还不是安慰他的时候，像他这种人需要的是激励，而不是同情，就仍然用一种带刺激味的口吻说："你不要太谦虚，也不要说反话，你一点也不平庸，是第五钢铁厂的风云人物。"

"你说的对，我是想出领导的洋相，他们不是叫喊，任务不足，到处都缺钱，发不了奖金吗？我就想大把大把地捞钱，叫厂里头看看，气一气他们。我们不是穷，而是笨，到处都有漏洞，我要是个资本家不出三年就可以发财。可惜我不想当官，也不想发财，只想当个地地道道的人。这是我的优势，因此我比你们这些有官有职的人都自在。"

"你不是没有官，也不是没有职，在运输队里，崇拜你的人就比支持我的人还要多，这是你值得骄傲的，也是我真心羡慕你的地方。你所以取得这样的优势，就因为你瞧不起有些所谓有官有职的人——我没说你是嫉妒——你认为自己比他们强，这也是事实，比如在领导能力、组织能力、精通业务上比我就强好多。"解净的话很诚恳，不带一点刺儿。

刘思佳反而如坐针毡。

解净眼睛看着前面，继续说："但不要让自己的特质影响了判断力，气大伤身，把气压成凝固而冷酷的炸弹，首先会毁掉自己，感情太偏则会影响清醒的理智。当前像我们这种年纪的人，很有一批喜欢出口伤人，蛮不在乎，似乎这是一种很时髦的性格。为了表示自己的与众不同，甚至对于他们并不了解的事情也偏要挖苦，自命不凡，嘲笑一切人，这是很可怜的。受到侮辱的不是被他们嘲笑的人，而是他们自己。他们是用玩世不恭掩饰自己的智短才疏和浅薄空虚。"

解净已经摸准了刘思佳的脉，他表面上是个吃软不吃硬的角色，内里却是个吃硬不吃软的人，就决心再往深处刺一刺，只有让他出血，才会感到痛，才能判断他内里到底是个什么样的人。

刘思佳被深深地伤害了，他的脊背感到发冷，庆幸自己刚才没有对解净做出失态的表示，他在她的眼里原来是和何顺差不多的，是个浅薄的、喜欢惹事生非的小青年。她刚才这一番话，把她两年来所受的委屈全兑过去了。她彻底报仇了，真是骂人不吐核，不带一个脏字，却又损，又阴，又刻毒。她太有理智，太清醒了，没有一般人的感情。她今天纯粹是拿他耍着玩，和这样的人打交道是永远得不到好处的。他想夺过方向盘，把这个得意扬扬的副队长赶下车去。当他的右手去抓方向盘，无意中碰上了解净的手。他的手就像触电般猛地弹了回来，脸也"腾"的一下涨红了，立刻转过头去。

解净没有看他，牢牢地把住了方向盘，离油库不远了，马路上拉油的汽车来往不断，她非常小心地驾驶着卡车。接近了油库的大门口，突然从油库里面慌慌张张跑出来几个人，扬着手大叫："停车！快停车！"

解净急忙刹住汽车，刘思佳打开车门问："出了什么事？"

"油库失火了！""啊！"解净和刘思佳跳下汽车，向油库跑去。

九

油库的大院里翻滚着黑烟，着火的是一辆装着十几个汽油桶的卡车。噼啪乱响，烈焰腾空。油库里装油卸油都是自动化，因而职工很少，几个女工被烈火吓傻了，连消防栓都打不开。有人往火上泼水，越泼火越旺。开始是一个油桶着火，很快十几个油桶全被引着了，油桶变形，漏油，汽油洒在车厢板上，整个汽车都燃烧起来！眼看大火就要把油库点着，隔着一道板墙油库的扩建工程正在施工，木材、氧气瓶、电石罐、几十根石油管道，离着不远就是九个巨形的储油罐。如果大火蔓延开来，后果不可收拾，会引起一系列大火，造成一场可怕的连锁大爆炸。附近的商店、建筑物顷刻间将化为瓦砾，变成火海，附近的群众也很难逃生。严重的灾难似乎已不可避免了。人们纷纷地向油库外面跑，也有几个人站在门口急得直跺脚。

解净、刘思佳、何顺跑过来。解净着急地说："大家别愣着，快救火呀！"

刘思佳喊了一声："救火来不及了，快把车开走！"

谁敢开呀？汽车是大火的中心，驾驶楼子上的油漆被烧得嘎嘎乱迸，长长的火舌舔着车头，谁能靠得上去！再说不知什么时候汽油桶就会爆炸，有一个爆炸就能引起连锁反应，十几个油桶一起爆炸，就会把汽车炸上天，司机坐在里面还不得被炸成肉酱，然后再烧成灰。谁愿意拿命去冒这份险！

刘思佳又喊了一声："这是谁的车？"

"我的。"旁边一个中年人应了一声，这个人长着一张忠厚的脸，但被惊吓扭歪了，浑身哆哆嗦嗦。

刘思佳冷冷一笑，突然抡起巴掌朝着中年司机的脸上猛地抽了一掌，他眼珠子红了，这一掌打得太重，那个司机身子趔趄了一下摔倒在地上，没有一个人看他。刘思佳转身要往火里冲，何顺拉住他的胳膊："你干什么？这是玩命的事，又不是咱们闯的祸，别管这闲事！"

刘思佳一怔，也对，出这个风头干什么，把脚步又收住了。他想看看解净是什么态度，她是副队长、共产党员、平时小嘴叭叭的，这时候该怎么办？但解净已不在身边。这时有人惊叫一声，他一回头，吓呆了，一个娇小的身影向起火的卡车扑去，正是解净。她往前扑了一下，没有冲上去，又被大火推了回来。她飞快地撕下上衣，抽打着车头上的火焰，跳上踏板钻进驾驶楼子。

刘思佳在这一刹那间别提有多后悔了，他咒骂自己是混蛋，千不该万不该，有这么多大小伙子，不该让解净去开车，她是二把刀，说不定把命搭上还得误了大事！

不知是由于惊吓，还是紧张，何顺抓着刘思佳胳膊的手一直没有松开，刘思佳猛一使劲推开了何顺。

"思佳，你……"

刘思佳恶狠狠地骂他一句："你是个真正的混蛋！"

然后迎着汽车跑过去。

解净已起动了马达，刘思佳发疯似的大叫："慢点，慢点！千万别开快车，一颠就爆炸！"

汽车已经开动了。他纵身跳上了踏板，伸进--只手把住了舵轮，嘴里还叫喊着："别慌，沉住气，越稳越好，千万不能颠，哎——对！稳，稳，往右打舵轮，再打一点，出了大门口就好办了，往回打一点……"

解净开着燃烧的汽车徐徐地离开了油库大院，人们发出了一阵阵惊呼，可是她什么也没有听到。刘思佳的后背起火了，他自己也不知道，甚至不感到疼。他一边看着前面，不断提醒着解净，一边用右手协助解净掌握着方向盘。像一座火焰山一样喷吐着烈焰的汽车，缓缓地开出了油库的大门口。刘思佳知道油库爆炸的危险减少一点了，可是汽车爆炸的危险性增大了，车一上公路就应该加大油门快跑，开到了清静地方就快下车。他忽然觉得后背火辣辣地疼，一回头才发现自己的身后背着一团火，他脱下衣服扔掉，对解净说："把轮子让给我，你快下车！"

"别管我，你快跳下去！"

灼热的跳动的烈焰把解净的脸映得通红，显得分外秀丽而豪迈，令人神往。刘思佳只扫了一眼，就永远不会再忘记解净这时候的神色了，他真不愿意把眼睛从这张脸上移开，他感到自己了解她了，这是个思想丰富，性格坚强，有智慧又有胆气的姑娘。可是他粗鲁地挤进驾驶楼子，从解净手里夺过方向盘。

"快下车，我要加速了！"

"你下去，我来开。"

"这不是你的事，何必再饶上一个！"

刘思佳从座位上弓起腰，用凶猛得出奇的力气踹开了另一个车门，腾出一只手硬把解净推到门边，喊了一声："快往下跳！"用力一推，解净"哎呀"一声摔到路边上。

听到解净摔到车下的叫声，刘思佳心里一紧，不知为什么他的眼泪突然涌出来了，他不知道有多少年没有流过这种咸水了，好在这个时候没有人看得见，痛痛快快地哭一场吧！她真是一个好姑娘，太好了！可惜自己不配，她也看不上自己。刘思佳发狠般地一踏油门加快了车速。

驾驶楼子变成了一个火罐，身后的铁板被烈火烧红了，后窗上的玻璃烧碎了。毕毕剥剥——油漆迸裂的声音越来越响。火舌从两边的窗口爬了进来，快烧上刘思佳的脸了。情况更危急了，也许一分钟之后，也许几秒钟之后汽车就要爆炸。

路边有人大喊："危险！司机快跳车，快跳车！"

他想回头看看离开油库多远了，汽油桶爆炸对油库还有没有威胁，但是身后驮着一个大火球，挡住了视线。

停车吧。不行，左边是小学，孩子们正上课，要烧着了教室一个也跑不了！真混蛋，怎么把学校盖在了油库旁边！再往前走一点……

在这儿停车吧。不行。右边是百货商店……

哎呀，这儿是五金电料行……

嘿，这儿的大板楼刚盖好，门洞上还贴着个大喜字……

"他妈的，今儿个算叫我赶上了！"刘思佳汗流不止，两眼圆睁。他一踩油门加快车速，把喇叭按得像救火笛，汽车如同载着一座喷浆的火山，轰轰隆隆，呼啸向前，他放弃了沿途停车的可能，前面不远向左拐弯有个水坑，到那儿再说吧。

"司机，快下来，快下来！"路边的好心人还在大声叫嚷。

一百米，二百米，三百米，他不减速就拐了一个九十度的死弯，看见水坑了，他想减速，可是车的制动软管被烧断，刹车失灵。这可糟了，但决不能再错过这个水坑，过去水坑前面就是大片的居民区。刘思佳打开车门，站在踏板上，身上立刻被烈火包围了，他右手猛地向外一打舵轮，飞身跳下了汽车。他带着一身火焰摔到马路上，立刻在路面上滚了几下，身上的火被压灭了。

失去控制的汽车摇摇晃晃，一头扎进水坑里。

"轰！"一只汽油桶带着一团烈火飞起了三十多米高，然后又掉在了水坑里。

"轰！轰轰！"汽油桶一个接一个地爆炸了。汽油浮在水面上，水面上着起了大火。方圆一百多米宽的大水坑，立刻变成了一片火海，烈火熊熊，黑烟滚滚。

刘思佳躺在马路上，看到这场面吸了一口冷气："嘿，多亏了这个大水坑！"

他突然想起了解净，不知她摔得怎么样，就翻身站起来，腿有点痛，一下子没有站稳，差点又要摔倒。可他心里有数，骨头没有摔断，就一瘸一拐地往回跑。他心里焦急，自己是个小伙子，有准备地跳车还摔成这样，解净是个姑娘还不知摔得怎么样呢！

刘思佳往回跑了没多远，迎面来了一群人，有油库的领导，学校、商店里负责搞宣传的干部，也许还有大板楼居民委员会主任和热心的观众，立刻热情地把刘思佳围住了，他们由衷地敬佩他，感激他，要不是他挺身而出，真不可想象会发生什么样的灾祸。他们向刘思佳提出了一个又一个的问题，像冰雹一样倾泻到他的头上："同志，你是哪个单位的，叫什么名字？"

"我们要好好感谢你，要到你们单位去，找你们领导，好好表扬你。"

"我们要给你发奖金！"

"你真是活雷锋，你平时一定也是先进工作者。"

"刚才你是怎么想的？"

这些问题一下子把刘思佳打蒙了，他沉了一会儿，突然暴怒了："玩去，玩去！都给我躲开！"

他用手扒开人群冲出去，向前跑了几步又停住脚，回过头来大声说："你们呀，嘿！咱们倒霉就倒在你们这些人身上了，冲你们这样，以后也不能办好事！"

他说完头也不回，一瘸一拐地向前跑去。

这群好心的同志被他骂怔了，猜不透他是怎么一回事，也许是刚才受惊吓神经不正常了。

马路上不断地有人向刘思佳打招呼，向他投来钦佩的眼光。他谁也不搭理，拼命地往前跑。看热闹的人不知出了什么事，也跟在他后面跑，想看个究竟。他的同胞中闲人很多，爱看热闹的也不少，一会儿工夫在他身后又跟了一大帮人。

解净也惦记他，正瘸着腿艰难地往这边走。刘思佳迎上去："解净，你怎么样？"

解净脸色煞白，额头挂满汗珠，淡淡一笑："我不要紧，你哪？"

"没事！快走，后边有一群'白吃饱'，被他们缠住就坏了。"刘思佳向解净投去忧郁而炽热的一瞥，向自己的汽车跑去。

十

在这个世界上还有能够叫何顺害怕的人吗？他还会有害羞和不好意思的时候吗？

好像是有的。

这是一个多么好的出风头的机会，出了一场惊心动魄的大事故，油库差点玩完。而这场事故又不是他惹起来的，跟他这个出名的"祸头"毫无关系，他这才叫抱着不哭的孩子，站在干岸上看鱼跳。刚才的大火他看了个满眼，知道事故的全过程。现在看热闹的行人越聚越多，东猜一句，西问一句，也打听不出个眉目，他正可以站出来，添油加醋，弄点玄虚，大讲一通，保管在他身边一会儿就可以聚起一大群人，瞪起眼睛望着他，敛气凝神听他白话，羡慕他有这种好眼福看见了险象丛生的救火场面，他足可以美美过一下说话的瘾，享受一卜在大庭广众面前出头露面的滋味。刘思佳救完火以后开着车跑了，油库的领导、热心的群众正为找不到救火英雄而焦急，正四处打听。他正可以向油库领导好好宣扬一番，讲讲刘思佳是怎样一个人，他和刘思佳是怎样一对好朋友，甚至还可以讲一阵被刘思佳从车上推下来的女司机是个什么人。保管有爆炸性效果，可以出尽风头，大家都会另眼看待他何顺，决不会像在汽车运输队里一样，只把他看做一个二小。

若是往日，何顺会毫不犹豫，不加任何考虑就会这么干，他怎么能错过这种机会。

可是今天，他没有这种情绪，而且害怕会有人认出他是谁。两个救火英雄一个是他的好朋友，一个是他的副队长，这本来是他的骄傲，可是现在反倒造成了他的耻辱，给他的心灵上形成了一股无形的、巨大的压力。在这种场合他决不敢承认自己认识刘思佳和解净。

解净一瘸一拐地走过来了，何顺慌了，他扭头跳上自己的汽车，赶紧去装油。对了，这一瞬间他心里弄明白了，今天使他精神反常的，最叫他感到害怕的，就是这个解净。以前她也批评过他，挖苦过他，今天早晨还又把他整治了一顿，他并不怕她，甚至根本不当一回事，也不把她放在眼里，嘻嘻哈哈一应付就过去了。眼下，他却是从心灵深处感到害怕她，怵她。他怕的不是她的职务，而是她的人格，她的灵魂。她的全部人品竟然像一支火把一样，照得他像个无赖，像个流氓，使他看清了自己原来是个灵魂卑微的小人，正像刘思佳骂他的一样，他是个真正的混蛋！他惧怕这支火把，不自觉地在躲避它。

何顺协助油库的女工接好输油管，打开闸阀，原油咕嘟咕嘟流进他的汽车油箱，他偷眼瞄了一下解净，她被许多人围住了。刚才他要命也想不到，是她——一个姑娘，正儿八经的干部，还没有取得正式驾驶证的二把刀司机，竟去钻进烈火开走那辆倒霉的汽车！她难道是听见了他对刘思佳说的话，一生气才冲上去的？不，不可能，她不可能听见他的话，他说话的时候她早已经冲上去啦。何顺呀何顺，你自己不去也就完了，何必要说那么一句话，其实当时要一咬牙冲上去这工夫就抖起来了，死不了人，也受不了重伤，顶多磕破点皮肉，多神气。要是这种好事轮上他，他才不跑不躲呢，该露脸的事为什么不露脸？咳，想这个有啥用，自己不仅没有露脸，反而现了大眼！……有什么现眼的，刚才又不是就我一个人不上前，有那么多人围着看热闹，敢救火的不就是他们两个吗？我不过是随大溜，连那个着了火的汽车的司机都不敢开自己的车，我不去有什么可丢人的？为什么现在没脸见她？

何顺一会儿后悔，一会儿替自己解释，但是丝毫不能安慰自己，更不能解脱他心灵上的不安。他越在心里替自己解释，就越加看不起自己。

　　糟糕，解净好像朝这边来了，她是跟刘思佳的车来的，刘思佳已经走了，她是不是想跟他的车回厂？何顺紧张了，他不管油箱灌满没灌满，关掉闸阀，盘起油管，像作贼一样跳上车开跑了。

　　解净见何顺把她甩下，自己开车走了，一下子泄气了，感到浑身疼痛，身上没有力气，就在门口的台阶上坐下来，只好等待自己车队里再来拉油的车才能搭车回去。油库的干部们立刻又把她围上了，还是那些已经表达了许多遍的大同小异的感激话，赞扬话，要送她去医院检查，请她先到办公室里休息。她低着头，一声不吭，不领受，也不拒绝，坐在台阶上一动不动。身上疼得难受，心里厌烦得要命，这些人是干什么呢？他们刚才失火的时候干什么去了呢？刚才救火倒很简单，现在应付这些人倒很麻烦，还是刘思佳聪明，她佩服他的机警和果断，也只有他才会办出这种事，扔下助手连油也不装就一个人跑了。围住她的这些人都报过自己的头衔了，有油库的主任、书记、政工组长、宣传科长、商店的书记、街道主任等等，解净想如果自己还是宣传科副科长，碰上这种事也会扮这么个角色吗？

　　她实在忍不住了，大声说："我说过多少遍了，不是我开的车，是第五钢铁厂的司机刘思佳。我是个见习司机，没有那么大的本事。不过刘思佳是个最讨厌捧场的人，他不会接受你们的感谢，也许还会控告你们。"

　　众人一惊："控告？控告什么？"

　　解净感到失口了，非常懊恼，她刚才实在是被惹烦了，顺嘴说出了这么一句，怎么能用控告这个词儿呢？这种场合哪能胡说八道。话已经说出来就收不回去，她通过今天这场事故对油库的工作确实也看出很多漏洞，就顺坡下驴地说："对今天这场大火你们油库领导要负法律责任，这样大的一个油库你们是怎么管理的？根本没有严格的防范措施，一出事故就抓瞎了。而且就是门口挂着的那几条防火措施，也没有认真执行。所以你们用不着感谢，还是好好检查一下自己的工作吧。"

　　解净感到莫名其妙，一声"控告"的威胁没有摆脱这些人的纠缠，反而招来更多的感激，更大的麻烦。油库领导一见这个女司机出语不凡，心里不光是对她感谢，而且有点慌了。救火英雄要是一控告那是重磅炮弹，就不得了啦！为了软化女司机，油库领导们声调更细，言词更恳切了。事与愿违，解净正不知如何能脱身，救兵来了，叶芳拨开人群，像多年不见似的抱住她："小解，你怎么样？伤得重不重？"

"不要紧，快扶我上车，咱们回厂。"

油库的领导用非常婉转的殷勤的口气挽留她，要送她去医院检查伤势，给她治病。正在这时，刘思佳突然来了，他跳下车，接好管道灌上油，没事人一样走过来。但他已经不是刚才救火时的装束，穿一身咖啡色的西装，系着黑地白点的领带，脚穿黄色牛皮鞋，眼睛上架着大号的光学玻璃片墨镜，风流，潇洒。很"洋气"，"洋气"得出了圈儿，完全不像一般的"土玩闹"。如果走在大街上，人们会以为他是刚从国外考察回来的专家。可是现在从卡车上跳下来，就显得不伦不类了。叶芳想要叫他，解净使劲拧了她胳膊一下，把她的话拦回去了。

刘思佳却用惯常那种嘲弄人的口气对解净说："怎么样？救火勇士，这当英雄的滋味挺好受吧？"

"你……"解净本来想问你怎么又回来了，却改口说，"你也来拉油？"

"嘿，这话问得多新鲜，你给我们订的定额我不完成怎么行！多少年来，我没有一天不完成定额的，今天为什么要破这个例。我不像你，当了救火英雄，被一群喝彩者包围着，当然可以不完成定额了。"

解净冲着刘思佳笑了，笑得很甜，很知心。他们两个像说暗语，连叶芳都没有听懂，可是解净听懂了，刘思佳并不是挖苦她，而是告诉她他要不换装就没有办法来拉油，来了就会被包围住，还怎么完成定额。换身衣服再回来，做一次试验，开个玩笑，看看我们的同胞是不是只认衣服不认人。

人们果然注意了这个打扮洋里洋气的司机，但大都是用一种厌恶的、睥睨不屑的眼光打量他。有个人疑疑惑惑地小声嘟囔了一句："他倒有点像刚才救火的刘思佳。"

油库的领导干部们从鼻子里"哼"了一声。这一声"哼"的含义是十分明显的：他这道号的怎么能跟刘思佳比，你瞧他那份德性，中国人外国派，跟队长说话还戴着个墨镜，吊儿郎当，流里流气，他这一辈子是当不了英雄啦，想当英雄下一辈子再说。

大家又把注意力都集中到解净的身上，这才真是盛情难却。没有人再搭理刘思佳。

刘思佳十分开心地笑起来，大声对解净说："我今天算明白了，英雄好当，捧场难搪。为什么有些劳动模范一旦成名之后就变质，这不能怪他们，成天有一群苍蝇跟在后面叮着他，多好的东西也得变臭。副队长，你要小心了，哈哈哈……"

太放肆了，他的话引起了众怒。多亏看泵的女工解了他的围："师傅，油装满了。"

"来了。"刘思佳不慌不忙地向自己的汽车走去，嘴里还哼出几句小调：

> 赤橙黄绿青蓝紫，
> 生活好比万花筒；
> 为人应该怎么办？
> 主意就在我心中。

他收起输油管，跳上自己的汽车，按响了喇叭，一起车就给快挡，卡车卷起了一股尘土，冲出了大门口。人们急忙向后躲，心里诅咒着这个缺德的司机。解净趁机叫叶芳扶着她也钻进了汽车，叶芳打着火，在一片不知是赞赏还是惋惜的啧啧声里，两个人离开了油库。

叶芳把卡车开得很稳，她满腹心事。刚才解净和思佳一块救火的事她全知道了，她已觉察出来思佳越来离她越远，渐渐地向解净身边靠。她不是抓住了什么把柄，而是凭一颗姑娘的心感觉到了。全队的人谁敢惹思佳，敢挖苦他？解净就敢，而且她说什么话，思佳都能吞下去。这不是反常吗？就像她自己一样，对任何人都敢打敢骂，唯独对思佳硬不起来，百依百顺，越是这样他反而越疏远她。这又是为什么呢？思佳平时总是冷冷的，可他有时候偷着打量解净，眼光中却带着一股火。叶芳真嫉妒呀，他什么时候用这种眼光打量过自己！

去年他们在黄桥饭店吃饭，何顺从旁边起哄，让她和思佳划拳，如果她赢了，思佳就钻桌子被罚酒；倘若是思佳赢了，她就得让他吻一下，就算当场定婚。她是故意输给了思佳，一切也都照办了。以后她把那天的事就当作真的了，可是思佳好像并没有什么约束，有一次他半开玩笑地说："爱情难道能靠划拳打赌做决定吗？实在不行我把嘴唇割下来向你赔罪。"

莫非他并不爱自己，从来没爱过，过去的一切不过是寻找刺激和逢场作戏罢了。今天下午一出车思佳主动叫解净给他当助手，她高高兴兴地答应了，偏偏又赶上油库出事故，双双救火，你推我让，患难中见真情，生死之际建立起来的感情终生不忘，连老天也成全他们。

叶芳的心里已经在哭了。不论多么粗野的姑娘，在这种事情上也是很敏感、很细心的。爱情成功感到的幸福，或爱情失败感到的痛苦，同文雅多情的姑娘是一样的。

解净闭着眼靠在座位上。

叶芳轻轻地说："小解，睡着了？"

"没有。"

"还痛吗？"

"好一点了。"

"摔在哪儿了？"

"大腿和腰。"

"伤着骨头没有？"

"没有。"

解净不愿意说话，一直也没有睁开眼。叶芳的心里却是千回百转，她对解净不错，解净却挖了她的墙角；她自知不是解净的对手，却也不能这么悄没声地吞下这口气，她要大闹一场，也得先摸清解净对思佳的态度。她哪里会忍得住呢？问："小解，你凭心说，我待你不错吧？"

"这还用说嘛，我难道以怨报德了吗？"

"你跟我说实话，你喜欢思佳吗？"尽管她的声音不高，可是紧张得嗓子都发颤了。

解净睁开眼，从座位上抬起身子，转过头盯住叶芳，她全明白了，知道自己的回答对这个姑娘意味着什么啦！她用一只手压在叶芳扶方向盘的手上，像对最好的朋友那样真诚地说："小叶，你是发神经病？还是爱他爱得太厉害，疑神疑鬼？没人抢你的刘思佳，我已经有朋友了。"

"你有朋友？！"叶芳一阵狂喜，不好意思地看了解净一眼。

解净也笑了，用食指在她头上点了一下。

"你那位是哪儿的？"

"现在别谈我那位，还是先谈谈你这位吧。"解净忽然严肃起来，"小叶，你很爱刘思佳，是吗？"

叶芳点点头。

"他也爱你吗？"

叶芳难于回答，说他不爱自己这太难堪了，说他爱自己又确实没有把握。而且在解净跟前也撒不得半点谎，能瞒得住她吗？

"没有多大把握，是吧？"解净忍不住笑了，竟有这样的姑娘，爱上了人家，还不知道人家爱不爱自己。她说："依我看，他以前爱过你，将来会更爱你。"

"那现在呢？"

"现在嘛，你有的地方还叫他爱，有的地方他不爱。"

叶芳半信半疑："你简直成了算命先生，你说我哪些地方不叫他爱？"

解净知道，自己先声明已经有了男朋友，就去了叶芳心里一块大病，现在任凭怎样数落她，话说得再难听，她也听得进去了。她就用诚挚的口气，但又十分不客气地数说着叶芳的毛病："……你还记得以前说过我的话吗？你说我身上只有一种红色，别的色全没有，是个单颜色的人。这话很对，人应该是全颜色的，单色不好。就像穿衣服一样，太单调不好，大红大绿太俏也不好。什么是全颜色呢？难道抽烟、喝酒、下馆子、玩玩闹闹、打架骂街、出风头、发牢骚就是全颜色吗？不对，这正是单调无聊，庸俗浅薄的表示。人的全颜色应该是德、才、学、识、情、貌、体魄、喜怒哀乐、琴棋书画等等。你只要留神就看得出来，刘思佳只有在消极苦闷的时候，才会跟何顺去瞎胡闹。在他苦闷的时候，你如果能使他清醒，给他温暖，他能不爱你吗？当他苦闷的时候，你灌他酒喝，带着酒劲你们可能做出种种相亲相爱的举动，酒劲一醒过来他就会感到厌烦……"

叶芳心里服气了，难怪解净整治思佳，思佳反而主动向她靠近，自己处处依着他，他反而瞧不起自己。可是自己能管得了思佳吗？

解净仿佛看出了她的心思："我不是叫你专和他作对，两个人成天闹别扭还叫爱人吗！你生活太单调了，四个字就可以包括：吃、抽、玩、闹，单调就乏味，一个大活人成天就是这一套有什么意思？不能像动物似的只求活着，人应该生活。我们这一代人本来就学得最少，懂得最少，普遍的毛病是肤浅。人生的头一课没有上好，现在新的学期开始了，再不能不及格了，生活中最复杂、最困难，肯定也是最美好的东西还在前面。"

叶芳有的听懂了，有的没有听懂，但她开始思索这些问题了，因为这些问题关系着她的幸福，她今后的全部生活。已经活了二十五年了，可到底应该怎样活还没搞清楚；有些方面成熟得令人惊讶，有些方面又愚蠢得使人可怕。想不到解净这个和叶芳同时代的姑娘，悄悄地在影响着她周围的人，这一点也许连她自己也不知道。她心里也并不都是晴朗的，她劝说着叶芳，真心希望她变得更好，获得她应该得到的爱情。可是她的心里又有一种不可名状的凄怆的感觉，今天她刚刚意识到自己似乎得到了一点什么，可是立刻又失掉了。但她相信失掉它比得到它更好。

十一

快下班的时候，刘思佳接到党委办公室的通知，祝同康陪着市总油库的两位领导同志要到运输队来看望他和解净，给他们送感谢信、奖状和奖金。刘思佳一开始是感到厌烦、无聊，油库的领导如果把这些精力放在油库的管理上，也不至于出今天的事故。党委书记为了这件事也肯劳动大驾到车队来看他，一会儿把他当成坏典型，要处理；一会儿又把他当成好典型，要表扬。他们当领导的自己要笑自己，没事找事。其实他既不像党委书记认为的那么坏，也不像油库领导看的那么好，他就是他，有好有坏，不好不坏，吃人间烟火，受人间的局限。他想一走了之，躲开他们，给他个不理不睬。可是转而又想，这本来是好事，为什么要给自己找别扭，惹气生呢？解净不是也说气大伤身吗！现在时髦的生活哲学是叫别人生气，自己不生气。对，何不逢场作戏，利用他们找上门来的好机会，轻轻取笑一下这些决不是坏人，但也不是很好的领导同志。他决定把煎饼摊再摆出去，让领导们到自由市场去找他吧，如果他们给他送感谢信，送奖状和奖金，他全部收下，这场戏才微妙哩，有乐子可看。

刘思佳高高兴兴地找到何顺，何顺今天下午有点打蔫儿，从打出车回来就耷拉着脑袋，不说话，也不往人堆里凑。刘思佳以为是私自闷下了早晨的那二十多块钱，不好意思见他。他可不在乎那二十多块钱，而且他根本也没有把何顺看得太好，就装作什么也不知道，用乐呵呵的，但是带有权威性的命令口气说："快点准备，下班后咱们再卖它一个小时。"

"卖什么？"

"卖煎饼呀！"

"还卖？"何顺从口袋里掏出那二十七元四角钱，递给刘思佳，"孙大头不要，你看怎么办吧？"

"归你吧。"

"我不要。要不咱一人一半。往后咱就别卖了。"

"你怎么啦？"刘思佳有点发火了，眼睛眯起来，目光像钉子一样扎在何顺的脸上。

何顺确实怕他，憋了半天才吞吞吐吐地说："今儿个我肚子疼。"

刘思佳二话没说，转身出来了，这时候没有工夫收拾他，明天再跟他讲。还找谁呢？卖煎饼不能一个人，有个帮手总是威风些，他想到了叶芳，便回身敲敲女司机休息间的房门，叶芳开了门，屋里就她一个人。叶芳见到刘思佳非常高兴："思佳，我正要去告诉你，下班后我等你一起走，你和头们谈完话到这儿来找我。"

"小叶，你能帮我个忙吗？"

叶芳对他这么客气的腔调不高兴："你叫我干的事，我什么时候驳过面儿？"

这是实情，刘思佳笑了："下班后你帮我卖一会儿煎饼行吗？"

"什么，你还要卖煎饼？"叶芳一惊，坚决地摇摇头，"不，我不跟你卖，也不让你再卖那玩艺！"

刘思佳感到奇怪了，何顺是这副腔调，叶芳也是这个调子，他们听到了什么话？还是解净私下做了工作？不对，他们不是解净所能随便拉得过去的人。

"这么说你是不肯帮我的忙了？"

"为了你我什么都肯干，可卖煎饼不是为你好，而是毁了你！"叶芳脸上出现了一种过去从没有过的自信和执拗。

刘思佳感到惊奇了。

"思佳，你不用拿这种眼光看我，我从来不跟你顶嘴，往后也不想跟你顶，可是我不会再拿别人的脑袋代替自己的思考了。你的气出得还不够吗？思佳，今天是好日子，对你是好日子，对我也是好日子，我们应该借这个台阶，往后过另外一种生活。"

这不是叶芳说的话，她怎么能有这样的思想，这样的见解？刘思佳呆住了："你说，今天怎么是我的好日子？"

"到底让大伙看清了你真实的面目，连我都替你骄傲，替你高兴。"

"你今天是什么好日子呢？"

叶芳沉了一会儿，声音变细了："小解亲口告诉我，她已经有男朋友了，她真心希望我们两个……"叶芳望着刘思佳，忽然眼泪簌簌地落下来了。

刘思佳难得发热的心被叶芳的真挚打动了，他的胸中似乎隐涵着一种熊熊燃烧的、像火山熔岩般的感情，他抓住自己的头发说："小叶，你对我这样好，我不能不对你说实话。小解就是没有男朋友，她也不会爱我．我也不会找她，我不配，我这个人很坏，你还不了解我，何顺是表面坏，我是心里坏，谁要是被我完全看透了，我对他就没有兴趣了。像我这样的人，不能爱，也不配得到爱。我担心你跟着我，将来不会得到幸福。"

叶芳又气又恨，突然一头扎到他的怀里，一边哭，一边用拳头捶打着刘思佳的肩膀头。

刘思佳像个木头人一样一动不动。

门开了，解净走进来，见到这种场面她停住了，把脸扭向一边说："刘思佳，我写了一份对油库领导的起诉书，你看一看，如果同意就签个名，算咱们两个救火者联名指控他们。如果你不同意，那只好我一个人干了。"

"起诉书？"刘思佳推开叶芳，从解净手里接过起诉书，飞快地看了一遍。然后抬起头盯着解净，她这一手比自己卖煎饼棋高一招，她跟自己想法一致，但采取的手段却是严肃的，这不仅会使油库领导更难堪，而且使他们动心，法律和舆论逼着他们非改不可。他毫不犹豫地签上了自己的名字，说："我同意，我原来也想取笑他们一下。"

"这种事情是不应该取笑的。生活不是儿戏，不能老是用儿戏的办法对待生活。"解净从刘思佳手里拿过起诉书又交给了叶芳，让她也看一看，这个小动作是说明解净看得起她，征求她的意见，叶芳虽然什么意见也没说，可心里十分感动。

"那我们就这样办，等一会儿他们来了就把起诉书先给他们看看，这也用不着瞒他们。等完事儿了，该给我们的表扬，该给我们的奖励，我们全都接受，实事求是，不该推辞的就不推辞。你说呢？"

"好，我听你的。"刘思佳说，"我卖煎饼的确是憋着一肚子气，想惹恼领导，让他们主动找我谈话，我就拉他们逛自由市场，好好教教他们怎样做买卖。咱们头头的脑瓜太死了，老实是好的，呆笨就管不好工厂。上个月钢绽三百七十五元一吨，咱厂不卖，这个月下降到三百五十元一吨，不卖不行了。库里存着两千多吨钢材，却去借款发工资，我们是搞运输的，这些事还能瞒我们？不会抓行情，不会把死物变成活钱，不了解市场，不懂得物能生钱，钱还能再生钱，加强周转，把棋下活了……"

解净一点就透，她非常惊奇，这个刘思佳真是厂里的宝贝，他通过运输了解了全厂经营销售上的情况，看出了其中的弊病。她光顾抓本队的管理，还没有来得及通过运输队了解全厂哪！她说："你有这么多意见为什么早不向书记、厂长讲？"

"我可不像你们党员积极分子，经常向领导汇报思想，又提意见还又落个靠拢组织。我们这种人有我们提意见的方式。"

"那好，等会儿我把祝书记留下，你跟他好好谈一谈。"

"我不是这个意思。"

外面有人喊："解队长，刘思佳……"

解净说："我们去吧，他们来了。"

叶芳忽然拉住刘思佳，替他脱下西装的上衣，解下领带，嘱咐说："换衣服来不及了，就穿衬衣去吧，墨镜不许戴了。"

刘思佳突然笑了，跟着解净走出休息间，嘴里又哼起了那个小调儿：

赤橙黄绿青蓝紫，

生活好比万花筒；

为人应该怎么办？

主意就在我心中。

1981 年发表于《当代》第 4 期，

为 1981—1982 年全国优秀中篇小说获奖作品。

燕赵悲歌

引 子

　　癸亥年早春的一个上午，我精神亢奋，创作正处在那种所谓"已经进去了"的状态，突然有客来访。

　　来者是位相识多年的朋友，同时也是编辑兼作家，不必客套，进门第一句招呼就是："正玩命哪？"

　　我赶紧诉苦："半年多没写东西了，我有一种莫名其妙的紧迫感……"

　　"可你还得把手头的长篇先放下。"他说，"人家点名叫你哪！——想不到黄河以北最富的村子，也许在全国也是首屈一指的（注意，我不是说最富的个人，而是最富的农村），竟出在河北的老东乡，历史上的盐碱窝里！"

　　这跟我有什么关系呢？

　　"他们没有包产到户，已经是千万元富翁了！也不叫大队，而是农工商联合公司。公司经理是个当代怪杰，他叫我带信给你，原话是：'五年前我们看了《乔厂长上任记》，当时的副大队长看了四遍。我佩服蒋子龙。但是，乔厂长不如我胆大，乔厂长不如我！'"

　　我不觉堆出一脸苦笑，心里涌起万千滋味。自从乔光朴这个冤家来到世界上，给我惹了多大的麻烦！乔厂长五岁，我四年未得清静，心想，今后也许不会再有这样的风波了。怎么又冒出一个胆子更大的"乔厂长"，而且又是点名叫号地和我挂上钩！

朋友简洁地讲了几件那位经理的故事，我心一震。这个送上门的人物一下子把我从已动笔的小说中拉了出来。在千百万群众创造生活的劳动中，有些看似偶然爆发的事件，却代表了一种历史的必然，社会的必然，往往比作家费心机加工提炼出来的情节更可信、更集中、更概括。许多生活中的平常人或不平常的平常人，往往比作家呕心沥血塑造出来的人物更真实、更感人、更典型！

我问："你为什么不写他？"

朋友摇摇头："更深一层的东西他不讲。他说：'跟你们说没有用。要想知道内里边五花三层的斗争，叫蒋子龙来！'"

这简直是一种挑战，一种召唤。是生活对文学的挑战，对作家的召唤！我毅然放下写了一半的长篇小说，跑下去了。

这部中篇小说就是这样产生的。但不想在此发一个此地无银三百两的声明："纯系虚构，请勿自动对号，云云。"我想，读者诸君心里都明白，裁判文学的最高法官是时间和群众，与其对反映生活的文学发怒，不如去改造生活！

第一章

男子汉之间真正的友谊和感情，是建立在相互征服的基础上，每被对方征服一次，这友谊和感情就加深一层，更加巩固。这是思想的征服，人格和力量的征服。

我，还有他们——七位本市和外省的编辑、作家，都被眼前这个农民征服了。老实说，文人们喜欢挑刺儿，不容易真正从心里佩服一个人。今天先是震惊，继而敬服，最后简直快成为他的崇拜者了。

其实，他讲了总共还不到一小时。而且他没有讲任何事，没有讲他们的发家史，没有讲他们赚了多少钱，只给我们出了几个"题儿"。全是一条条带有泥土味儿而又闪烁思想光芒的哲理，是一句句从生活中总结出来的大实话，而又含有深刻的经验、无穷的意味、农民特有的智慧和幽默，出口都是警句格言式的！

莫非我们碰上了一个天才？他无疑是个会创造思想、制定法则的人，在本质上同那些生活在城里的思想家、经济学家、哲人、教授是一个等级的。同他谈话真是一种享受，一种"精神会餐"，他的思想总是闪闪发光。

　　然而他对自己的介绍简单得不能再简单了，叫人不无失望，不可思议。他是地道的农民，只上过"冬仨月，春仨月"加起来不足六个月的学，刚够"人之初"的水平。

　　那么是他的长相奇伟不凡，透露出有宏谋在方寸吗？也许是吧，但我得拼命在他身上寻找这些东西。个头似乎比我还高，也就是说至少在一米八以上，可是长得精瘦，像个大衣裳架挑着一身蓝色毛料中山服。以前我在农村看到穿这种衣服的人，都是公社和县的干部。现在到农村去，谁要是凭衣帽断定人家的身份，非上当不可。他的气质还是农民，留着过时的小平头，脸上布满没有规则的、错综复杂的皱纹，也许他那深邃的思想、奇特的智慧就藏在那里边？他不是大眼睛，也不那么炯炯有神，脸色发黄。

　　但是，他一开口，立刻就把你对他的第一印象、表面印象一扫而光。他仿佛是用第三只眼睛——思想在看着世界，看着你。

　　他本身就是一个谜，这是怎样的一种农民呢？

一

　　夜，静得瘆人。深秋的夜风，像剃头刀儿一样扫荡着这黑沉沉、死寂寂的百里大洼。月亮像半张死人的脸，冷光熹微，根本刺不透沉沉夜幕。更何况还有那飘浮游动的黑云，像老天爷抖开的盖尸布，时时将那半张死人脸遮住，使大地陷入一种伸手不见五指的漆黑深渊。更甭提那些数不清的吃大锅饭的星星，见有一个半死不活的月亮在支撑局面，就都闭上了眼睛，有的干脆躲到云彩后面睡大觉去了。空气阴冷，夜色凄迷，一个白乎乎细长的鬼魂又走出来了……

　　团泊洼像一口巨大的破锅，被历史废弃不用了，扔到了华北的东部平原上。坐落在锅底的这个稀稀拉拉的大村落，正是大赵庄。这几天庄上闹鬼了。天一黑，已经没有心思穷乐呵的农民们就不再出门，关在低矮的土坯房里，缩在炕头上；甚至早早就钻进被窝，省得点灯熬油。因此，夜不深，人已静。每逢这时候就有个人从庄子里走出来，上身穿一件光板羊皮袄，毛朝里，光皮朝外，白花花、脏唧唧。身影瘦长，弓着腰，两腿像灌了铅，脚步跟跄，晃晃悠悠，离纵飘忽。身后跟着一条牛犊子般的大狗。这不活活是个幽灵吗？他这样整整转了三宿啦！

　　他就是大赵庄的当家人、大队党支部书记武耕新。

　　他像在梦中一样走着，透过黑暗，他的眼睛里闪着忿恨的、绝望的光。愤怒和耻辱感啃噬着他的心灵，正在摧毁着他的理智。群众大会开了三天啦，给他提了三百条意见，社员们一人一把箭，都拿他的胸口窝当了靶心！

　　"我这是何苦呢？全庄三千多口子人，为嘛就数我倒霉？"他陷身缧绁，满腔孤愤幽怨，真想大叫三声，撕破这铁板一样的夜幕，出出心里的这口怨气、闷气。

　　没有平整好的旧坟地里，突然飞起几团鬼火，忠心耿耿的大狗猛地扑了过去。武耕新不为所动，现在没有能叫他害怕或动心的事情了！1958年在公社工业科当会计，干得好好的，硬逼他回来当了大队主管会计。如其不然，现在是个正牌吃皇粮的国家干部，就是天塌地陷又怕他娘的何来！主管会计当了不到半年，就为给食堂提了五条意见，硬说他给食堂列了五条罪状，被赶回小队揸锄杆子。以后食堂解散，又说他是正确的了。1963年底提到大队当了九个月的支部副书记，挨了六个月的整，就为的跟四清工作队长尿不到一个壶里。一撸到底，回小队当了个普通的"向阳花"。要不是公社摁住没盖印，连党籍都被开除了！大跃进、小四清、"文化大革命"、学大寨先治坡后治窝、学小靳庄唱二簧，一桩桩，一件件，都没能治了大赵庄一个"穷"字，倒把社员折腾得肚里怨气越聚越大！前几年在这儿蹲点的县革委副主任孙成志，回到县上又当了县委副书记。亲自带着他去小靳庄取经的农委主任王辉，又高升一级当了副省长。"四人帮"押在北京的大牢里。该走的走了，该升的升了，该死的死了，该关的关了，社员跟他们有远仇没有近恨，把一盆脏水全扣到他武耕新的头上，把满肚子怨气全撒到他身上。

　　去年，"四人帮"刚垮台的那会儿，大伙笑得发疯，乐得发狂，以为这回天可真的变了，地也真的变了，往后没有愁事了。一年多过去了，天上没有往下掉馅饼，地上也没有往外长金子，大赵庄还是穷得滴溜甩挂，破破烂烂。社员们醒了，又蔫了，脑袋又耷拉下来了，路在哪儿？上个月又来了个蹲点的县委副书记，慢条斯理、文声弱气，连名字都那么不顺耳——熊丙岚，男人起个女人名，岂不是要给大赵庄招来晦气！果然不错，这是个摇鹅毛扇的家伙，大前天点了一把火，大赵庄在这场冲天大火里，变不成凤凰还变不成糊家雀嘛！

　　三天来，群众怨恨的火焰达到了白热化程度，那一句句溜尖带刺的怨言，像炽热的烙铁在他脑海里留下印记！他那好使的大脑，像录音机一样记下了社员大会上的每一句话，此刻又一句句地重新播放。几十年的事情，如烟如雾地在眼前飘浮聚合，幻影云涌，联想蜂聚，搅成一堆，挽成一团，无法排遣。三天来他几乎是靠抽烟和喝水活着，白天开会，坐在台上装作没事人一样，晚上说嘛也闭不上眼，与其躺在土炕上烙大饼、瞪着眼珠子数房梁，还不如到大洼里溜达。人家都说白昼和理智是属于男人的，而他这个五尺汉子却只有在无边的黑暗中才能找到一点安静和慰藉。

"祖辈缺了什么大德？到我这一辈儿当了支书！政治就是命运，当支书就是赌命，以前怎么就没想到这一层？本来是个找路的，却被当成带路的，自己瞎眉合眼真的成了全村的引路侯……"武耕新肚里没食，头昏脑胀，东倒西歪，跌跌撞撞。气话可以说，大话也可以喊，真要叫他撂挑子不干，还不甘心。如果这次再被一撸到底，他还不认输，咽不下这口窝囊气！就是强咽下去，肚里也会憋出个大瘤子。可要想继续干下去，又怎么个干法呢？对往后的日子他缺乏高瞻远瞩的想象力，既无信心，又无规划，莫非真的山穷水尽，束手无策了吗？

已经到了下半夜，月亮早已隐去，周围是寂寥无边的黑暗。团泊洼难道死了吗？没有狗叫，没有鸡鸣，长虫、蛤蟆早早地钻进土里，连小虫子的唧唧声也听不到。武耕新感到这样地孤单，这样地悲哀，真想大哭一场，反正也没人看见。

后半夜的风更冷了，他下身只穿着两条和这夜幕一个颜色的青布单裤，实际只等于一条。里边那条膝盖和屁股处磨破了两个大窟窿。外面这一条两个裤腿脚飞花了，两条套在一块儿才勉强遮住了他的下半身。这样的裤子怎么能抵挡彻骨的寒风，他的双腿有点发抖，脚步更加沉重，身子一溜歪斜。跟他寸步不离的大狗，似乎觉察出了主人的艰难，突然往前一蹿，横在武耕薪的脚前。那意思是叫他回去，别再往前走了，他腿一软扑在了狗的身上。狗以为主人出了事，恐惧地大叫起来，向村里呼唤。

武耕新拍拍它的头："大黄，别叫，别叫。"

狗安静下来。他抱紧狗的身子，自己也觉得暖和了。干涩的眼眶里火辣辣的，似乎有一串眼泪滴落下来。大黄吃惊地扬起脸，一双在黑暗中熠熠闪光的眼睛望着主人。

二

　　林元秀像是睡着了，其实她是处在半睡半醒的状态中，那高度警觉的神经不知受了外边一点什么声音的触动，猛地睁开眼，像撒呓症一样，一骨碌坐起来。伸手摸摸右边的炕头，依旧空着，丈夫又没回来。她一心里埋怨自己，想着不睡不睡，怎么又眯瞪着了。再摸摸左边的炕，也是空的，深更半夜的，大闺女明英又跑到哪儿去了？只有老闺女明琴，背靠窗台坐着，不光没睡，嘴里还叨叨咕咕，隔三岔五地打亮手电筒，照照课本，然后再关上手电接着背书。

　　她问："你姐哪？"

　　明琴："叫对象拉走了。"

　　"从哪儿又跑出来个对象？"

　　"还是那个马胜锐。"

　　"他不是不情愿吗？"

　　"那是过去，爸当支部书记，他不愿意被招驸马，怕人家说他攀高枝，将来受我姐的气。现在我爸不是倒霉了吗？他的腰杆反倒硬了，又主动来找我姐。"

　　"呸！一个一个都没安好心眼儿，恨人不死下笊篱！"

　　"娘，你别管，我看小马这一点就够个男子汉。"

　　"得了，小姑奶奶，那也不能黑灯瞎火跟着野小子往外跑，一个个都是脸皮八丈厚。不看看这是什么时候？你爸快愁死了，你们都各顾各的，谁也不搭把手。去，叫你哥去找找，他有三天三夜没眨眼皮啦！"

　　武明琴下炕，来到外间屋，拍拍东屋的门，高声说："哥，咱娘叫你去找找咱爸。"

　　"知道了。"老大武明理迷迷糊糊地答应了一声，明琴回到炕上重新背她的政治书。

　　但是等了半天，东屋那两口子还不见动静。林元秀自己下了地，以为儿子贪睡，翻个身又着呢，想亲自招呼他。走出西屋就听见东屋的两口子正说话，当婆婆的可不能听儿子媳妇的墙根。但儿媳妇燕淑珍的嗓门很大，分明是成心让她听见——

　　"……你不掰开手指头算算，俺们北燕庄才七百口子人，每年都有个十户八户的办喜事。你们大赵庄将近四千口子人，光是老中青光棍儿加一块就毛三百口子，六年里才娶了仨媳妇。人家那俩户一个是花了两千多块钱，另一户在公社当干部，也不冤屈何守静。俺要你家嘛啦？你又有什么拿人的？怪不得方圆百十里都传着你们村的歌儿：宁吃三年糠，有女不嫁大赵庄……"

明理那闷声闷气的声音："你别扯着嗓子喊行不行？"

林元秀气得双腿打战，膝盖一软顺势坐在锅台上，心口窝里像塞进一把乱草。自打儿媳妇过门这半年多来，她就没有舒坦过。如今的年轻人没皮没脸没良心，俺花得少点也够上了一千块这个整数啦！你看不见你公公吗？当着一村之主，冬天说话就到了，还没有个囫囵的棉袄棉裤，这不都因为娶你拉了一屁股债！俺不就是没盖上三间新房，让你另起炉灶去当家做主？可这三间老房你们占了一半儿，把俺那俩小子挤得没处睡，无冬立夏躲到外边去寻宿儿，你还要俺怎么着？千不怪万不怪，都怪俺穷村的小子不该找个富村的闺女当媳妇。

淑珍那盛气凌人的尖嗓门还在响着："……原指望你爸是大队头头，门路广，还能让你一辈子刨土坷垃？谁承想这回弄不好又要一撸到底，咱一家子就都得跟盐碱坷垃玩摞了！"

"合着你进这个门不是冲着我，而是冲着咱爸的官衔儿？"武明理的声音也高起来，要犯牛性，"实话告诉你，咱爸要不当那个大队书记，咱家的日子就有救了！"

"明理，你就少说两句吧，快去找找你爸。"林元秀赶紧搭话，她知道自己养的孩子都跟他爸一个样，表面上脾气秉性不一样，骨子里都是真正的男人，惹急了是什么事都会干出来的！

没想到婆婆一搭腔，儿媳妇突然哭起来了。女人的眼泪有时是对付男人的最好的武器，有时则是往火上浇的汽油，只有绝顶聪明的女人才会掌握好使用这种武器的火候。

武明理一下子炸了："谁怎么你了？深更半夜你号什么丧！"

林元秀也生气了："明理，你给我出来！"

她可不是乡村里那种说不出道不出、粘粘糊糊的女人。她的父亲是大赵庄解放前唯一的教书先生，从小识文断字，老实说，武耕新认识的那点字有一半是她教的。不然，他只上了六个月的学，怎么能到大队、公社当会计？自从进了武家门，她拾得起，放得下，说得出，做得到，人一份，嘴一份，人前人后都没给武耕新丢过脸。表面上，男人的事她不管，家里的事也不用男人操心。

实际上，男人的事她也可以在枕头边上吹吹风，家里的事只要他拿定了死主意，她也得依从。但是，不论日子过得紧也好，松也好，她能管好家，也能管住五个孩子。自从第一个儿媳妇娶进门，虽没有出什么大事，一家人的脸皮都还没有撕破，可是心里老是不那么顺当。该着他们这一辈人倒霉，苦挣苦熬，好不容易顶门立户自己当了婆婆，婆婆的福一天没享，婆婆的架子一天没摆，媳妇一进门在精神上就是婆婆，自己又成了小媳妇。莫非命里注定这一辈子只能当儿媳妇了？真是福不双至，祸不单行，家里外边一块闹起来了！

武明理一边系着衣裳扣，气哼哼地冲出了东屋。

林元秀用手指点着儿子："明理，你呀你！外边攻你爸，家里就别再起内乱了。看看你爸的模样儿，还像个人样吗？整三天了米粒没搭牙，脑袋没沾枕头边，我怕出什么事呀！快去找找他，无论如何把他拉回家里来。"

"我去，可有一条，你老劝劝我爸。这回被抹掉大队书记更好，不抹掉咱也不干了，不操这份心，不挨这份闲骂。我爸是庄上第一大能人，下边有我们仨大小伙子，男的女的加起来六七个整劳力，干点什么不能捞钱？现在谁不是搂着自己的心口过日子！"

林元秀气得用手拍着锅盖："先别说这个，快把你爸找回来！"

"你老放心，我马上就去，先把话透给你老，等他回来咱们一块劝，光我们不敢把话说得这么白。"看来明理这三天脑子也没闲着，拿好自己的主意了。不愧是他爸的儿子，有自己的心路，自己的道道了。

林元秀不再搭理他，声音发颤地冲西屋喊："明琴，你给我下炕，去找你爸！"

"人家明天一早还要到县里去考试！"

"好啊，把你们养大了，七条肠子八条肝花，一人一个心眼儿，都想拆这个家。我自己去！"林元秀并不老，只有四十七岁，身上气得打战，仍然迈步出了堂屋。

武明理要去拉住老娘，身后的东屋门"哐当"一声被摔开了。燕淑珍穿戴整齐，手里还提着包袱，一阵风似的冲到院子里，打开娘家陪送的自行车，把包袱夹在后衣架上，推着就朝门外走。

"淑珍，你这是干什么？"林元秀没想到儿媳妇会有这一手，从这儿到北燕庄有四五十里地，深更半夜的，又是年轻媳妇，出点事怎么办！她赶紧叫儿子去拉住媳妇。

一见媳妇真的翻了脸，要半夜回娘家，武明理也软了，拉住自行车："谁说你什么了，至于这样吗？"

一见婆婆和男人服了软，燕淑珍更来劲了，一巴掌打开明理的手："你要有志气就别拉我，俺用不着你管！"

"你，这是值当的吗？"

"省得我一个人拆散你们这个宝贝家！"燕淑珍再一次推开男人的手，向院门走去。

就在这时候院门被推开了，一前一后进来两个人，堵住了大门口。黑糊糊看不清脸面，也不知是谁，前边这个个矮，后边那个个大。前边这个人开口了，一嘴好听的普通话，甫问，是新来蹲点的县委副书记熊丙岚："好热闹呀。淑珍同志，不管生多大的气，也不能够做出日后无法挽救的事情啊。"

"简直是胡闹！"一听声音就知道是大队长武耕田，"明理，还不把自行车接过去，领你媳妇回屋。"

燕淑珍突然哭着跑回自己的房里去了。

熊丙岚走近林元秀："大嫂子，好好休息，我们去找老武。放心吧，什么事也不会出的！"

"那就让你老多费心啦。"林元秀心乱如麻，语气里没有多少热情，倒是充满忧虑。

三

土地散发着清馨的潮漉漉的气味，这是生命的气味，是大赵庄生命的热在散发。武耕新贪婪地吸吮着这新甜的气息，他那弯曲的背突然挺直了，眼神空洞的双睛一下子变成了鸱枭的眼睛，穿透这重重夜幕，看清了眼前这四千八百亩一马平川的大块条田。他急走几步，扑上去抱住一棵两搂粗的大榆树，他摇晃，他捶打，他甚至想跟它撞头。

老榆树铁骨青板，安稳如铸，像一根擎天巨柱支撑着这黑沉沉的夜空。

老榆树，你可以为我武耕新作证，解放前大赵庄只有三棵树，除你之外还有两棵歪柳树。土地倒是不少，但像一片乱坟场，这儿高那儿低，东一疙瘩西一块，南一条沟北一道岗，流碱冒盐。这就是命运那个老混蛋留给俺们大赵庄的基业，一家一户对付不了碱虎盐狼，只好挖土垫地，地长多高，碱追多高。只能种点高粱玉米，每亩地打个一二百斤！

自从我做主大队上的事，发死誓要治地。没黑没白，领着社员整整干了五年。白天跟社员一块抬大筐，晚上盘算队里的家业、操办几千口人的吃穿。那是什么日子，不光受大累，头上还得顶着几把刀尖，现在你们说我学大寨学错了，那阵你们骂我假学大寨，挂羊头卖狗肉。大寨是修梯田，修台田，说台田能治碱，我是平台田改成条田，每块地四五十亩、横平竖直的长方形。上有浇水渠，下有排碱沟，修了七条比京津公路还宽还直的大道，还有几百条能走大车、拖拉机的小道。四千多亩土地就像一张画一样，规则有致，像八卦图，拖拉机耕种的时候就像在足球场上一样痛快！粮食亩产提高到五六百斤，我武耕新落下了什么？还不是一身病！一个从前能摔倒一头牛的五尺半高的壮汉子，现在油熬尽了，皮榨干了，刚到四十八岁就只剩下一把骨头渣了！我武耕新对得起这块土地，对得起大赵庄的乡亲父老，我没做亏心事。老天爷瞎了眼，有些人瞎了心，老榆树，你还没有死，你可都看见了！

不，不，大赵庄的人这几年都不清闲。俺们这儿生这儿长，地是俺们的根本，累死也值得。可我对不起的是那些知青，他们被一阵风刮下来，跟大赵庄无亲无厚，我对他们也像对普通社员一样往死里使，有的扭坏了腰，有的砸断了腿，脊椎变形的，脊盘突出的，关节劳损的，来的时候好好的，走的时候有一小半人变成了半残废。团支书王丽萍干活爱冒尖，摔伤过腰，被土筐砸断过腿，至今走路还有点踮脚！他们又图个什么呢？

武耕新突然浑身一激灵：今儿个这是怎么啦？七股八岔越想越离题儿。莫非我真的老了？真该下台了？撒手闭眼光等着死了？

其实人死是一件很简单的事情，就像这秋天的榆树叶一样，西北风一吹，飘飘摇摇地落下来，一切烦恼都没有了。

哈，他可不想死。而且在心里还弄明白了一件事，他用不着再欺骗自己，也犯不着跟自己赌气，他不想下台，还想继续当这个大队书记，他的事还没有干完。

他想把七条赵庄大道都铺上柏油，将来给每条大道都起个好名字，可是没有钱！他想把几十条浇水渠修成水泥的防渗渠，浇地又快，而且省水省电，就是没有钱！他想开上几百亩果树园，种上瓜果梨桃，还是没有钱，他想继续改造还剩下的那五千亩盐碱荒地，但现在人心已散，不能像前些年那样用"阶级斗争为纲"的鞭子去赶着大伙走"以粮为纲"的路。如果雇请机械队改造，他仍然没有钱！他想开上两个大养鱼池，办个养鸡场、养猪场，这一切都得用钱。钱！钱！钱！他缺少的正是钱。粮食亩产翻了一番多，社员们花点零钱还得靠抠鸡屁股眼子，大队照旧穷得叮当响。

他回身看看黑糊糊的大赵庄，一种不可名状的羞愧感烧灼着他的灵魂。这叫什么村落？这是人住的地方吗？一个个用胶泥垛成的小土屋，像过去的烂台田一样，没规没矩，没街没道，三五户一堆。每家屋后是只能钻进一个人的茅坑，因为粪就是金，谁也舍不得扔给别人，一家一个茅坑。房前是苇坑，到夏天臭气烘烘，蚊子织成网。在大赵庄用砖头砍死人，到法庭会判无罪，当场释放。因为在大赵庄绝对找不出一块砖头，所以可以证明原告是说瞎话。全村几千口子人，春夏秋冬就跟牲口鸡鸭一同喝这大坑里的水。夏天坑里贮满雨水，水是甜的。到冬春，坑里的水少了，就又苦又咸又涩。怎么能怪赵树魁在大会上念丧歌：

> 大赵庄，穷光光，
> 盐碱地，土坯房。
> 苦水灌大肚，
> 糠菜半年粮。

这就是大赵庄的村歌。解放前唱，解放后只有在忆苦思甜会上才有人敢提起它。昨天，二百五赵树魁竟敢当着县委副书记的面，在群众大会上有眼有板地唱起来了，居然还有人应和。这回可没有"思甜"，光是"忆苦"。解放快三十年了，我这个共产党的支部书记真应该当场一头撞死，要不就把脑袋扎进自己的裤裆里！我没那个囊气，也不服气，社员骂娘，我还想骂祖奶奶呢！盖新房，没钱；打机井，没钱；……又是钱！钱！钱！

说一千道一万，没有财富大赵庄变不了样儿。要想发富光靠修理地球，土里刨食是不行的！这些年来，俺们就像黄昏时候的蝙蝠一样，闭着眼睛瞎撞。生活真是一坑烂泥，实际上大赵庄人过的不是生活，仅仅是活凑合！几十年来老东乡的农民走了一条漫长而坎坷的卜坡路，始终没治了一个"穷"字。

大赵庄的人天生就是受穷的脑袋吗？就活该世世代代喝咸水？你说下大天来，我也不信这个理儿！唐僧不念紧箍咒，孙悟空就一个跟头十万八千里；唐僧一念紧箍咒，孙大圣再有能耐也只是一堆废肉。政府松一点，老百姓就富一点。

"唉，想这些有什么用？我不想下台，往后该怎么干？"

好啊，武耕新，你的怨气来得也快，消得也快，没人给你顺气，你自己就顺了。别忘了当个干部最容易被群众记住的是他的弱点，运动一来大伙把他的好处全忘了，只记得他的缺点。领导别人不一定比别人更聪明，也不比别人更快乐，常常是傻小子背鼓上戏台——找着挨打！

他就这样一圈又一圈地围着村子转，挨家挨户地思量着他治理下的臣民们。转到谁家房前，就想想这户社员的家世，为人，有什么特殊的本事。老实巴交的人很多，你干好了，他跟着沾光，你干坏了他跟着吃苦。这都是基本群众；靠他们冲锋陷阵打天下不行。能人也不少，五行八门，有手艺的，会做买卖的；还有会"鬼八卦"的，论阴阳、看风水、批八字，这些人只要政策一松绑，都能大把捞钱。但致富不可昧心，不义之财不能取……

当深刻的痛苦代替了绝望，就能使人的智力变得更加聪悟。思索——武耕新用自己的全部力量进行思索，现在求助谁也不管用，只有靠自己去思考，去推断，战胜自己的恐惧、懦弱和犹豫彷徨。现在对他来说，才智比肉体更加重要。

当他走到从前的地主赵国松房后的时候，心里有点泄气，看来要彻底改变大赵庄的穷相太难了。这个过去在全庄数第二位的地主，拥有二百多顷地，过的又是什么日子呢？每到吃饺子的时候，除去老地主、赵国松的父亲吃白面饺子，从地主婆以下全是吃高粱面儿掺上榆树皮面儿的饺子。老实说还不如中农想得开，吃得好呢。一到晚上，老地主亲自发给每个儿媳妇三个大麻子，叫她们用席篾子串起来当灯点，多一个不给。其实那三个大麻子的亮光，只够扫炕铺被用的，干其他活儿都得摸黑。一方面是老地主财迷，但说到底还是地主钱少，他如果有大把大把的钱票子，可以对别人死抠，决不会那样苦熬自己。想到这儿，武耕新心里一动，快走几步来到大赵庄小学的门前。

这里原是大赵庄头号地主赵国璞的旧宅，他的气派跟赵国松就不一样了，家里有几百顷地，在天津、北京、上海还开着几家买卖铺子。农村闹灾，粮食歉收，还有城里的买卖赚钱；买卖赔了钱，还有家里几百顷地接着。互相依靠，互相支持。赵国璞常年住在城里，子女都上大学、出国留洋，一个个都成气候……对，要想富，得是地主兼资本家！得农牧业扎根，经商保家，工业发财……

历史简直是用开玩笑的方式，把一个叱咤风云的新农民介绍到这个世界上来。曲折使他升华了，灾难洗净了他的灵魂，使他对人对事有了一种新的尖锐的判断力，他将脱颖而出，成为老东乡一带几乎无与匹敌的新型农村的领导人。

四

当武耕新围着庄子一圈圈转磨的时候，大赵庄的人并没有全睡觉。大队部的屋子里成了一座烧烟叶的大炉膛，烟雾凝结，遮住了本来就十分微弱的灯光，看不清屋里有多少人。有的盘腿捏脚坐在炕上，有几个坐在炕沿上，有的挤坐在板凳上、桌子上，还有的站在地上、蹲在墙角。这些人有的是大队干部，有的是小队干部，也有的什么干部都不是，只是关心庄子命运的普通社员。没有人召集他们到这儿来，更不是开什么会。连着开了三天群众大会，大赵庄都乱套了，再提开会大家都脑浆子疼！那么他们跑到这儿来干什么？

是他们自动来的。第一天群众大会结束之后，大队的几个干部觉得势头不对，吃过晚饭自动来到队部，以为支部书记一定会跟他们商量一些事情。谁知等到十一点多，不见书记的影儿，只好各自回家。昨天晚上有几个小队的干部也沉不住气，自动找来了。武耕新又是没照面儿，下午一散会就没影儿啦。干部们都慌神儿了，看来书记是铁心想撂挑子不干了！今天晚上来的人更多了，等到 10 点钟还不见书记的面儿，都稳不住神儿了。虽然心里不情愿，还是叫大队长武耕田去找在这儿蹲点的县委副书记。解铃还须系铃人，乱子是他惹起的，还得由他去探探武耕新的虚实。

这一屋子人里，有拥护武耕新的，也有反对他的，有服他的，也有恨他的，还有怕他的，更有对他不服、不爱、不恨也不怕的。但是，不管谁怀着一种什么样的心思，脑子里都有一个共同的问号：耕新要是不干了，谁来干？

要是连武耕新也玩不转的事，别人上来更操蛋。不管你心里服气也好，不服气也好，他还能管得了大赵庄，能镇唬住一批人。他当支委的时候，实际上就是支书；他当副支书，实际上还是支书。"文化大革命"中，造反派说他

253

是"狗头军师",倒也不假,狗头也好,羊头也好,虎头也好,诸葛亮的头也好,反正是军师。他一出娘胎就不是个安分的人,脑子里点子多,肚子里道道多,支委会只要有他参加,就得听他的,最后还得按他的主意办。没办法,他就是比别人棋高一着,并不是靠要穷横。矮子里拔将军,谁叫咱大赵庄没能人呢。多少年大赵庄就是这么过来的,干部们都习惯了他的眼神、语气和手势。不知县委是什么意思,真想拿掉他?看熊丙岚好像有这种打算。那么他下来叫谁上呢?

武耕田?大好人一个,忠厚实诚,像鸭子一样温良,但资质鲁钝。以前又不是没当过支书,不过是武耕新手里的一台拖拉机。

李汉忠?现在的副支书,嗯,这倒是块材料,有文化,也有膀子力气,说话办事就像一挺装上电脑的机关枪。但他这挺机关枪只能叫武耕新使,再说还有点毛嫩,刚三十来岁,谁服他?

刘心远?这个乡村的美男子,伶牙俐齿,能把死人说活。虽然也是支部副书记,总有点不大牢靠。

孙达?像个电冰箱,太阴!

每个人都口问心,心问口,翻肠倒肚,在脑子里好一通折腾。把每个干部也包括自己,都在心里过了遍筛子。但谁也不说话,一人举着一个烟喇叭,狠劲地吸,拼命地吐,一副副不解气的样子。好像借着喷烟,把各自心里的闷气、怨气、忧虑、愤怒也一块吐出来了。

熊丙岚和武耕田回来了,一见没有请来武耕新,李汉忠先沉不住气了:"他不来?"

熊丙岚被烟雾呛得一时不敢喘大气,用手扇扇眼前的雾团,才说:"老武不在家里。"

"呀?他能去哪儿?"

熊丙岚笑了。这种时候他居然还有心思笑,多亏房子里灯光暗,烟气大,人们看不清他的笑脸。他慢条斯理地说:"天黑的时候我看他向大洼里走,可能还在大洼里转哪!"

李汉忠从炕上站起来,跳下地:"我去看看。"

熊丙岚拦住了他:"汉忠同志,你别去打扰他。"

李汉忠的怒气像烟雾一样喷到熊丙岚的身上,语调却是冷冰冰的:"熊书记,你来蹲点到底打的什么主意？"

"我打的就是这个主意，让耕新同志把大赵庄的历史，前前后后的曲折和灾难想透，叫他出一身透汗，扒几层皮下来。这些年我们的思想上都起了茧子！"熊丙岚并不躲闪，虽然没有着急，可是话也够硬的，"李汉忠同志，你要是关心大赵庄今后的前途，现在就不要去打扰老武，倒应该彻底翻开自己的思想和大赵庄的现实对比一下，一场在精神上战胜自己的大战，就是一剂发家致富的仙丹。"

县委副书记说完转身走了。许多人却没听懂他的话。屋里静了一会儿，然后又炸锅了，七言八语，瞎饿饿一阵，谁也说不透是字是谜。有的回家了，有的则趴在窗台上，隔着玻璃、捅破窗纸，向外凝眸谛视。外面一片漆黑，什么也看不见。

此刻，谁也说不清在大赵庄的黑暗中，究竟有多少双这种感情复杂的目光在探测、在寻找、在跟踪那个游荡在野外的幽灵。

而且在今天晚上怄气的也不止武耕新一家。

马胜锐捧着热乎乎、麻辣辣的左脸回到家里，劈头又挨了他爸一顿臭骂。

马文升差一点把桌上的茶壶拽到儿子的脸上："你个吃里爬外的混账东西，咱老马家祖祖辈辈，忠厚传家，从不办缺德的事。你今儿个为什么要跟二百五赵树魁、鬼八卦张万昆那一伙站到一块儿，当人对众地寒碜耕新？"

马胜锐并未听清老子说了些什么，他左手摸着发烫的脸颊，心里还处在一种极度兴奋和惶惑之中。他喜欢武明英，尽管村里有人给她起了个很难听的外号——"大傻青"，说实话，他心里喜欢的正是她的这股"大傻青"的冲劲。他们从小同学，考到县中还是同学，她不喜欢跟女同学玩，倒常跟男同学一块踢足球，打篮球。去年毕业后回到村里，不管干什么活也是横踢竖打。跟这样的女人在一块过日子才有味道，生活有激情，感情丰富多彩。他不喜欢那种慢声细语、扭捏作态的封闭型姑娘。被动是作假，主动才有真诚，才会有烈火般的热恋。他相信她也喜欢他。谁承想刚才就尝到了她那"烈火般"的滋味。他把她邀出来，还没容他把话说完，她就指着他的鼻子骂上了："马胜锐，我知道你那个小心眼，你是嫉妒，是忘恩负义。告诉你，我爸去坐牢，我跟他一块儿去。我爸当了普通社员也比你爸强十倍。我就是嫁个讨饭的，也不找你这个一脑袋大男子主义的小男人！"

他当时说了些什么已经记不准了，反正都是话赶话，张嘴没好气，说了一些激火的气话。说什么她是势利眼啰，把父亲的官衔儿看得比爱情还重要，明明是个农村土干部的闺女，却学了一副城里高干子女的派头啦，等等。明英的肺管子都被冲炸了，抡起胳膊就是一巴掌。他没有提防，左脸被打个正着，"大傻青"的手又重，半边脸麻嗖嗖的还真有点痛。他被打愣了，明英也傻了，后退一步，两人面对面站着。怔了一会儿，明英又凑上去，猛地抱住他的头，用手轻轻地抚摸他的左脸，在他耳边柔声款语地问："还疼吗？还疼吗？你也打我一下吧……"

她拿他的手去打自己的脸，他却趁势搂住了她的腰。他不觉脸疼，只觉得周身奔涌着一种从未体验过的令他窒息的冲动，明英那丰腴圆润的身躯在他怀里战栗，他感到是这样新奇，使他心旌摇荡。明英在他被打疼的左脸上亲了一口，猛地推开他跑了。他抚摸着被姑娘亲过的左脸，站在那个草垛前怔了半天，这算什么呢？是恨，还是爱？是继续好下去，还是一刀两断？连句明白话也没说。不过这一巴掌挨得太值得了，使他知道了生命本身还有这般永远不会忘记的快乐……

"我说的话你听见没有？"父亲的吼叫把马胜锐从佳境中唤了出来，"武耕新有什么地方对不住咱！知恩不报是小人，忘恩负义是畜牲？你忘了那年发大水……"

"我没忘，大赵庄的人谁不知道这件事，那是武书记的光荣历史。"马胜锐嘴里没好气，但他心里对武耕新这一手是佩服的。

1959年春，武耕新刚从大队被撸回十一队当了普通社员，正赶上第十一生产队选队长。那个年头一年要换四五个队长，老实巴交的不愿干，心路不正的社员不让干，选了两天硬没选出来。武耕新憋不住了，不顾自己身上还背着黑锅，毛遂自荐当了队长，这一杆子就当了六年，以后要不是升到大队当副支书，恐怕他就是十一队的终生队长了。

1963年发大水，中央下令保天津市，保津浦铁路，在老东乡分洪，淹掉团泊洼。令一传下，限两个小时全村撤离，晚一步洪峰就到。没见过那阵势的，要命也想象不出那是什么场面。那洪峰像倾倒的大山，房屋、大树一荡而平，离着几十里地就听见哞哞怪叫！要不老东乡的人一听说发大水就头皮发麻，那真是爹死娘嫁人——各人顾各人！大赵庄乱营了，有亲的投亲，有友的靠友，大人喊孩子叫，鬼哭狼嚎！什么大队呀，小队呀，干部呀，群众呀，谁也顾不了谁啦，各自奔逃。唯有十一队，没散没乱，武耕新对他的社员说："大伙要信得过我，我领着大伙一块儿走，只要我有一口气在，就不会丢了大家，不叫大伙受罪。"

他说着眼圈发红，社员们在下边哇哇大哭，哭自己的命苦，哭"值万贯"的穷家一时三刻就要喂鱼，哭这个坑人的老东乡。社员们哭着表态要跟武耕新走，他叫每户带上去大洼打草用的小推车、一根扁担和一把镰刀。他领着十一队来到天津东郊区，找个地方扎下营寨。国家对灾民每人每天救济八两大米面，今天领件半新不旧的褂子，明天领条旧裤子，张着嘴等着人家喂，真不是滋味。男女老少一天到晚就是蹲墙根，哪儿暖和到哪儿去待着，混吃等天黑，往帐篷里一钻。少活动，让那"八大两"在肚子里多待会儿。武耕新则一扒眼皮就不闲着，除去照顾社员，还到处找门路，东攮一头西撞一头。到底叫他找到了一条活路，带领十一队的社员用小推车把东郊区的稻草送到造纸厂，每个人一天可以赚两块多。以后其他队的人得到消息，也来投奔，还有不少外村的灾民也想加入这个运输队，武耕新是来者不拒，有一个收一个。他又当指挥，又当会计，兼管后勤。到过春节的时候，十一队的每个劳动力分了整整四百元，社员们都要给他烧香。

马文升乐昏了头，竟把自己那四百元丢了。老婆哭天抢地要跟他拼命，他又心疼又懊恼，两眼发直。武耕新一咬牙，从自己那一份钱里抽出一半——整整二百元，塞到妻子林元秀的手里。林元秀到底是知书达理，在那种时候让出二百块钱就是让出半条命，她虽然也心疼得肉颤，但理解丈夫的心思，二话没说，大大方方地把钱送到马家。

轻财足以聚人。谁说当干部的说了不算，算的不说？武耕新可是跟社员动真格的，讲情义，重信义。这件事一下子在大赵庄轰开了。其实从那时候起，他就是大赵庄真正的领导人了。

转过年来，洪水退了，他们又从四面八方回到大赵庄这块土地上。人们有的打土坯垒个窝，有的干脆用泥垛个窝。当人们还没有从惊吓和悲凉中醒过来的时候，武耕新又有了新主意，他对十一队的社员说："我去大洼深处的芦苇区看了，洪水把苇根都沤烂了，那都是没主儿的地，咱们拾地去，开出来准有好收成。"

没人信他的，说他羊群出骆驼，又绕花花肠子。只有张万全和马文升，抹不开脸面，捧他的场，三个人两张粑子一张耧，每天五更起半夜回，到二十里以外的大洼深处去耕地，天天一累一个翻白儿！本队社员说闲话，外队社员说笑话，有人断言这是糟蹋粮食种，到大队告状。武耕新最后立下字据，扔了粮种自己赔，硬是顶着流言种了三百亩高粱。到了秋天，嘿，别提高粱长得有多好，沟波上是野青麻，沟底是能榨油的黄须菜，长得有半人高。十一队多打了六万斤粮食，多弄了好几万块钱，分值比其他队高一半。到年终分红的时候，武耕新挨个问社员："是我对，还是你对？"社员不认错他不分给钱！

如果说前一仗使别人敬他，这一回则让人们服他了。

既然如此，在这三天的群众大会上为什么数十一队的人攻他攻得最厉害呢？莫非真是任何人倒台都先从窝里反？人面随高低，得势捧着说，倒台踩着说？

马胜锐跟他爸透了一点底："咱们队的人都商量好了，趁这个机会一定要把武耕新的大队书记抹下来，拉他回十一队，现在可是发富的好机会。"

马文升一惊："俺怎不知道？"

"怕你去透信儿。"

"这是你出的主意吧？除去你别人没有这蔫坏损的鬼八卦！这太缺德了，你看这些天把耕新折腾成什么样了？"马文升摸黑走出自己家门，"我去找万全，不能这样捉摸人……"

五

武耕新今后的命运，甚至可以说是大赵庄的命运，今天就要揭锅了！

三天帽戏已经唱完，就看压轴戏怎么唱了。不知怎么搞的，这台大戏好像没有几个观众，不论干部社员都觉着自己也是这台戏里的一个角色。在大赵庄这个舞台上不论演什么戏，怎么能跟大赵庄的人没有关系呢？往常开大会都是干部先到，群众后到。今天早晨的气象预报是"多云转阴"，因此开会的气氛也反常，干部未到，群众已到，在大队部前面的大场院里已严严实实地坐满了人。

武耕新来了，呀！最先见到他的人吓了一跳，一夜之间他变得就像刚从棺材里爬出来的一样，脸色发暗，堆满皱纹，半寸长的短发像秋天的芦草一样又干又硬，没有一点油性。更可怕的是嘴唇四周鼓起一圈葡萄珠儿般的大水泡，使他的嘴好像成心噘着一样突出老高。

人心都是肉长的，人群里有一阵轻微的骚动。

熊丙岚和武耕田、李汉忠、刘心远等大队干部，从后面紧走几步赶上来。李汉忠脱下自己身上的薄棉袄，红头胀脸地一定要武耕新脱下那件光板老羊皮袄："春捂秋冻，你早早地驾上大皮袄干嘛？还怕不上火？"

李汉忠的嗓门就像吵架，武耕新不想当众现眼，可又拗不过他，只好脱下羊皮袄。他里面只穿着一件破背心，等于是光身套上个皮筒子。他的躯干像岩石一样清瘦干硬，仿佛把身上的水分都蒸发干了，只剩下筋骨——而这正是他力量和理智的结晶。从他那发红的、严重缺乏睡眠却依然闪着火星的眼睛里可以看出来，他身上还怀着一种悲剧性的热诚和执拗！

李汉忠比他的个子矮，但肩宽体厚。因此他穿上李汉忠的薄袄，显得又肥又短，样子十分可笑。场院里却没有人笑，倒有一个女人终于忍不住，用手捂着脸，抽泣着跑出场院。她就是武耕新的妻子林元秀，她一方面心疼丈夫，害怕他把身体熬坏了；另一方面感到羞愧难当，丈夫当众出丑，穿得像个叫花子，是当女人的罪过，是她的耻辱！真是现世报儿，当着全村人把她这个当妻子的脸全丢尽了……

武耕田宣布开会。他有一张宽厚的大脸，上面有几颗浅浅的白麻子。人家都说他自小不会生气。因为很少有人看到他生气。他即使碰到不顺心的事，一个人暗憋赌气的时候，如果有人来找他，他也会不自觉地咧嘴笑笑。身子骨壮得像条牛，年纪正是四十郎当岁，有膀子好力气，干活从不偷奸耍滑。谁能对这样一个老实人有意见呢？他当大队长的时间又不长，村上人都知道他是看武耕新的眼色行事。所以三天来群众提了那么多意见，没有几条是针对他的。但他并不感到得意，相反倒很不好意思，很伤心，觉得对不起耕新。因此，连他那张磨盘脸今儿个也绷得紧绷绷："现在开会，大家接着给大队的干部提意见，上批下挂。不过我得找补一句，大队干部有俺们好几个，大伙别光对着一个人来，你们眼里还有没有我这个大队长？"

他说的是气话，有人却笑了。武耕田好不容易才绷紧的脸又松开了："提吧，接着提。"

没人笑了，也没有出声，场院里静得出奇。社员们都看看前面，眼睛盯着大赵庄的这几个当家人。

武耕新像在看大家，又像什么也没看见。在他身上有一种令人敬畏的自制，他在沉默中仍然保持着严峻的威仪。

空气清新的场院，却让人感到窒息。这是一种折磨人的、使人难堪的沉默。

李汉忠话里带刺开腔了："昨天不是有人说再讲七天七夜也讲不完吗，今儿个怎么哑巴了？机会难得，趁着熊副书记在，当面锣，对面鼓，把话都倒出来。省得闷在肚里生蛆。"

他苫披着武耕新的老羊皮袄，样子古怪。那张血气方刚的脸黑虎头一般，眉弓突出，铜铃大眼，嘴唇饱满，下颚滚圆。瞧这副尊容，这位大爷能把大赵庄一口吞下去！

跟他相比，刘心远就更像个白面小生。虽然他比李汉忠少上三年学，只有初中毕业，说话却软里带骨头，更有辣味："还是十一队的人带个头吧，你们队意见最多，耕新在你们队当了六年队长，得罪人最多。什么闹大水逃荒呀，到大洼里拾地呀。提意见嘛，要毫无保留！"

还是没人说话。这阵势摆得很明白了，武耕新要下台，这几个人也不打算干了，看样子是豁出去了。武耕田一个人支不起裤裆，李刘二人是武耕新的哼哈二将……

武耕新慢腾腾从板凳上站起来，身子微微发颤，嗓子也有点嘶哑，但还是那副毫不拖泥带水的声调："别提了，再提上一千条、一万条，不就是一个穷吗？这不关他们的事，大队部里是一人一把号，都吹我的调儿，不吹我的调儿一个也不要。这些年大伙跟着我，汗没少出，累没少受，可干来干去，把大赵庄弄成这副熊样子，年年忆苦年年苦，天天思甜没有甜……"

他的声音突然哽咽了，大家的心一下子也抽紧了！这个从骨子里到外面都响当当的男子汉，怎么眼泪说来就来？十四年前，他向十一队社员报告发大水的凶信时流过泪。今天，当着全村男男女女、老老少少几千口子人，有领导也有群众，有长辈也有晚辈，怎么又哭上了？他这一流泪不要紧，把大伙的心也剜得又苦又痛，发软发酸。他没抹眼泪，为了使说话时不抽嗒，略沉了一会儿，才接着往下说："我不怨天，不怨地，不怨上，不怨下，就怨我没有真主意，明白得太晚了！如果大家信得过，我还想再干三年，大赵庄要是不变样儿，你们可以用唾沫把我淹死，可以把我送进县大牢，可以掘我家祖坟。如果大家信不过，我今天就下台。"

场院里静了两三秒钟，突然像灶膛里烧着了一挂鞭："信得过！""耕新，你不干还不行哪！""对，就得你干！"

"行，我干！"武耕新摆摆手叫大家静下来，"明英，回家叫你娘收拾个坐大牢用的铺盖卷儿，放在门洞里预备着。等会儿散了会，各小队先暂时安排自己的活儿，支委留下开支部会。现在请县委熊副书记表个态吧。"

大家没有鼓掌，心里都很紧张，真不知道这个熊书记对今天这种会议结果能表个什么态。他神情平静优雅，年纪和武耕新差不多，看上去却年轻十来岁，皮肤滋润，闪着亮光。他一开口，声调像电影演员一样洪亮而好听："我很乐意在这样的场合表态，但不能代表县委，因为县委还没讨论，只能代表我个人。第一，我先得发个声明，我叫熊丙岚，不是兰花的兰，是山上吹下来的风，上边一个'山'字，底下一个'风'字，可不是男人取了个女人名，像扫帚星一样给大赵庄带来不顺气。"社员们"轰"的一声笑了。

"第二，你们这三天半大会，将来在大赵庄的历史上是不会被人忘记的，我非常满意。我赞成武耕新同志继续担任大队党支部书记。第三，以前也有人拿大赵庄当点，把你们给蹲穷了，我可不愿当这种大损鸟！我到这儿来是看中了你们村三个优势：村大地多、底子特穷、干部过硬。"

在掌声中武耕田刚宣布散会，武耕新突然从板凳上摔倒在地，一动不动，像昏死过去一样。干部们吓坏了，弯他大腿，掐他的人中，李汉忠要张罗套车，急送县医院。熊丙岚不知真懂假懂，蹲在武耕新身边，摸摸脉，翻翻眼皮，听听呼吸，笑了，很有把握地说："他是睡着了，把他抬到屋里去。"

第二章

当人们告诉我这儿的工厂办得如何如何好，我其实是不以为然的。心想，既然叫"农工商联合公司"，当然就得办个工厂以壮门面喽。你要说他们的养猪场、养鸡场办得如何好，那我信。办工厂？岂不是舍己所长，用己之短！他们哪儿来的技术人才、管理人才？哪儿来的先进设备？我见过不少城市里国营大厂调整几年尚且打不开局面，难以生存，有的甚至靠借贷过日子。当前农业比工业活跃得多，他们倒要办工厂，不是自投罗网、找着往火坑跳吗？

我连干带不干在工厂待了二十五年，也见过各种各样的工厂，大的、小的、土的、洋的、国营的和集体的，自信对工厂并不陌生，岂能瞒我？当我仔细考察了这个公司所属十三家工厂中的六家之后，感到惊奇，困惑不解。

不要以为干工业赚钱容易来钱快，没有的事！在当今激烈竞争的工业社会，一个工厂能站稳脚跟活下去，就相当不容易了。我熟悉的一个六七千人的重工业大厂，一年要能赚出二三百万元的纯利润就得累吐血。而且为了发工资、发奖金，有些利润纯粹是计算器算出来的，在账面上有这笔钱，实际上这笔钱是不存在的。这叫小懒赚二懒，二懒赚大懒，大懒干瞪眼。他们这里历史最长的是冷轧带钢厂，干了五年了，二百多名工人，每年上缴公司实实在在的纯收入二百万元。历史最短的电器开关厂只开工两年，一百四十个工人，每年纯利润一百二十万元。劳动生产率最高的是高频制管厂，每个工人每年创造的财富是四万元。这个数字不仅在国内不算低的，恐怕到最发达的工业国家里也不能小看吧？

高频制管厂厂长告诉我："俺们可干不起赔本的买卖，不赚钱的工厂不干。而且十三个厂都是用滚雪球的办法，看准，搞稳，逐渐扩大。当年建厂，当年投产收回投资。第一年小赚，第二年大赚，第三年稳赚。以后能赚再赚，不能赚就根据市场预测转产。船小好掉头，我说了就算。搞工业跟搞农业一样，不知哪时下雨，真赚大钱是件难事。首先'气象预报'要准，还得有能踢能打的十八罗汉，俺们这些人谁的身上没蜕了几层皮……"

这些出口不凡的人物，大都二十多岁，有的高中毕业，有的只是初中毕业，五年前还是不知道工厂为何物的牤牛犊子。他们凭什么打败了城里办厂老手？

"事实比虚构更离奇"——当我捧起一本本他们自己摸索总结出来的管理制度，为其严密性、科学性和实用性叫绝！从厂长到每一个工人，都有明确的权利、责任和定额，这一切又和经济利益连在一起。什么"层层包，层层联，业业专"，什么"管理科学化，劳动责任化，生产现代化，承包专业化"，什么"统一经营，累进计奖"……

这里无疑有高人指点。是的，他们花重金从各地招聘了一批用得着的专门人才和能工巧匠，仅是从天津聘请的法律顾问、经济顾问、科技顾问等，每月到公司来几天，出点主意，就可拿到一百五十元的报酬。他们很大方地说："这些人为我们出上一个好主意，就把钱赚回来了。这叫请来外边的女财神，重用本地的土财神，培养第二代、第三代的小财神。"

"农民兄弟"搞工业，居然搞出了花儿，向"工人老大哥"提出了挑战，包围城市，打进了城市，这难道仅仅是个钱的问题吗？

六

林元秀做好了晌午饭，又盘腿上了炕。她翻出一个从前的棉门帘，想拆了给丈夫改做一件棉袄，左比右画估量，总还差一点。抄起剪子刚拆了几针，儿女们陆续回来吃饭了，她赶紧放下剪子，把棉帘子推到一边，放上炕桌。

其实没有人上炕，有的坐在炕沿儿上，有的站在地上，老二明华不进屋，蹲在灶坑旁边以锅台当桌。饭也很简单，锅帮上贴了一圈玉米面和高粱面两掺合的饼子，锅底熬的棒子碴粥，秫秸秆做的算子上蒸了一小碗虾酱，里面打了一个鸡蛋，这是专为武耕新做的小灶。其他人的下饭菜是那一大碟咸菜和一海碗素熬白菜，里面有几根黑粉条。就是这碗差不多等于是白水煮的白菜，也不是所有人都有资格吃，林元秀和还没有挣工分的二女儿明琴、老小子明伟就不能动筷子。可是这两人又是穷人家的娇女、娇子，尤其是老儿子明伟，心眼又多又混账，偷着摸着把好吃的往自己碗里敛。所以真正吃咸菜的只有林元秀自己。武耕新从来吃饭没钟点，不知什么时候回来，也许还不回来，养成习惯家里吃饭不等他。今儿个晌午倒是老大明理回来得晚了一点，一进门就黑虎着脸，没有奔锅台，也没有奔炕桌，却疯魔颠倒地抄起那个棉门帘子，连同他老子那件光板羊皮袄，喊里喀喳卷成一个捆儿，用麻绳一勒，抱起就走，一家人都怔住了，当娘的慌忙追出来："明理，你怎么啦？"

"给我爸预备的，他这回真的离大牢不远了！"明理气呼呼地吼叫着，有棱有角的四方脸涨得通红。他真的把那个铺盖卷儿立在大门口，并喊过大黄狗，"大黄，看好了，谁也不许动！"

"你疯了，还是傻了？那是你爸说的气话。"林元秀心里咚咚跳，惊恐地望着长子的眼睛。人家都说明理的眼睛随她，小时候这双挺招人爱的大眼儿里闪着聪慧和秀气，现在却透着粗野和蛮横，像雷雨前的天空一样怕人。都怪闹大水以后就让他停学了，要是上完中学也许不会是这样子。

明理没有搭理老娘，噔噔噔蹿到屋里，弯腰从锅里抄起个大饼子。他可倒好，发火不影响吃饭，而且抬腿上了炕，理所当然地坐在了平时只有武耕新才能坐的位置。

"明理，到底出了什么事？"当娘的赔着小心问。她对丈夫从来也没这样过，可明理是长子，而且那天晚上吵架之后，第二天一早媳妇就跑回娘家去了，半个多月了，人不回来，连个信儿也没有。她总觉得对不起儿子，欠了儿子一笔账。

明理还是不吭声，只顾大口嚼饼子，大筷子夹菜。

老小子明伟可看不下眼儿去了。他平时没事还找事、没话还找话哩，怎看得下老大这副样子，一扬那溜精猴瘦的尖下巴颏："哥，娘跟你说话了，你怎不吭声？哑巴了！"

明理抬起眼珠子，瞪了兄弟一眼："没你的事，饼子还塞不住你的嘴！"

明伟像个私塾先生一样晃着那周正的脑袋、漂亮的小分头，一本正经地学着领导干部的官腔："武明理同志，你怎么能这样呢？我们理解你的心情，媳妇抛弃了你，你心里难过，但不应该把火气撒到老娘头上，撒到兄弟姐妹身上……"

明理"腾"地从炕上站起来："你……"

明伟根本不怕他，拿他当小菜儿："我怎么样？我不过说出了大家的心声。嫂子拍拍屁股走了，害得我们全家都倒了大霉。看看你那模样儿，好像我们都欠了你八百吊钱！尤其是劳苦功高的慈爱善良的母亲，每天都提心吊胆、看你的脸色过日子。男子汉大丈夫，怎么可以娶了媳妇忘了娘，跑了媳妇气死娘呢！"

明理恼羞成怒，下炕就要打兄弟："明伟，你有种就别跑！"

明英和明琴狠命拉住他，又把他推回炕上。

明伟是个机灵鬼，把话说透了，见好就收："毛主席教导我们说，要文斗不要武斗，君子动口不动手。"

他的两个姐姐"噗"一下把嘴里的粘粥喷了一地："死小伟，滚到外面去！"

他端着碗出来了，见娘坐在锅台上抹眼泪，小儿子刚才把真话当笑话说，触动了她的伤心处。明伟赶紧放下自己的碗，替娘盛了一碗粥递到她手里，又掰了一块饼子，舀了一勺子蒸虾酱抹上，送到娘的嘴边。这正是他叫父母喜欢的地方，心眼灵巧，会来事儿，有了他家里就多了一台戏，少了他就特别冷清。老二明华就在锅台边吃饭，却没看见老娘掉泪，更不会想到要为老娘盛饭，他只顾闷头吃自己的饭，不论家里事、外边事一概不掺和。难怪明伟说他有心无嘴，一天说的话还不如放的屁多。可是队长喜欢他，干活实在，而且不惹是非。

没吃两口老实饭，明伟又忍不住了，说："娘，我明年高中毕业后考一个不用花家里钱的大学，大学毕业后先把您接出去，而且立下保证，一辈子不结婚，现在的闺女没好的！"

"小伟，你就不怕烂嘴！"明英在里屋搭了腔。

明伟冲娘吐吐舌头："当然不包括我这两个亲爱的姐姐。一个考上了县师范学校，美得一天把那个破眼镜擦十遍，三年后就是文静端庄的武老师。一个是大赵庄高干子女养鸡场的场长，叱咤风云的养鸡女神。你们是咱娘的骄傲，全家的光荣。"

同样也是嘴不饶人的明英，意外地没有还嘴，反而低下了头，连饭也没有心思吃了。是啊，自从她当了大队养鸡场场长，村上的闲言碎语可多了。这个"高干子女养鸡场"的外号说不定还是马胜锐给起的。她连着找他两次了，他都不搭理她，甚至不愿看见她。本来嘛，他的自尊心被伤得太重了。她的父亲不仅还是大队书记，自己又当了场长。他呢？这次大队把大锅大灶改为小锅小灶，解散生产队，成立了五十二个专业承包组，自由结合，每个组长都愿意要明华这样的正号庄稼人。一下子甩出五百多个劳动力，这些人等于失业了。只听说世界上有失业工人、待业青年，哪听说有失业农民、待业农民！可气的是马胜锐也在这个"甩货"的行列里，他能不生气吗？能不怨恨武耕新和他高升的女儿吗？被甩掉的人中有干活溜尖滑蹭的；有身体不好的；有坏小子、嘎杂子琉璃球；也有能能梗、心里道道多不好领导的。明英猜想，马胜锐可能属于这后一类。

刚才被老兄弟弄得十分狼狈的明理，似乎找到了一个话题，可以替自己解脱窘境，找回刚才丢失的面子。说："明英，你的鸡场里有什么重活可以叫我干。反正我也是无业游民，往后没事干了！"

"那不真成了'高干子弟养鸡场'啦！"明英突然又觉得大哥的后半截话不对味，"你怎么说是无业游民？你不是没有被裁下来吗？"

明理的肝火一下子又蹿上来了："裁下来啦！昨天组长还抢我，今天又说不能要我。我问他为嘛，他叫我回家问咱爸。我算吃他的挂落儿了，当了他的替罪羊。你竖起耳朵摸摸，四乡五县哪有这么干的？外面骂什么街的都有，五百多口子失业，这不是砸人家饭碗吗，叫人家去喝西北风？村里人心惶惶，都闹翻江了！你说，咱爸这不是在跟监狱摆手吗？"

　　"真有这事？"林元秀来到屋里盯问儿子。丈夫和儿女不论受多大累担多大险，心思是专一的，她的心却是七裂八碎的，既为丈夫担惊，又为儿女操心。丈夫豁得出去自个儿和这个家，就不想想这个家豁得出去他吗？明理要是成了"待业农民"，那个心强好胜的媳妇就永世不会回来了！真要落到那一步，外边不反，窝里也会反起来。

　　细心的明琴向大哥使眼色，叫他不要再说了。明理却把这眼色当成对他的鼓励，嗓门更大了："还有更邪乎的呢，我爸要办工厂，你猜找谁跑业务？张万昆！他是什么玩艺，大赵庄的人谁不清楚？不错，他是在天津卫当过工人，当过副科长，搞破鞋，贪污公款，被开除厂籍，劳动教养两年。回到村里也没老实过，偷摸捎拐，拈花惹草。前些日子开群众大会时，他人前背后对我爸挖苦得最狠。重用这道号的，一是得罪广大社员，二是必定被他坑害，即便工厂赚了钱也不够他一个人捞的！"

　　林元秀变颜变色地问大女儿："明英，这是真的？"

　　明英点点头："张万昆的事先不说，解散生产队，改专业组承包，我认为爸做得对，不打破大锅饭、铁锅饭、沙锅饭，大赵庄就变不了……"

　　明伟站在明英一边，和明理一个炕上一个炕下地争论起来。明英是她爸的忠实信徒，铁杆保皇派；明伟是现代派，凡是反传统的、打破常规的事，他弄不懂也拥护。明理是爸爸事业的直接受害者，在思想上当然和他的妹妹、弟弟水火不容了。

　　林元秀没有心思再把手里那块饼子吞下去了，她坐在二女儿身边愣神。耕新是瞎了眼，还是瞎了心？怎么起用这样一个神儿，他闯过三山六码头，鬼花活又多，靠得住吗？说起这个张万昆，也是大赵庄的一个人物，每当几个老娘儿们没事干，凑到一块儿说闲话的时候，就拿他磨牙。听说他自己也跟别人吹过牛，不论多有身份、多漂亮的女人，只要他用一只手摁到她的肩膀，就会浑身酥软，瘫在他面前。别是他的身上放电吧？老娘儿们哈哈一笑，这个一段儿，那个一段儿，越是这样糟踏他，女人们越是对他产生了好奇心……"文化大革命"中，张万昆哪一派也不参加，人家也不要他，成天什么活也不干，家里不缺吃不少穿，穿得干干净净，逍遥自在，村里人就怀疑他手脚不干净。那一阵家家户户都嚷着丢东西，地里的庄稼，场院的柴禾，鸡鸭猪狗，没一样不丢的，连门口夹的篱笆，一眼看不到就被别人拔走当柴烧了。有几个愣头青找到张万昆，想收拾他。他有前科，如果解释自己没偷不会有人相信，灵机一动，突然来个假传圣旨："伟大领袖教导我们说，十个社员九个贼，你不去偷你怨谁？你们应该去看看大前天的报纸。"趁那些人怔神儿的工夫，他一溜烟跑了。一走就是两三年，据说在天津打临时工。他有技术。每到过年过节回来，穿戴得周武郑王，提着大包小包。他走了以后，村上照样丢东西，就证明小偷不光他一个。本应治他的政治罪，可自那以后人们一遇到急事都爱顺嘴编段"最高指示"，当箭射别人，或者当盾牌挡别人射来的箭，对他的事当笑话一说就过去了。这个人有道行，鬼难拿，谁也捉摸不透。

可是，想起用他的人更难捉摸。林元秀的心像一只水桶掉在深井里，日子过得颤颤悠悠，够不着底。她跟武耕新搭了半辈子伙计，越老越摸不透他的心思了。男人的心就像一眼深井……

七

天气突然转暖，正像当地人所说的——"秋老虎"死前还要扑三扑。到晌午头，太阳越发威风，连墙根下的土地都被晒得热烘烘的。

赵树魁就迎着太阳坐在这墙根儿下，背靠着热乎乎的墙，屁股下是热乎乎的土，伸直两条腿，敞开破棉袄的衣襟，让太阳直接晒到胸口上，拉下帽檐儿盖住眼睛。嘿，身上暖洋洋、麻酥酥的，比躺在大沙发上还舒服。优哉游哉，他还真的晕了一觉儿。可这算哪一出呢？挺大的个子，没病没灾，大白天坐墙根儿睡懒觉。而且就在大队部对面机耕组的墙根儿下，从队部的窗户里就能看到这条懒虫，这很有点静坐示威的味道。当然还称不上他是"罢农"，倒有点"农罢他"。他理所当然是专业承包中的甩货，谁愿意跟这样一个二百五打伙计。不过，今天他这番举动可不像他那缺个心眼儿的脑袋瓜里自己想出来的，也许后边还有什么高人？

赵树魁不是没有力气，也不算太懒，你要给他几句好话，会使他，就可以把他累死。本地话就叫做"二乎"，说话办事二二乎乎，大大乎乎。再加上找不到媳妇，过年就四十四了，他也是人嘛。谁要说给他找个媳妇，他甘愿白为人家脱三天大坯！

人到四十守空房，

抱着枕头数房梁。

眼看就到五十岁儿，

还是一个老光棍儿！

光棍好，光棍妙，

躺在墙根睡大觉！

赵树魁撩起帽檐儿睁开眼，阳光太强，刺得他两眼眯缝了好一会儿才看清跟前站着几个承包组的人，他们刚从地里干完活回来，个个心满意足，嘻嘻哈哈地正拿他寻开心。

"树魁，你可真会养！别人都忙得四脚朝天，你倒有闲心躲在太阳地里拿虱子、晒肚子。"这才叫得便宜卖乖，气死人不偿命！说话的是承包组长张万全，外号叫"万能能"。是小炉匠出身，补锅镅碗焊铁壶，修车打铁磨菜刀，好像无一不晓，无一不会，为人又极精明会算计。这两天数他最志得意满，如果按武耕新这一套办法治理大赵庄，他张万全无疑将受益最快。他把损人的话藏在一本正经的官腔里，摆出一副优越的领导兼长辈的派头，鬼知道他怎么会成了赵树魁的领导和长辈？

"万能能，你别美得不知怎么好受，拿穷哥们儿找乐子。"赵树魁又用帽盖上眼睛。

张万全又摘掉他的帽子，成心逗逗他："你穷？穷还大白天溜墙根？"

"哎，对了。这叫骑马坐轿修来的福，你们是扛锄下地命该着！"

"哟，闹了半天命大的在这儿了！"大家一阵哄笑。

赵树魁坐直身子："傻老爷们儿，你们先别得意得太早了，咱们大伙都叫武耕新给耍了。我问过有学问的人了，南边也有承包的，人家那叫分田到户，像土改一样，贫下中农摸摸头芯儿有一份儿。我是血贫农，穷得出血，为什么不分给我地，也不派给我活儿，这不是逼人上吊吗？再说，凡是承包的村子都是群众乐意，干部、党员不乐意，一包下去他们就不吃香了。咱们这儿正相反，干部玩命要包，群众说嘛也不干……"

"谁不乐意？不就是你吗？你算哪门儿群众？"

"我是血贫农！再说还有五百多户哪。"这个平时吃凉不管酸的大爷，这两天还真动脑子了，他举起一根手指头十分神秘地说："傻老爷们儿，你们就卖臭力气干吧，到秋后还是大锅饭。不信你们看，除去武耕田，那些大队干部谁参加了承包组，还不照样吃香的喝辣的。我也是'大队父'，着什么急呀！哈哈哈，有他武耕新吃的就有我吃的！"

几个上了年纪的人还真叫他给说蒙了，赵树魁肚子里想不出这番话，背后一定有明白人点拨他。那么这个明白人是不是发现了大队这样干的背后真有什么鬼？武耕新耍了什么花活？

张万全的儿子、高中毕业生张兴接过了话茬："狗剩叔（赵树魁小名叫狗剩），我知道你是听马胜锐讲的，昨天晚上我俩辩论了半宿，最后他认输了。咱们这不叫包产到户，也不是'二土改'。要是那样，牲口怎么办？难道又一户一条驴腿，一户分一个拖拉机零件？把几千亩大条田再改成一疙瘩一块的小台田？岂不又是一种倒退！铁饭碗盛大锅饭不能要，但大集体的优越性不能扔，像机械耕种、收割、浇水、施药灭虫等等。所以武书记他们才想出这个高招儿，叫'专业承包、联产到劳'。我们光负责管理，每个劳力承包三十亩，单产四百斤就算完成定额，超额越多得的越多！"

"树魁，你听明白了吗？"问这话的是早已摘了地主帽子的赵国松。

"我不明白！"赵树魁瞪了他一眼，心想："你也敢插嘴。"

"他要明白就不往炕上尿了！"

"都像你这样，怎么搞四化？"

"咳，你还跟他这个木嘞鱼脑袋谈四化！这叫人过四十不成家，哪有心思搞四化。"

"树魁，我给你介绍一个怎么样？北燕庄的，人样子是没挑了，就是嘴有点大。"

"嘴大吃八方嘛！"

"是不是耳朵也有点长？"

大家逗一阵，哈哈笑一阵。赵树魁脸上挂不住了，"嗖"地从地上站起来，脖子上的青筋鼓起老高。他对别人不敢怎么样，一眼看见赵国松也站在人群里咧嘴笑，就冲着这个在他看来比自己矮一头的人去了："赵国松，你这个臭地主，也敢拿老子耍！"

赵国松一怔："俺怎么你了？你朝俺来干嘛？"

赵国松的儿子赵玉良，一直站在远处看热闹，听见赵树魁说出这种话，"刷"地脸变色了，一步蹿过来，说："赵树魁，你回家漱漱嘴再说话，谁是地主？"

赵树魁那种二乎劲又上来了，脸红脖子粗地一边往赵玉良跟前凑，一边骂："你老子就是臭地主，你就是地主的狗崽子！你参加了承包组就敢再骑在老子头上拉屎？"

看他又要耍二百五，张万全赶紧站到中间拉架："树魁，你这就不对了，大伙不是跟你逗着玩吗，这么大个人，来不来就翻脸多没劲！"

谁知越有人劝，赵树魁的穷性就越大。特别是对张万全，他装着一腔子火药哪：你宁要地主也不要我赵树魁，事情是你引起来的，这时候又出来当好人，拉偏手，向着地主！他一较劲把张万全推到了一边。

张万全一个趔趄，差点没摔倒："赵树魁，你怎么不懂好歹！"

赵玉良用仇恨的目光盯着赵树魁："你还想来'文化大革命'那一套，成天骂便宜人、打便宜人！你不就是沾你的成分香吗？现在还能靠你那个香成分吃饭吗？"

这话可揭了赵树魁的老底，他眼睛都红了。赵国松怕儿子惹事，赶紧把他拉到自己身后边，强压住火气说："树魁，大队早就给我摘帽了，俺现在跟你一样都是社员。别看五十出头了，身板骨还不错，庄稼地里的活儿咱一样也不怵头，再加上万全兄弟收留……"

"我叫你臭美！"赵树魁猛然抡起右手——啪！啪！两巴掌都打在赵国松的耳台子上，他一声没吭，身子晃了两晃就栽下去了。赵玉良赶紧从后面一把抱住了："爸，爸爸！"

赵国松已经没气了，嘴角只流出一点白沫。

赵玉良跳起来想跟赵树魁拼命，强被几个人按住。张兴在他耳边说："玉良，要冷静！"

几个人大呼小叫，仍然叫不醒赵国松。赵树魁心里也发毛了，他的右手掌又麻又疼，自己也觉出刚才的确用劲太大了。但仍然装出七个不含糊八个不在乎的样子。大家都忙活赵国松，有的去找大队干部，有的去找本庄土医生，没有人再搭理他。他重新坐回南墙根下，气哼哼地嘟囔着，不知是说给别人听，还是强给自己鼓气："你有本事就用不着装死，老子就是革你地主的命，怎么样？"

李汉忠从大队部跑出来，小伙子还真有点大将气派，一点不慌不乱。这是人命关天的大乱子，群众越围越多，说什么的都有，他却处理得有板有眼。先叫张万全赶紧套车送赵国松去公社卫生院，让本村的二把刀医生陪着赵玉良一块儿去护理赵国松。临走的时候对赵玉良说："玉良，别着急，别生气，大队一定严肃处理这件事。现在救人要紧，公社卫生院不行立刻送县医院，别疼钱，花多少钱也要把人救过来！我等会就去想办法抓钱，下午派人给你送去，并告诉你支部对赵树魁的处理决定。"

然后他来到赵树魁跟前，看热闹的群众呼啦一下子也都围过来。李汉忠很平静地说："赵树魁，你为什么打人？"

有几个好事的社员也帮着喊："说，你这个二百五为什么打死人？"

赵树魁突然抱着脸呜呜哭起来了。这个四十多岁的汉子，真不知是出于一种什么心理，是害怕？是懊悔？是耍赖？

看热闹的人先是一惊，随后有的吐唾沫，有的捏鼻子，有的撇嘴笑：

"呸，现世报！眼泪可到来得快，刚才你那能耐呢？"

"发昏挡不住死，别装这份怂包蛋！"

李汉忠加重语气吆喝了一声："起来！瞧你这身佐料，哭也好，耍懒也好，都没用，快说吧。"

赵树魁从地上爬起来："我对你们搞承包有意见，地主有活干有饭吃，我倒成了没人要的甩货。我肚里有气，辛辛苦苦三十年，一觉儿回到了解放前！"

四周的人哄一下全笑了。

"你有意见向支部提，或者打我，打武书记。你打赵国松干什么？他是大赵庄社员，公民。听着，这回你惹恼了法律，谁也救不了你。赵国松有三长两短，你偿命。如果他残了，今后不能劳动，下半辈子由你养着。还有，从现在起，他的医疗费、住院费、吃饭钱、工分以及看护他的人的全部工分，都由你负担。"李汉忠神情严厉，把道理一摆，赵树魁真被吓蔫了："我养他半辈子？这么多钱叫我往哪儿弄去？"

"这还不算完，眼下不知道赵国松到底会怎么样，你打了人不能白打，是认罚还是认打？"

"罚又怎样？"

"打一个巴掌一白块钱，交给赵国松。"

有人插了一句："把他卖了也不值二百块钱！"

李汉忠："跑了和尚跑不了庙，记下账。"

赵树魁又问："打又怎样呢？"

"把你送到公社派出所拘留起来，等赵国松的伤势有了结果再说。"

"管饭吗？"

"不管饭，由家里人送饭。"

"啊！"尽管赵树魁身上有很多毛病，但对老娘很孝顺，他不能再连累一只眼的老娘每天跑十几里地给他送饭。赵大娘年轻守寡，有一年割苇子不小心跌了一跤，叫苇茬子扎瞎了一只眼。闹日本鬼子的时候，老百姓天天东奔西逃，在那兵荒马乱的年月常有人家丢儿弃女，各村的疯狗尽吃死人肉把眼睛都吃红了。有一天赵大娘跟着村里人躲鬼子兵，路过乱葬岗子，听见有小孩哭，当时赵树魁生下来还不到一百天，竟没被疯狗吃了。几个上年岁的人说他命大，劝赵大娘抱养了他，取名"狗剩"。剩来剩去，一直剩到他长大，成了这副样子。他清楚自己的身世，所以对老娘还是很孝敬的，至于他本人因不成器把老娘气死好几回，那是另一回事。

赵树魁在心里琢磨了半天，最后说："我还是认罚吧。现在我失业，以后有了钱再还。"

"我给你找个赚钱的活儿，下午到大队部来。"李汉忠说完就走了。

大家感到奇怪："嘿，他倒因祸得福，找着活儿干了！"

八

熊丙岚看一眼手表，叫苦不迭："哎呀，都1点多了，怎么办？是你跟我去？还是我跟你去？"

武耕新说："你跟我回家去吃吧。"

熊丙岚很随便："也好。我跟房东有约在先，中午12点半，晚上6点半，我不回去就别等了。前一段时间吃饭老不准时，害得人家全家吃不好。"

武耕新却突然感到为难了，刚才他顺嘴一说，事先没跟家里打招呼，老熊毕竟是县委领导，倘若家里没有什么吃的东西，岂不太难堪了。

熊丙岚看出了武耕新心里的这点意思，很正经地说："你要变卦？说请我吃饭又后悔了？"

"熊书记，饼子、粘粥我保证有，其他还有没有我实在拿不准。"武耕新十分不好意思。这老兄的脸上难得露出这般真诚的难为情的神色，逗得熊丙岚非常开心，拍着武耕新肩膀说："走吧，别来这一套，我知道你天天在家吃小灶，大米干饭炖肉。我今天可是捞上了！"熊丙岚在工作之后，常喜欢开玩笑，说挖苦人的话，借以赶快调节思想，放松神经。而且他越是喜欢谁，就越是向谁发动攻击，对人家的取笑也最厉害。他机智幽默，很会讲故事，有满肚子的趣闻轶事，不过有许多是冒犯当官之道的。

像他这个级别的人说话还如此随便，实在不多见。

两个人一边说一边走。

"熊书记，我从来没见过你这样的领导，一点架子没有。"

"你说错了，我架子大得很，不过是用来对付我不喜欢、不尊敬的人，对付那些不学无术而又爱摆架子的官老爷！"

"你的学问很大，是大学毕业当的干部吧？"

熊丙岚开心地笑了："你呀你呀，你怎么老上当？这就是你的可爱之处。我没有真才实学，一肚子杂学，只上过六年私塾，十六岁参加工作，十八岁入党，当过文书、干事、教员、地委办公室主任、地委副书记，被打过右倾，甄别后当县长……我不过看的书多，中国有二十四史，我看了二十五史，把清朝的野史、演义也看了。我懂得医道，也知道一点武道，等你有了闲工夫我教给你点气功和养身的办法。"

武耕新来到自家门前，一眼看见戳在门口的那个用棉门帘捆成的铺盖卷儿，脸色陡地沉下来。别看他在全村人面前吹过大话，真看到家里人照他的话办了，做好了送他进监狱的准备，他又感到恼怒，伤心，丧气，还有几分窝囊！

熊丙岚笑着摇摇头，阴阳怪气："看来府上不光不欢迎我，也不太欢迎你，这顿饭不大好吃。可我既然来了，手榴弹也炸不走我，非吃不可。"

他倒抢先一步迈进了武家门洞。大黄狗向武耕新要贱，用嘴和前腿纠缠他，使他反而落在了后面。

林元秀慌忙从屋里迎出来。熊丙岚反客为主先搭腔："武大嫂，别看你把老武的铺盖卷扔出去，吓不住我，我还是不请自到。"

林元秀红着脸半天答不上话来："那"……是孩子干的。明伟，快把它拿进来。"

"我哥放的凭嘛叫我拿。"明伟嘟囔着往外走，他一点亏也不吃，不能让父亲认为那是他干的，光明正大地就把大哥给卖了。

武耕新喝住了老儿子："我看谁敢动它？就放在那儿！"

明伟吐吐舌头，家里的气氛很紧张，熊丙岚马上给解围："先放在那儿好，避邪。等会我把它拿走，晚上搭脚正合适。"

无忧无虑的老儿子和老闺女咯咯笑了，武家的气氛一下子和缓了。别看武耕新不在家的时候，明理多么蛮横，明伟多么捣蛋，当爸的一回来一个个都老实了，劈里扑噜赶紧下炕让位。武耕新黑沉沉地阴着脸自己先上了炕，然后又招呼熊丙岚。

林元秀可急坏了："熊书记，你还没吃饭吧？"

"没有哇，这不专来吃你的大米干饭炖肉嘛。"

"哎哟，我到哪儿去偷大米呀！林元秀求救似的看着丈夫，"你怎么也不叫人提前送个信儿来，家里什么也没准备，给熊书记吃什么？"

熊丙岚赶紧收住玩笑话："嫂子，我说笑话，你别当真。大米干饭炖肉会有的，不过得等一两年，到那时我管保你一听说炖肉就脑浆子疼。"

两个女儿为他们盛上棒子糁粥，端出饼子、虾酱、熬白菜。熊丙岚香甜地咬了一口大饼子，夹了一点虾酱，吃得有滋有味儿："嘿，真棒！说实话，这比干饭炖肉对我的胃口。今天我真饿坏了，你的老武用起人来不顾人家死活，他自己没有手表，也不看太阳，要不是我提醒，今天得跟他一块熬到没太阳。"

林元秀松了一口气，平时老听孩子们讲熊书记，今儿个一见，果然随和可近，跟以前到大赵庄来过的领导不一样。

熊丙岚一踏进武家门口就感到武耕新的后院不稳。这老兄很可能在家里推行"一长制"，自己说一不二。也许在外边遇到困难，还会到家里撒气泄闷，这个家庭缺乏应有的和谐、亲密，看来这顿饭不能白吃。他几乎是让人毫无觉察地打量了这个家庭的主妇和她的儿女们。林元秀的穿着打扮完全是北方普通农家妇女的样子，不过略显整洁。自己做的青布裤褂虽然旧了，也打上了补丁，但干净合体。相貌平常，脸上带着操劳过度的倦容，只有眉目间时而还露出昔日的娟秀之气，谈吐中有时也显得比一般农家妇女多一点知识。城市妇女到她这个年纪正是好时候，儿女已长大成人，自己也正当中年，可以享受所谓的第二青春期。而农村妇女一过四十五岁就好像进入老年了。什么时候能改变一下这个规律，中国农民的生活就算真有点进步了。

他问："武大嫂，听说你年轻的时候是大赵庄的一位才女！"

"熊书记又说笑话，吃苦受累的命，守锅台看孩子，有什么才不才的。"林元秀心里还有点慌乱，不明白这个县委副书记为什么老跟她搭话？以往也有领导到家里来，除去刚见面打个招呼，剩下的就只跟丈夫说话，好像只有需要盛饭的时候才想起还有她这个人。

"你念过《论语》？"

林元秀点点头："瞎对付吧。"

"《五经》《四书》也念了？"

"念了一点，早就跟着饭一块儿吃下去了。"

"别害怕，我又不是批儒评法战斗队的队长。"熊丙岚口气一转变得严肃而真诚了，"不容易呀，在咱们'燕赵之地'上，像你这个年纪的农村妇女念过这么多书的不多，老武好福气，俗话说在每个成功的男人后面必定有一个好女人，你就是老武的贤内助、坚强后盾。"

头脑灵活的明伟立刻把话接过来："村里人都说您是我爸的后台。"

"'后台'俩字前边没加个'黑'字吧？"熊丙岚笑了，"不过我这个后台代替不了你们这个家庭后台的作用。"

林元秀觉得跟这位熊书记讲话好像自己的心眼不够用的，在脑子里弃置多年不用的知识正吃力地被唤醒、被调动起来了，仿佛早已干枯的智慧又开始复苏。这是个有趣味的人，他能钻透人的心思。相比之下，武耕新回到家里几乎没有什么话好说。关于庄上出了什么情况、发生了什么新鲜事，林元秀只能从孩子嘴里和左邻右舍的老娘儿们嘴里得到。丈夫回到家里就是吃饭睡觉，除非家里有什么事非他做主不可，才会听到那么几句金口玉言。而且有好长时间了，一进家门总是嘟噜着脸子，孩子们一见他回来都躲得远远的，只有明伟和大女儿明英还敢插几句嘴。林元秀心里翻起一股莫名其妙的怨气，有一股难言的委屈，又决不能让外人看出来，她借着收拾孩子们用过的碗筷，躲到外间屋去了。老大早就回到自己房里去了，老二碗里还有一点粥没喝完，明琴也来到外间屋，西房里只剩下好奇的明伟和明英。明英似乎有什么话想跟父亲讲，因为县里领导在场不好开口。熊丙岚看出了她的心思，就问：

"明英，养鸡场的场长不好当吧？看你累得又黑又瘦，有什么难处吗？"

这一问不要紧，明英的眼泪吧嗒吧嗒掉下来了，冲着自己的父亲说："爸，你把我免了吧！"

武耕新一惊："死鸡了？"

明英摇摇头。

"出了什么事？"武耕新有点着急，他是颇为看重自己的大女儿的。

"人家说闲话，太难听了。"明英擦擦眼泪。

"咳，我当是有嘛大不了的事呢，听喇喇蛄叫就不耩麦子了？"武耕新耐着性子说，"明英，现在咱们太穷，经不起赔本的买卖。我知道你一定能干好。科学养鸡，扩大鸡场，不用你这个高中生用谁？把辛苦撂在那儿，把鸡养好，自然就会堵住那些人的嘴。"

"这叫长存君子道，日久见人心。"熊丙岚也帮腔，"你父亲的计划是靠鸡场、猪场先抓点钱做资本，再派多余劳动力出去承揽别的任务赚一些活钱，用来办工业。等工业赚了大钱回过头来再来扶持农副业。你可是头一炮，只能响不能哑。至于那些闲话，我也听到过，'高干子女'并不是一句坏话嘛，肯去养鸡的高干子女本身就很了不起！"

"谁是高干子女？他们挖苦人。"

"国家没有大的变故，你爸爸的雄心得以实现，大赵庄的社员会过上比'高干'还高级的生活。到那个时候群众对你爸爸和他的当鸡场场长女儿的尊重，恐怕就不是'高干子女'四个字所能包含的了。"

"熊书记可真会说话……"

老二明华慌里慌张地跑进来，半天才把话说明白，门外围了一大群人，要找熊书记。

明伟对国际新闻有兴趣，立刻怪腔怪调地说"还真的打上门来了，是静坐？是绝食？还是游行示威？"

"你少废话！"武耕新吼了一声，"你们谁也不许给我出去！"

一家都拥到西屋，焦急地望着县委副书记。

熊丙岚还是笑模悠悠，一点不着急，连手里那块饼子都舍不得放下，且又夹了一筷子咸菜，这才下炕。走到门口还回过头不忘嘲笑一下武耕新："他们所以不敢进来，就是叫你门口那个铺盖卷儿给镇住了。我这哪儿是来蹲点，分明成了你的私人律师，也许还是替死鬼！哈……"

这哪儿像个县委副书记说的话？然而他又是个真正可以信赖的县委领导。从他那半真半假、半讥半讽的笑话中透出一种贴心的真诚，一种仿佛和武耕新穿一条连裆裤般的支持，他的幽默冲淡了这个家庭的紧张气氛，抵消了武耕新脸上的那种严峻神色，让人感到安全可靠。

熊丙岚举着那半块饼子，不紧不慢地来到大门外边。武家门前果然围着一大群人，他们喊喊嚓嚓，嘀嘀咕咕。背后提起武耕新恨得牙根痒痒，脑子一热真找到县委书记要告状了，谁也不愿出头，都想往后捎。熊丙岚还能看不出这种阵势吗？他突然变得威严、冷峻，不动声色地站在门口，用锋利的目光扫视着大家："你们找我有什么事吗？"

没人吱声，前边的人开始往后挪。

"你们吃饭没有？"他举起手里那半块饼子，"你们武书记的爱人贴饼子真棒，咸菜腌得也很好，你们要是还没吃饭就请进来，咱们给他来个抄家！"

他脸上一点笑容没有，谁也不知道他是真想请大伙吃贴饼子，还是挖苦大伙儿？人群后边有个小伙子搭了腔："熊书记，我们暂时还都有口饭吃，反正社会主义是不会饿死人的。今天找您来是想问一问，大队的几个干部都没有参加承包组，他们将来吃什么？我很替书记们担心将来挨饿。"

有人一带头，别人也开始帮腔了：

"对，土地承包就是刘少奇炝锅，'三自一包'的荤味儿又出来了！"

"县里领导同意我们庄这样干吗？"

鸡一嘴鸭一嘴，熊丙岚乐得听他们把肚里牢骚都泄尽，就一言不发，大大方方地又啃开了他的大饼子。

还是那个小伙子又大声喊了一句："大家问题提得不少了，请熊书记回答吧。"

熊丙岚看看他，脸面不算漂亮，却颇有吸引力，理想家的大脑门，沉思默想的眼睛，阔大的嘴角富有意志力，这显然是个头脑灵活、性格刚毅的年轻人。他笑了："要是我没猜错，你就是大赵庄小有名气的马胜锐了？"

"对，他就是马胜锐，这么壮的小伙子成了待业农民，白上到高中毕业，不能上大学也不能种地，这叫什么事？"

"我现在明白为什么没人要你了，用你们本地话说就是嫌你是个'能能梗'。谁也没有你能耐大，谁也没有你嘴能说，谁也没有你心眼多。你想想，哪个老实巴交的社员愿意自己组里有个鹰嘴鸭子爪——能吃不能拿的婆婆？"

有人笑了。熊丙岚的这番话太损了，他是有意杀杀这个年轻人的傲气，刺他一下。他接着说："但是，有个人看中了你的机灵劲，用好了也许是个人才。叫我写了两封信，明天派你和另外两个人到县工业局，了解一下全县的社办工业、队办工业有什么特点，有多少种类。然后到好的队办企业参观一下，再到天津摸一摸行情、信息，拿出你们的方案，大赵庄应该办什么工业？怎样办？小马，这回看你是真'能能梗'，还是假'能能梗'？"

马胜锐一下子听傻了，红头涨脸一句话也说不出来。有人妒嫉地说："原来胜锐是另有重任，那我们干什么？"

"好吧，我就多说几句。我们党支部本来决定今天晚上向社员群众交底，"熊丙岚突然变得态度庄严，说话像掰棒子一样严厉而干脆，"你们这些待业农民明天就得出发，一批人去团泊洼水库割苇子，一批人去海边挖对虾养殖坑，包的都是国家的任务，收入百分之七十归大队，百分之三十归个人。据李汉忠计算，每个人每天可挣到十五块多钱，能干的可达到二十多块。这活儿就是他和刘心远揽来的……"

待业农民们一下子炸窝了，有人眉开眼笑，有人半信半疑。

熊丙岚一开口大家又静下来，仿佛他的话就是钱："明天我和你们武书记也出发，到天津大学、南开大学去拜老师，请教经济专家，聘请技术顾问。这是创业阶段，将来的分工是：种田能手承包土地；头脑清楚、有心路的明白人搞工业、管理企业；会做买卖的搞商业；能工巧匠当工人；能耐人跑业务；瓦木工进建筑队盖新村。小材小用，大材大用，八仙过海，各显其能。往后不要愁没活干，就看你有没有真本事。"

有人嚷："这可真够新鲜的！"

"我要声明一句，这个规划是你们党支部制定出来的，不是我的主意。我不过提前泄露点情报，以晚上老武同志的话为准。如果你们没有其他意见，我要进屋喝粥去了，这顿晌午饭吃的时间太长了。"

大家哈哈笑着散开了。

熊丙岚回到屋里，林元秀已经重新把粘粥加热了，盛在碗里热气腾腾。他还没有喝上一口，又进来一个人，一手提着黑书包，一手提着武耕新准备进监狱的铺盖卷儿。武耕新一见来人，慌忙下地："万昆，你这就走？"

"我待不住了，现在就想走！"张万昆过去见了干部就溜，从不愿意跟干部对眼色，今天一反常态，用一种异样的眼光直盯着武耕新，"武书记，你心里对我真的那么放心，一点也不怀疑？"

"你这是嘛话？我既用你就不怀疑，怀疑就不用！"

"好吧，我也是人生父母养的，这回要搞不好这个'业务'，就是大伙揍的！"张万昆解开武耕新的铺盖卷儿，抽出麻绳放到自己书包里，"如果我办了对不起大赵庄的事，就用这根绳子捆上自己来见你！熊书记，您作证，记住我张万昆今天红口白牙说出的话！"

九

当人们对自己的职位和境遇感到心满意足时，就爱说："给我个县长也不换！"

可见在中国当个"县太爷"、几十万人口的"父母官"，是何等的自在惬意。这是什么心理？这又算什么标准呢？做官之道，奥妙无穷，官当大了不好，当小官也不好。当个什么官正好不大不小：使权力这种烈性酒精转化为醇香的美酒；让政治这只老虎吃不掉你，反而被你剥其皮做沙发垫，食其肉强壮筋骨，用其骨泡酒祛病养身呢？以中国人的心理，按中国式的标准，得出一个聪明的结论——当县长！天高皇帝远，又是一方之主。

然而，"县太爷"本人却不一定也这样想。

不信请看县委书记李峰的神色（自"文化大革命"取消了县长一衔儿，县委书记就是理所当然的党政第一把手），他躺在松软舒适的单人病床上，吸着简装的恒大牌香烟，胖胖的圆脸像一团刚从冰箱里掏出的奶油，上面挂着一层寒霜。空寂的眼神望着窗外，表面上的沉静和冷漠正是他内心烦躁的曲线反应。这位"县太爷"还有什么不称心的呢？

医院的规格在天津市是属于甲级，这间高干病房本应住两个病人，自从李峰住进来以后另一个床位老是空着，平时堆放杂物，当老婆孩子来看望他时还可以住上几天，享受一下高干病人家属的特殊待遇。其实李峰只有十四级，按老习惯距离高干的最低级限还差一级，不仅住上了高干病房，而且一个人独占两个高干的空间。不要把这件事想象得多么复杂，也许很简单，就是他那刚当上副省长的老上级说了一句话，或者根本不走上线，直接捅开了医院的某个环节、买通了一个关键性人物。能把极其复杂的事情用很简单的办法解决了,他就是这个社会里真正的"高干"!

低干办高干的事,比高干更"高"。况且,老习惯未必合理。"县太爷"在旧社会都是有品位的,人类又进步了几百年,每个县的人口都增加了好几倍,县委书记怎么可以不是高干呢?

不,使李峰不痛快的不是这些。他所管辖的县里居然有半个月没人来看望他,这对于一个生了病的领导干部是无法忍受的。由于长期做领导工作,就像"鱼儿离不开水,瓜儿离不开秧"一样,他一天也离不开人群和部下。如果有那么一两天没人来看望他,也没有人来求他写条子办什么事情,他就感到被冷落,心里发闷、发虚。他必须让全县的人,至少也是县委机关的人时时刻刻不忘记他的存在,而且视这种存在如同权力的存在一样,实实在在,须臾不可或缺。可是,这两个星期来,他几乎被人遗忘了。他本想端着架子静候,看看熊丙岚、孙成志到底打的什么主意。到昨天晚上实在熬不住了,气冲冲给县里挂了个电话,叫孙成志今天上午来一趟。这个小子在玩什么花活?以前每个星期他至少也要往这间高干病房里跑两趟,县委后院莫非不稳当?

这儿方圆一二百里是李峰的老窝,老上级、老同事、老关系都在这一带,1965年底被自己的下级排挤走,以支援内地的名义到内蒙干了几年。事实证明谁培养接班人谁是愚蠢的,接班人羽毛一长全就会迫不及待地向"老前辈"夺权。前年他动用所有"关系户",又调了回来,但上任后的第二个月就住院了,至今已快两年了。病是不轻,糖尿病、脉管炎、高血压,说起来吓死人,好像一时三刻就要玩完。实际上他心里有底,再活个十年八年的还不够本。有些病是连医生也断不准的,医生应付病人,病人糊弄医生。如果病人的身份是"高干",再有点特殊关系,那医生就只好听病人的了!

认真查起来,谁的身上都有点病,更何况是过了五十岁的人。但李峰可不是小病大养,更不是没病装病,顶多是思想上想捞捞本。被赶到内蒙受了那么多罪,文革中差点没被打死。甚至连吃奶干、喝马奶也没有什么好处,去时是瘦子,回来成了大胖子,去时身体好好的,回来落了一身病。还不该好好养一养,对这种不公平的命运报复一下?

但更重要的是:他躺在医院里仍然是一县之主。

原来的县委第一书记、革委会主任是造反头头,一棍子打下去了。县委副书记、革委会副主任孙成志，也是造反派，但不是个大头目，也没有打砸抢罪行，民愤不大。就是运气好，原是文革中退伍的大兵，在"活学活用毛泽东思想"的运动中成了积极分子，趁三结合的浪潮当了政治部的头头，以后被选为接班人的苗子，先到公社当主任，不久提到了县委，顺风承志，好运气老是和他同在。这样的人可以赶下去，也可以留住。李峰把他留下了，老谋深算的李峰有自己的想法，脑袋上戴着紧箍咒的人好使唤，以前是"地富反坏右好使，红五类和党团员骨干难撼"，现在是"老干部难撼，造反派、新干部好使"。县委班子里只有他一个人是正牌老干部，自己说一不二，孙成志不小心侍候，随时都可以叫他擦擦鼻子玩去！

李峰虽然住在医院里，县里大事小情都得他说了算。权力使用得越具体，他的兴趣就越大，比如：谁能坐什么车，谁不该坐什么车；出差报销的签字；县委大院里冬天分白菜、夏天分西瓜的方案等等，他从不放弃自己的决定权。他也曾当过乡长，当过县委宣传部长和组织部长，不管当多大的官，他永远还是个"行政科长"，凡沾一点行政事务上的实权都决不放弃。他成了这个县的"大拿"，那些老关系、亲戚朋友、上下左右用得着的人，都找到这间高干病房。有的拿着别人的条子，有的提着高级补品，有的拿来土特产，高级烟酒茶，鲜鱼活王八。他想到的人家送来了，他没想到的人家也送来了。他成天批条子，写私人介绍信，解决调人问题，解决购买木料、砖、瓦、灰、砂、石的问题。自己县里能办的更好，自己解决不了的再介绍给道行更大的朋友。孙成志既是县委副书记，又是李峰的大秘书，坐着吉普车穿梭于县委书记的办公室和高干病房之间。这样的住院生活多么丰富多彩，这样当县委书记多么惬意，权力的含义真是难以表述！

谁料想，几个月前省委又派来一个熊丙岚，分管县农村工作部的工作。而且省委组织部还有一句话："在李峰同志住院期间，由熊丙岚同志主持全面工作。"为此李峰多次在心里埋怨现在的副省长、过去是自己的老上司王辉，没有在上边为他把好关。

有人敲门，医生护士进病房是不敲门的，这个时间赶来的只能是孙成志。李峰掐灭手里的香烟，闭上眼睛，故意让孙成志在门外站上一会儿。谁知来人轻轻敲了两下门，见屋里没有动静，就推门进来了。

来者不是孙成志，而是熊丙岚，见屋里烟气腾腾，烟碟里还有半截没有完全掐灭的香烟在冒着余烟，病人怎么可能是睡着了呢？就叫了一声："老李，你怎么样？"

李峰闻声一惊，猛然睁开眼："哦，是你……"

熊丙岚也松了一口气："哎呀，你这个玩笑开得真不小，刚才吓了我一大跳！"

李峰本来想问："孙成志为什么不来？"话到嘴边却换成，"老熊，你就别老往这儿跑啦。县里怎么样？"

"你只管好好养病，家里的事情我们能做主的就办，做不了主的再来请示你。"熊丙岚问起了李峰的病情，那种探视病人的千篇一律的问候话一说完，似乎就没词儿了。别看是熊丙岚来探望李峰，李峰不觉太感动，甚至感到很别扭，他心里也说不清是为什么。多亏熊丙岚是个在任何场合都不会没有词的人，他说："老李，我劝你少给自己惹麻烦，少批条子，少管闲事。"

李峰也真情实意地抱怨说："谁还有瘾管闲事呀，都是老朋友，找上门来无法拒绝。"

"你现在好拒绝，住院治病，不在其位嘛！"

他说得很真诚，很随便。但李峰心里却咯噔一下……

十

初冬，二百里大洼进入一年一度的收获季节。

所谓团泊洼水库，不过是自然形成的一块洼地，并无拦水坝之类的设施，全靠夏天积存雨水。自 1963 年发过大水之后，龙王爷似乎也被淹死了，雨水渐少，"水库"名存实亡，已无水可蓄。这片一望无边的洼地，任何庄稼都无法生长，但自生自长的芦苇却极其茂盛，齐刷刷，密匝匝，每根都像小树一样。现在，芦苇已经发黄变干，苇叶飒飒，芦穗飘摇。

从四县八乡涌来割苇子的农民，像攻城的部队一样，在水库四周扎下营盘。他们的窝棚都是就地取材，用丈余高的苇捆搭成，暖和舒适。他们就像一个不高明的理发师，从一个大脑袋的四周下推子，一圈儿一圈儿往上理，有的进度快，有的进度慢，使团泊洼这个大脑袋就像狼咬狗啃，参差不齐。谁都抢着割水库边上的芦苇，边上的苇子长得矮，好割，地也比较干，踩上去不会下陷，越往里越难割，苇子长得粗壮，脚下一陷老深，有时还要淌水，踩着冰碴儿。

去年留下的苇子茬儿有的没有烂掉，直挺挺像利箭一样躲在新苇子后面，稍不留神，大腿就会被划开一条口子。割下的苇子还要自己把它抱到岸边……

这活儿简直就不是人干的，累死人不偿命！再加上不得吃，不得喝，不得睡，天一放亮就带上干粮下洼，不到看不清苇子秆的时候不收工。难怪老东乡的人把它当作人生"三大累"中的第一累——割苇子、脱坯、抱孩子看戏！

但是，只有李汉忠率领的大赵庄割苇队是这般拼命，其他村庄的农民并不这样干。太阳老高才下洼，晌午回窝棚吃饭，歇上一会儿，下午太阳还有一竿子高哩就收工。人家是铁饭碗，每人每天稳拿十分工，另外还有几角钱伙食补贴。就是这样，许多大队还干不长，只把水库边上的苇子割一割，赚的苇子够本村盖房用的就撤兵。富裕的大队很少派人来水库割苇子。大赵庄的人就不同了，他们没有工分，眼下割苇子就是饭碗，多割一斤就多得一分钱。一开始像李汉忠、武明理这样的壮劳力，每天可以割两千五百斤，最普通的社员也可以割到两千斤，除去缴水库、给大队的，自己还可以净赚十八元。一个月干下来，天气冷了，活儿越来越不好干了，人也累了，开始想家了。更泄气的是谁也没见到钱，嘴上说你赚了五百，他得了四百，最少的也挣得二三百。可钱在哪儿呢？农民是很实际的，不见到真正的钱票子，光靠空头支票是不会老给你卖命的。再加上周围的大队撤的撤了，没撤的也是歇着的时候比干活的时候长，大赵庄的人并不是铁打的，心有点散了，劲有点泄了。

这两天西北风也来凑热闹，在苇梢上呜呜怪叫，刮得苇子东摇西摆，抓起来费劲，割起来吃力。像刀片一样锋利的苇叶，上下翻飞，不知什么时候就削到脸上、耳朵上、脖子上。钻进苇丛一身汗，走出苇丛透心凉，这滋味真叫人恼火！连武明理也受不了啦，太阳刚一偏西他就直起了腰，想招呼李汉忠收工，不能为了多挣几块钱把命搭上。他回过身刚喊了一声——"汉忠"，立刻把后面的话又咽回去了，像一捆芦苇一样怔在了那儿。原是李汉忠的位置上却换成了他的父亲武耕新，抢着弯镰割得正起劲，老羊皮袄扔在后面的苇捆上，身上穿的蓝布褂子已经被汗水湿透，在大龙虾一样弯曲的后背上仿佛印出了一幅老东乡的地图。

武明理赶紧埋下脑袋，手里的镰刀似乎也轻快了，一躬腰冲出去老远，身后倒下一大片芦苇。

武耕新什么时候来到了割苇队的行列？李汉忠又是什么时候走的？谁也不

知道。割苇子可不同割麦子，人一钻进苇林就像落进了八卦阵，只见芦苇动，只听见咔咔的镰刀响，却难见人影。落在后边的人一个传俩，俩传仨，到傍黑儿的时候差不多都知道党支部书记来了。大家对对眼色，谁也不说话，更不会提收工的事，都在闷头割自己的苇子。好像跟书记摽上了，他不说收工，谁也不会停镰，他割到半夜，大伙也陪到三更。

武耕新直起腰，回头看看太阳："哟，天快黑了。明理，招呼大伙停镰，把割下的苇子运出去。"

人们这才直起腰，把镰刀斜插在后背的裤腰带上。捆的捆，扛的扛，挑的挑，像蚂蚁搬家一样把自己割下的苇子再倒腾出去。

李汉忠和割苇队的临时统计员正坐在窝棚里数钱票子，数好一份就用根细苇子捆好，写上名字，放在他那铺开的二大棉袄上。农民们一见要分钱，眼睛都亮了。这群"失业农民"第一次领到工资，心里能不翻几个花吗！大家不用招呼，码好苇子垛都自动凑到了李汉忠的窝棚前。

武耕新问："汉忠，最多的能挣多少？"

李汉忠："割得最多的是明理，净赚二百七十六块！"

"嚯，真不少！"

"这还叫多？你不看咱受的什么累！明理才挣这么一猴眼子，咱们就更甭提了，除去吃喝花销，剩不了几个钱！"

"可也是呀，这个月的钱就是前几天割水库边上苇子挣的，割到里边就挣不着多少钱了。"

"别不知足啦，挣个百八十块的够零花用就得了，回家暖暖和和过一冬……"

农民们有的知足，有的觉着不够本，七言八语甩着闲腔。

武耕新又问："最少的挣多少？"

李汉忠："一百六。"

"谁？"

"我。"李汉忠有点不好意思，"我有力气，但干活不多，尽东跑西颠了。"

武明理搭腔了："这不公平，你跑前跑后是为了大伙，我匀出七十六块给你！"

"是啊，汉忠要不是为大伙办事耽误了工夫，挣得不会比明理少。"

"是啊……"

有人帮腔，没人帮钱。

武明理火了："你们别狗掀门帘——光拿嘴对付。大家都捐点钱，不能让汉忠吃亏！"

"明理，老老实实地闭着你的嘴吧！"李汉忠急鼻子快脸地骂上了，"你当我是要饭的了？我是领头儿的，跑前跑后应该应分。割得少，钱就挣得少，这叫按劳分配。大伙挣点钱不容易，割下的苇子上缴水库百分之七十，从剩下的百分之三十里再扣除一个百分之七十给大队，再要给我上点税，大伙手里还能落下什么玩艺？"

李汉忠这几句话得人心，也给了这些低头不见抬头见的老乡亲一个台阶下。

武耕新打刚才就拿下苇子棍在地上画来算去，不知心里在琢磨什么。听完李汉忠的话他又问大伙："你们领完钱有多少人想洗手不干了？有多少人想留下继续干？"

大家你看看我，我看看你，半天没人吭声。

武耕新脱了鞋，光着脚在湿漉漉、凉浸浸的泥地上绕着窝棚转了两圈儿。农民们感到自己的当家人八成又来了心眼儿，要做什么重要的决定，眼睛全都盯着他。

"我明白了，你们不说话就等于告诉我谁也不想再留下来了。"武耕新谁也不看，好像是自言自语，"没有活儿你们要活儿干，有了活儿你们又不愿干，挣个一二百块钱，够零花的就知足了。可能是咱大赵庄祖祖辈辈穷惯了，见点钱就满足。我还瞎操心，想让你们赚大钱，将来叫你们做梦也想不到自己能挣多少钱！可眼下咱们家底太薄，急需资金，水库里剩下的这一百多亩苇子就是摇钱树，年年都有一多半割不上来，烂在洼里。今年我们要是把它包下来，就能挣个三四十万。是呀，这活儿太累人了……"

他突然抬起眼睛，目光像镰刀口一样扫视着大家，口气也变得嘎叭琉璃脆："以前的报酬不合理，愿意留下干的，从明天起百分之七十归私人，百分之三十缴大队。"

大家心头一震，谁还跟钱有仇？各人在心里计算着按这个新的分配比例，自己一天能赚多少。

武耕新继续问："即使到水库中间割苇子太费劲，一个人一天也割得了一千斤吧？""一千斤玩着就干啦！"李汉忠应了一声。

"好，就以一千斤计算，"武耕新继续算账，"缴给水库七百斤，还剩三百斤，每斤苇子官价一角，可卖三十元。个人得百分之七十，三七二十一元。拿出三块钱买蛋糕补充营养，还净落十八元，一个月就是五百四十块。你们要是不干，我回庄另召集人马！"

"干！这种有良心的活不干，还干什么去？"一人搭腔，百人应诺。

武耕新只好提高嗓门："天快黑了，今儿个晚上大伙回家看看，顺便把钱捎回去。明儿个歇一天，后天回来大干。"

一批想老婆想得心痒难耐的人，高高兴兴收拾东西，准备摸黑往家赶。还有一些人不想丢掉明天那二十多块钱，把刚发的工资托人捎回去，回窝棚吃饭。

李汉忠和武耕新来到一大垛苇子后面，找了个背风的地方坐下。

李汉忠心里有点嘀咕，说："集体得大头，个人得小头，你这样一倒个，个人是不是得的太多了？"

武耕新："舍不得孩子打不着狼，不这样干大队连小头也得不到。是一分捞不着合算，还是得个百分之三十合算？你想想是不是这个理儿。再说这也是肉烂在锅里，给大队给社员九九归一还不是一码事，社员富大队才会富。"

李汉忠："这样一来种地的会不会不安心，挖对虾坑的报酬也得改……"

武耕新："是啊，这倒是件头疼的事，光找平均就迈不了步，不搞点平衡也会闹事。要干事就会出现不平衡，往后就得在不平衡的基础上找到新的平衡，在新的平衡中鼓励出现更新的不平衡。再想几十年不变，安安稳稳地吃平均饭是办不到了。"

武明理来到他们跟前，把那一叠十元一张的人民币递到武耕新眼前："爸，你老把钱交给我娘，我就不回去了。"

武耕新没有接钱，他看看儿子，语气中似有一种做父亲的愧疚和不安："这钱你自己放起来，明天到北燕庄去看看淑珍。"

"我不去。"明理嘴上还挺硬，心里早就草鸡了。

李汉忠把钱接过来塞给武耕新："你先拿这钱做个棉袄，买身衣服，成天走南闯北，不能叫人家太笑话咱大赵庄。明天我陪明理去北燕庄。"

武明理走了。李汉忠似乎有许多事情要跟武耕新商量，就说："听说冷轧带钢厂快开工了？"

"还要等两天，准备得差不多了。我想先开个支委会，把这一大摊子事全盘儿讨论一下。"

"你叫张万全当厂长，他兄弟跑业务，他儿子张兴当会计，这不成张家店了！他们要是联合起来跟我们捣鬼怎么办？"

武耕新摇摇头："用不好他们只能怪咱没能耐。买鱼看鳃，用人量才，他如果缺德我另有办法治。用人只能用一个大能能梗，由他去挑一帮小能能梗组班子。张万全向支部打了包票，上阵父子兵，一个心气一股劲，我们就等好吧！"

天色完全黑下来了，李汉忠看不清支部书记的神色，却从口气中感受到一种武耕新独有的自信和力量。他对支部书记这样用人，却并不完全放心。

"着火了！"远处突然有人喊叫起来。

武耕新和李汉忠站起身，只见水库的东南方腾起一团团烈焰，把半个天都照红了。这不知是哪个大队遭了殃！

武耕新倒抽一口冷气，嘱咐李汉忠："要派专人值班，千万不能大意。要是火烧连营，就前功尽弃！"

李汉忠叫武明理带几个棒小伙子去帮助救火，自己看守大营。他还有许多话要跟武耕新谈。

第三章

"贫穷"这个词的含义在这里已经成为遥远的回忆，仿佛是个古老而可怕的神话。

确切地说这里更像个大镇，而不是大村。有两条东西走向的柏油大马路，宽阔整洁，笔挺溜直，正南正北的大街有十几条。住宅区是清一色的红砖大瓦房，横平竖直，每户门前都立着一个颜色相同、高度相等的三角形电视天线。院子一样大，门楼一般高，只是门楼上的花纹图案根据各自的喜好有所不同。这建设格局简直比古老的北京城还要更讲究对称和有规则。

然而让我感到美中不足的恰恰是这种"清一色"。忍不住对这儿的经理说："你们这样有钱，在房屋建筑上何必搞这种统一规格？一律就显得单调，如果随心所欲，花样翻新，千姿百态，岂不更好！"

经理笑了，仿佛笑我向他提了一个愚蠢的问题。他对我说："这是理工学院建筑系统一为我们设计的。在农民的心理上，大家统一就形成一股势力，是一种自卫的力量。万一运动来了，天又变了，大家一样，法不责众。出头的椽子先烂，不是我们想不出新花样，而是不敢冒尖招风，农民的审美观要受政治神经的约束。你不要以为发富、享受是人人都愿意干的事，老东乡的农民喜欢偷着富，把钱藏在瓦罐里，挖个坑埋起来，每天还要数一数才放心。要逼着他富，逼着他学会享受。过两年你再来吧，这儿也许会变样，我们想搞个老东乡中心城……"

我提出想看一看他的"王国"，他打电话叫来一辆面包车，那条老围他身边转的大黄狗也想登车，农工商联合公司的经理瞪了它一眼，黄狗缩回前腿，车门关上了。面包车驶出村子，心胸顿觉开阔，十分舒畅。眼前是一马平川的麦地，像棋盘一样整齐，赏心悦目，麦苗刚有一柞高，青油油壮得要冒烟。每片地之间沟渠相连，大路相通，坐着面包车看地，在我还是头一回，十分新鲜。村北有两个占地三百亩的养鱼池，池水清澈见底，一二尺的大鱼成群结队地在池边游来荡去，不知为什么忽然使我想起了核潜艇。

从养鱼池再往北是黑龙港水库的大闸，有两条人工河绕村而过，一名"滚龙河"，一名"青年渠"。村西是工业区、变电站，机声可闻，白烟袅袅，与周围的环境不甚协调。村南是三百亩果园，梨花白桃花红，浓郁的香气好像扑进了车窗。

我还想看看农民的家庭。经理说："我也不知道你想看什么样的人家，干脆咱们来个瞎撞。你在前，我在后，你想进哪个门都可以。"

我选了一户大门上贴着两个"福"字的人家闯了进去。人家正在吃早饭，棒子楂儿加山芋熬的粥，桌上放着一堆海螃蟹，这叫什么饭？主人六十多岁，儿子、媳妇、孙女，一家四口。我脑子里关于农村住房的概念，在这里全对不上号。这里没有"一明两暗"或"一明一暗"，只有卧室、客厅、工作间和带淋浴喷头及浴盆的卫生间。水磨石地板、葵花吊灯，好几对单人和三人的沙发，反正有的是屋子。还有彩色电视机和电冰箱，叫我尤为惊讶的是那台"东芝"牌半自动洗衣机。想不到他们用的都是高档货，还有那台新式空调机……宽敞的当院里种着花草，南房两间是厨房和仓库。我突然觉得自己变得土气了，而农民是很洋气的。

我问："您一家几个劳力？"

"一个半。"

"在农场还是在工厂？"

"在农场，承包一百三十七亩地。"

"去年收入多少？"

"为公司产粮九万七千斤，全年得奖一万五千元，加上基本工资一千元，共收入一万六千元。"

"一万六？"我心里一惊，转身问经理，"你的年收入是多少？"

"九千。"

这是纯收入，而且还是铁饭碗。难怪哩，挣这么多钱，叫老东乡的农民怎么花呀？走到这一步满打满算才不过五年的时间。人还是这些人，地还是这块地，以前那几十年的时间都干什么去了呢？照此速度，十年、二十年之后老东乡又当如何呢？准会吓住或气坏相当多的人。有人怕穷，有人怕富。我们都该扪心自问：你怕什么呢？

十一

每隔两天，大赵庄的首脑们就要开一次碰头会。这种会都是非常干脆的，利用早饭前的那点时间，最长不超过一小时，有时二三十分钟就解决问题。自从三年多以前全村人连着开了那三天大会之后，大赵庄再也没有开过长于两小时的会。干部们开会就更短，有事说事，没事散会。人一忙，该干的事情很多，就没有闲心老开会。但这个碰头会例外，不用通知，不用招呼，谁也忘不了，保准提前到场。这实际是个大调度会、首脑们的信息交流会。

这些首脑人物是：农场场长、副业队队长、五个工厂的厂长和大队干部。他们一个个神情自若，气度从容。从前他们是地道的农民，现在在某些人眼里他们仍然是农民，可是在他们身上已经发生了剧烈的变化。这变化倒不单指他们穿戴得整洁了，手上的过滤嘴的名牌香烟代替了自卷的小喇叭和旱烟袋。而且是坐在这样漂亮的会议室里，坐在自己的木器厂生产的大沙发上面。最重要的变化是在骨子里，他们的自我感觉已经同历代农民的意识大不相同了。他们身居要职，掌管着几十人乃至几百人的生活，手里握有几十万乃至几百万的资财，是做大事、赚大钱的人。他们盘算的不光是自己一家一户，他们要动脑筋为自己的命运和自己单位的命运拿主意，他们不再是只有两只眼的农民，现在睁开了第三只眼睛——智慧！

会议主持人武耕新还没有到，大家扯闲篇儿。

电器厂厂长马胜锐老爱出怪点子，嘴巴像他的脑子一样闲不住，今天不知又有什么新发现，大早晨一扒开眼皮就有点眉飞色舞。他对李汉忠说："你看过《松下的秘密》这本书吗？松下幸之助这个老小子喜欢用三种类型的人，一是有头脑的文人型，二是豪放磊落、富有进取精神的武士型，三是运动员型。你是武士型，心远是文人型，耕田叔是运动员型。我说的对不对？"

刘心远也是嘴上不吃亏的人，说："胜锐，别看你老是这么能耐那么能耐，我出个问题考考你——金钱能买什么？"

马胜锐眨眨眼："凡是金钱能买到的东西都不值钱。"

刘心远抽抽嘴角："故作清高，你成天就是坐着钱边抠钱眼儿，还专门培养了一个'武铁嘴'到订户家去讨账。"

"这是两码事。"马胜锐突然又变得一本正经了，"心远，你这个负责基建的副大队长能不能保证，在6月底之前把扩建的厂房全部收尾，交给我使用？"

刘心远仰起脸，在心里计算着。

马胜锐又逼了一步："如果你6月底能把新厂房交给我，下半年我保证再增加二十万元的利润！"

刘心远："好吧，6月15日你用不上新厂房，我就自动下台。"

李汉忠也对张万全说："你外甥要的木头我已经办好了，他今天来车拉。"

张万全一激灵："什么木头？"

"哎？不是你外甥找你来，希望你给解决十根好檩条吗？"

张万全脸红了，他现在也是大赵庄的名人，人们不再叫他"万能能"而叫他"张厂长"，是大赵庄最大的一家工厂的厂长。他家里不愁没钱花，在全村算不上首富也够前五名。他更关心自己的名声，说话办事不能失掉自己的身份，急忙站起来向李汉忠辩解："我怎么能办那种事？昨天我给他二百块钱，把他打发走了。他怎么又去找你呀！"

"是耕新叫我办的。"

"书记也知道？"张万全有点紧张。

武耕新恰巧这时走进来接上话茬儿："人家都知道咱大赵庄富了，你又当着厂长，亲戚找来弄几根檩条都不管，太不近人情了。不过，你们的事自己别管，由我来办。你们管自己的事就是以权谋私，由我管就是官的。"

"耕新，你怎么知道的？"张万全心里发热，他算服了，武耕新对部下可真是一百一！

别的人并未注意张万全的神色，都用诧异的眼光盯住武耕新。

这位"首脑团"里的灵魂式人物，今天从头至脚全部换成新式装备：崭新的黑色牛皮鞋，而且是新式样，大大方方；一身藏青色中山装，质地考究，裤线笔挺；脸上刮得精光，只有那半寸长的短平头还显得有点"土气"。别人发富以后气色都有明显的好转，发富本应带来发福，怎么可能设想家里炕席底下压着一厚叠人民币的人，还会这样面黄肌瘦？只有两道重眉又黑又长，充分显露了他的身份和威严。

他站在宽敞的会议室中间，好像有意展览一下自己的服装，让部下们看个仔细。挺直瘦长的身架，还真有一副豪雄气派——

"各单位有什么问题？讲吧。"

全是非说不可的老实话，去掉了一切装饰和打扮，只剩下事实和数字。三下五除二，最后听武耕新作总结："这几年咱们为什么发展得这么快？城市工业正在调整，他们船大不好掉头，管理办法笨得要命，让我们钻了空子，一下子打进去，现在站稳了脚跟。也许三五年，也许十来年，等城市里调整好，人、财、物上都会比我们占优势。所以从今天起你们要改变观念，由靠勤劳致富、卖大力气赚钱，改为靠科学致富，抓技术，抓质量，抓新产品。昨天支部开了个会，决定把经济权再下放，责、权、利一块儿往下交。"

马胜锐插嘴："得了书记，我的权力越大，压力越大。你放一次权，我就掉几斤肉！"

武耕新看看这个混账小子，他心里喜欢这个敢跟他捣蛋又十分能干的小厂长，脸上却毫无表情，继续往下说："一切权力都给你，把工厂搞上去是你的本事，把工厂搞垮了也是你的本事，没胆子搞不垮。搞上去供着你，搞垮了养着你。从今年起，大队设万元奖，冷轧带钢厂、高频制管厂等重工业厂，每一百人创造纯利润一百万元，奖给正厂长万元。电器厂、木器厂、印刷厂等轻工业厂，每百人创造纯利润七十万元，奖给正厂长万元。农场每个劳力均收两万斤粮，奖给正场长万元。副业队承包创造收入十万元，奖给正队长万元。以下事项由你们自己做主：一、聘请各种人才并决定其工资与奖金；二、与外单位搞多种形式的联合经营及决定投资和分成比例；三、对所属干部的任免；四、对优秀职工的奖励和对犯错误职工的处理，直至开除或停工……"

他不看本子，也不假思索，全凭脑子一条一条地讲来，条理分明。可见这些事在他脑子里不知翻过多少个了，早已烂熟于心。艰苦的尝试，可怕的打击，在这系列的搏击之中，他的身体像榨干了的秫秸秆，思想却变得极其敏锐和灵活，他需不断琢磨出新鲜思想，输送给他的部下。

他的部下们埋头往小本上记，包括最不驯服的马胜锐，这时候在他面前也是个心悦诚服的小学生。这固然是由于他量宽而得人心，但更重要的是经验已经使他变成了一个农村经济学专家，似乎还是个哲人。他的思想闪闪发亮，说得干部们动容，低首心折。

"……以上十条你们可先斩后奏，有的还可以只斩不奏。那么要我干什么用呢？当你们的领导，当你们的仆人。抓大事抓小事不抓具体事，其实大事小事是一码事；把关口，看方向，识才用人。你们有什么意见？"

"没有。"大家只觉得脑子开窍，身上有劲。但需要回去仔细再嚼嚼武耕新话里的滋味。

"你们没有意见我现在就抓几件小事，"武耕新把目光转向武耕田，"从今天起，所有干部开会、会客、外出，一律穿顺眼的好衣服和皮鞋。谁要说买不起我给他买，以上三种场合再有人穿带补丁的衣服就罚他！"

"好，我赞成！"李汉忠第一响应，"电影里、电视上、小说、画报，都把农民弄成土里土气，蔫头蔫脑，穿家做的衣服，说话拙嘴笨舌，迟钝，呆板。反正是怎么不像样子就怎么捉摸农民，我们要改改这个章程！"

"这叫改变农民形象。"刘心远文绉绉地加了一句。

"耕田，你哪？"武耕新问。

"行啊，那皮鞋穿脚上舒服吗？"武耕田无可奈何。他心里本想说："我看你们是有点钱烧的！"

武耕新接着说："我的房子盖好了，你们叫群众去参观，以后，谁盖房子也不许低于我的标准，谁低了就罚谁。图纸是现成的，砖瓦灰沙石和木料、四孔板，大队敞开供应。"

武耕田不能再含含糊糊当老好人了，他觉得武耕新脑子里那些花花点点就像孕妇的食欲一样，叫人不可捉摸。可他的嘴又不利索，带麻点的大脸憋得像个紫铜脸盆："耕新，你别没病找病。外边对咱村已经有闲话了，房子盖好就住呗，参观个什么劲呢？"

别人也没有马上响应武耕新的主意，这可不是闹着玩的！他是大队书记，按照惯例应该"身居长工屋，胸怀全天下"，先住干打垒、土坯房，等群众都住上了好房自己再搬家。他不仅先自盖起了在农村可以称得起豪华的住宅，还要发动群众去参观，去效仿，这会不会带来非议呢？

老话说，人一到五十岁就没有胆子了。这个变化莫测、海阔天空的男子，到了五十胆子更大。他不可能对任何事情总有把握，只能凭勇气和力量做自己认为是应该做的事。他拼上性命领着大家发财，可不是为了让每家每户拿钱捆当枕头。他的雄心是改变千百年来的农民意识，打开农村这个消费市场，打开农民的精神世界，消灭城里人和乡下人之间的差别。

武耕新下了决心的事，是任何人也拦不住的。他说："好吧，你们不同意我自己去号召，跟着习惯势力走就是连续死亡。我们光明正大，光天化日之下盘算自己的日子，怕什么？"

马胜锐也动了感情："书记，我的新房不比您的差，让大家参观我的，以我的为标准。"

"你的脖梗还太嫩，群众不相信万一天塌了你能撑得住。再说今儿晚上我闺女就嫁到你家去了，胜锐，往后你还择持得清吗？"

大伙一听这话都跳了起来："怎么，你今天办喜事？你不说等到国庆节吗？"

武耕新摆手止住了大家："我的闺女出门子，想送礼的人少不了。我再宣布一条，老传统是下级巴结上级，咱们就来个特殊，逢年过节，红白喜事，只许上级请下级，给下级送礼，不许下级请上级。人家辛辛苦苦听你指挥，你还不该请请人家？"

"我赞成！"马胜锐一拱手，"按书记指示，今天晚上我和明英就不请你们这些领导同志去喝喜酒了！"

十二

这算过的什么日子哟？林元秀早晨饭没有吃好，晌午饭也没有吃好，人来人往，像捅花花线一样。她忙着斟茶、送烟、手脚不拾闲，嘴也不拾闲，一次又一次重复已经说过多少遍的话。这个不知道洗衣机怎么用，她要给表演一下，那个不相信冰箱里真能冻成冰，她要打开结冰室让人家看看……

刘心远托着个大本子坐在会客厅中间的长沙发上，负责解答有关盖房的全部问题，参观完"书记官邸"的农民纷纷到他这儿来登记盖房。他面前有一个很讲究的棱形大茶几，大理石台面，四条腿下安着万向轴。一张新的大赵庄平面图摊在上边，各人可在大队统一规划好的居民区范围内，选择自己的房基地，提出自己对房子规格的要求，由刘心远统一安排。

"这不跟皇上的金銮殿一样嘛！"历尽苦难的老东乡农民，大开眼界，突然发现世界上还有这么多享受在等待着他们。

"金銮殿哪有这么舒服？"

"这得花多少钱？"

"别提钱，谁要提钱就没良心！"刘心远真是人精，他一边给别人登记，同人家讨论着具体事项。两只耳朵却支棱着，听到有不对口味的话立刻插进一杠子，"耕新能盖得起，咱们庄大部分人就都能盖得起。他家这点钱全庄人心里都有数，谁也瞒不住。有少数人家，老实巴交，因缺少劳力盖不起新房，大队给贷款，一年还一点，拖个十年二十年没关系，大队决不会登门要债。谁要还想住土坯房，对不起，离我们新村远点。谁要想离开大赵庄，你今天写申请，我们明天就批准。耕新把什么都给大伙想好了，有人就是跟受穷有缘分，攥着钱票子恨不得让它下小崽！"

"心远，你就别寒碜人了，人心都是肉长的，大伙心里有数，现在你拿棍子赶，也没人离开大赵庄，外庄的大姑娘还削尖脑袋想找个咱庄的小伙子。"

电器厂有个业务员也在这儿坐阵，谁要买家用电器，他给统一购买，介绍各种产品的性能。木器厂的业务员更鬼，干脆把订货本都端来了，武耕新家的全套家具都是本大队木器厂生产的，确有几种式样新颖的高档产品。哪个人要买当场订货，如果谁能拿出更好的设计图样，还可以专为他加工定做。对本村人采取优惠价格，比市场价格低一大截。

武家成了博览会、交易会，水磨石的地板踩得稀脏，到处是烟灰，你去他来，人声嘈杂，熙熙攘攘。成了一个公共场所，这还算个什么家呢？莫怪林元秀强作笑脸，硬着头皮应付，她完全是为了顾全大体。武耕新穷的时候跟着他受罪，他遭到雷攻火闪的批判的时候又为他担惊受怕，现在富了就好受吗？送走女儿之后，她抓个闲空躲进自己屋里养养精神。

村上有多少妇女羡慕她呀，眼馋她这个家，说她命好，有后福！丈夫不用说了，是大赵庄独一无二最受人尊崇的人，而且这种尊崇并不是因为他有权势。大女儿是鸡场场长，也算为大赵庄立过功，找了个女婿是电器厂厂长，将来说不定是个小武耕新。大儿子分家单过去了，去年给她生了个孙子，够多可心！二女儿在县城上师范学校，小儿子在张贵庄上大学，二儿子种地。这样一大家子人够多美满，多顺心！但林元秀感到幸福和知足吗？

现在她没有什么可抱怨的，没有什么特别使她不满意的。当大赵庄这个属于她的世界突然变了样子，许多她从未想过、从未见过的东西一下子都推到她面前，属于她所有了。她感到惊恐、慌乱、兴奋和得意，原来世界上还有这么多好东西，人还可以是这样活着！她需刮目看待自己的男人。当她看到村上的人一谈起自己的男人，脸上就现出折服和无比敬重的神情，当她看到周围干部对自己男人强烈的忠诚心和归属意识，作为一个女人她感到心满意足，感到脸上有光。嫁给这样一个烈烈轰轰的男子汉，也算不白跟他遭罪受难！越是不断从男人身上发现新的品质，觉得跟自己在一个炕上睡了多半辈子的男人突然变得陌生了，好像不认识他了，他就越有一种新的吸引力，使她更加依恋他。可他偏偏不再属于自己了，不再属于这个家了。他经常外出，有时一走就十天半月。他走到哪里都有人围着，有人抬着供着。村上的大闺女小媳妇见了他都腆着笑脸没话找话地搭讪几句，学校的女老师、公社和县上的女干部，有事没事的都跟他说个没完。社会不会放过一个出头露脸的人，女人们更不会放过一个能干的男子汉……

林元秀突然觉得身子底下的沙发床像一个无底的陷阱，把她的身子漏了进去。她翻个身，仍然不舒服，这才叫花钱找病哪！她睡惯了土炕，躺上去感到实在、舒坦，冬暖夏凉。刚一盖房的时候她就提出，在老两口子这间卧室里垒个土炕，全家人都反对，说那是不伦不类，半土半洋。武耕新则对她说："你别有福不会享！你跟我受了那么多年穷，现在缓过劲来了，凡是人间有的，我们又搞得到、买得起的，都弄来叫你尝试一下。"为了照顾她上半辈子养成的"土毛病"，在这一拉溜九间正房的最东头，专门留出一间算作她的"第二卧室"。里边盘了个火炕，她结婚时娘家陪送的梳头匣子，过了半辈子的日子唯一一件像样的家具——联二桌子，都放进这九号房间。那间房成了他们家的博物馆，"忆苦思甜"展览室。她要想舒舒服服去睡自己的土炕，就得离开男人，就得忍受孤单，好像被这个热热闹闹的、现代化的家庭给抛弃了！

"老不要脸的，你胡思乱想些嘛？"林元秀把发烫的脸埋进松软的枕头里，她想用责怪自己来排遣心里的烦闷，"你也不看看你那个瘦猴男人，长得像大刀螂，除去你喜欢他，别人谁还看得上他那副模样！活了五十岁不知道什么是吃醋，临老了醋劲倒上来了。莫非女人到了更年期就是这么神神经经的？"

"复苏大赵庄，洗刷老东乡的龌龊，开创一个从没有过的大事业"——这成了男人生活中压倒一切的第一需要。自己理解他，可他理解自己吗？以为把那些现代化的玩艺推给我，我就该满意了，高兴了。我能成天搂着电视机过日子、跟那个妖怪似的大音箱说话吗？这一大片房子每天光是擦洗一遍不就得把活人累死！这两年日子一富裕，白吃饭的人一群一伙地来，电力局、水利局、农委、科委、报社、电台，来了就往家领，连吃带拿，我成了饭馆的炊事员兼服务员。为了他的脸面，为了他的事业能顺顺当当的，我吃苦受累都不怕，可不能把我只当成个老伙计使，我是他的老婆，他的孩子娘……

日头偏西了，他从洼里打草快回来了，她照例跑到村外那棵孤零零的老榆树底下等他。他挑着两捆牛腰粗的稗草准时回到榆树下，他干活像大人一样拼命。浑身上下像刚从水里捞出来的一样。她没有手绢给他擦汗，只是看着他，不知为什么直想哭，看他累成那样，心里觉得那个劲儿的！他撩起白布小褂的衣襟擦擦脑门上的汗，催促她："你发嘛傻？快往下教我。"

"夜儿个教你的会了吗？"

"都背下来了，不信你考我。"他把《买卖杂字》里"干菜类"背诵了一遍。

"会写吗？"

"会！"他拿根草棍儿在道边铁板一样的碱地上一笔一画地写起来：猴头燕窝沙鱼翅，海参鲍鱼味最香，竹笋海带龙须菜，香姜蘑菇不寻常……

"你真灵，俺爸说你要好好上学将来一准有大出息。"

"俺家穷，俺得打草卖钱……"

突然，头顶上传来老鸹一声接一声的怪叫，还有嗡嗡的让人头皮发乍的声音。两个孩子抬头往树上一看，吓了一跳。老榆树上有个大马蜂窝，老鸹吃了马蜂崽，马蜂可不饶了，成群地冲上去，像一片黑云般缠住了老鸹。蜇它的脸，蜇它的眼，老鸹也像疯了一样拼命扇动翅膀抽打马蜂。被老鸹翅膀打死的马蜂像雨点一样从天上落下来。十一岁的元秀害怕地用双手抱住脑袋，耕新脱下湿乎乎的褂子罩到元秀的头上，挑起草捆，用一只手拉着元秀的手，赶紧离开了老榆树。两个孩子手牵着手这样走了很长一段路，元秀很愿意闻耕新白褂子上的那种汗腥味。

他忽然说："人家娶媳妇就是这样领着，脑袋上蒙的可是红盖头。"

元秀更不愿意把褂子拉下来了……

"娘，你老睡着了？"林元秀猛地睁开眼，儿媳妇燕淑珍抱着孩子站在床前。她不喜欢儿媳妇，却喜欢孙子，伸手把孩子接过来。

"娘，道喜的人都来了，晚上开几桌？"

"你爸回来了吗？"

"在客厅里陪人说话哪。"

"你不是陪明英到马家去了吗，那边怎样？"

"嗬，别提有多热闹了，全是他们电器厂的人，不像办喜事，倒像开生产会议。供销系统一桌，生产车间一桌，技术股、检验股、设备股一桌。在酒席上谁要斟酒，谁要想叫新郎新娘出节目，就得说一句和工作有关的话，或出一个主意，或提一条意见，或找一条差距……"燕淑珍感到新鲜，说得很起劲。

婆婆却听得心里起腻，当初就该同意女儿去旅行结婚。又不是没有钱，小两口痛痛快快到外边散散心，这算怎么一回事！她打断儿媳的话："你不在那边陪明英，回来干吗？"

"大妹叫我回来的，帮你老做饭。"燕淑珍看看婆婆的脸色，陪着小心说，"娘，我跟你老商量一件事，我有个堂妹叫燕淑云，今儿个赶巧来看我，我把她领过来叫你老看看。人样子长得好，脾气又好，给二兄弟明华当对象行吗？"

林元秀一愣，心想：我武家一个燕淑珍就够受的了，再来个燕淑云，姐俩搂到一块儿，不是要我老命来的？北燕庄的姑娘都这么势利，看见大赵庄一富，就主动送上门来了。她慢腾腾地下了床，没有抬眼皮，说："你去跟明华说吧，他的事我不管。"

她抱起孙子刚要出门，老儿子明伟哼哼咧咧地闯进来，肩上还扛着个铺盖卷儿："娘，我姐走了？"

"不走还等着你回来？"林元秀一见小儿子那风风火火的嘎样，心里松快多了，"你把铺盖又捎回来干什么？"

"我退学了。"

"什么？"林元秀把孙子交给儿媳妇，"你闯了什么祸？"

明伟又娇又坏地笑了："娘，我在班里不是大尖子，也是前三名，不是被开除，也不是勒令退学，而是主动退学。今天上午政委还跟我谈话，想留住我，谁知我睡着了，他才认为我已不可救药，就开了通行证。"

"你为什么要退学？"

"我学飞机导航有什么意思？回来也用不上。"

"你再有一年多就毕业了，咱家就你这一个大学生。"

"我要是毕了业就得服从分配，想回大赵庄可没有门儿了！"

"你以前不是说要离开大赵庄，把我也接出去吗？"

"那不是老皇历吗！现在的大赵庄把我的腮帮子都勾住了，我回来一次看见它变一次样，到哪儿也不如在这儿好。"

"你爸爸知道吗？"

"我上次回来就跟他谈好了，我那远见卓识的爸爸非常支持我的革命行动！"

林元秀一阵伤心："好啊，这么大的事都不跟我商量，我在这个家里成外人啦！"

明伟没有仔细看母亲的脸色，反正今天是个大喜的日子，有点小别扭也不碍事。他一边往外跑一边说了声："我去姐家喝喜酒！"

林元秀什么兴致也没有了，转身又坐回床上。

十三

县委值班室小黑板上的两行粉笔大字，把李峰和熊丙岚的矛盾公开化了。其实不公开也保不住密，不论多大机关、哪一级单位，头头之间一发生摩擦，上上下下很快就心领神会。知道的只会比真实情况更有传奇色彩，更富有戏剧性，决不会出现经过渲染反而比事情的本来面目更简单的现象。然后根据各自的经验和需要，站自己的队，排自己的号。我们这个民族，有春秋战国的悠久传统，有魏蜀吴三足鼎立的历史经验，更有造反有理、派性林立地进行几亿人灵魂大战的先进办法。所以干部之间的关系非常微妙，群众对头头间的矛盾又非常敏感。

明早给我派车，去地委告李峰的状！

——熊丙岚

足见这位一向优雅诙谐的县委副书记已经被逼无奈，怒不可遏了。虽然县委上上下下对一、二把手之间的由来以久的矛盾知道得清清楚楚，但人们习惯于心照不宣。像熊丙岚这样点名叫号地干，实属罕见，在县委大院里颇引起了一场小地震。

熊丙岚这一招可不够高明，在这一点上他远远比不上李峰。人家尽管对他心怀敌意，可多会儿见了面总是用最亲近的口气称呼他为"丙岚"。他在工作上打开局面倒有一套，调整内部关系却是个笨蛋。用老百姓的话说："外战内行，内战外行。"咬人的狗不叫，你告状就去告呗，发声明干什么？挺聪明的人办了件糊涂事，犯了兵家大忌：向对方泄漏了自己的意图，暴露了自己的弱点。

他在这儿又是个外来户，县委上下左右尽是李峰、孙成志的人，他在黑板上撒气不到十分钟，人家就得到信儿了。孙成志和组织部部长一夜没睡，搞出了一个对熊丙岚极为不利的材料。早晨6点钟来敲县委书记李峰的家门。

李峰醒了，但还没有起来："谁呀？"

"李书记，是我。"孙成志一脸倦容，面色发灰，还不到四十岁，却好像一副心力憔悴的样子，目光犹疑不定，让人感到这副诚实的外表下也许掩藏着一堆缺点。

等了好半天李峰才起来打开门，他睡眼惺忪，劈头就问："材料写好了？"

"写好了。"孙成志低眉顺眼地把材料递过去。

李峰让孙成志进屋。这里是县委小院的第一排房，李峰要了这一排的全部五间房。他一个人占了两间，里面是卧室，外面是工作间兼会客室，当然他在县委办公楼里还有一间办公室。李峰让孙成志在椅子上坐下，他也坐进自己的大号藤椅里，将材料翻了两下又递给孙成志："你把主要观点念一念。"

孙成志将材料里穿鞋戴帽的那一部分省略，专门挑出几块"骨头"读给李峰听："一、在熊丙岚同志的支持和纵容下，大赵庄走上了一条危险的道路，事实如下：破坏国家关于劳动力统一分配的规定，全村近四千人，只有五十多个劳动力从事农业生产，农民不种地，百分之九十五的劳力不务正业。二、抓钱不抓粮，名义是办工厂，实际是挖国家的墙脚，通过各种不正当的途径捞钱……"

"等等！"李峰打断了孙成志慷慨动情的朗诵，他心里仿佛有一团邪火从眼睛里冒了出来，在过分严肃的表情下掩藏着内里的浅薄空虚和智短才疏，"现在还提不提以粮为纲？"

"不大提了。"孙成志紧张地望着李峰，他装作撩头发掐掐自己的太阳穴，让沉重的脑袋灵活起来。他必须摸准一把手的思路，好按照对方的口径改变自己的思想、口气和脸上的全部表情。这很苦，也很累，但没有别的办法。他在李峰面前装孙子若能保住眼前的位子，就得烧高香，在别人面前还是县委副书记，是人上人。为这付出什么代价都值得！如果被赶下去，他丢掉的不止是这顶官帽子。指天发誓，他不是官迷，并不特别稀罕头上这顶纱帻翅。但现在要是被一撸到底，就意味着他是什么他妈的"三种人"，一落千丈，掉进十八层地狱了。

李峰点着一支烟："成志，你在想什么？"

"现在一般的提法还是'农林牧副渔全面发展。'"

"对，这个'全面发展'里并不包括'工'和'商'，中国农村要都像大赵庄这样搞不就乱套了吗！"

在这一点上孙成志不必改变自己去适应李峰，他们两人的思想是一致的，是真诚的。出于自己的良心，出于县委领导人的责任感，出于共产党员的党性，都认为武耕新那样做是错误的，是危险的。这种出以公心的分歧毕竟还是单纯的。但人是复杂的，县委书记也是人，他的感情也是可以支配的。真诚的和虚伪的、公的和私的、国家利益和人事关系搅在一起，这就使人间的事情复杂透了！

孙成志看出一把手对自己花了一夜心血写成的这个材料不太满意，但李峰心里到底希望他在材料里写些什么，他一时又捉摸不透。沟通人与人之间感情的桥梁可以靠吃的、用的、顺耳的好话、美色等等，而他靠的是顺从地承认李峰是全县至高无上的权威，帮助李峰护住平庸无能的短儿，挤垮熊丙岚，巩固住李峰的权力。他每说一句话都不得不掂斤称两，此刻他又对操着自己生杀大权的上司，努力露出了自己的种种笑容中最柔顺温良的一种，说："李书记，我再返工重写一下，翻翻中央的文件和报纸，拿出最充足的论据……"

"来不及了，我马上就要到省里去。"

"您马上就走？"

"他到地委告我，我到省委告他。地委还不得听省委的！"李峰的瞳仁里闪烁着当权者的得意和阴鸷，因省委有自己的铁关系而有恃无恐，话里充满着挑战的意味，"你那两条缺乏有力的证据，这种材料得有事实。"

"有啊，有啊，"孙成志心里一块石头落地了，他翻过几页纸，"您听：据群众反映，大赵庄之所以这么快就发了横财，手段是很卑鄙的。1977、1978 两年给团泊洼水库割苇子，贿赂水库管理人员，抢走一百多万斤苇子，为了掩盖罪行，放了一把大火，烧掉苇子几十万斤。在承包国家建工总局挖对虾坑的工程时，虚报土方量，多领承包费。他们行贿的手段是半夜登门送电视机，把手表放在火柴盒里，把十元一张的人民币搓成香烟一般大的小卷儿，装满烟盒，当做香烟送给对方。真是不择手段达到了无以复加的地步！周围群众议论纷纷，影响极坏。而熊丙岚同志却主张在全县推广大赵庄的经验，还把武耕新选为好党员和劳动模范……"

"好，好，这些事都是真的？"李峰的眼珠都亮了。

孙成志也来了精神："大赵庄周围的村子都这么反映，无风不起浪，武耕新从小不是本分人，他手下有一帮能能梗，什么事都会干得出来。"

"熊丙岚跟他们就会那么干净？"李峰摆动着肥胖的身躯，臃肿而又敏感，极端狡诈。他眼睛里还射出一种恼怒、妒嫉、贪婪的光，他相信熊丙岚从大赵庄没少捞东西。武耕新这个土匪，用人朝前，不用人朝后，用着谁就给谁烧香，用不着的人就扔到脖后头。等着瞧，总有一天叫你知道谁是真佛！

"武耕新请熊丙岚吃过饭，倒没听说给他送过礼。他端着知识分子架子，自命清高，估计不敢。"

"什么知识分子，冒牌的！"李峰站起身，"你去把值班室那个小黑板拿来，不要碰掉上面的字，叫汽车半个小时以后来。"

"是。"孙成志把材料放到桌上，转身要走，李峰又喊住了他，"熊丙岚这回在咱们县待不住了，我把这份报告，还有这个小黑板都交给省委领导看。你想想，副书记跟书记公开捣乱，不把他抠走我还怎么干？省委领导就是为了调整关系也得把他弄走！"李峰那严厉冷漠的大脸，突然表现出当权者少有的激情。他娴于幕前和幕后的争权夺利，似乎可以把别人的命运玩弄于股掌之上。

孙成志既为能撵走熊丙岚而庆幸，又觉得自己的脊背一阵阵发凉。如果才气纵横的熊丙岚尚且不是他的对手，他若整起自己来还不如同掐死个小鸡！可他在抓全县的工作上，在开会讲话的时候，丝毫也看不出有高人一筹的智慧，这才叫各有所长，包子有肉不在褶上。用老百姓的话说——"内战内行，外战外行"！

"成志，你现在就准备接手熊丙岚的工作。我年纪也大了，很快就退居二线，这个县的工作就靠你来主持了。赶走熊丙岚其实是为你扫清障碍。"

孙成志一脸受宠若惊的样子，诚惶诚恐。这个时候不能说话，说任何话都会显得作假，他借口去叫司机退了出来。李峰也洗脸漱口，准备吃早点上路。

这是真的吗？堂堂的县委机关、县委领导，就根据谣言写成材料上告，在官场上进行一番翻手为云、覆手为雨的较量？我们的领导、我们的上级机关难道会这样轻信和轻率？可悲之处正在这里，所以我们的事情才不那么好办，许多庙里都有屈死鬼，站着看的整拼命干的。喜欢听信流言蜚语的人比喜欢听真话的人多。欣赏谎言是一种乐趣，如果他是个领导干部那就可怕了。他的办公室就成了谣言的集中地，他根据谣言决策、筹划，下指示，发号令，能不毁人误事！每条谣言后面都拖着一个巨大的黑影，把攻击的目标团团围住，四处冒烟，不见火源。"群众反映"，一两年查不清，七八年还有影，来如猛虎，去如抽丝……

当李峰上车的时候，熊丙岚也正好去司机班。这回两个人谁也不看谁，谁也不跟谁说话。县委只有两部吉普车，一前一后驶出了县委大门，载着两个书记去分头告状。

十四

"喂，你是熊书记吗？哎呀，找到你真不容易，好几个月你不露面儿，我很想你，有些事要跟你商量。你把大赵庄扶上鞍不能撒手不管了……"

"我的事一有眉目就去看你。"

"你出了什么事？"

"我可能要调走。"

"调走？是高升吗？"

"不升不降，是被排挤走！"

"为嘛？是由于我们大赵庄吗？"

"不……跟你们没关系，以后见面再细谈。不过，你也要留点神，光有能力和胆量是不行的，还要有点保身术做后盾。大凡事业上的强者，在自我保护方面往往是弱者，佼佼者易折，你的精力、才智和时间，几乎都用在事业上，自身的防御能力必然大大减弱。老武，别忘了有造福者，就有造谣者。蛇无足而行，蝉无嘴而鸣，谣言无翅像蝗虫。任何一条谣言都会给你投下一团黑影，行如风，利如刀，使你一落千丈，百口莫辩，也许还被置于死地。我就是犯了书生气，以为政治清明，可以不必横着站了……"

武耕新放下电话，独自愣神，熊丙岚说他的调走与大赵庄没有关系，实际是准有关系！他武耕新又不是傻子，还觉不出来？前两年熊丙岚主持全县的工作，大赵庄的事样样顺当，县里各部门的头头三天两头往这里跑。武耕新也不拿他们当外人，让到家里好吃好喝好待承，吃一份还捎着一份。这一年多李峰出院回到县上，大赵庄跟县里的联系处处感到别扭。武耕新就知道一个槽上不能拴俩叫驴，他用人就从不把两个大能能梗放在一个单位，两股很强的力量相互抵消，一加负一等于零。所谓集体领导是维持不住的，不论单位大小，早晚总会通过各种办法将主要大权集中到一个人手里。明白人不抓住这个权干明白事，糊涂人就会利用它干糊涂事，混账王八蛋就会用它整好人。不过县里应该走的是李峰，而不是熊丙岚，李峰年纪大，身体又不好，好像本事也不大，谁知道呢？熊丙岚谈一大通谣言干什么？那些污言秽语武耕新听到的也不少，都是吃铁丝拉笊篱——肚里编的。一点不贴谱儿，谁信那个！他根本没往心里去，莫非熊丙岚又听到什么闲话了……

武耕新自管胡思乱想，愣没看见赵树魁和大队妇女委员何守静，扶着瞎眼赵大娘是什么时候来到了自己跟前。何守静那响亮脆生的语调吓了他一跳："书记，你像老和尚打坐一样干嘛哪？"

"耕新，"赵大娘颤巍巍又朝前挪了一步，冲着武耕新伸出手。那仅有的一只眼受坏眼的牵累，视力早就减退，再加上被泪水糊住，什么也看不清，嘴唇抖动，"你帮俺办了件大事，是俺赵家的大恩人，大娘谢谢你！"

赵大娘说着忽然双腿一软跪了下去。

武耕新慌了，赶忙也双膝跪下："大娘这是干什么？您老这是折我的寿啊！"

何守静和赵树魁先扶起赵大娘，武耕新才敢站起来。他恼怒地瞪着赵树魁，有大娘在场他的口气却不敢太硬："树魁，你这演的是哪一出啊？"

赵树魁今儿个不二乎了，咧咧嘴很不好意思地说："耕新，要不是你领着大赵庄发了大富，凭我赵树魁还能说上媳妇！"

"还有哪，"何守静快嘴快舌地接过话茬，"书记亲自到县上开的四级证明，把你媳妇的户口从四川办到咱大赵庄。昨儿个又叫我坐着大队的吉普车到天津东站把她给你接到家来，这够多排场！"

"是啊，人家看上的不是俺这个傻儿子，更不是俺这个瞎老婆子。人家图的是大赵庄，是树魁这一年好几千块钱的工资。"赵大娘还是喜泪不止。

"大娘，可别这么说。树魁是个好劳力，只要不犯傻病，往后您就光等着享福吧！"武耕新扶着大娘走出大队办公室，"天快黑了，树魁，快扶老娘回去。"

"树魁，还不快把糖和烟交给耕新。"赵大娘忽然想起还忘了送礼，急忙指使儿子从兜子里掏出一铁盒没开封的巧克力糖和一整条中华牌香烟，往武耕新手里塞。

"不行。大娘，我订的规矩，不论红白喜事、盖房唱戏、过年过节，干部不许收一分钱的礼！自己怎么能破坏？您老还叫我当不当这个大队书记？"武耕新急忙向何守静使眼色。

何守静不愧是精明能干的妇女委员，巧妙地给书记解了围。她打开糖盒拿出八块糖，又打开一包烟抽出四根儿，笑着说："喜糖必须吃，喜烟必须抽，这不叫受礼，这是老令儿！四根烟，八块糖，四平八稳，大吉大利。"

她让赵树魁挽着老娘回去了，自己跟在武耕新后面又回到了办公室。

"耕新，"何守静在人前喜欢称他"书记"，在没有别人的时候却喜欢像男人们一样用这种亲昵的称呼，"我得向你汇报，我那一大摊子可玩不转了。求你高抬贵手，就把我这个妇女委员给抹了吧！"

"有事说事，别尽想着撂挑子。"武耕新看着她，发现她嘴里在诉苦，一对明亮的眼睛里却分明含着笑意，忽闪忽闪十分有神地盯着自己。何守静是大赵庄数得着的漂亮媳妇，俊眉俏眼，站在那里亭亭玉立，风姿袅娜，而且热情洋溢，性格开朗，前两年跟燕淑珍脚前脚后嫁到大赵庄来的，很快就成了妇女界出头露脸的人物。

她笑着说："你们大赵庄历史上遗留下来的二百五十几个大光棍儿，大部分已经结了婚，或者已经找好了对象。还甩下几个老大难我实在没办法了，我不说你也知道是谁。除去脑袋上没头发的，要不就是脸长得不顺溜，疤瘌流星，也有的像个大漏杓。还有一个脚步不利索，走道身子朝一边倒，另一个是喘气不匀乎，老气管炎……"

武耕新叫她说笑了："你好像在拍卖我们大赵庄的男人。"

"这几位本来就是处理品，我把大赵庄爱管闲事的人几乎都动员起来了，四处打听，到处保媒拉纤儿，人家一看那份长相就堵心了。"

"小何，你已经为大赵庄立了一功，年底会好好奖励你的。"武耕新跟她谈话感到轻松愉快，"农民一生三部曲：盖房、打家具、娶媳妇。你千万再努努力，就当行善积德。对方提出什么条件咱都可以商量。"

"要是买西红柿搭茄子，娶一个饶三个，你答应吗？"

"娶媳妇还有饶的？"

"不是再饶个媳妇，是饶孩子和老人，拉家带口全得搬到大赵庄来。你只要敢答应这一条，我保证大赵庄的光棍一个剩不下。"何守静自己也忍不住噗嗤一声笑了。

"这不是小事，我得想想，在支部会上讨论一下。你可以先找着。"

"耕新，说真格的，我真正担心的倒是大赵庄的姑娘们。她们不愿意嫁到外村去，说白了就是舍不得大赵庄的高工资和现代化的生活，老姑娘越来越多，她们很仇视跟本村小伙子搞对象的外村姑娘。"

"噢，我还真没想那么远！"武耕新不觉对这位妇女委员肃然起敬。

"先沉住气，更叫你犯愁的还在后边哩，闹不好你这个大队书记就当不成。"何守静的神色一下子变得严肃而又诚恳，"耕新，我不说你也知道，我现在是村上的穷户。就因为我那个男的在公社当那个倒霉的副主任，名义上是吃皇粮，铁饭碗，其实每月才挣一口醋钱，还不如我挣的零头多。家里就靠我，我干不好这个妇女委员的活，到年终你把我的奖金工资都扣了，叫我怎么办？"

"你不是干得挺好吗？干嘛拿这种话吓唬人。"

"我的大书记，你成天光是生产、生产，还蒙在鼓里哪。别忘了计划生育！完不成这项任务，不光处分我，书记也得撤职，这是死任务。"

"咱们村怎么样？"

"不怎么样！刚结婚的那么多，要生。已经生了一个的，还想生。我成天跑细了腿，磨烂了嘴，就是说不通。"

"生了就罚呀！"

"那就晚了！再说现在谁怕罚？别说罚五百，就是罚五千人家也不在乎，多个劳动力将来一年就赚回来了。谁叫你把大赵庄搞得这么富！"

"哎呀，穷了不好受，想不到富了也有富的难处。"武耕新以前还真没把这些老娘儿们的事放在心上，"别的村好点吗？"

"穷村用罚的办法就管用。北燕庄的书记，就因为计划生育和争房基地的事被打伤住进了医院。"

武耕新站起来，露出了平时向男人们交代工作时的决断神色："你去通知那些计划生育的钉子户，吃过晚饭都到大队部来，我跟她们只讲一刻钟的话，再做不通就没你的责任！"

"有好几百户哪！"

"有好几千户也不要紧，都叫来。在院子里，反正天还不算太冷。"

何守静那大胆而美丽的眼光定定地望着武耕新，好像不是把他的话，而是把他这股刚武之气吞吃进去。武耕新说完却不再看她，竟自走出大队办公室，去办别的事情了。

武耕新先到小学校处理了校长在学生试卷上营私舞弊，借以多拿奖金的事情。然后到顾问招待所和华北理工学院的代表正式敲定，在大赵庄办个分校。在回家的路上又碰见了已经回城的知识青年王丽萍。她在大赵庄生活了将近十年，有时还回来看看，对这里的人和土地有感情，这次却是要求回到大赵庄来的。她本来已经顶替父亲在一家造纸厂上了班，此番辞了工作，退了户口，要带着已经退休的父母重回大赵庄，二次落户。看来决心已下，今天尽碰上奇女。武耕新只好把丽萍领回家，先安顿下来，明天再细商量。他刚端起饭碗喝了两口面汤，家里电话铃响（大赵庄每个干部家里都装有电话，队部有交换台），是何守静从大队部打来的，妇女们已到齐，等他训话。他只好放下饭碗，赶到大队部。

妇女们像蛤蟆吵坑，他一去立刻都安静下来。他叫人把屋子里和院子里的所有电灯都打开，让妇女们能看得见他，他也好看得清妇女们的神色。

他一张嘴就开门见山地问："叫你们只生一个孩子，你们想得通吗？"

"想……不通。"一开始只有少数几个胆大的妇女小声回答，渐渐变成集体的呼声，"想不通！"

"不光你们不通，我也想不通。老话说一个眼不算眼，一个儿不算儿嘛！"

妇女们反而愣住了，院子里鸦雀无声。沉了一会儿，大家才哗哗地鼓掌，为他叫好："这才是大好人，好书记！"

"别忙！"武耕新摆摆手，"我想不通也没有用，在计划生育上我说话不算数，县里有指标卡我。你们要想多生孩子，那我明天就下台，谁愿意生多少就敞开生！"

"不行，你下了台大赵庄怎么办？"

"不行！那可不行！"妇女们真有点急了。

"你们想生孩子还管大赵庄干吗？"

"你不当书记大赵庄非乱套不可。"

"不行怎么办？"

"我们听你的。"

"真听我的？"武耕新黑虎着脸，斩钉截铁，"一户一个，不论男女，多一个也不行！同意就散会，谁不同意就留下来当大赵庄的主事人！"

"同意！"傻娘儿们一个个都乖乖地走了。

武耕新转身想回家继续喝那碗热面汤去，胳膊被何守静拉住了："你可真绝呀！还有这样做思想工作的？"

十五

刚一进腊月，大赵庄的鞭炮就开始响，哩哩啦啦时续时断。到了腊月二十三，鞭炮声开始滚成一个蛋，劈劈剥剥，从早到晚就接上流儿了。

鞭炮是中国老百姓的喉舌、中枢神经。鞭炮声响了几千年，是一支永不衰老的歌，没有一个中国人会对它产生厌倦。老百姓高兴时放，痛苦时放，神经正常的时候放，疯狂的时候也放，前几年扩而大之，报纸发表社论、电台公布重要新闻、中央发布最高指示、地方发生重大事件，一律燃放鞭炮——劈劈剥剥噔——嘎！有了喜事用它表示庆贺、象征吉祥，碰上倒霉的事用它驱赶晦气，心虚发毛时用它壮胆。

大赵庄人在1982年的春节之前，放这么多鞭炮意味着什么呢？

绝大多数群众是因为狂喜。前两年存的不说，只去年这一年干下来，大部分人家就都"腰缠万贯"了，假如一块钱就相当于一贯的话！最穷的几户也闹个两三千。足，家里足，口袋里足，肚子里足，心满意足。而且这钱赚得多踏实、多牢靠。周围别的村也有发大财的万元户、专业户，他们心里就没有这么稳当，已经装到自己口袋里的钱，也总觉得不保险。同村人因嫉妒而变成了一种仇恨，在这些新财主的周围满是发红的眼睛，像烈火一样包围着他们，随时都有可能把他们吞没。特别是近来从上边传出一股风，要打击经济犯罪，他们的手脚就那么干净？钱有干净的吗？即使你的钱特别干净，单家独户，势孤力薄，运动一来你浑身都是嘴也说不清。他们身上有钱，心却提到嗓子眼儿，给小学校捐点钱，给五保户送点钱，给干部、邻居送点礼，做点好事买买人心，免得来了运动被抢大户，被抄家。在大赵庄就不用操这份瞎心，别看钱多，还是官的、铁的！天塌了有大个顶着，放！敞开放！买上它一百斤鞭炮才值多少钱……

心眼多的人拼命放鞭，是为了驱邪！大赵庄在全县的地位，就像一个穷村子上出了个单打独一的万元户。年关临近，农民们赶集上街、走亲串户，张家长李家短，东村好西村孬，就像说书唱戏一样编排大赵庄，把武耕新简直就说成了"东霸天"！老东乡又要发大水，四乡八村的唾沫星子想把大赵庄淹没！就连县上的水利局、电力局、农委、科委等等关系户，以前把大赵庄的门槛都踢破了，跟武耕新亲热得了不得，这一两个月嘎噔一步不来了。全是白眼狼！远的先别说，再说离大赵庄最近的北燕庄，以前笑大赵庄穷，现在又气大赵庄富。武明理的内弟娶媳妇，请他们两口子去喝喜酒，他带去八百块钱礼金，也是有点财大气粗，想洗刷以前因穷而造成的耻辱。酒席筵上，北燕庄的男人们喝得一个个都像个醉兔子，话里话外表示自己穷得清白，穷得干净，对武明理连损带挖苦。这头牤牛哪受得了那种闲气，当场掀翻了桌子，抱起孩子，拉着老婆，深更半夜回到了大赵庄。多放点炮，把那些闲言恶语挡在庄外边。大年下，别让外人冲搅了大赵庄的喜庆气氛。

孩子们放，群众放，有时干部也来凑个热闹。放上一挂大雷子，点上几个二踢脚，一崩一炸，放放胸中的火气、闷气！

但是，嘴上的话少了，干部们似乎都心照不宣，谁也不提那些让人不痛快的事，尤其是在武耕新面前。铆着劲干正事，又上马了两个工厂，这是打尖端、打技术的，跟华北理工学院合办，由他们出设计，提供技术力量，大赵庄负责经营管理。请来了天津市和省城里最好的梆子剧团和京剧团，准备唱半个月的大戏，年前唱五天，年后唱十天。戏台搭在村南的大麦场上。好在今年是个暖冬，农民也习惯于露天看戏。因为露天搭台有年味儿，气氛不一样，锣鼓一敲，胡琴一响，全村都听得到，来去自由。尽管如此，开戏头一天刘心远还是站在戏台上立了保证，明年这时候让大家在礼堂里看戏。每天演两场，下午两点开戏，晚上七点半开戏。除去按规定付给每个剧团一笔丰厚的报酬之外，刘心远还向剧团负责人提出了另一项建议：每个剧团演出结束之后，在离开大赵庄的时候，他要向每个演员赠送一个红纸包，大的是三百元、二百元、一百元不等，最小的是五十元，每人都有一份。条件是不能由剧团领导分配，而是根据每个演员出力大小由大赵庄来确定。剧团领导拒绝了这份好意，他们不敢要这种钱。刘心远表示遗憾，这是大赵庄群众的心意，人家居然不领情；演员们很辛苦，赚钱又不多，怎么有人光明正大地给钱还不要。一年后开展清除精神污染运动，他才佩服城里人的聪明。这是后话，现在不提。

大赵庄年前最具有爆炸性的事件，是全庄群众给大队几个干部评工资，他们的工资根据全村的纯收入一年一评。有人主张给武耕新年薪五十万元，比美国总统的薪金还高。话说回来，中国农民的工资为什么不能高于美国总统呢？这说起来有点类似天方夜谭，连武耕新自己也被吓住了，打死他也不敢拿这个数儿。最少的主张给他年薪五万元，把各种意见平均一下是十五万元。武耕新毕竟是在中国这块土地上培养起来的农民干部，不是发达世界的冒险家，最后在党支部会上决定，他和另外三位大队干部一律拿九千元。

年前最忙的这些日子，武耕新突然不露面儿了，没有重要的事情他连大队办公室也不去。除去农场的工人早已放假看戏，副业队所属各养殖场，还有各个工厂，都没有放假。各单位的干部反而更紧张了，开订货会议，研究明年的生产形势。党支部书记倒先放了自己的假……

他从那间现代化的住房里搬出来，住到最东头那间垒有火炕的老东乡"博物馆"里。林元秀把炕头烧得暖暖和和，他靠着被垛抽烟、喝茶、听录音机。他存的磁带大多是河北梆子，还有几盘京戏，边听边哼，有时还摇头晃脑，甚是逍遥，自得其乐。每顿饭喝上二两酒，林元秀给他炒上两个菜。一个孩子不要，让他们到那半个现代化的天下里随意去疯。只有夫妻两个，有时武耕新还非叫林元秀陪他喝两杯不可，夫妻对酌，相敬如宾。武耕新对妻子表现得异常亲近和体贴，晚上陪着她去看戏，不惊动任何人，悄悄地站在后边，看累了就扶她回家睡觉。

林元秀做梦都想过这样的日子。可是当武耕新真的变成一个非常恋家、体贴入微的好丈夫，她却感到非常害怕，每天提心吊胆，不知什么时候会有祸事临头。她知道丈夫心里有事，可无论她怎么问，他都嘻嘻哈哈尽说好听的话。一会儿说等过了年带她到南方旅游一圈儿，一会儿又说要过几天省心的日子，即使从此守老摊，后半辈子也不会再受穷挨饿了。

直到腊月二十八，吃过早饭，林元秀刚收拾利索，熊丙岚就一步迈了进来。怀里抱着个黄瓷大骆驼，右手里还提着个纸包："嫂子，给你拜个早年！"

"熊书记，你可有日子没来了。"林元秀真心欢迎他，给丈夫解忧除病的人来了。

熊丙岚进屋以后把骆驼摆在客厅正面的梧桐柜上，自己端详了一会儿，颇感满意，说："给你们送礼很难哪，因为你们什么都不缺。想来想去，觉得你这屋里还缺少点工艺品，就买了个唐三彩骆驼，老武就像个大骆驼。"说着又把手里的纸包递给林元秀，"这是银耳，朋友从福建带来的。"

林元秀很不好意思，丈夫又不在场，拒也不好，收也不好，诺诺地说："熊书记，你干吗还带这么多东西来？"

"收下，我是你们的县委副书记，对当官的东西不要白不要。"

"哪有县委书记给俺们送礼的！"

"我倒霉就倒在只会给下边送礼，不会给上边送礼。"熊丙岚自嘲地笑着，"老武哪？"

"在东头老屋里，我去叫他。"

熊丙岚忙追出来说："不用了，我到那屋去看他。"

武耕新一见熊丙岚，连鞋也没穿就从炕上跳下来，使劲握住对方的手，心里滚热。在这种时候敢来看咱，这才是朋友，这才是汉子！

"熊书记，你还走吗？"

"已经定了，过完年到龙和县上任。所以赶在年前来看看你。"

"这是为什么呢？事实证明，这几年你走的几步棋都对了！"

"老兄，要想官场得意，就得学会平庸，心甘情愿在头头的翅膀底下待着，不能站出来。越是碌碌与世沉浮越能高升。"熊丙岚坐到炕沿上，他也一肚子气，不跟武耕新这样的人放出来，心里也不痛快，"有人问我，大赵庄为什么有这么多大大小小的人才，我的回答是因为有你这个将才，能发现人才，敢用人才，而且降得住人才。庸才发现不了天才！在庸才面前你只好装得傻一点，笨一点，才能苟安。你想，对一个傻子他完全可以放心，不必嫉妒，而对一个精明能干的人，怎能不存着点戒心呢？领导者从来不喜欢比他聪明能干、名气大的下属，这甚至是许多头头共有的性格特征。"

"只有不得意的人才有嫉妒心，那是窝囊废！可是，"武耕新充满忧虑，"你一走，我往后的日子就更难办了！"

"不对！"熊丙岚猛然意识到自己的责任，不论两人多么投脾气，他也没有权力破坏武耕新的事业，影响这个雄心勃勃的男人的意志，"你跟我不一样，我不过是水上的浮萍，随流而漂。土话就叫：'我是一块砖，领导随便搬。反正是铁饭碗，到哪儿都能端。'可悲也就在这儿，有你的饭碗，没你的事业，因为你没有根基，拿掉你你毫无办法。所谓干事业的没有好下场，多是指这种吃皇粮的人，容易演悲剧。我把《资治通鉴》都翻烂了，仍然保不了自己的驾，就是这个道理。而你就不一样了！大赵庄万把亩地，四千口人，有帅有将，有钱有粮，你说了算数。这就是你的根基，你的事业，你的身家性命跟这块土地连在一起，上几辈在此，下几辈还在此。你没有退路，箭上弦就得发，马上套就得拉。人生最得意的就是干成一件真正的大事业，最伟大的就是为民造福得人心。记住一句老话——盛得于民常不灭！"

熊丙岚真是个鼓动家，没有一句官话套话，说得武耕新心服口服，胸襟洞开。说："我正要跟你商量一件大事，现在大赵庄的工作就像一个十八岁的小伙子仍然穿着十岁时的小袄。大队的架子已名存实亡，对外联系有好多不方便，限制了我们的发展。我想把大队改成——农工商联合公司……"

"好主意呀！"

"可这种时候，县里能批准吗？我也不知道外地有没有这么干的？"

熊丙岚笑了："你当初搞承包是谁批准的？你办这么多工厂是谁批准的？"

"那阵有你在。"

"好话！我现在也还活着，至少今天还是你的县委副书记！"熊丙岚冲他撇撇嘴，摇摇头，"老百姓不是爱说有权不用，过期作废吗？"

武耕新一拍炕沿："嘿，我这个大活人差点叫尿憋死！"

他说完拉起熊丙岚就走。上午召开了党支部扩大会，在会上武耕新讲了这几天来，自己设想的关于成立公司的方案，讨论通过了公司的几项基本章程，选举武耕新为大赵庄农工商联合公司的经理。下午一点钟，全村人集合在打麦场上，就着大戏台，召开公司成立大会。副经理李汉忠主持大会，念了公司领导干部的名单，征求群众意见，让大家通过。然后由公司经理武耕新讲话："同志们，乡亲们，咱们大赵庄干到今天这一步，多亏你们心齐，攒成一个膀子，出了大力，受了大累！感激你们，我在这里给众位乡亲父老鞠上一躬。"

他对着台下深深一躬，挤站着几千口人的麦场上静得好像掉根针都能听得到。

"咱们一辈子也忘不了为大赵庄致富立过功的功臣，他们是李汉忠、武耕田、刘心远、张万全、张万昆、马胜锐、武明英等，还有积德行善的妇女委员何守静和以前为大赵庄出过力流过汗、现在又放弃大城市生活，重回咱大赵庄安家落户的王丽萍，我也向他们鞠上一躬！"

武耕新又是深深一躬。

"致富难，真富了更难，人怕出名猪怕壮。抬头看，头上有太阳形势大好，低头看地上有蚂蚁，平着看还有绿豆蝇嗡嗡乱飞。咱大赵庄能有今天，能在老东乡头一个戳起农工商联合公司，多亏有县委熊副书记的领导和支持。我代表全庄乡亲父老向咱们的好领导熊副书记，鞠一躬！"

他转身向坐在台角的熊丙岚深深一躬。熊丙岚慌忙站起来还了一礼。

熊丙岚今天来得太是时候了，使大赵庄在年根底下开这样一个欢欣鼓舞的大会，一扫这两个月来的晦气，人民可以痛痛快快地过个好年了！所以当李汉忠宣布请他讲话的时候，群众使劲拍了好半天巴掌。

熊丙岚首先祝贺大赵庄成立农工商联合公司，又掰着手指头逐条肯定了大赵庄这几年的工作。最后以他特有的风趣口吻说："……你们不用感谢我，我有两件事要求你们，希望不要拒绝。一、我很快就要到龙和县去当县长，我准备在龙和好好推广你们的经验，不论是派人来还是请你们去，都请不要保守。二、我退休以后想到你们这儿来养老，恳求收留我。王丽萍同志不是正着手抓文化馆、图书馆、文明道德顾问团吗？我可以当资料员或文化顾问。请放心，我可不是来'补差'，图你们钱多，丑话说在明处，我退休是拿全工资，不要你们一分钱，就图大赵庄这块风水宝地……"

熊丙岚讲话时，刘心远从幕后走上台，凑近武耕新小声说："刚才县里来电话，李书记叫你明天到县里去一趟。""什么事？""他没说。"

明天是腊月二十九，今年"小进"，实际明天就是大年三十。准没好事，这是找不顺气，不想让人过年——武耕新吩咐刘心远："这件事不许告诉任何人。通知司机，今天吃过晚饭送熊书记回县城，我跟他一块儿走，去见见李书记。"

庆祝大会结束以后，扬眉吐气的大赵庄群众，放了足足有半小时的鞭炮，然后鸣锣开戏——《打金枝》。

武耕新在自己家里请熊丙岚吃了饭，两个人坐吉普车一块儿来到县城。临分手时熊丙岚一再叮嘱他："记住，你跟我不一样，我是光棍一条，来去无牵挂。你身后有个巨大的事业，大赵庄需要你。要冷静，一手拿剑，一手拿盾牌。这几年的事情都往我身上推！李峰要难为你，你叫他找我算账。"告别熊丙岚，武耕新直接来到县委值班室，值班员说李书记看电影去了。"几点回来？"武耕新问。"九点半散场。"

武耕新看看表，还有一个多小时，既然来了不能连个面也不见就回去，索性等吧！电影院大概不会停电或者延长电影放映时间，估计时间差不多了，他请值班员再去看看。

值班员回来说："李书记回来了，他说讲好了叫你明天来，今天不见。""你请示一下，少说两句。"

值班员回来告诉他："李书记讲，少说两句也不行！"

"你再请示一下，只说两句。"

值班员是个极老实的小伙子，可能他也知道武耕新不好惹，又跑了一趟，回来说："李书记讲，只说两句也不行。"

"你再请示一下，只说一句。"

值班员回来说："一句也不行。"

"你再请示一下，不说话只见见面。"

值班员一次比一次声音大："李书记说光见面也不行！"

武耕新倒始终很平静，最后甚至还带着点笑容冲值班员点点头，坐上吉普车走了。

第二天上午10点多钟，武耕新正和公司的几个大将商量两个新建厂的事，李峰打来了电话。

"你是武耕新吗？""是我。你是谁？""我是李峰，你今天上午为什么不来？""我病了。""你昨天晚上不是还好好的吗？""昨天是好好的，叫你给气病了！""你好大的气性！""不敢。你好大的架子！"对方"啪"的一声把电话摔断了。

第四章

傍晚，突然刮起了小东风，柳絮像棉花毛一样满天乱飞。通过这些天的采访考察，我大开眼界，感到新鲜，受到震动。但也有许多问题解不开，甚至还隐隐有一种莫名其妙的忧虑。需要再跟这儿的经理谈一次，至少应该把我的担心告诉他，也许能提醒他提前思考一些问题。

到处都找不到他，我只好站在这离他家门口不远的十字街口静等，这样一定能堵住他。

"心诚则灵"，他来了，像大骆驼一样迈着长步子。我迎上去。

"蒋同志，听说你找我。"

"哎呀，有个问题使我为你们担心，"我单刀直入，对他用不着客套，"等城市的生产搞上去，国营企业调整好了，你们这些小厂子不是要被挤垮了吗？"

"你是个好人，还真为我们的事业动脑子了。"他没有笑，说得很诚恳，"我乐不得有这一天，那就说明咱们国家上去了，至少要比眼下我们这里的条件好。那我还有什么急着？抱着孙子享清福。我欢迎你们用经济手段把我挤垮、打垮，我磕头认输。但不能用政治手段整我……目前能够把我竞争垮的城市还不是很多，在华北一个也没有。你看他们——"

大街上走来几个翩翩少年，穿着同样颜色的西装革履，系着领带。他们是本村子弟、理工学院设在这个公司的分校里的学生。这是公司为他们做的校服，每个学生每月还由公司发给一百元的工资（否则他们宁愿做工也不上学），学习成绩不及格要扣除，学习成绩优异，根据分数的高低还有数额惊人的奖金。

"他们就是我们自己培养的第二代财神。他们大学毕业以后难道只会吃干饭？还有，现在有包括中国科技大学在内的四所大学，跟我们有合作协议，有联营关系。我们有一天会落后，这些名牌大学也都落后？"

我不得不承认他确实有远见，嘴上却说："你也不要过分乐观。现在国营企业正要求松绑，一旦他们身上的绑绳松开，在技术、设备、人力、财力和物力上都占绝对压倒你们的优势。"

"'松绑'，这个词儿用得太妙了！请问谁绑的你？帝国主义？修正主义？国民党反动派？"

这家伙，我有点招架不住："这不是我发明的词儿，《人民日报》也这么提。"

他哈哈笑了："瞧把你吓的，亏你还写'乔厂长'！我问你是谁绑的谁？"

"当然是我们自己绑自己。"

"好话，自己能给自己松绑吗？我把你的手脚捆上你给我解开看看！"

"呀？"我真有点见傻。

"除非你像燕子李三一样会缩骨法。"

我抓住了反击的机会："这么说你是会缩骨法了。"

"我会壮骨法。人长得高是靠骨头，不是靠肉。骨头强壮奇大，可以挣断绑绳！"

这是个危险的人物，我的笔跟他搅在一起，将来说不定会有麻烦。况且我既不会"缩骨法"，也不懂"壮骨法"……

十六

像蒸包子不揭锅一样，县委对大赵庄又焖了两个月。对大赵庄人来说，这两个月的滋味可不好受，县里没有来一个人，也没有再打电话找武耕新。越是这样猜谜儿，压力就越大，这很有点像麻秆打狼——两头害怕。但是风声越来越紧，大赵庄在本县的关系户都不敢跟他们来往了，盖房用的砂石料都得到天津和外县去采购。农民凭着对天气的特殊敏感，感到大赵庄的上空越阴越沉，正在集聚着一场雷暴！

四千口子人就是四千个信息接收站和转播站。又一阵风吹来：县委要派清查组到大赵庄来。风是雨的头，武耕新很快就接到县委办公室的电话，叫他立刻到县上去。两个多月的"哑斗"宣告结束，以后会怎么样呢？

其实在这场猜谜儿战中，害怕的只是"一头儿"，县委那一头儿始终抱着不哭的孩子。县政府对一个集体单位、县委机关对一个基层党支部、领导对下属，不论从哪个方面说这场交锋都不是势均力敌的，是不公平的，是一边倒的。主动权在上边，什么时候想牵这根头儿都行。

武耕新草草吃了点晌午饭就准备上路，他早就盼着"揭锅"，希望有这样一个机会向县委领导讲清事实。几句话就能说清的问题，何必要兴师动众派清查组呢？说老实话他心里真烦恶这个清查组，害怕大赵庄进驻这种玩艺。不管真有问题，假有问题，清查组一来就形成一种声势，假的也变真。谁还愿意再跟大赵庄打交道？而且会涣散本村的人心。

没想到公司的其他领导干部和几位厂长都没有吃饭，在门外等着送他，并决定让李汉忠和刘心远陪他一块儿去。

"操他亲娘祖奶奶，要坐牢咱一块儿坐！"李汉忠开骂了，这几天他的嘴特别脏，开口闭口老骂街。

武耕新理解下属的心情，但他拒绝带两个保镖："人家点名叫我去，你们跟去干什么？这又不是去打狼！去这么多人反而容易造成误解，以为咱们心虚，胆怯。"

武耕田这个实诚汉子最放心不下："他们两个年轻，嘴茬子硬，心眼活，对你也好有个照应。"

这一耽搁不要紧，听到信儿来送行的人越聚越多，这种事本来就瞒不住。武耕新火了，小声对他身边的几个头头说："戾包蛋！事还没到那儿你们先慌了神儿，这又不是送葬。我走以后该干什么还去干什么，谁的脸上也不许挂相儿，天天说相信群众相信党，最重要的还是相信自己！"

他回身拉开吉普车门，刚要抬腿，忽然又变了主意。他想强迫自己挤出点笑容，结果那张皱纹过多的瘦长脸上，堆出的却是一种冷笑。转身对送行的群众说："你们放心，今儿个晚上我无论如何要赶回来，关我的监狱还没盖起来哪！过日子不可能老是骑马走大道，有上坡路就会有下坡路，没什么可抱怨的。"

他说完钻进吉普车，命令司机："快走！"

吉普车缓缓离开人群。一上大道，司机给油加档，从车尾喷出一股青烟，如箭离弦般地向前冲去。武耕新从车窗口看一眼给他送行的乡亲，看一眼大赵庄，心口窝突然像塞进了一团猪鬃，又扎又堵，还有一股腥味。四年前他叫老婆准备了一个蹲监狱的铺盖卷儿，当时是为了戗火，激起大伙的劲头，想不到还真的要轮上这一天了！县委既然想派清查组，还找他干什么呢？莫非派清查组是虚张声势，拍打桌子吓唬猫？李峰到底扭住了哪根筋？为什么对大赵庄的仇这么大呢？大赵庄并没有亏待他，前两年孙成志一把把拿着他批的条子到大赵庄来要东西，水泥、化肥、木材、水管，县里解决不了的大赵庄全给解决了。难道说孙成志从中做了手脚，没告诉他实情？可拿走的那些稻米、水果、活鱼总不会进了狗肚子吧？他们要抓我哪一条呢？我有什么刀把儿落在他们手里……

武耕新来到县委，值班员就把他直接领到二楼李峰的办公室。正副书记正在恭候，可屋里那气氛更像是下好了夹子在等他。孙成志不用说了，有李峰在场，他的脸就像哈哈镜，动个位置、换个角度，就变个样子。对武耕新是鼻孔朝天、半阴半阳，好像不认识他。转过脸对李峰说话的时候就低眉顺眼、唯唯诺诺，恨不得凑上去把李峰脸上的褶子舔平。李峰则是派头十足，脸上的神色傲慢而又冷漠，像刚从冷库里搬出来的大冻鱼。旁边还有一个武耕新不认识的人，一副莫测高深、喜怒不形于色的样子。

呀？这是要三堂会审！武耕新什么都怕，就是不怕恶的。更何况这几年财大气粗，就觉着肚里有股气直撞天灵盖。他在心里嘱咐自己：沉住气，今天可不能图痛快、放闷气，他们既是县官又是现管，好汉不吃眼前亏，为的是来说清问题。

想不到正戏是由孙成志开场："武耕新，今天找你来，是想跟你了解几个问题。你也知道，从中央到地方正在深入持久地开展一场打击经济犯罪的斗争……"

他的词儿是一套套的，十分现成。武耕新对他的腔调特别熟悉，倒退五年他把大赵庄当作自己的点蹲过好长时间，当然他对武耕新的家底也知道得很清楚，因此说话的口气就相当不客气："你先说一说，县委的这些人，有谁在大赵庄吃过饭、拿过东西？"

武耕新笑了，心里骂道："夝包蛋！你的人拿了我的东西，不去问你的部下倒来问我。"他本想一句把他顶回去：拿得最多的就是你和李峰！那样一来开场就会闹翻。还是不捋老虎胡子的好，听听他往下还有什么词儿……

"武耕新同志，你怎么不说话？"孙成志追问了一句，而且在武耕新的名字后面加了"同志"两个字，显得格外庄严隆重。

"你不去审拿东西的人，倒来问被拿的人，这还有说理的地方吗？"武耕新不把孙成志放在眼里，有点耍他。

"情况我们都掌握，就是找你再核对一下事实。"

"你非要叫我说？"

"对啦！"

"你把组织部长老陈找来。"

"不用找他，有话你就说吧。"

"不找他来我不说，问案要三头对面。"

孙成志没办法，看看李峰。李峰自顾抽烟，眯着眼看着武耕新。他只好拨电话叫来陈部长。陈部长一进门，武耕新劈脸就问："陈部长，去年4月，你从我的窑厂拉走四千块砖，每块售价三分钱，你按一分五厘给的钱。是我叫你少给的，还是你主动少给的？"

他的声音不高，可是挺有震慑力。陈部长蒙头转向，脑子还分不开流，只好承认事实："是我少给了，是我少给了。"

"你再把县委办公室主任老郭找来。"

老陈出去，老郭进来。

"郭主任，去年9月你去大赵庄看我，给我捎去一瓶洋河大曲，一条凤凰烟。我招待你在我家吃的饭，你临走的时候我让你捎走一条人参烟，一袋大米，大概四十斤左右，一篮子苹果，大概有二十斤。这可完全是私人之交，你没有求过我什么事，我也没求过你。我说的对不对？"

郭主任无处可逃，只好点头认账："有这回事。"

他又点了几个人，把人家一个个都弄得心惊惊而来，灰溜溜而去。但他不是乱点，真正为大赵庄办过事的、还称得上是朋友的人一个没点。他点的都是李峰、孙成志周围的亲信。而且他有确实情报证明，县委这次调整各级领导班子是以大赵庄划线。凡是反大赵庄、反熊丙岚的人，都是升；凡是支持大赵庄、同情熊丙岚的人该降的降，该调的调，一个也不安排。大赵庄牵连了熊丙岚，熊丙岚牵连了大赵庄。武耕新不过是想寒碜寒碜县委。

孙成志心里乱了阵脚，这不是县委审问武耕新，倒像是武耕新提审县委的各级干部。再这样追问下去，最后非得把自己和李峰也给端出来不可。他不愿意让李峰看见自己是个"大废物"，连个大队党支部书记都治不住，可李峰在场又确实限制了他的才智，不敢说过头话，所以也就压不住武耕新。但他最大的失算是错估了武耕新，他所了解的武耕新还是五六年前那个大赵庄的党支部书记，听说听道，他怎么拨拉就怎么转。岂知时代一变，同一个人却判若两人，大赵庄的起飞也使它的当家人得到了升华，就像鸟蛋变成了鸟。这几年孙成志也没断了往大赵庄去，每次去了武耕新总是笑脸相迎，好吃好喝，有求必应，他显然是受了武耕新的迷惑。武耕新何苦要得罪他呢？大赵庄还在乎那点东西吗？他万没想到今天却被这个大队书记给要了。他不再按武耕新的要求打电话叫人，对武耕新说："你有多少话就说吧，别这么一个个叫了！"

"要使劲拍打拍打，谁的身上也会掉尘土！"武耕新这话是说给李峰听的，那意思是说惹急我，你们谁也跑不了。其实他肚里的气不知什么时候已经泄走了不少，现在反而不着急了，说，"你不如问我，县委大院里谁没有去大赵庄吃过饭，也许还好说点。"

他的力量就是事实，在这间屋子里没有人能比他掌握着更多的事实。李峰感到自己再不出头，孙成志就可能收不了场。他说："推得这么干净，你就没有一点责任吗？"

"我是下级，你们是上级，上级的责任比下级大。"

"这是不正之风，你承认不承认？"

"老天爷很少刮正南风、正北风、正东风、正西风，不是东南风、东北风，就是西南风、西北风，都是不正之风。你县委刮西北风，大赵庄能刮东南风吗？"

李峰都差点被他说笑了。他妈的，这个土包子就是问不倒。他很难对付，思想敏捷，反应极快，话里带骨头。李峰换了口气，摆出一副居高临下的亲热劲："耕新哪，你请客送礼的那些东西是哪儿来的？"

"我自己花钱买的，去年我用在吃饭送礼上的钱是一千四百七十元，都有账可查。朋友间交往不犯法吧？"

"你一年挣多少钱？"

"每天包括睡觉在内一小时挣一块多钱。"

"你自己说这合理吗？我参加革命快四十年，每天还挣不了五块钱！"

"农民一天挣二十五块也是一种革命。你拿的是人民的工资，我们的钱是自己挣的。参加革命年头长就应该比农民工资高？党章上有这一条吗？"

武耕新刚才看见李峰态度和缓，心里很高兴，以为能交交心，解除隔阂，自己也不白跑这一趟。可是李峰早有自己的成见，有自己的思路，根本听不进他的话，甚至不想听，只想吓唬他。那种装腔作势的客套和虚伪的自尊心，严重妨碍他们做倾心的交谈。于是武耕新话里的刺儿也就越来越多。

"听说你还给自己盖了个金銮殿？"

"你那样叫也行，金銮殿也是人住的。"

"你这个共产党员不是在搞特殊化吗？"

"特殊？搞现代化就是搞特殊，改革也是搞特殊。特殊到一般，一般到特殊，特殊再到一般，一般再到特殊，这就叫不断提高，不断前进。"

"行了，其他问题先不说，你身为一个基层干部，别太狂妄，太骄傲了！"

"毛主席说骄傲使人落后，我大赵庄四年翻了五番，这怎么叫骄傲？如果这就是骄傲，我认为骄傲得还不够，再骄傲十年，你们就气死了！"武耕新一看没好了，索性说个痛快吧，"过去老东乡的农民逃荒要饭，见人就喊大爷大奶奶，那就叫谦虚吗？"

孙成志意识到必须为一把手解围，他站起来恶狠狠地说："武耕新，我明确地告诉你，大赵庄有问题，你的问题更严重，不要再胡搅蛮缠了！"

"孙书记，我是现在就进监狱？还是等你到大赵庄去抓我？"

"你回去等着吧，县委要派清查组！"

武耕新起身往外走，李峰又叫住了他："耕新同志，你不要以为大赵庄就是铁板一块。你们庄上也有人给我们写来了揭发信。"

武耕新脑子一炸，这一打击是他要命也没想到的。自己内部怎么会出叛徒？他是谁？是真的，还是唬我？多亏在这紧急关头他的思想仍然有闪光，回转身一字一板地说："李书记，铁板碎了还是铁，金子砸碎了还卖金子的价！"

十七

在通向大赵庄的公路上，跑着一个车队，打头的是一辆崭新的小轿车，其次是外型华丽的面包车，风驰电掣。这是大赵庄农工商联合公司刚买来的新车，平稳而轻快，神气活现。后面是两辆大卡车，上面装的全是电视机、冰箱、洗衣机、电扇等家用电器。坐在最后一辆车上压队的是李汉忠，在他旁边把着方向盘的是公司运输队的司机武明伟。小伙子蓄着长发，戴着宽大的墨镜，一派十足城里时髦少年的打扮。他一边熟练地驾驶着汽车，一边跟李汉忠说着闲话："副经理，在你的管辖范围内有个漏洞，我给你出个主意，保险能为公司增加一笔收入。"

"什么主意？"

"现在家家户户都是靠电过日子，你怎么不收电费？"

"我早就想收，你爸不同意。"

"为什么？"

"你爸说农民脑子里那个财迷心窍的老根还没拔净，愿意沾小便宜，信实不信虚，只顾眼眉前，你一收电费他就不买冰箱、洗衣机这类玩艺了。"李汉忠毫不掩饰自己是一点一点跟着武耕新学玩艺儿，"中国将来最大的市场不在城市，而在农村，农村实现现代化，就会把工业促上去。中国的工业产品目前在国际市场上很难同发达国家竞争，要能喂饱自己的农村，占住自己的农村市场，就会气死发达国家，咱这是为国家两肋插刀，替国务院出主意。"

"这么说是咱公司宁愿吃亏，也要替国家打开农村这个大市场啰，可国家给咱什么？清查队就要下来了！"武明伟是吃凉不管酸的一代，"咳，我爸大脑里的沟回，就像他脸上的褶儿一样深一样多！"

"傻小子，别阴阳怪气的，你爸肚里那点玩艺都够我学半辈子的，更别提你了……"李汉忠忽然发现前边有个骑自行车的人很像孙成志，心里咯噔一下，这就是说在他离家的这几天清查队已经进庄了。他对明伟说："减速！那人是孙成志。"

"是他？"武明伟咬咬牙帮骨，汽车慢下来，紧贴着道边行驶。前边几辆车已经把孙成志挤得紧靠道边，再向外一步就是道沟，"他为什么不坐汽车？"

"这叫艰苦朴素。"

"这不把时间都浪费在道上了？我们坐汽车还嫌慢哪！"

"没有别的能耐，只好靠这种马前三刀的小玩艺哗众取宠，捞点政治资本，艰苦为荣嘛！"

"好吧，今天叫他多捞点！"武明伟突然按响喇叭，加大油门，顺着道边冲过去。孙成志心里发慌，向外一拐把，连人带车滚到沟里去了。

"用机械化跟他开个小玩笑。"武明伟一打舵轮，卡车回到公路中央，急驰而去，"既然越苦越光荣，还干革命干嘛？不翻身不解放不是更苦更光荣吗？"

"你这小子净惹祸！"李汉忠心里充满疑虑，清查队一来，庄上不知乱成什么样子？

大赵庄没乱，清查组倒乱了！首先是没地方住，大赵庄有个颇为讲究的招待所，既然不承认大赵庄的路线，怎么能享受它的成果呢？住在高级招待所里，还清查个什么劲呀！想住在农民家里，可是没人要他们。而且大赵庄没有住上"金銮殿"的就还剩下三五户了！武耕田连哄带求还有点吓唬，总算把清查组的七个人给安排下了。没想到房东"冷得发热"，本来天气早就放暖了，还拼命烧炕，把炕烧得像爆锅，人躺上去如同煎鱼。清查组的同志只好拿个板凳在当院里坐了三宿。再有就是吃不上饭，不是没有饭，他们自己起伙，想吃什么就可以做什么。但没有工夫吃饭，大赵庄的群众采取了车轮战法，仨一拨儿，俩一伙！这个走，那个来，从早晨一扒眼皮到夜里一两点钟，不断线！有人想得很简单："大赵庄刚有口饱饭吃，你们就来砸俺的饭碗，你们还想吃饭？咱都甭吃！"清查组的人不敢上街，一出门就被围住，实际就是围攻，说什么话的都有，骂什么街的都有。就差往脸上吐唾沫，往头上砸臭鸡蛋了！

组员们都感到亏本了，尽管领导答应给双份的补贴，每周还可以回家三次，但在这儿得把做人的自尊心藏在鞋壳儿里，县里正号干部反而比农民低了一大格。组长徐克荣心里十分恼火，却像哑巴叫狗玩了——有苦说不出来。李峰派他来是经过反复掂量的，如果这一仗干得好，就有可能被提升为副书记。要知道"文化大革命"中他还是个普通社员，头天入党，第二天就当支部书记，1970年"斗批改"时才作为"贫下中农宣传队"的成员进驻到县委机关，为人很阴，说话很少，以后就留在农村工作部。在"李熊之战"时，他从熊丙岚的后院点火，为李峰提供情报，取得县委一把手的好感。现在是农村工作部部长，而且他是县委中层干部中唯一没有在大赵庄拿过东西的人，真正是两袖清风。他曾参加过对武耕新的"三堂会审"，虽一言未发，却对大赵庄进行了火力侦察。为了麻痹武耕新，不让他有准备，"二堂会审"之后有意拖了一个多月，让他懈怠了，以为县委不会再派清查组来了。徐克荣就在这时候，事先一声招呼不打，突然下到了大赵庄。但仍然惹起了群众自发的愤怒。他已给县委打了电话，请求孙成志来一下，帮助打开局面。

现在的农民怎么回事？解放前给八路军送小米鸡蛋，自不必说。解放后对土改工作队、三五反打虎队、四清工作队、各种毛泽东思想宣传队，不也都是远接高迎吗？以前有个脑袋就能指挥农民，如今的农民脑袋却是这样难剃。仅仅因为口袋里有钱腰杆就硬呢？还是农村人的质量发生了变化，中国社会正由农村开始向新的质量跃进？

　　别绕那么多弯子，说实在的，忠厚善良的老东乡农民，对那些为他们的好日子做出牺牲的人，总是怀着深沉的敬意和爱戴。这些年，大赵庄享福的是四千口人，现在倒霉的就是武耕新一个，难道人的良心都叫狗吃了！

　　也正是群众的这种情绪，使武耕新摸到了农民的根。退一万步讲，有一天他真的蹲了大牢，他的儿子、孙子在大赵庄也会被人高看一眼，就是抬大筐，人家也会让他们一个肩膀。他做人的品格已经在一个接一个的曲折中沉凝下来，变得更强硬了。既然人家已经下了绝情辣手，自己也不能含糊。发昏挡不了死，跪着死不如站着死。清查组进庄的当天，他开始受礼，他的大客厅里堆满了群众送来的各种食品。门前车水马龙，亲戚朋友都来看他，整个老东乡都传说武耕新喝敌敌畏了，也有人活龙活现地说他是卧轨死的。他的小女儿从县师范学校给家里打电话，一听到爸爸的声音就放声大哭起来……

　　白天，武耕新一分钟也不在家里呆着，满庄飞，看上去不着急不上火，但他的平静中包藏着令人可怕的刚强劲！只有他自己才最清楚，内心深处忍受了多么巨大的痛苦和恐惧。他对自己有底，可是对李峰，对清查组，对历次运动中整人的这套办法，一点底也没有。以前那些挨整的甚至被整死的，都有罪吗？上边喊着不再搞运动了，整人非得搞运动不可吗？何况还有不叫运动的真运动！无论他是一条多么刚强的汉子，历史这个颠三倒四的老混蛋已经消磨了他的意志，生活给他身上一次又一次造成的创伤还在化脓，现在不用拿刀子捅他，只要用手指戳他一下也会出血。真是"十誉不足，一毁有余"。他完全是靠理智、靠精神在支撑着自己。还有那个写诬告信的败类，像个特务一样埋伏在大赵庄，和县委保持单线联系。武耕新已经知道了这个人是谁，但他跟任何人都没有提过这件事，怕群众知道了会把他打死。不治治他吧，又出不来心中这口恶气！

　　天快黑了，徐克荣还没等到孙成志，只好自己硬着头皮去找武耕新。他在武家门楼外面转了三圈儿，实在不想进这个门。他不愿意让武耕新知道他的难处，看他的笑话。但又没办法，这儿是武耕新的地盘儿……他抬腿刚要进门，从门后突然跳出一条大黄狗朝他扑来，他慌忙又逃出来。后面有人哈哈大笑："大黄，你咬坏了清查组长，是你去蹲监狱，还是叫你的主人去替死！"

　　徐克荣心想，再不快点进去就要在这儿被围住出洋相了。他壮着胆子闯进去，大黄狗没有再理他。武耕新的客厅里高朋满座，大家停住说笑，都用一种敌视的目光盯着他。他只好用随随便便的亲热态度来掩盖自己的窘态:"耕新同志,我三天没吃顿好饭了,今天是赶着饭口来的。"

武耕新坐着没动:"好酒好菜我都有,但不能给你吃,因为你是红的,我是黑的。"

徐克荣干笑笑:"你说哪儿去了,心里没病,半夜不怕鬼叫门。"

武耕新:"你老叫门影响我睡觉,长了就会得失眠症。"

李汉忠打开一瓶桔子罐头递给武耕新:"吃点水果败败火,犯不着生气!"

武明伟走近徐克荣说:"大组长,我们庄上有这样一句顺口溜——干的干,看的看,看的给干的提意见,提了意见还不算,千方百计搞诬陷。你说改革家为什么都没有好下场?"

武耕新喝住儿子:"谁说改革家都没有好下场?那都是窝囊废!马恩列斯毛都是改革家,我看下场也不错。"他转身问徐克荣,"你有什么事?"

徐克荣:"找我们的人太多,使我们睡不了觉,吃不上饭。"

武耕新开心地笑了:"哪有怕群众的共产党?如果群众都不找你们,你向谁去搞调查?"

这才叫强龙压不过地头蛇。徐克荣只好耐着性子求他帮忙:"我们根本无法开展工作,支部是不是协助一下。"

"好吧,"武耕新坐在写字台前,拔出尼龙毛笔在一张纸上写了几个字,"把这纸条贴到你房东的门上,再不会有那么多人去找你们了。"

徐克荣接过纸条一看,是两句诗——

> 本固神安快去干正事,
> 光明正大任他查个够!
> 　　　　武耕新

别看横七竖八,棍子榔头,这家伙的毛笔字写得还挺带劲,词儿也来得真快。但徐克荣心里却被刺得很难受,这算什么玩艺?清查组倒求着被清查对象赐一纸护身符,嘴上却说:"这张纸管事吗?"

武耕新显得有点不耐烦了:"保证管事,不管事我把脑袋输给你!"

十八

林元秀整整哭了一夜，武耕新怎么解劝也不听。武耕新索性不说话了，自己没有想好对策，光是空口说白话顶个屁用？这才真是后院起火，内外夹攻。想起来这是何苦哟，要是不当这个支书，自己领着三男二女，每年赚个七八万元跟闹着玩似的。而且当劳模挂奖状，什么麻烦也没有。人真的变成了两条腿的动物，好像支配他们的不是良心、感情和相互的信任，而是怀疑、忧虑和罪孽！

天快亮的时候，武耕新有了主意。他到外面拿来一把菜刀，咣当一声扔在桌子上，弯腰抓住妻子的两只膀子，把她从床上拉起来。林元秀看见丈夫眼睛里的凶光，吓得浑身打战："你，你要干什么，真想杀了我去娶那个小娘们儿？"

武耕新嘴角咧出一丝苦笑："你想到哪儿去了，我就是杀了自己也不会动你一根毫毛！我本不想死，特别是不想现在死，一死就什么也说不清楚，黑锅全得我背，你们娘几个也好受不了。可眼下没有办法，家里外边一块逼我，这种日子我实在是活腻了。我现在只问你一句话，别人说我跟何守静的那些脏话，你信还是不信？你要不信就打起精神，咱们还是好夫妻。越是这时候越要恩恩爱爱、高高兴兴，让他们瞧瞧。你要信那话，这儿有刀，你把我砍了。你下不去手就走开，我自己抹脖子。别的我不怕，就是要在你面前洗个清白，叫你后悔下半辈子！你说吧。"

林元秀知道自己的男人，你要真逼急他，什么事都做得出。她的心早就慌了，话也软了："我不信又有什么用？人家私下里乱串串，叫我还有什么脸见人！"

"你那个心眼不是口袋，不能人家给你装什么就要什么。"

"话是这么说，咱俩要倒个个儿，你怎么办？"

"我决不像你那么傻！"武耕新的口气变得沉重、和缓，充满感情，"任何运动整人都是三斧子，头一斧子砍你政治问题，砍不死还有第二斧子——经济问题。这两斧子我都搪过去了，他们现在砍第三斧子——生活作风、男女关系。在农村这一斧子最容易把人砍死。清查组我不怕，身正不怕影子歪，凭猜疑和几句谣言上不了法庭，定不了罪。我怕的是给群众心里堵上一团疑云，怕的是你跟小何受不了。小何是个好人，为大赵庄出了不少力，不要冤枉人家。"

"都这步田地了，你还为那个臭娘们儿说话！"

男人永远打不开女人心里的那把锁，不知道她们心里装着多少奇奇怪怪的念头。她不仇恨散布谣言的人，反而把全部怒气都撒在丈夫和何守静身上。武耕新只好耐着性子，低三下四地解释："如果我从此不再搭理何守静，人家就会说是做贼心虚。如果为了赌气，你越歙火，我越去跟她好，这办不到。一个男人，没有事业，倒也罢了，在中国既想干大事，就决不能在男女私情上出问题，太不值得了！再说，你又不是不知道，我那点精神儿全用来对付这帮王八蛋还不够用，怎么能干那种事……"

林元秀渐渐平静下来，她哭的是自己命不好，一辈子就没有好受的时候。武耕新见老婆静下心来就有了勇气。把一双瘦长有劲的大手按在妻子的肩膀上，诚恳地说："如果你还是那个教我认字的小秀妹妹；如果你还是那个吃苦操劳、深明事理的小伟娘；如果你还是跟我患难与共、那个武家门里的贤妻良母，就帮我度过这一关。"

林元秀十分懂得自己男人的心，她心里认可了男人的话，可眼泪哗哗地流下来了。

何守静在新村的"金銮殿"还没盖好，仍旧住在旧房子里，没有院墙，和清查组住的房子紧挨着。由于她丈夫在公社当干部，以前是村上的富户，现在反而成了较穷的户。不到11点钟她就回到家里，使出一个能干的女人的全部本领，做了四个热菜：鸡、鸭、鱼、肉。这叫老东乡的"全席"。中间一个大冷盘，是何守静在娘家学会的拿手菜，名叫"青龙卧雪"。两条顶花带刺、青翠欲滴的黄瓜，切碎摆好，再佐以粉皮和其他配菜，宛如两条青龙盘卧于皑皑白雪之中，昂首翘尾，煞是吊人胃口。饭桌摆在屋门外，春天的太阳暖融融的，还有一丝轻风，把饭菜的香味吹得满街巷子飘溢。鸡汤也熬好了，大米干饭也焖好了，一切准备停当，何守静的心情也越来越紧张。她感到害怕，又觉得兴奋，跳进一种险境，闯进一个陌生的新天地总是叫人激动不安的。何况她还是这样一个年轻缺少经验的女人。

武耕新来了，从老远就抽鼻子："嗬，好香，我今儿个算来着了。"

不知为什么，武耕新一来何守静倒觉得心里踏实了，好像有了靠山，也成心大声说："今儿个就是要好好犒劳犒劳你。"

其实，两个人笑得都不自然，脸上的肌肉僵硬。

"喝点酒吗？"

"不喝，我下午还有好多事哪。"

"已经烫好了，少喝点。"

"好，只喝两盅。"

何守静给他斟酒，为他夹菜。他好像一个星期没吃饭了，狼吞虎咽，吃相粗野，还不断地啧啧称赞酒香菜好。何守静虽然也端着饭碗，那不过是装样子，嚼半天才强咽下一口。一双清晰妩媚的眼睛不停地望着武耕新。

"耕新，你今天这一手太绝了。你是条真正的男子汉！"

"小何，对不起你，你好心好意为庄上办事，是我连累了你！"

"别说这话，是我牵连了你。今儿个你这样大张旗鼓来吃我的饭，把什么都补过来了，我感激你！"她回到屋里为自己也拿来个酒盅，斟满酒一口喝了下去，夹了块黄瓜放进嘴里，又给自己斟上酒："耕新，碰杯，今儿个我要跟你连干三杯。"她一扬脖又把盅里的酒喝光了。

武耕新看看她："你怎么了？"

她那俏丽的长脸凝朱绽翠，眼睛里闪烁着烈火般的热情和怨艾。武耕新心慌意乱，眼睛赶紧躲开了她那钩子似的目光。

"那些谣言要是真的就好了。武大嫂真有福气，找了你这么个男人，我要是跟她倒个，和你一块蹲监狱也乐意！"

"别胡说八道，我的岁数跟你爸爸差不多。"

"你跟我爷爷差不多也没关系，我要的是你这个人，又不是你的岁数。"

"我这个人有什么好？长得像个丑八怪，谁跟着我一辈子不得安生。你的男人有多好，人老实，长得又俊，也年轻，你还不知足。"

"不错，他是个好人，对我也好。也许他太好了，反而不像个男子汉。"

"你喝醉了？"

"我要醉了就好啦，躺到你怀里，看你怎么办？你是个真男人，敢在我这儿吃饭，为什么不敢亲我一下？让他们都看看，气死他们！"她说着又端起了酒盅。

"你要再喝，我立刻就走！"武耕新的声音很低，听了却让人毛骨悚然。何守静的酒盅停在圆润的唇边，他命令道："把酒盅都撤走，吃饭。"

何守静听话地拿走酒盅，给他盛上干饭。

"原来你也是个胆小鬼。"

"你说的那种真正的男子汉在中国还没出生哪！记住，眼下大赵庄有一半人在看着我们俩吃饭，这是地球，不是月球。我们是在打仗，不是谈情说爱。"

"你放心，我不会给你添麻烦的。"何守静目光黯淡，神情凄恻。

武耕新心中不忍，他又不是瞎子，对这样一个柔媚痴情的女子怎会不动情，不生怜悯之心？但大赵庄的事业、他的一家和何守静的一家，岂能当儿戏！在男女私情上出问题最不值得。他完全恢复了正常，口气冷静得可怕："你男人回来要是跟你闹事，叫他去找我。我要动过你一指头，宁愿挨他一刀！"

"你用不着逞这种英雄，我的家里什么事也不会出，他听我的。"她用一种挖苦的口吻说，但神态让人可怜，"嫂子待你好吗？"

"很好，她跟你一样也是好人，我们是患难夫妻，几十年来只有我对不起她的地方，她没有对不起我的地方。"

她的心像被铲子挖了一下："这就好。你今后可能瞧不起我了……"

"不，守静，以前我只是喜欢你的大胆、泼辣和漂亮。从今天起我才开始敬重你，佩服你。你比我强，比我好！原谅我，我已经把自己卖给了政治，而且快成糟老头子了，理应比你想得多，不能毁了像你这样一个好女人！今儿个在你面前，我突然感到自己原来是这样虚伪、胆小、软弱……"武耕新动了真情，赤裸裸露出了做人的尾巴。他把最后一口汤倒进嘴里，站起身，"谢谢你，守静。"

何守静没有动，也没有出声，望着武耕新走去的背影，任凭眼泪无声地倾泻下来。

十九

天下事不了似了不了了之

世外人法无定法无法即法

这副出家人写的对联何尝不适用于"世间人"。县委清查组在大赵庄待了一年多，先是七个人，后来变成了五个、三个，最后几个月只剩下一个，而且三天打鱼两天晒网。他一不再露面，清查组就算撤了。没打招呼，没有说法，没有结论，随谣言而来，随谣言而去，这算什么事呢？

不过这一年多，清查组可真帮了大赵庄的大忙。没有参观的，没有采访的，四千口人，人人肚里闷着一腔烟，低着脑袋玩命干，1982年总收入又翻了一倍。到了1983年秋天，合该他们露脸。老东乡闹虫灾，可苦了单干户，张家一块地种的玉米，李家一块地种的棉花，王家一块地种的高粱。庄稼不一样，虫子也不一样，国家派飞机撒药都没办法。治棉铃的药，对玉米的钻心虫不仅不起作用，反而影响玉米、高粱的生长。自己撒药吧，心又不齐，张家撒了李家不撒，虫子吃完李家的庄稼决不会看着张家的庄稼挨饿。最后的结果是都不撒，豁出这一年的收成不要了，去想别的外快，"堤内损失堤外补"。大赵庄可就不一样了，四千八百亩稻田连成一片，自己买了架小飞机，从运输队里挑了两个身高体壮，有力气有文化的汽车司机当了飞行员，从北京航空学院请来两个教员，头一个星期就能上天，一个月下来就能放单飞。虫子被治住了，稻子一点没减产。"蜜蜂"牌的小飞机，真像蜜蜂一样在老东乡上空飞来飞去，这也算是一件新鲜事。谁能想到这件新鲜事倒给了县委书记李峰一个台阶，他到大赵庄来了。而且大大方方，谈笑自若，一副亲近而又随和的样子，好像从前什么事情也没有发生过。这一手连武耕新也服气了，这才叫领导哪！有时人玩权，有时权玩人，根据需要可以采取各种纯粹虚伪的态度。在他的身上淋漓尽致地体现了这个时代的本质。

"耕新，干得不错。带我去看看你的小飞机，到各处转转。"

连武耕新都觉着有点不大自然："你是想坐着飞机看，还是坐着汽车看，还是走着看？"

"溜达溜达。"李峰怕坐飞机不安全，坐汽车又让武耕新太摆谱儿，就选择了步行。他用极关切的口吻说，"耕新，你的气色怎这么难看？"

"白天干活，晚上生气，气色能好得了吗！"

"耕新，过去的事咱们就前勾后抹，完了，谁也不许再提啦。"

"不完我有什么办法。"

"认识上有分歧，这是很自然的嘛。"他说话就像搔痒痒一样轻松。

"到底是认识问题，还是存心不良，反正谁也不能钻到谁肚里去看。"

李峰亲切地拍着武耕新的肩膀。他现在不愿意跟大赵庄把关系搞坏，用硬的一套没有治住武耕新，他就试着想用另一种办法。在武耕新的带领下他视察大赵庄的各项建设，心里不能不佩服武耕新精明过人，胆识过人。

　　看完工厂，李峰倒很真诚地说："耕新，说心里话，我至今对你这样大办工业总感到不对劲儿。"

　　武耕新觉得今天也许可以向李峰掏心窝子解释一下自己的想法，他大概能听进去了，说："李书记，不搞工业，哪来的工业文明？发展大农业处处用钱，光刨土坷垃哪来的钱？大伙喜欢现代化，为什么不喜欢工业？我们不能像过去那样等着城市喂一口，吃一口，等着他们把用旧的破机床、破洗衣机甩给农民！农民要跟城市一样，甚至要先用好的。"

　　"你们这么多地，只有五十个人种，是不是太少了？"

　　"美国的农业人口占百分之二，我这里占百分之十二，我还嫌多呢，明年还想从农场抽人。"

　　"你还挖农业的墙根儿？"

　　"别忘了大赵庄不是包产到户，是农工商联合公司。连资本主义都知道光搞单干不行，还成立欧洲共同市场、北约等等，苏联搞社会主义大家庭——华约。我们为什么非得一盘散沙干革命？"他居然引经据典，从东半球说到西半球。腹有经纶气自雄，从一个农民嘴里说出这番议论，使身为县委书记的李峰也无法答对。李峰很清楚，讲这方面的事情，自己说不过武耕新，生活造就了他的雄辩之才，挫折反而使他成了一个哲人。他的谈吐能征服人，常年蹲机关的干部不是他的对手。

　　李峰不愿让武耕新看出自己的无知，借口太累了，不再往前走。他提出要到武耕新家里看看，并以一种惯熟的口气要求在武耕新家里吃午饭。武耕新很痛快地嘱咐林元秀赶快去忙饭，知道她心里很不情愿做这顿饭，就打电话叫女儿明英和儿媳燕淑珍过来帮忙。

　　李峰舒舒服服地坐在沙发里，喝着热茶，很自然地把话题转到自己感兴趣的问题上："你以后不要光听别人的，你听我的没有亏吃。北燕庄就听我的话养狗，养王八和泥鳅。现在人民生活提高了，都想吃点补品。"

　　武耕新笑了，心里说，他们要不听你的还倒不了霉呢！那个泥鳅用网抓不上来，非淘干水用锨挖不可，那不自找罪受？死赔！至于李峰话里的"别人"当然是指熊丙岚了！

　　"你笑什么？是不是对我还有看法？"

　　"谁整我，我就对谁有看法。"对方嘻嘻哈哈，把真话藏在玩笑话里，武耕新只好也嘻嘻哈哈打软中有硬的太极拳，"要说对你李书记，没有大看法，只有一点小看法，就是你用了一帮造反派。"

"哈哈，耕新，你也学会了给人戴帽子。"

"孙成志、徐克荣不是造反派？"

"噢，你是说他们俩呀！在那种特定的历史时期，谁没犯过错误？你不也去过小靳庄吗？即便他们以前参加过造反派，现在很老实，很听话，对上对下都不错。你武耕新从前不是造反派，现在倒成了浑身长刺的造反派。哈哈哈……"

"那你就等到下一次揭、批、查运动的时候再整我，现在可正是改革派吃香的时候，你想整我恐怕得费点事。"

"你这家伙可真厉害，大赵庄有你一帮人。"

"干革命没有一帮人还行？曹操有一帮，刘备有一帮，孙权也有一帮。连希特勒都知道要弄一群死党，共产党为什么非要单枪独马？孙、徐二人不也是你的哼哈二将？"

"好了，不开玩笑，我想调你到县里去工作，你去不去？"

"不去！"武耕新脸一沉，口气硬得能咬断钢钉！

酒菜摆好，李峰借机转话："你考虑考虑。"

这顿饭李峰吃得很满意，饭后一支烟的时候，他借着酒意发了句牢骚："耕新，我是县委书记，老抽'恒大'，你是大队党支部书记，老抽'中华'。这到哪儿去说理！"武耕新二话没说，打开酒柜拿出两条"中华"牌高级香烟，递给李峰："这烟里有毒，敢抽吗？"

"毒死我你偿命，吃你的大户是应该的。"

武耕新又叫儿子到公司副食店买了两条四五斤重的活鲤鱼，用口袋装了几十斤新稻米。在送李峰回去的时候都给他放在了车上，李峰打着哈哈说："你耕新私人送的东西，我是不要白不要，那就不客气了。"

李峰一走，武耕新的儿女们可对他不饶了："你多贱哪！他那么整你，你还巴结人家。"

"有那些东西还喂狗哩！"

武耕新哈哈笑了，他笑得十分开心，一年多没听见他这样笑过了。他停住笑说："你们哪，光看见那点东西了，对咱来说不过是九牛一毛。可对他呢？今儿个就算彻底栽了个大跟头！刚清查完人家，就又吃人家饭，又收人家礼，这说明他在人格上一贫如洗，在思想上一贫如洗，在经济上更是一贫如洗。他尿了！"

金钱的含义是无穷的，自古男人们就在花钱上见性格、斗智谋。

尾 声

像谢德这样名副其实的高级干部，在本地的政治思想领域又握有重权，理应独占一间病房。可他制止秘书向医院提出这样的要求。他德高望重，看不惯当今社会上种种歪风陋习，在生活小事上从不出格儿。谁知生活偏偏要跟他开玩笑，这天下午院长领着四个人闯进了他的病房，其中一个年纪大些的人在发烧，占据了另一张病床，另外二男一女是护卫。这间宁静整洁的高干病房，一下子变成了大车店。院长亲自询问病情，医生护士忙得团团转。这是个什么人物呢？如此显赫，自己住院时也没有受到这样的礼遇！

他们的衣着倒是颇为讲究，像城里人。但他们的气色、气质、谈吐却是地道的乡下人，文化教养、智力商数毕竟跟毛料衣服不是一码事。他一眼就看出来了，这是一些农村的暴发户，就像曲艺节目中说的"土财主"进城一样。给病人打了针，吃了药，输上液，院长又嘱咐了几句便领着医护人员撤走了。居然把他给忘得一干二净，出来进去一声招呼也不打。病房里稍微安静了一点，可那两个男陪伴又抽起了香烟。虽然是很高级的香烟，但谢德不吸烟，而且患的是哮喘病，时值深秋，他不敢开窗户。不一会儿，烟雾就把病房污染得一塌糊涂。谢德对气温和烟雾偏又特别敏感，止不住连连咳嗽。那女的还算知趣，让两个男的到外面去抽烟，她敞开门放放烟气。

谢德一贯涵养很深，温和儒雅，现在也觉得不可忍受了。他问那年轻妇女："你们是哪儿的？"

"大赵庄的。"

"怎么跑到这儿来看病？"

"这里的院长常到我们庄去钓鱼，所以就认识了。"

谢德明白了，这就叫"关系户"！院长吃了人家的鱼，说不定还有别的东西，今天就围着这个土财神爷拼命献殷勤，还把他塞进了高干病房！他仿佛从病人那张灰黄多褶的瘦脸上，看到了一个纵横交错的关系网，一道道可鄙的阴影。他又问："病人是谁？"

"我们书记，叫武耕新！"年轻女人的声音清脆悦耳，似乎还很为这个半死的男人感到自豪。

"你是他什么人？"

"我是他手下的人。"

无疑这是女秘书了！全了，一个地地道道农村土皇上的形象一点不缺什么了。谢德心中大为不悦，而且深感忧虑，经过三十多年的教育，群众的政治质量为什么还是这样低劣？他不反对农村包产到户，可是农民一有钱就是如此地耀武扬威，腐蚀城市，污染社会，将来如何得了！

当夜，谢德连十分钟的觉也没睡。他本来睡觉就轻，且有轻微的失眠症，那三个人像伺候小月孩儿一样，出来进去，一会儿让病人喝水吃药，一会儿喊医生检查输液管，谢德动用全部修养才克制住了自己。第二天，病人不再发烧，精神头大见好转，想吃东西。那两个男人从附近饭馆里点了几个热菜和一小盆鸡蛋挂面汤，那女人不知从哪儿弄来几个黄里透红的大河螃蟹，热气腾腾，又鲜又香。而且不让她的书记自己动手，由她把肉挖出来放到病人的小碟里。

"老同志，一块儿吃点吧。"病人这一让，反而使谢德忍无可忍了，决定教训一下这个农村的支部书记。他说："你可真像个土皇上！"

武耕新一怔，这是怎么回事？好心倒换来驴肝肺，张口答道："去了'土'字就是'皇上'，要不还叫当家做主吗？"

"那你也不能到医院来摆阔，吃螃蟹，抽好烟。"

"宪法哪有这一条，规定农民不许抽好烟、吃螃蟹？"武耕新火了，是人不是人的都以为农民好欺侮，以为农民人土、心傻、嘴笨、没见过世面。花钱住院还得受气？"看样子你是个领导干部，共产党闹革命就是让老百姓过好日子。可老百姓刚过上好日子，你们当头儿的就看不顺眼，生气、眼红。皇上只能你们当，高干病房只能你们住，山珍海味只能你们吃，老百姓喝苦水住土房，你就舒服了？"

"你怎么这样说话！"多少年来谢德还从没碰见敢这样顶撞他的人，他不愿失掉自己的身份，就严肃地开导说："我是提醒你过上好日子也不要忘了过去，要向前看，不要向钱看，走上邪路。"

"抬头向前看，低头向钱看，只有向钱看，才能向前看。不向钱看怎么搞现代化？"

"我们说的讲究经济效益跟你的向钱看是两码事！"

"经济效益就是钱，钱就是经济效益！"

"跟你说不通！"谢德感到这个土财主不好惹，他多年搞理论抓宣传，手里那件所向披靡的武器如今在新的经济潮流面前，显得是这样软弱无力，连一个农民也说服不了。

"汉忠，去办手续，咱们回家！"武耕新人不发烧了，肝火倒旺了。

几天后，在发给各单位的文件里，有一份特别醒目的"内参"——《以"土皇上"自居向钱看》。

"内参"总是格外引人注意，这种东西在中国有特殊的威慑力。这也许又是一场思想大爆破的导火索，而当事人武耕新还蒙在鼓里。他的确因钱多而有点烧得慌，不顾影响，连一点保护色也不涂，得罪了许多人……

生活——哪有个尾声啊！

1984 年发表于《人民文学》第 7 期，
为 1983—1984 年全国优秀中篇小说获奖作品